KB199338

천성래 대하소설

正本 **국경의 아침**

천성래 대하소설

正本 **국경의 아침**

⑧

제4부 저 구름 흘러흘러

지우출판

차 례

제50장 낙조(落照)

1

고위층 부인들이 세대주의 힘을 믿고 몰래 돈벌이를 한다는 사실을 태산이 역시 잘 알고 있었다. 이러한 소문은 터놓고 너나들이하는 직장 동료들 사이에서 롱^弄삼아 지껄이는 경우도 많았다.

― 검찰소 검사 안해^{아내}가 성매매를 알선하다 걸렸다는 얘기 들었지요?

― 스무 살 겨우 먹은 딸애 같은 녀성을 글쎄 중국 상인한테 붙였다는데~

이런 소식은 뭐 크게 새로울 것도 없는 내용이었다. 조선공화국 어디에서나 불법으로 돈벌이를 하다 들통 난 경우가 허다했기 때문에 놀랄만한 일은 아니었다. 고위층 부인들이 공화국 내부에서 대놓고 범죄를 저지르는 일이 기승을 부리는 것은 이제 조선공화국 역시 배금주의 사상에 서서히 젖어 들어가고 있다는 신호인 것이다. 이런 불량한 소문은 기업소나 장마당 같이 사람이 많이 모이는 데선 어김없이 불려나온 얘깃거리였다.

― 보안서 간부 마누라쟁이들이 달리기에 뛰어들어 바쁘다지요?

― 머 보안서 간부 마누라쟁이들뿐이오? 군부대 빛나는 견장 마누라쟁이들까지 달리기를 하다 걸려 주민들 손가락질을 받고 있다 하오.

마약을 하면 돈을 만진다는 유혹에, 설령 걸린다 해도 남편의 힘을 믿고 돈을 벌어보려는 아낙네들이 마약을 만든 데서 판매하는 데까지 단숨에 운반한다는 '달리기'에 뛰어든 것이 어제 오늘의 일이 아니었다.

― 빙두^{마약} 밀매를 하려거든 감쪽같이 하잖구서~ 하기는 환전장사에 금속밀수에 머 운 좋게 생활환경을 바꿔보려는 주민들이 많이 있지

만 감시의 눈을 피하는 게 머 쉬운 일이 아니잖나 말이오.

주민들 사이에 은밀히 떠돌아다니는 말은 결코 헛소문이 아니었다. 도 보위부國家保衛省의 주도로 평북지역이나 신의주 지역을 대상으로 대대적인 마약단속을 벌이고 있는 상황이었다. 태산이 역시 김정은 위원장을 비밀리에 모시는 엄청난 프로그람을 진행하고 있는 중이어서 이런 마약이나 밀수사건 등은 그의 입장에서는 자잘한 사건 밖에 되지 않았지만 아래에서 올라오는 보고報告의 건수가 많아 특별히 관심을 가지고 있는 상황이었다.

관내에서도 늘어나는 이런 범죄행위에 대해 어떤 관용도 베풀지 않고 무겁게 단죄를 하고 있었다. 다양한 물품의 밀수, 불법적 국경 월경越境, 조선공화국 녀성들을 중국에 팔아넘겨 위법적인 인민폐 습득, 불법 월경자에 대한 길의 안내를 맡아 타국他國에 나가도록 조력하는 범죄행위 등은 명백히 돈을 벌기위해 거래하는 짓으로서 자본주의 물욕에 빠진 악질적인 범죄행위에 해당하는 것이다. 인민의 생명과 이익이 최우선시 되어야 하는 사회주의 제도 하에서 도저히 허용할 수 없는 최악의 범죄행위인 것이다. 이러한 썩어빠진 자본주의식 행태를 단호히 타도하기 위한 본보기로서 관내 검찰소에서도 특별공개재판을 열어 범법자들에게 노동교화형 10년, 무기 노동교화형, 사형을 처한 바가 있을 정도였던 것이다.

그런데 하필이면 관내의 검찰소 일반검사의 안해가 성매매를 알선하여 돈벌이를 하다가 걸리게 되었던 것이다. 그 일반검사의 안해는 국경 지역을 상대로 밀수를 하는 중국 상인들과 거래를 하고 있었다. 그런데 그 중국 상인이 압록강을 건너려는 탈북자들의 브로커로 활약하고 있던 탓에 태산이 또한 은밀히 들여다보고 있는 중이었다.

그래서 처음에는 반탐관련 일로 검찰소에 들른 탓에 부소장의 방에서 차茶를 한잔 마시고 예심원을 만나 탈북 브로커에 대한 자료를 입수하였다. 국경지역의 봉쇄가 매우 강화되었음에도 여전히 도강渡江을 하려는 공화국 주민들이 많이 있다는 것을 알고 태산은 도 보위부 간부로서 스스로 반성까지 하고 있었던 것이다.

처음에는 검찰소에 자신의 발로 걸어 들어갔었는데 무슨 영문인지 이번에는 검찰소에서 자신을 은밀히 만나자는 연락이 왔던 것이다. 그것도 은밀히 보자는 사람이 부소장도 아니고 일반검사도 아니며 예심원도 아니었다.

바로 검찰소 소장이 직접 태산에게 은밀히 손전화를 넣은 것이었다. 태산은 은밀히 만나 론의할 일이 있다는 검찰소장의 말에 머릿속이 복잡해지고 있었다. 대체 무슨 일이기에 소장이 직접 자신에게 손전화를 했다는 말인가. 자동차를 몰고 검찰소로 향하는 태산의 표정이 결코 밝지 않았다.

- 소장 동지, 무슨 일이오?

태산은 소장의 방에 들어서자마자 대뜸 이렇게 물었다. 소장과는 관내 행사에서 몇 번 마주친 기억이 있어서 낯설지는 않았다. 몇 가닥 남지 않은 머리 올을 이마 위로 둥그렇게 끌어올려 훤한 번대머리대머리를 감추려는 나이 먹은 소장의 처절한 몸짓을 보니 안타깝다는 생각이 들었다.

- 부부장 동지, 내 너무 은밀한 사안이라서 부하 동지에게 지시하지 않고 직접 손전화를 했댔소.

- 아니 내게 은밀한 사안이라니 무슨 일이오, 소장 동지?

소장의 말을 듣고 태산은 온몸에서 갑자기 긴장감이 돋아 오르는 것을 느꼈다. 보위사령부나 총 정치국이 호시탐탐 자신을 노리고 있다는 사실을 명심하라는 도당위원장의 충고가 불쑥 떠올랐던 것이다. 사람 하나 구덩이에 처넣는 것은 마음먹기에 따라서는 그리 어려울 것도 없는 것이었다.

— 머 오해는 하지 마오.

— 아니 무슨 일이관데 내게 댓바람부터 허 씹는 말을 하오? 오해하지 말라니~

태산은 아직 무슨 일인지 모르지만 도 보위부 부부장의 체면을 검찰 소장 앞에서 고스라니 구길 수가 없는 노릇이었다. 소장이 조심스런 태도로 목소리를 부드럽게 깔면서 말했다.

— 말휘갑을 치려는 거는 아니오. 그저 부부장 동지 생각해서 내 은밀히 부른 것이오. 맘을 편히 먹으오.

소장의 설명하는 말을 듣고서야 태산은 긴장된 마음을 눅일 수가 있었다. 하지만 여전히 그의 마음속에서는 불안한 기운이 완전히 가시지를 않았다. 소장이 이렇게 은밀히 직접 손전화를 해댈 정도라면 분명 기분 좋은 일은 아닐 것이라고 태산은 생각하고 있었다. 태산은 소장에게 허락을 받지도 않고 품속에서 담배를 하나 꺼내 물었다.

— 부부장 동지, 미안하오만 나도 담배 하나 주오.

— 아니 담배 태우지 않은 걸로 아는데~ 옛 소.

지위가 위로 한껏 올라갈수록 조선공화국의 간부들은 담배조차 태우는 것에 조심스러웠다. 자본주의 폐물 같은 것으로 치부하는 사회의 분위기 때문에 맘 놓고 담배를 빨지도 못한데다가 간부들은 특히 담배 때문에 철직撤職되는 경우도 더러 있었기 때문이다. 담배꽁초를 가져다가 은밀히 마약성분 검사를 하는 통에 하루아침에 바지를 벗어야 하는 경우도 주위에는 더러 있었던 것이다.

　태산은 여전히 마음을 누그러뜨리지 못하고 담배를 빨고 있었다. 소장 역시 태산으로부터 담배를 하나 받아 뻑, 뻑 말없이 빨아대고 있었다. 짧은 시간인데도 태산에게는 매우 지루하고 더디게 시간이 흐르는 느낌이었다. 사람을 직접 오라고 불러놓고 이렇게 뜸을 들이는 것을 보면 분명 난처한 일일 것이다. 관절 태산에게 난처한 일이란 어떤 일이란 말인가. 생각이 여기에 미치자 태산의 마음도 급해져서 뻑, 뻑 담배를 빨았다.

　－ 부부장 동지~

　－ 내 참, 어이 바쁜 사람 불러놓고 이케 뜸을 들인다 말이오?

　태산은 자신의 성미를 누르지 못하고 아랫사람 훈계하듯 짖어버렸다. 관내에서 내로라하는 직위에 앉아 있는 간부동지들과의 관계에서도 최룡해 부위원장이 곁에 있는 한 무서울 것이 없었던 것이다. 관내의 어느 부처를 막론하고 간부들은 부부장 동지의 이런 든든한 울타리를 모르지 않았다. 더군다나 머지않아 중앙 무대로 화려하게 진출할 것이며, 도당위원장과도 은밀히 연결되어 있다는 것도 알고 있음이었다.

　－ 부부장 동지 건으로 신소伸訴 : 고소가 하나 들어와 있소.

　－ 아니 뭐요? 내 건으로 신소가 들어왔다 이런 말이오? 아니 백주 대낮에 이 무슨 해괴한 일이냐~

　태산은 파들짝 놀라면서도 짐짓 당황한 마음을 가라앉혔다. 당황해하는 그의 마음을 넌지시 읽었는지 소장이 큼, 큼 헛기침을 내뱉고 있었다. 지금껏 살아오면서 이토록 당황했던 적이 몇 번이나 있었을까. 홍용희 동무를 만났을 때나 아니면 몹시 난처한 순간에 재깍 튀어나오는 피꺽질이 대번에 목구멍 밖으로 튀어나왔다.

- 흡, 흡, 흡~

- 어이쿠 부부장 동지, 놀라셨어요?

소장의 태도는 마치 병 주고 약을 주는 느낌이었다. 태산은 이런 소장의 태도에 심기가 매우 거슬렸던 것이다.

- 이것 보오. 내 놀란 게 아니라 천불이 난 게요. 아니 언 놈이 나를 신소했단 말이오? 아이쿠 언 놈이~

- 머 내막을 보니 부부장 동지야 무슨 잘못이 있을 수 있나~

- 건 또 무슨 말이오? 아이쿠 답답~

태산은 제풀에 숨이 턱 막혀오는 느낌이었다. 보위부에 적을 두고 세상을 살아오면서 이렇게 자신과 관련한 신소 탓에 검찰소에 출석한 일은 처음이었다.

- 혹시를 몰라서 내 물어보는 것이오. 부부장 동지 가까이하는 벗 중에 달식이란 동무가 있소?

- 아니 난데없이 어이 반갑지 않은 죽마고구의 이름을 들먹이는 게요? 언 나~

달식이란 동무? 가만, 내 뭘 잘못 들은 것은 아니겠지~ 태산은 귀를 쫑긋 여미었다.

- 내 그래 혹시를 몰라서 물어보는 거라고 먼저 말하지 않았소. 달식이란 동무와 죽마고구라면 가까운 벗이 맞는 게요?

- 머 엎어지면 코 닿을 만큼 지척의 원쑤나 천 리 먼 길의 벗이나 그저 바쁜 세상에 무슨 왕래를 하겠소. 고향 친구 상세^{죽음} 날 적에 몇 번 만난 적 있을 뿐인데~ 아니 한데 어이 달식이 동무를 소장 동지가 들먹이는 것이오?

달식이 동무 이름이 소장의 입에서 튀어나올 때 태산의 머릿속이 난데없이 복잡해지기 시작했다. 기백이 동무 안해 덕순의 장례장에서 조문 온 회장군들이 떠났지만 마지막까지 남아서 태산의 자존심을 짓뭉갰던 동무가 바로 달식이 동무였던 것이다. 그의 허리에 권총집이 열 개가 달렸대도 하나도 무섭지 않다고 큰소리치던 달식이가 아니었던가 말이다. 정숙 동무에게 태산이가 존대하지 않고 말을 놓자 명호 동무의 안해한테 말을 대패밥처럼 까면 아니 된다며 호들갑을 떨었던 동무였던 것이다.

그래도 다른 동무들과는 달리 비교적 사이가 그리 나쁘지 않은 동무여서 태산의 마음속에 간직하고 있는 죽마고구 중의 한 명이었다. 욕을 들어도 당 감투 쓴 놈한테 들으라고 했다며 투정을 부리다가 슬그머니 꼬리를 감추었던 친구, 아니 그런 달식이 동무가 어떻게 자신의 신소 사건과 연루가 되었다는 말인지 어이없기 그지없었다. 검찰소 소장이 태산의 물음에 대답했다.

— 달식이란 친구가 부부장 동지를 등에 업고 뢰물받이뇌물받이를 했다는~

— 헙, 아니 머요? 어떤 혼 빠진 동무가 그런 헐렁한 동무한테 뢰물뇌물을 주었다는 말이오?

태산은 성질이 달아오른 탓에 소장의 말이 끝나기도 전에 말을 무찌르며 되물었다. 그로서는 정말 살다 살다 이런 황당한 사건을 처음 겪기 때문에 입술이 마를 정도였다. 기계전문학교나 나와 연구 작업실에 박혀 농기구며 생활용 도구를 개발하는 동무가 아닌가. 술을 마시면 주둥이로 술을 깬다며 동무들한테 말로 매를 맞던 사람인데 감히 어떤 못난 동무가 뢰물을 주었다는 말인지 리해가 되지 않았다.

— 이 거 공화국의 수치 아님 다행이지~ 머 도일보사 특파기자라는

동무도 그저 말 빤치에 나자빠지구 분주소 보안원까지 달식이란 친구의 넉살에 그만~

– 헙 나~ 세상 참 오래 살고 볼 일이오. 아니 의협심이 강하다면 강한 동무인데 관절 무슨 도깨비 같은 일이란 말인가~

태산은 도일보사 특파기자라는 말에 문득 짚이는 데가 있었다. 간번 어느 날엔가 술에 취해 뭐라 전화를 하며 지껄여대면서 정숙 동무네를 들렀다는 얘기를 했던 것이다. 기자 동무가 염소도둑 취재를 하러 왔다는 둥, 보안원 동무도 있고 집데꼬도 있었다는 둥 해괴한 얘기를 했었다. 죽은 친구의 아들애를 위해 들렀다가 맞닥뜨린 소동이 있었다는 정도로 태산은 기억하고 있었다. 그날, 술 취한 달식이 동무의 입에서 끝난 얘기인 줄 알았는데 도일보사 특파기자에 보안원 동지까지 달식이 동무에게 뇌물을 고였다니 대체 어떤 흥클한늑글 수법에 낚였다는 말인가. 장한이 동무나 호철이 동무한테 뇌물을 고였다면 혹은 이렇게 어이없다는 말을 하지 않을 일이었다.

– 부부장 동지 팔아 량반 행세 하려들었던 꼴인데~

– 언 나~ 아니 무슨 이득을 보겠다고 당나귀 량반 행세를 했다는 말이오? 만사만물이 그저 거꾸로 물구나무를 서지 않고서야~

– 예 부부장 동지~ 그저 작년이 옛날이지요. 세상이 장마철 하늘같대니까요.

– 흐응, 범 모르는 하룻강아지라더니~

기자 동무는 평양으로 직장을 옮겨주겠다는 말에 혹하고, 분주소 보안원은 진급을 시켜주겠다는 말에 혹해 뇌물을 고였다는 것이었다. 허참, 달식이란 동무 혀뿌리에 홀라당 넘어간 동무들이 제정신들이란 말인가.

- 세상이란 게 머 하루가 다르게 변하지 않소? 그러니 별의별 일이 다 벌어지는 게지요. 내 부부장 동지 관련 신소 건은 내 선에서 없던 일로 처리하겠소. 달식이란 부부장 동지 친구를 만나 아주 데꾼하게 놀랍게 혼이나 내주오.

- 소장 동지, 이거 머 면목이 없게 됐소. 내 이 달식이 이놈을 그저~

태산은 정말 얼굴이 화끈거릴 정도로 체면이 상했다. 소장이 보거나 말거나 태산은 두 주먹을 불끈 쥐어 보였다. 그래도 자신을 배려하는 검찰소 소장 동지에게 고맙다는 생각이 들었다. 검찰소 소장의 방을 빠져나오려는데 소장이 태산의 손을 꼭 잡았다.

- 부부장 동지, 내 긴한 부탁이 하나 있소.

- 내게 부탁이오?

태산은 떼던 걸음을 멈추고 소장 동지를 바라보았다.

- 머 다른 게 아니고 최룡해 부위원장을 한번 뵐까 해서~

- 내 무슨 힘이 있다고~

- 머 도내 알만한 동지들은 다 알고 있소.

- 정히 그러시려면 내 기회 보아 긴히 연락을 취하겠소.

- 아이구 그저 어찌 치하를 드려야 할지~

태산은 그의 존재를 알아주는 검찰소 소장 동지의 태도에 내심 기분이 좋아지는 것을 느꼈다. 남조선이 어수선하지 않다면 최룡해 부위원장은 물론 김정은 위원장을 지척에서 모실 수 있는 기회를 만들어놓지 않았던가 말이다.

남조선에 불어 닥친 지소미아 분쟁과 박근혜 대통령 탄핵 문제가 아니었다면 이미 김정은 지존을 지척에서 모실 수 있었을 것이다. 지존을 위한 만수무강 프로젝트, 공화국의 번영과 자랑찬 광영을 위해 극비리에 준비한 자리가 아니던가. 그럼에도 태산에게 언제든 공화국의 미래를 위한 만수무강 프로젝트는 열려 있는 것이었다.

태산은 검찰소에서 나와 곧장 자동차를 몰아 달식이 동무 기업소로 향했다. 계단을 뛰어올라 헐떡이면서 달식의 연구 작업실 문을 열고 들어갔다. 달식이 동무의 모습은 보이지 않고 비쩍 말라 헐렁해 보이는 직원들이 빙 둘러앉아 회의를 하고 있는 모양이었다. 태산은 화가 턱밑까지 치밀어 올라오고 있었다.

– 달식이 이놈 어데 있나?

– 누구십네까?

정복을 입지 않은 탓에 어깨의 견장을 알아볼 리 없는 사내 하나가 물었다.

– 내 숨이 넘어가니 기딴 거 묻지 말고 어서 달식이 이놈 데려오라.

태산이 자기 성깔을 어쩌지 못하고 구둣발로 곁에 있던 나무 의자를 한번 걷어찼다. 태산의 무례한 행동에 체격이 건장해 보이는 청년 동무가 불쑥 나서며 저지했다.

– 아니 어찌 죄 없는 의자를 발로 차오? 거 동무가 뉘신 줄 알아야~

– 내래 새끼야 저 도 보위부 부부장이란 말이야. 자식이 시건방지게 입을 길게 놀리고 그러나 응?

– 머라굽쇼? 거 동무가 정말 여 보위부 부부장이란 말이오?

– 썩 달식이 이 놈 데려오라니까 임마~

– 예, 예~ 천달식 책임지도원 동지 지금 공무동력 [勞務動力 : 생산부서에 정비중인데 내래 곧 모셔오지요.

태산은 직원 하나가 헐레벌떡 계단을 뛰어 내려가는 소리를 들으며 의자에 삐딱하게 걸터앉아 담배를 뽑아 물고 있었다. 사무실의 벽에는 기술혁신, 특명과제 어쩌고 하는 빨간 문구가 난잡하게 붙어 있어서 쳐다보는 사람의 시야를 어지럽게 만들고 있었다.

　- 흥, 머라고? 기술혁신에 특명과제 좋아하신다~

　태산이가 왔다는 소식을 들었을 테지만 달식이 동무는 정작 올라오지 않고 심부름 내려간 동무만 숨을 헐떡이며 달려왔다.

　- 달식이 이 날강도 같은 놈, 내 왔다 소리 들으면 날력하게_{잽싸게} 달려와야지~

　- 예, 곧장 얘기했습니다.

　- 발바닥에 땀이 나게 뛰어오지 않고~

　하지만 태산이가 담배를 두 개나 태우는 동안에도 달식은 모습을 드러내지 않았다. 태산은 씩씩거리며 아까 데리러 갔던 그 동무를 앞장세우고 계단을 뛰어 내려갔다. 그러나 공무동력에 달식이 동무의 모습은 보이지를 않았던 것이다.

　- 이 놈 어데 있나 응?

　- 아니 아까 분명 책임지도원 동지 여게 있었는데 어데 갔지~

　- 괘씸한 놈 같으니~ 허 내 참, 이놈이 날 팔아 기자 선생 돈을 빨아내다니 흐어 그저 억이 막히누나 응~ 열 번을 생각해도 억이 막힌다는 말이야~

　달식이 동무는 태산이가 자신의 기업소에 직접 나타나자 지은 죄가 있어선지 도망을 처버린 모양이었다. 손전화로 연결을 해보려 해도 무슨 일인지 신호음조차 들리지 않았다. 태산은 혼자 분을 삭이지 못해 씨, 씨 소리를 내면서 자동차를 도일보사를 향해 몰았다. 검찰소 소장에게 들은 대로 도일보사 일층 안내대에서 특파기자 동무를 찾았다. 특파기자는 곧장 안내대로 탁구알_{탁구공}처럼 튀어나왔다.

— 허용수 특파 기잡네다.

— 나 보위부 부부장이요.

태산이 부부장이라 소개하자 특파기자는 그 말을 듣는 순간 말소리조차 오그라들어버렸다.

— 아이쿠, 부, 부부장 선생님~

— 내 어이 여게 왔는지 아오?

— 그저 죽을죄를 지었습니다. 욕심이 투미한 탓에 엉뚱한 데다 잘못을~

태산과 기자는 도일보사 직원들의 보는 눈을 피해 안내대에서 빠져나와 건물 밖으로 나왔다. 담벼락에 비스듬히 기대어 서서 태산이 특파기자에게 물었다.

— 관절 기자 양반, 달식이란 동무한테 어떻게 돈을 빨렸던 게요?

— 머 낯바닥이 부끄럽습니다. 보위부 부부장 동지가 죽마고구라면서 그저 여게 리직離職하면 평양 좋은 데에 추천을 해줄 수 있다기에~

— 쯧, 쯧~

— 면목 없습니다. 내 로동신문이나 조선중앙통신사에 들어가 1호김정은 행사 현장취재 한번 해보는 게 소원이라서 머 잠깐 눈이 어두웠던 게지요.

— 노동당 직속 언론이야 노동당 간부부에서 배치한다는 걸 모르나? 달식이 동무가 도 보위부 부부장 팔면서 돈을 빨아내려고 하는 짓이 그저 허황된 짓이란 걸 기자 동무가 더 잘 알 텐데 어찌~

— 알고 있습죠. 한데 부부장 선생 동지의 가시 아버지장인께서 도당 위원장이라 하면서 설레발을 치니 빠져들 수밖에요. 머 공훈기자 소린 듣지 못해도 인민기자 소리 한번 듣는 게 공화국 기자들의 소원이니 누굴 원망할 것도 없습지요.

태산은 도당위원장에 대해서는 아무 말도 입에 올리지 않았다. 기자들의 근성을 모르는 그가 아니기 때문이었다.

― 여 도일보사 특파기자라고 들었는데 조선기자동맹에는 가입이 되어 있나?

― 예, 특파기자 3급이라 보잘 게 없지요. 내년에는 사정시험을 쳐서 급수를 좀 올려볼까 공부 중입니다.

― 거 기자 양반 보니 나나이 50쯤 평양에 세 칸짜리 고층살림집아빠트을 탐내는 모양이로구마는~ 아니 한데 기자 양반, 달식이 동무를 처음 만났던 날 염소도둑 사건 취재를 나왔대는데 관절 그날 무슨 일이 있었던 것이오?

태산은 도일보사 특파기자로부터 염소도둑 사건에 대해 자세히 듣게 되었다. 특파기자에게 듣고 보니 달식이 동무가 술에 취해 횡설수설 하던 말의 실마리가 풀리게 되었다. 달식의 입에서 흘러나온 집데꼬에 대한 말은 도무지 리해가 되지 않았는데 특파기자로부터 자세히 듣고 보니 고개가 끄덕여졌다. 태산은 달식이 동무를 만나 빨린 돈을 받아내어 특파기자에게 돌려주겠다는 약속을 했다. 특파기자는 검찰소에 올린 신소 건을 취하하겠다고 태산에게 다짐을 하였다. 태산은 특파기자에게 명함을 한 장 건넨 다음 급히 정숙 동무를 향해 자동차를 몰았다.

2

정숙은 이제 아무리 몸부림을 쳐도 명호 동무가 자기 곁에 돌아올 수 없다는 것을 알았다. 태산이 동무의 계략이 아니더라도 조선공화국에서는 인정할 수밖에 없는 제도라는 것이 있었다. 정치범이 되어 감옥에 갇힌 죄수의 안해는 법적으로 강제이혼 당하지 않으려면 세대주를 따라 감옥에 수감되어야 하는 것이었다.

― 오정숙 동무는 정치범 죄수 리명호 동무와 리혼에 동의 하오?

― 판사님, 나는 리혼 할 수 없소.

정숙은 지역 인민재판소에 불려나와 세대주와의 강제 이혼절차를 밟고 있었다. 지역 인민재판소에서는 이혼전문 판사와 두 명의 인민참심원으로 재판부를 구성해 정숙에게 출정 명령을 내렸던 것이다.

― 그럼, 오정숙 동무는 당장 수용소에 입소해야 하오.

― 변호사님, 나를 도와주오. 나는 죄가 없소. 남편도 죄가 없는 몸이오. 억울하게 누명 쓰고 정치범이 되어 감옥에 갇힌 거라오.

― 변호인 동지, 오정숙 동무에 대해 어서 변론하오.

판사의 지시에 변호인이 정숙에 대해 변론을 하고 있었다.

― 예, 재판장님, 조선공화국에서 남편과 안해는 하나의 몸으로서 남편의 죄 값은 마땅히 안해한테도 주어지는 것이오. 리혼에 동의하지 못하면 마땅히 죄를 물어 감옥에 갇히는 것이 맞소. 죄수와 리혼하여 조선공화국에 충성할 수 있는 현명한 선택을 오 동무가 하기를 나는 바라오.

― 변호사님, 자식들도 있고, 늙은 시어머니도 있는데~

– 그러니 고집부리지 말고 어서 동의하오. 정치범 죄수와 강제로 리혼하도록 하는 제도는 조선공화국의 하해와 같은 온정이란 말이오.

변호사라는 사람이 앉아 있었지만 주민들의 입장보다 오히려 공화국의 입장을 대변해주는 사람 같았다. 조선공화국에서 당성이 뛰어난 사람들이 된다는 참심원들 역시 어느 누구도 정숙에게 유리한 변호는 해주지 않았다. 그런 까닭에 정숙은 이런 데서 아무리 명호 동무를 위해 몸부림을 친다한들 받아들여지기 어렵다는 것을 알았다. 그러므로 명호 동무를 위한 이런 정도의 수절은 정숙에게 마지막 몸부림밖에 되지 못하는 것이었다.

정숙은 결국 판사의 이혼판결을 강제적으로 수용해야 했다. 조선공화국에는 판사한테 뇌물을 바쳐서 이혼을 받아내는 녀성들이 많다고 했다. 정숙이 당장 뇌물을 고여서 명호 동무와의 법적 이혼이 받아들여지지 않는다고 한들 무슨 의미가 있다는 말인가. 공화국의 대다수의 녀성들이 세대주와 이혼을 하려고 뇌물을 고인다고 하는데 정숙은 공화국의 다른 녀성들과 반대의 입장이니 자신의 처지야말로 가련하지 않을 수가 없었다.

– 정숙 동무, 어서 이리 오라.

– 태산이 동무가 무슨 일로 인민재판소에 왔던 게요?

– 리혼 판결 받는 날이 아니나 응?

태산은 이날 구성된 재판의 내용이나 일정을 모두 파악하고 있었다. 명호 동무의 리혼 건에 대한 문건을 작성한 사람이 그가 데리고 있던 직속 부하였던 것이다. 인민재판소 재판부에서 처리할 사건의 문건에 대해 태산은 은밀히 부하로부터 보고를 받고 있었던 것이다. 재판부의 판결이 어떻다는 것은 정치범 사건을 다룬 문건 담당자들도 훤히 들여다보고 있는 일이었다.

– 인생이란 게 참 허거프지_{허전하지} 않니?

태산이 자동차를 천천히 움직이면서 다소곳한 목소리로 말했다.

– 인생사막人生沙漠이 이케 화려하게 펼쳐질 줄은 몰랐다오.

정숙이 손수건을 꺼내 눈물을 닦으면서 말했다. 그녀는 자신의 처지를 스스로 비꼬는 투로 말을 하고 있었다.

– 정식 재판부까지 만들어주고 조선공화국이 살만하지 않니?

태산은 이제 명호 동무로부터 완전히 분리된 정숙을 대하니 마음부터 한결 편안해졌다. 벗의 안해라고 말끝마다 존대를 해야 하는 일이 그에게는 늘 거북하게 느껴졌던 것이다. 이제 정숙에게 구박을 받는다고 하더라도 낯바닥 간지러운 말투는 이마내_{흉내}도 내지 않으리라 생각하고 있었다.

– 흥, 엎드려 절 받는 꼴도 아니고~ 공화국에서 변호사 선생은 대체 누구 편이랍니까? 말끝마다 판사 편을 들지 않나~ 머 이케 리혼시켜주는 공화국 제도야말로 조선공화국의 하해와 같은 온정이라나 머라나~

– 정숙 동무, 공화국 일이란 게 가다금_{이따금} 서운감이 들 때도 있지 않겠나? 그저 어지간하면 호감정_{好感情}하는 게 좋지 않니?

– 긍정도 머 본받을 만 해야 긍정 아니랍니까?

– 정숙이 동무, 거 좋은 날에 랭수 끼얹지 말자 응?

– 동무 눈엔 참 좋은 날도 많소. 부가장_{父家長 :가부장}이 떨어져 나갔는데 어이 좋은 날이라면서 릉욕_{凌辱 : 능욕}을 주오?

– 정숙이, 정치범의 안해로 사는 길은 12호 아님 15호 숫자 받아 수용소에서 뼈를 묻는 길이야~ 공화국에서 리혼을 시켜주는 거야말로

정치범에서 면탈免脫을 해주는 거란 말이야. 그저 오늘에는 웃자 웃어 하하하~

  ― 명호 동무는 지금 어데 있소? 정말 12호 숫잘 받은 게요? 15호 숫잘 받은 게요? 압록강 건너 아랫동네 있는 것이오? 답답해서 묻는 거라오.

  ― 정숙 동무, 진정 하라. 벽에도 듣는 귀가 있다는 조선공화국이야. 죄를 쓰고짓고 떠난 사내 그저 이제 통 크게 잊자. 내 정숙 동무한테 이런 얘기 꺼내기 좀 머 하는데 사내들이란 게 마누라 눈에서 멀어지면 외간 처자 끼고 도는 짐승이란 말이야~

  태산의 입에서 되다만 말들이 쏟아져 나왔다. 태산은 이제 정숙의 마음에서 명호 동무를 걷어내려고 슬슬 시동을 걸고 있었다.

  ― 모르는 소리예요. 명호 동무는 나밖에 모르는 나그네란 말이오. 예쁜 처자 열을 붙여도 눈 하나 깜짝 안할 사내 중의 사내란 말이오.

  태산은 정숙의 말에 속으로 회심의 미소를 지었다. 명호 동무의 성정이야 정숙의 말이 틀리지 않을 것이다. 하지만 명호와 정숙 동무의 운명은 이제 영원히 리별離別을 해야 하는 처지가 되고 말았다.

  태산은 갑자기 차의 방향을 틀어 압록강 강변을 향해 자동차를 몰았다. 날씨도 이제 남녘에서 올라오는 춘기春氣로 은근히 따뜻한 기운이 돌고 있었다. 도회지 골목길의 말 못하는 짐승들도 지척까지 날아든 봄기운을 느낀 탓인지 코를 큼큼거리며 엉덩이를 들썩거리고 있었다. 농촌에서는 새로운 마음으로 살림집을 건설하느라고 농촌건설대가 기지개를 켜고 짐승들도 바쁜 일손을 거들기 시작한다는 봄의 문턱이었다.

  행복의 열쇠는 자신의 주머니에 있다고 태산은 생각하고 있었다. 어떤 행복창고 문을 열고 들어갈 것인지 마음만 먹고 열쇠를 따고 들어가면 그만이었다. 정숙 동무와 조선공화국에서 앞날을 열어갈 생각을 하니 너불너불 가슴이 부풀어 올라오는 것을 막을 수가 없었다. 다른 때와는 달리 자동차로 달리던 방향을 틀어도 정숙 동무는 저지하지 않고 무관심한 태도를 보이고 있었다. 태산은 공연히 벅찬 마음이 턱밑까지 차올라 창유리를 내려놓고 휠~휠~ 휘파람까지 불어대고 있었다.

곰실곰실곰곰 생각해 보니 이날의 행복은 단연 김정은 위원장이 하사한 선물이었다. 1호행사가 아니었다면 명호 동무를 재깍 잡아들이기에는 태산의 부담이 너무 컸던 때문이었다. 명호 동무를 정치범으로 낙인찍기 위해 착실히 증거물을 모아두었지만 정숙 동무의 원망이 태산에게 향한다면 모든 계획이 무용지물이 되는 것이었다.

집을 나간 나그네남편에게서 삼 년 이상 소식이 두절되어야 조선공화국 아낙네아내들은 리혼을 바라볼 수가 있었다. 그것도 인민반장이나 담당보안원의 까다로운 확인을 거쳐야 하는 일이었고 복잡한 절차를 통해 인민재판소에 리혼을 청구할 수 있는 것이었다. 전문판사와 인민 참심원 등 재판부를 구성한다고 하더라도 치열하게 다투어야 하는 어려운 작업이었다. 그러므로 김정은 위원장의 신의주 방문 행사는 태산의 입장에서 보면 지존의 선물이나 다름이 없었던 것이다. 1호 행사를 빌미로 명호 동무를 자연스럽게 보위부 감옥으로 붙잡아올 수가 있었기 때문이었다.

– 태산이 동무는 머가 그리 좋소?

자동차가 방향을 틀어 한참을 달렸는데 압록강가로 향하는 로정표路程標: 이정표가 눈에 들어오자 정숙 동무가 무덤덤하게 물었다. 하지만 태산은 대답하지 않고 휠~휠~ 휘파람을 불면서 콧노래를 흥얼거렸다. 자동차가 찻집들이 늘어선 압록강 강변에 도착했을 때에야 정숙이가 물었던 물음에 대해 대답을 하고 있었다.

- 내라고 머 맘이 편안 하겠나~ 정숙 동무 그저 오늘 인생 새잡이 하는 날인데 머 리별정離別情이란 아쉬운 맘도 달랠 겸 해서 말이야~ 저 시퍼런 강물 좀 보라, 세상이 저렇게 펼쳐질 터인데 정숙 동무한테 어이 인생사막이란 말이나. 자 어서 내리라우. 압록강 물연기물안개는 떠난 임 잊으라고 피어나는 물연기라는데~

태산의 말에 정숙 동무가 피식 웃었다. 정숙의 입가에 웃음기가 돌면서 태산의 가슴에서는 봄 아지랑이가 흐드러지게 피어나는 느낌이었다. 세상 살아오면서 이렇듯 들뜬 감정의 소용돌이는 처음이었을 것이다. 아아, 정숙 동무야말로 자신에게 이런 봄 아지랑이의 설렘을 피어나게 하는 유일한 녀성일 것이라고 태산은 생각하고 있었다. 덕순이 동무와 함께 은밀한 작전을 펼치면서 여러 차례 이곳 찻집에서 차를 마셨지만 그때는 아무런 설렘 같은 것도 느껴보지 못했던 것이다.

- 정숙 동무, 이쪽으로 앉으라.

태산이 바깥 풍경이 반쯤 내다보이는 창가 자리로 정숙을 안내했다.

- 나그네남편가 죽었는지 살았는지 터문처지도 모르면서 압록강 찻집이라니~

정숙이 못마땅한 태도로 자리에 앉으면서 넉두리질을 했다.

- 자꾸 옥생각그릇된 하지 말라우.

- 태산이 동무, 나는 어이 살아가야 하오?

정숙의 퉁명스런 물음에 태산은 대답하지 않고 봉사원 동무를 불렀다.

- 강령녹차를 주오.

- 예, 은정차 드리지요.

전망이 좋은 자리는 이미 젊은 청년들이 차지하고 앉아 있었다. 태산은 유니폼을 단정히 차려입은 봉사원이 내어온 강령 녹차를 홀짝홀짝 마시면서 넘실대는 강물의 출렁거림을 창문을 통해 바라보았다. 덕순이 동무와 함께 비밀작전을 펼치며 드나들던 압록강 찻집에서 정숙 동무와 함께 은정차를 마시게 되다니 세상영문世上刑便이란 것이 정말 종잡을 수가 없었다.

– 차부터 마시라.

– 나는 어찌 살아가야 하오?

정숙이 실의에 빠진 목소리로 하소연하듯 물었다.

– 세상고世上苦야 그저 공화국 주민들에 숙제 아니니? 차부터 마시고 래일來日 일은 래일來日 생각하자~

– 달첩月妾이나 될까?

조선공화국에서 은밀히 녀성 동무들이 사내의 첩이 되어주고 생활비자금生活費資金을 받아 사는 녀성을 달첩이라고 불렀다.

– 아니 정숙 동무래 무장 말을 함부로 하니? 달첩이라니?

– 정숙인 별댁別宅 : 첩 소리 듣고 살면 아니 되오, 응?

정숙은 이렇게 말을 하는 자신이 믿어지지 않았다.

– 내가 있는데 어이 별댁 소릴 듣고 산단 말이야? 내래 혼자 있는 몸이고 정숙 동문 내 아들애 어머니 아이니 응?

– 태산이 동무하고 새잡이 하는 거야 조선공화국 어느 녀성이 마다하겠소? 하지만 감옥에 갇힌 명호 동무에 대한 례의禮義는 아니지요.

정숙은 랭정冷情하게 잘라 말했다.

– 정숙 동무, 어리석게 왜 이러니?

– 야박하다 여기지 마오. 내 죽어도 명호 동무에 대한 의리는 산 같

이 무겁게 지켜낼 거예요.

명호 동무의 처지를 생각하면 정숙의 가슴이 찢어지는 느낌이었다.

– 의리야 깨지라고 있는 의리지~ 한쪽에서 지키는 일방적인 의리는
명청한 짓이란 말이야.

– 게 무슨 말이지요?

정숙은 태산이 동무의 말이 얼른 리해가 되지 않았다.

– 정숙 동무, 사내들이란 게 아낙네 곁에 있을 적에 든든한 세대주
노릇하지 대문 밖에 나가면 외간 처자한테 흠뻑 빠지고 마는 짐승이란
말이야. 명호 동무도 벌써 수컷치레를 하고 다니는데 에이 참 머라 할
수도 없고~

– 수컷치레를 하고 다닌다굽쇼? 누가 말이에요?

정숙이 태산이 동무를 향해 한껏 고개를 쳐들어 따지듯 물었다.

– 누군 누구이니? 정숙 동무가 의리 지키겠다는 명호 놈이지~

– 명호 동무가 수컷치레 하고 다닌다는 것을 어찌 립증立證할 수 있
소? 공연히 없는 사람 얼굴바닥에 됩다도리어 침이나 뱉지 마오.

– 홍, 침이나 뱉지 말라니~ 내 우여일부러 이런 좌증左證 : 증거을 만
들어낸 것도 아닌데 머 여기저기 이상한 그림이 돌아다닌다기에 그저
눈여겨보았더니 이런 되다만 활동사진들이더란 말이야 에이 퉤~

태산이 품속에서 몇 장의 정지 사진을 꺼냈다. 남녀가 완전히 발가
벗고 짐승처럼 흘레교미를 붙는 사진이었다. 홀랑 발가벗은 남녀가 뱀
처럼 몸뚱이를 서로 휘감은 채로 정말 짐승처럼 흘레를 붙고 있는 모
습이었는데 자세히 보면 명호 동무의 모습이었다. 비교적 똑똑히 찍힌
사진에는 경대를 등지고 앉은 녀성에게 팔을 뻗치는 명호 동무의 모습
이 보였고, 녀성의 얼굴은 단발머리가 이마를 가려버려서 확연히 보이

지는 않았다.

- 정숙 동무, 이게 누구이니? 눈이 있음 똑똑히 보라.

- 아니 명호 동무가 어찌 이런 발가벗은 몸으로~

- 자본주의 맛에 빠져도 너무 빨리 빠진 명호 동무란 말이야. 이런 명호 동물 위해 머이 의리를 어찌한다고?

잠시 침묵이 흘렀고, 눈을 감은 정숙의 눈에서는 눈물이 흘러내리고 있었다. 그런데 정말 눈 깜짝할 사이에 엄청난 일이 일어나고 말았다. 정숙 동무가 별안간에 아아~ 고함을 지르더니 들가방을 탁자에 둔 채 찻집 밖으로 용수철처럼 튀어나갔던 것이다. 태산은 순식간에 일어난 사건에 당황해하며 정숙의 뒤를 바람처럼 따랐다. 그런데 정숙은 물얼음이 완전히 녹아 출렁거리며 흘러가는 압록강 수면으로 일말의 주저함도 없이 풍덩 몸을 던지는 것이었다.

정숙이 물에 빠져 물속으로 가라앉는 모습을 보며 태산이 동무 역시 구두까지 신은 채로 풍덩 몸을 강물에 던졌다. 태산이 무거친드센 강물을 거슬러 헤엄을 쳐서 정숙에게 다가서는데 겨우 손을 뻗은 태산의 손 안에 정숙의 머리채가 들어오는 것이었다. 태산은 힘껏 정숙의 머리채를 잡아 정숙을 수면 위로 건져 올린 후 한 팔로 정숙의 목을 감아 안고 한쪽 손을 크게 저어 강물이 밀리는 방향을 업고 헤엄을 쳤다. 겨우 정숙 동무를 강가 언덕에 끌어 올렸고, 정숙은 거의 의식을 잃은 모습이었다. 지나가던 사람들 몇 명이 달려와서 이런 모습을 지켜보았고, 태산은 숨을 헐떡거리면서 정숙을 끌어안고 중얼거렸다. 태산의 목소리에 물기가 배어 있었다.

- 기깟 못된 자식 의리가 머라고~

- ~ ~

태산은 정숙을 눕혀놓고 아래턱을 잡아당겨 기도를 연 다음 그녀의 입안으로 숨을 불어넣었다. 그러자 정숙의 입안에서 물이 뿜어져 나왔다. 이런 동작을 몇 번 반복하자 이내 정숙의 호흡이 돌아왔다. 호흡이 돌아오면서 곧 의식도 돌아왔다. 태산은 주위에 손사래를 쳐서 사람들을 흩어지게 했다.

― 의리도 의리 나름이지, 어이 못된 자식 의리 지킨다고 귀한 목숨을 기러기 털처럼 가벼이 여긴다는 말이니 응? 정숙 동무, 내 이제 정숙이 혼자 못 보낸다. 알겠니?

― ～ ～

정숙은 엉망이 되어버린 몸과 마음을 겨우 가눈 채로 눈물을 흘리고 있었다. 태산은 이렇게 자신의 무릎에 안겨 눈물을 흘리는 정숙의 모습에 가슴 한쪽에는 예리하게 아픔이 밀려오고 있었다. 모든 것을 주어도 아깝지 않을 정숙 동무와 한바탕 소란은 피웠어도 이렇게 그의 무릎에 안겨 눈물짓는 정숙 동무의 모습을 보니 마음이 점차 편안해졌다. 태산은 자신의 거친 입술로 떨고 있는 정숙의 입술을 천천히 덮었다.

그때, 어디서 날아온 철새들인지 모른다.

끼룩～ 끼룩～ 끼룩～

철새들 한 무리가 그들의 머리 위에서 날고 있었다. 태산은 한참동안 정숙 동무의 입술에서 자신의 입술을 떼지 않았다. 정숙의 입술은 미동도 하지 않았지만 태산에게 아주 감미로운 순간이었다. 날이 저물기를 재촉하듯 철새들이 저만치 날아가고 있었다. 태산이 자신의 입술을 떼어내자 정숙 동무가 울먹이는 소리로 말했다.

― 어이 나를 살려 놓았소?

― 목숨을 어찌 그렇게 가볍게 여긴다는 말이니～ 정숙 동무 없어지

면 태산이 사는 게 무슨 의미가 있겠는가 말이야~

태산의 대답에 이번에는 정숙이 머뭇머뭇 그녀의 입술을 가져다 댔다. 태산은 정숙의 도발적인 행동에 멈칫 당황하면서도 감미롭다는 표정으로 눈을 감고 있었다. 이때, 저 멀리 서녘 하늘에 스산하게 낙조落照가 깔리고 있었다. 태산은 정숙의 젖은 몸을 일으켜서 가슴 쪽으로 끌어당기며 그녀의 목덜미에 얼굴을 묻었다.

제51장 심장을 주오

1

아이샤는 말레이시아 쿠알라룸푸르 한 호텔에서 마사지사로 일하고 있는 인도네시아 출신 녀성이었다. 그녀는 젊고 발랄한 20대의 녀성으로 연예인 지망생이었다. 아이샤는 어느 날, 나이트클럽에서 만난 한 택시 운전사로부터 '리얼리티 TV쇼'에 출연할 배우를 찾고 있는 일본인이 있다는 말을 들었고 그 운전사로부터 명함 하나를 건네받았다. 아이샤는 곧장 명함 속의 일본인에게 전화를 걸었고 바로 명함 속의 남자와 만남이 이루어졌다.

　- 난 일본 후지티브이 피디 하나모리 입니다.

　그는 '하나모리'라는 이름을 사용하고 있었다.

　- 예, 반갑습니다. 시티 아이샤라고 해요.

　갓 서른 살이나 되었을 법한 청년은 자신을 일본의 TV방송국 피디라고 소개했다.

　- 날 그냥 편하게 '제임스'라고 부르시오.

　- 예, 제임스 씨~

　청년의 말투는 명료하면서도 사무적事務的이었다. 아이샤는 그런 제임스의 태도가 썩 마음에 들지는 않았지만 우연히 찾아온 좋은 기회라는 생각에 일부러 밝은 표정을 지어보였다. 아이샤가 만난 제임스라는 사람은 사실 일본인 행세를 하며 접근한 북한 공작원 리지우였다.

　- 간단한 프로그램입니다.

　- 무엇이든 자신 있어요. 연예인만 될 수 있다면 뭐든~

　아이샤의 얼굴에서는 경계심 같은 표정은 찾아볼 수 없었고, 오히려

운이 좋게 일을 만난 것에 대한 설렘과 기대감으로 부풀어 있었다.

– 리얼리티 티브이 쇼 들어 보았소?

– 예, 어디에서나 유튜버가 되어 동영상을 만들죠.

아이샤는 제임스라는 청년 앞에서 자신감을 잃지 않으려고 노력했다. 기회를 놓치지 않고 반드시 잡아야 된다는 야망이 속에서 들끓었다.

– 바로 그겁니다. 아이샤 씨의 모습을 보고 많은 사람들이 즐거움을 느끼도록 하는 겁니다.

– 예, 빨리 촬영하면 좋겠어요.

아이샤는 자신이 마치 연예인이 된 느낌이 들었다.

– 우리 티브이에서도 빠를수록 좋습니다.

– 어쩜~ 화끈해서 마음에 들어요.

– 하하하~ 흥미로운 일이니 자부심을 갖기 바라오.

아이샤는 고개를 끄덕거렸다.

그녀의 출연 일정은 빠른 속도로 진행되고 있었다. 첫날 만났을 때부터 구체적인 촬영 현장까지 바로 답사했다.

– 내일 당장 A구역 쇼핑몰에서 첫 촬영을 합시다.

– 사전 대본이라도 주세요.

아이샤는 마음이 설레는 만큼 급해진 탓에 제임스에게 대본을 요청했다. 하지만 제임스란 청년은 어울리지 않게 빙긋 웃으면서 고개를 저었다.

– 대본은 필요 없소.

– 아니 촬영 대본이 없다는 말예요?

아이샤는 의아한 표정으로 되물었다.

– 대사 없는 역할이오.

– 아니 대사가 없다는 말씀인가요? 그럼, 상대 역할은 누구인가요?

아이샤에게는 갈수록 의아함이 솟아났다.

– 쇼핑몰에 걸어 다니는 모든 남성입니다.

– 호호, 모든 남성이라니 내가 사내 복이 많은가요?

아이샤는 의아함보다 이제 흥미롭다는 생각이 들었다.

– 모든 남성 중에 한 사람을 고르면 되오. 아이샤 씨 맘에 드는 아무 남성이라도 상관 없단 말이오.

– 내 맘에 든 남성을 아무나 한 명 고르면 된다는 말이죠? 그런 다음에는~

– 예, 바로 이 대목이 우리 리얼리티 티브이 쇼에서 가장 중요하오. 그 남성의 얼굴에 번개발처럼 베이비오일을 바르면 끝나는 쇼라오.

– 어머, 처음 보는 남자한테 그런 장난을 친다는 말예요?

아이샤의 입에서 저도 모르게 놀란 듯한 목소리가 터져 나왔다.

– 그게 바로 우리 리얼리티 티브이 쇼의 특색이라오. 이런 장난을 걸었을 때 상대방 남자의 반응을 보는 것이오.

– 아 알겠어요.

아이샤는 제임스라는 청년의 설명을 들으니 고개가 끄덕여졌다. 이튿날, 아이샤는 약속한 A구역 쇼핑몰에 도착했다. 제임스란 사람이 아이샤의 손에 베이비오일을 발라주었다. 촬영 팀은 보이지 않았는데 제임스란 청년의 말에 의하면 보이지 않는 곳에서 누군가 은밀히 촬영을 하고 있다고 했다. 아이샤는 몇 번 망설임 끝에 쇼핑몰 내에서 지나가는 아무 남자나 선택하여 번개처럼 베이비오일을 얼굴에 바른 다음 시키는 대로 곧장 도망쳐서 쇼핑몰을 빠져나왔다.

– 오늘 수고 많았소.

칭찬과 함께 제임스란 사람이 출연료 명목으로 두툼한 봉투를 내밀었다.

- 고맙습니다.

아이샤는 봉투를 받아들면서 참 희한한 리얼리티 티브이 쇼라는 생각을 했다. 왜 이런 리얼리티 티브이 쇼를 찍는다는 것인지 이해가 되지 않았다. 그러나 그런 것은 아이샤에게 중요한 것이 아니었다.

- 일본 사람들이 이 영상을 보고 아주 좋아할 것이오. 오늘 전혀 어색하지 않았소. 연기가 생각보다 자연스럽게 보였다오.

- 칭찬은 들어서 좋지만 괜히 베이비오일 뒤집어쓴 그 남자한테 미안합니다.

- 미안해할 거 없소. 우리가 그 사람에게도 일정의 출연료를 지급하는 등 뒤처리를 한다오. 그러니 배우가 연기한다 생각하고 뻔뻔해야 하는 것이오. 앞으로 이런 촬영이 여러 번 있을 것이오.

연기를 했다는 명목으로 후한 대가까지 받은 아이샤의 기분은 그렇게 나쁘지 않았다. 이후에도 사람들이 붐비는 쇼핑몰, 공원, 지하철역 등 다양한 장소에서 똑같은 촬영을 했고, 횟수가 거듭될수록 베이비오일의 공격을 받은 남자들에게 미안한 마음이 별로 들지 않았다.

그러다가 말레이시아에서 캄보디아로 장소를 옮겨 상대역만 바뀌었지 같은 동작의 쇼를 촬영했다. 아이샤가 캄보디아에서 만난 리얼리티 티브이 측의 사람은 '미스터 장'이라는 가명을 사용하고 있는 홍송학이란 젊은 청년이었는데 역시 북한 공작원이었다.

똑같은 형식의 촬영이 계속되었는데 '미스터 장'이라는 청년의 지휘를 받으면서부터 촬영의 강도가 세졌다. 행동하기 힘든 장소를 지정하는가 하면 남성의 얼굴에 칠하는 베이비오일의 양도 점점 많아졌다.

조금이라도 실수를 하면 호통이 떨어졌고, 어떨 때는 연기가 마음에 들지 않는다며 폭언까지 하였는데 무엇보다 베이비오일의 정해진 양을 정확히 얼굴에 바르지 못할 경우에는 장소를 옮겨 다시 시도하도록 하였다. 아이샤는 이때부터 분위기가 매우 심상치 않게 진행되고 있다고 느끼면서 리얼리티 티브이 쇼가 상당히 무섭다는 생각이 들었으나 고액의 출연료와 배우가 될 수 있다는 기대감에 묻어버렸다.

– 우리 리얼리티 티브이 쇼의 클라이맥스를 위해 말레이시아 촬영이 잡혔소.

– 티브이 쇼는 언제 방송 되는 거예요?

아이샤에게 가장 큰 관심은 촬영한 내용의 티브이 방영이었다.

– 이번 촬영을 잘 마치면 며칠 후 티브이 쇼에 방영될 것이오. 그런데 이번에는 촬영 방식이 조금 다릅니다.

– 어떻게 다르다는 말씀이지요?

– 아이샤 씨가 대상을 선택하는 것이 아니라 대상 인물이 특정特定되어 있소.

아이샤는 리얼리티 티브이 쇼라는 것이 참 도깨비 같다는 생각을 하고 있었다.

– 어머, 누구인데 미리 특정을 했단 말예요? 연예인인가요?

아이샤는 순간 기분이 상승되며 기대감이 커졌다.

– 우리 회사에서 제일 높은 사람이오. 그런데 그 사람은 아주 성격이 거칠고 거만하오.

– 스릴은 있겠네요. 호호호~

이렇게 말은 했지만 회사의 높은 사람이란 말에 솔직히 아이샤의 마음은 약간 주눅이 들었다.

- 그러니까 베이비오일을 얼굴에 정확히 묻힌 다음 곧장 도망쳐야 한단 말이오.

- 예, 무슨 말인지 알겠어요.

그런 정도라면 어렵지 않게 촬영을 마칠 수 있을 것이라고 생각했다.

- 또 한 가지 알아두어야 할 게 있소.

아이샤는 고개를 쳐들어 미스터 장이란 청년을 쳐다보았다. 그의 표정은 매우 엄숙했고 상당히 굳어 있는 듯이 보였다.

- 다른 동료 녀성 한 명이 이번 리얼리티 티브이 쇼에 함께 출연하게 될 것이오.

- 예, 알겠습니다.

촬영에 다른 참가자가 있다는 말에 아이샤는 조금 안심이 되었다.

- 이번에는 특별히 베이비오일을 사용하지 않소. 독성이 조금 있는 물질이니 지목하는 인물에게 실행한 다음 곧장 손을 세척하고 몸을 숨기시오.

- 아니 높은 사람한테 왜 독성물질을~

그녀에게 안심은 잠깐에 지나지 않았다. 바로 독성물질이란 말에 아이샤의 마음은 다시 불안해지기 시작했다.

- 그런 거는 걱정 안해도 되니 묻지 말고 출연료 제대로 받으려면 무조건 시키는 대로 하시오.

- 예, 알겠습니다.

아이샤는 TV방송에 출연한다는 기대감과 고액의 출연료를 생각하자 고개를 숙이지 않을 수가 없었다. 촬영계획이 잡힌 그날 이른 아침에 아이샤는 말레이시아 국립 쿠알라룸푸르 공항에서 미스터 장의 지시에 따라 대기하고 있었다. 아이샤는 회사에서 가장 높은 사람의 얼굴에 독성물질을 발라야 한다는 부담감 탓에 잔뜩 긴장하고 있었다.

마침내, 미스터 장과 함께 다른 사내 하나를 만났는데 마흔 중반으로 보이는 중년 사내였다. 조선공화국 정찰총국 소속인 리정철이라는 그 사내는 사실 북한의 대학에서 과학과 약학 분야를 전공한 재원이었다. 또한 리정철은 인도에서 화학을 공부한 것으로 알려진 인물로 독극물 전문가였는데 사건이 발생한 날 아침, 리정철은 쿠알라룸푸르 국제공항 제2청사에서 VX신경작용제라 불리는 독극물을 은밀히 미스터 장과 '와이'라는 사내에게 전달했던 것이다.

미스터 장과 '와이'라 불리는 사내는 함께 이동하여 아이샤와 또 다른 출연 녀성을 만났다. 미스터 장이 아이샤의 손에 약물을 묻혀주었고, '와이'라 불리는 사내는 다른 녀성의 손에 약물을 직접 발라주었다. 아이샤와 동시에 손에 약물을 바른 녀성 역시 아이샤와는 다른 장소에서 리얼리티 티브이 쇼에 출연한다는 명목으로 똑같은 훈련을 해왔던 사람이었다. 베트남 출신의 흐엉이라는 20대의 청순한 녀성이었다.

― 아이샤, 전해준 사진 잘 기억하오?

― 예, 꿈속에 나타날 정도로 지긋지긋하도록 눈에 담아 두었어요.

― 좋아요. 이제 저쪽 출구에서 그 사내가 나타날 것이오.

― 알겠어요.

아이샤의 입술이 바들바들 떨렸다. 아이샤는 사실 떨리는 입술보다 더 바짝바짝 혀가 타드는 느낌이었다.

― 주어진 시간은 단 30초, 얼굴에 약물을 바른 다음 손을 씻고 택시로 도망치시오.

― 네, 알겠습니다.

'와이'라고 불리는 사람 역시 미스터 장이 했던 것처럼 흐엉에게 지시했다. 그의 손에는 물병이 들려 있었고 매우 굳은 표정이었다. 아이샤에게 지시했던 미스터 장 역시 먼발치에 서서 아이샤를 지켜보고 있었다.

아이샤는 잔뜩 긴장하며 사진으로 익힌 회사에서 가장 높다는 40대 중반의 사내를 공항 로비에서 발견하여 인식하였고, 아이샤와 조금 떨어진 위치에서 미스터 장이 손짓으로 목표인물을 확인해주었다. 아이샤의 상대 남자는 사진에서 본 것처럼 키는 커 보이지 않았지만 몸집이 뚱뚱한 편이었는데 회사의 높은 사람 이미지와는 관계없이 좋은 인상을 풍기지는 않았다.

기회를 포착한 아이샤는 상대 배역의 사내가 공항 로비를 가로질러 항공편 스케줄을 확인하는 것을 지켜보았다. 그런 다음 그 사내가 무인발권 키오스크에 접근한 순간 사내의 뒤로 접근해서 순식간에 손에 묻힌 약물을 얼굴에 바르고 잽싸게 화장실을 향해 도망쳤다.

아이샤가 그 사내에게 접근한 바로 같은 순간에 흐엉이란 녀성 역시 뒤에서 접근해 동일인물의 얼굴을 약물로 공격하고 똑같이 도망을 쳤다. 아이샤와 흐엉이란 녀성은 서로 일면식도 없었고, 쿠알라룸푸르 국제공항 리얼리티 티브이 쇼 촬영 현장에서 잠깐 스친 것이 인연의 전부였다.

두 명의 녀성에게 난데없이 공격을 받은 중년의 사내는 안내데스크로 다급히 발걸음을 옮겼다. 안내 데스크에서 두 명의 직원에게 조금 전에 자신한테 일어난 상황을 다급하게 설명했고, 공항 직원들은 그 중년의 사내를 아래층의 정복 경찰들에게 데려갔다. 경찰들에게 무엇이라 설명한 사내는 공항 메디컬 센터로 황급히 보내졌는데 이동 중에 의식을 잃고 말았다.

아이샤와 흐엉이란 녀성은 화장실에서 허둥지둥 손을 씻고 공항 로

비 밖으로 튀어나와 각자 택시를 타고 도망쳤다. 이런 공항의 모습들을 먼발치에서 은밀히 지켜보던 북한의 공작원 사내들 역시 뛰듯 빠른 걸음으로 산발적으로 흩어졌던 것이다.

2

특보로 쏟아지는 긴급뉴스를 접하면서 남한 사람들은 혀를 끌끌 차지 않은 사람이 없었다. 말레이시아 쿠알라룸푸르 국제공항 제2청사에서 김정은 위원장의 이복형인 김정남이 아침 이른 시각에 VX신경제라는 독극물로 암살을 당했다는 것이다. 텔레비전 속보로 전해지는 쿠알라룸푸르 국제공항 암살사건에 관한 소식은 사람들의 시선을 단번에 사로잡았는데 하나같이 피도 눈물도 없는 젊은 독재자 김정은을 입에 올리며 욕설을 늘어놓았다.

– 피를 나눈 형제를 죽이다니 저런 피도 눈물도 없는 놈을 봤나~

– 어이, 저놈은 지 할아버지 아버지보다 더 흉악한 악종이여~ 저놈 보니 악은 악을 몰고 온다고 오래 갈 거 같지는 않아~

텔레비전 앞에서 눈빛을 번쩍이며 속보에 귀를 기울이던 사람들의 입에서 한 마디씩 쏟아져 나올 때마다 명진의 가슴 역시 아픔으로 젖어들었다. 신원 미상의 녀성 두 명의 약물 공격을 받고 김정일의 장남 김정남이 사망했다는 보도를 접하면서 남한 사람들은 대부분 북한 최고지도자 김정은의 지시에 의해 살해됐을 것이라고 생각했다.

– 배가 다르다고는 하지만 한 핏줄 받은 맏형이라는데 어떻게 죽일 수가 있어?

- 근데 누가 죽인 거여? 암살자가 북한 사람들은 아닌 모양인데 대체~

남한 사람들의 눈에도 김정남에게 접근해 독극물을 얼굴에 바르고 달아난 녀성들의 모습이 동남아계 사람으로 보인 것은 틀림없었다. 며칠 뒤에, 말레이시아 경찰에 의해 암살에 가담한 동남아계 녀성들이 붙잡혔다. 인도네시아 국적의 아이샤란 녀성과 베트남 국적의 흐엉이란 녀성으로부터 리얼리티 티브이 쇼의 촬영이란 말에 속아 독극물을 김정남의 얼굴에 발랐다는 자백을 받아냈다는데 그 녀성들의 말을 사람들은 믿으려 하지 않았다. 말레이시아 검찰 역시 이들이 무고한 희생양들이 아니라 훈련된 암살자라고 주장했다.

- 이들은 숙련된 암살자들입니다. 강력한 처벌이 요구됩니다.

- 리얼리티 티브이의 몰래카메라라는 말은 너무도 궁색한 변명밖에 되지 않습니다. 이들의 죄를 철저히 따져 묻겠습니다.

말레이시아 경찰은 정작 북한 공작원들을 모두 놓친 상황의 책임을 이들 두 녀성을 체포함으로써 만회하고자 하는 모양이었다. 사람들 역시 말레이시아 경찰의 주장처럼 몰래카메라를 찍는 줄로 알고 속아서 이런 사건을 벌이게 되었다는 두 녀성의 말을 믿으려 하지 않았던 것이다.

- 김정남을 죽인 책임은 김정은에게 있다고 생각하오.

- 머 심증이야 백번 천번 가지만 김정은이가 시켰다는 결정적 증거가 없으니 무슨 수로 입증을 한다 말이오.

진실도 하나이고 결과도 하나일 텐데 사람들의 의견은 하나가 아니었다. 사람들의 의식 속에 하나같이 자리 잡은 것은 김정은 통치의 잔인성이었다. 명진도 이 사건은 김정은 공포통치의 서막에 지나지 않은 사건이라는 생각이 들었다.

- 여보, 이게 권력 싸움이에요?

― 그야 무슨 내막인지 모르지~ 김정남이가 동생 김정은이를 피해 해외로 떠돌이처럼 떠돌아다녔는데 무슨 권력 싸움이랄 게 있겠는가 말이야~

― 누가 죽이라고 지시했을까요?

― 내 무슨 수로 복잡한 내막을 알겠는가, 쯧~ 쯧~ 아직 젊은 사람인데 권력에서 밀려나 저렇게 떠돌다가 죽임을 당했으니 안 됐지 안 됐어~

― 그럼, 김정남이를 죽였으니 이제 끝난 거예요?

― 거야 모르는 일이야~ 끝난 게 아니라 이제 피 튀기는 싸움이 정작 시작이 아닐는지 모르겠단 말이지~

― 아니 끝난 게 아니고 이제 시작이라니요?

― 멀쩡한 아버지가 억울하게 암살을 당했는데 자식들이 가만있겠느냐 말이야. 김정남에게도 제법 똑똑한 청년 아들이 있다잖아~ 김한솔이라고~

― 어머 그럼, 그 김한솔이란 청년도 언제 암살당할지 모른다는 말씀 아니에요?

― 머 북한에 백두혈통 지닌 후손이 김한솔이 말고 누가 있겠어~ 김정은이 애들은 아직 코흘리개들이라지 아마~ 아무리 단단한 독재 권력이라 해도 권력이란 십 년을 넘기기 어렵다는 말도 있지 않나? 그러니 견제해야 할 세력은 새싹부터 쳐내려고 하는 게 권력자들의 속성이란 말이야~

북한에서 일어나는 사건들은 명진에게 있어서 남의 일처럼 여겨지지 않았다. 특히나 이복형제 사이에 일어난 일이기에 남달리 명진의 가슴이 아팠던 것이다.

정부에서도 김정남이 암살 되자 북한의 움직임에 대해 매우 예민하게 주시하고 있었다. 방송 매체에서는 온갖 추측들이 무성했고 향후 북한에서 전개될 변화에 대해 열띤 토론들을 벌이고 있었다. 박근혜 대통령에 대한 헌법재판소의 탄핵심판 선고를 앞두고 있는 마당인지라 나라 안팎이 몹시 소란스러웠다.

명진은 공연히 북한에 있는 아우 생각이 났다. 옛날 국경지역에서 통화를 시도했던 연락책에게 아내 몰래 살짝 전화를 넣어보았다. 분명히 전화를 받기는 받는 모양인데 통화음이 매끄럽게 들리지 않았다. 지지지~ 잡음이 들리고 명진의 목소리 역시 저쪽 편에 전달되지 않는 모양이었다. 저쪽의 음성은 전혀 들리지 않았고, 지지지~ 들리는 잡음조차 곧 신호가 끊기고 말았다. 두 번 연속 통화를 시도해 보았지만 똑같은 상황이 벌어졌다. 연락책과의 통화도 어려운데 이런 시국에 북한에 있는 아우의 목소리를 듣기는 결코 쉬운 일이 아닐 것만 같았다. 김정남이라는 김정은의 이복형이 암살을 당한 마당인지라 명진은 북쪽에 있는 이복 아우의 안위가 걱정되었던 모양이다.

C일보의 주명성 기자로부터 전화를 받은 것은 김정남 암살 사건 발생 후 며칠이 지난 저녁이었다. 하루종일 김정남 암살과 관련한 기사 작성과 향후 남북한 관계의 변화를 분석하느라 분주했다던 주명성은 북한 문제에 대한 정보통답게 김정남 암살과 관련한 다양한 정보를 가지고 있었다. 출판사에서 처음 만나 터놓고 가정사를 얘기하는 사이가 되면서부터 주명성 기자는 명진을 남쪽의 의지처로 삼고 싶은 모양이었다.

틈만 나면 전화를 하고 함께 만나 술자리를 하면서 마치 부자지간父 子之間 같은 관계로 발전했다. 찬열이와도 호형호제하는 사이가 되었는데, 특히 명진이 정보부에 붙잡혀 가서 조사를 받을 때 주명성 기자의 도움으로 탈 없이 풀려난 이후 허물없을 정도로 막역한 사이가 된 것이다. 명진의 아내는 주명성 기자나 동막동 씨 같이 북쪽에서 탈북한 사람들이 집에 드나드는 것을 반기지 않았지만 명진은 자신을 믿고 따라주는 탈북자들이 내심 고마울 따름이었다.

탈북자 동막동 씨와 가깝게 지내면서 정보부의 감시를 받았고, 탈북해서 조사 중에 자살을 했다는 송규철이란 사람에 대해 동막동 씨로부터 전해 들었을 뿐인데 간첩조직 가담이라는 모함을 받아가며 호된 고역까지 치렀었다. 하지만 정보부의 감시를 받는다고 하더라도 자신을 믿고 따르는 탈북자들을 멀리할 이유가 없는 것이었다. 명진은 사상문제에 관해서는 어디에 내놓아도 거리낄 데가 없다고 생각했기 때문이었다.

- 김정남 피살 관련 소식이 북한 주민들 사이에서도 확산되고 있는 모양입니다.

- 그럴 테지~ 아무리 북한 당국이 봉쇄를 한다고 해도 진실을 가릴 수야 없는 일이니까 말이야~

- 김정은의 지시로 김정남이 살해 되었다고 하더라는 문자가 휴대폰을 통해 은밀히 돌고 있다는 정보를 입수했습니다. 아마 지금쯤 북한 당국이 엄청나게 국경 지역 전파 방해공작을 하고 있을 겁니다.

- 오호, 그래서 내 옛날 알고 있던 연락책의 번호로 전화를 넣어 봤더니 지지지~ 가래 끓는 소리만 나고 먹통이 되었던 모양이야~

- 예, 맞습니다. 저놈들이 전파 교란을 하기 때문에 그렇습니다. 북한에 개통된 휴대전화 가입자가 370만 이랍니다. 그러니 김정남 암살 사건은 아마 순식간에 북한 주민들 사이에 퍼진다고 봐야지요.

- 김정은이 이 젊은 독재자가 장차 이보다 더한 끔찍한 짓을 벌일지 누가 알겠어~ 암살에 가담한 녀성들은 모두 체포된 모양이던데~

- 예, 뛰어봐야 제깟 것들이 어디로 튀겠어요? 어제밤에 주범인 조선공화국 공작원이 붙잡혔답니다.

- 아니 그래? 수사가 급물살을 타겠군. 머 결과야 빤할 테지만~

- 맞습니다. 이용당한 녀성들이 사흘 전에 붙잡혔고, 어제밤에 북한 국적 주범이 붙잡히기는 했는데 다른 공작원들 네 명은 모두 북한으로 튀어버렸으니 뒷북친 케이스지요.

- 쯧, 쯧, 그러니까 아까운 김정남이 목숨만 개죽음을 당한 게로군~

주명성 기자는 김정남 암살사건에 대해 명진에게 허물없이 말을 하면서도 다른 때와 달리 말을 여간 아끼는 모습이었다. 명진 역시 주명성의 흉중胸中에 있는 말까지 모두 듣게 되는 것을 원하지 않았다. 아니라고 믿어야 하겠지만, 한국이 아무리 민주주의 나라이며 국민의 주권이 보장되는 나라라고 하더라도 벽에도 듣는 귀가 있다는 말은 어느 사회나 다르지 않을 것이기 때문이었다.

김정남 암살에 대해 남한의 정보 당국에서 다각도로 분석하는 모양이었다. 연일 방송 매체들은 앞 다투어 김정남 암살의 실체에 대해 보도하고 있었다. 명진은 주명성 기자의 흉중에 가지고 있을지도 모를 암살의 실체를 영국주재 북한공사를 지냈던 탈북자 태 아무개 씨로부터 전해 듣게 되었다.

그는 모 TV방송국에 출연하여 김정남의 암살에 대해 계획된 공개처형이라고 단호히 말했다. 북한 내부의 혼란을 틀어잡기 위해 공포감을 극도로 조장했다는 말이었다. 백주 대낮에 엄청난 사람들이 왕래하는 공적인 장소를 택한 자체부터 기발한 노림수가 있었을 것이라고 했다.

- 공작원들은 은밀히 숨어서 녀성들이 김정남에게 접근해서 암살하는 장면을 자세히 지켜보았습니다. 공항의 CCTV에 이런 장면들이 빠

짐없이 찍히게 된다는 것을 모를 리가 없을 것입니다. 그리고 이런 장면은 뉴스 보도를 통해 세계 어디든지 전파를 타고 퍼질 것이라는 것도 알고 있었죠. 북한을 배반한 사람들이나 탈북자들이 이런 장면을 통해 공포감을 느끼도록 하는 것이 바로 김정은에 고도의 노림수라는 것입니다.

─ 김정은 체제에 대한 위협의 요소를 미연에 제거함으로써, 북한 내부 혼란과 혹시나 있을지 모르는 쿠데타의 움직임을 차단하고, 급증하고 있는 주민들의 탈북을 막으려는 등 다목적의 노림수가 바로 이번 암살사건의 실체라고 보면 정확할 겁니다. 하지만 김정은이가 정말 모르는 진실이란 게 있어요. 뭐인가 하면 자기는 이게 독재정권을 강화하는 비책이라 생각할지 모르지만 실제는 이번 암살사건을 통해 김정은 정권이야말로 붕괴의 내리막길을 걷고 있다, 바로 이 겁니다.

태 아무개 공사의 말에는 매우 힘이 들어가 있었다. 또한 어떤 강한 확신을 가진 느낌도 들어 있었다. 그러나 사람들은 태 공사의 말에 고개를 끄덕이며 김정은 체제가 그의 말처럼 그렇게 붕괴되기를 바라면서도 그렇게 쉽게 되리라고는 생각하지 않았다. 명진 역시 북한의 고위 간부였다는 태 아무개 공사의 말에 대하여 희망사항이라는 것에서는 동의하지만 김정은 체제가 그렇게 쉽게 내리막을 걷게 되리라는 생각에는 고개를 갸웃했다. 권불십년權不十年이란 말을 이미 철통같이 삼대 세습체제에 돌입한 북한 정권에는 빗대어 말하기가 어렵다고 명진은 생각하고 있었다.

사람들이 아무리 높은 권세라도 오래가지 못한다고 빗대어 말하는 이런 권불십년이라는 말을 어떤 이들은 화무십일홍花無十日紅이라 하여 열흘 붉은 꽃이 없고 한번 성한 것은 얼마가지 않아 반드시 쇠한다는 말로 소통하고 있었다. 하지만 명진은 해마다 뜨거운 여름날에도 석 달이 넘도록 붉은 색깔의 꽃을 피우고 있는 배롱나무백일홍를 보면서 북한의 세습권력이란 사람들의 상식으로는 가늠할 수 없는 보이지 않는 힘이라는 것이 존재하는지도 모른다는 생각을 하고 있었다.

명진은 시기적으로 예민한 이 때에 주명성 기자를 비롯한 여러 명의 탈북자들을 만나 저녁식사를 하고 있었다. 아내는 이런 자리를 탐탁하게 여기지 않아서 그가 외부에서 사람 만나는 것을 항상 우려하고 나섰다. 하지만 명진은 북쪽의 이복 아우와 몰래 통화를 했던 것을 제외하면 크게 부당한 짓을 했다고 생각하지 않았기에 이런 모임의 자리를 갖는 것에 대하여 조금도 꺼려하지 않았다. 게다가 함께 정보부로 끌려가서 고난을 겪은 동막동 씨까지 참석한 자리였고, 동 씨 역시 주명성 기자의 도움으로 풀려난 몸이기에 의미 있는 자리가 되고 있음이었다.

- 이놈들이 아주 독한 신경작용제를 이용했습니다. 지금까지 알려진 화학무기 가운데 가장 독한 물질이랍니다.

- VX라면 몇 분 만에 목숨을 빼앗을 수 있는 무기지요. 이놈들이 이제 남한에 살고 있는 우리 탈북자들까지 노릴 게 분명합니다.

- 그렇다고 우리가 떨고 있을 수만 있습니까? 우리도 한데 뭉쳐 뭔가 목소리를 내야 하는 게 아닌가 말이요.

- 유엔 북한 대사가 말레이시아를 방문해서 김정남 시신을 인계하고 주범 리정철이를 석방하라 요구하고 있답니다.

- 이런 개새끼들~ 누구 맘대로 시신을 빼돌리려고 그러나~

한 장소에 모인 탈북자들은 북한의 악랄한 행위에 대해 강력하게 비판하고 있었다. 한국 정부에서 강력한 항의를 해주기 바랐지만 별다른 반응을 내지 않고 있는 상황이었다. 주명성 기자가 좌중을 휘~둘러보고 나서 엄숙한 목소리로 말했다.

– 우리가 이렇게 모인 것은 김정남 피살 사건 때문이 아닙니다. 저한테 이미 들으신 분들도 계실 텐데 이번 기회에 김정은이가 국제사법재판소에 피소되도록 힘을 보태야 한다는 말씀입니다.

주명성 기자의 말을 듣고 동막동 씨가 응대했다.

– 주 기자의 말은 백번 옳은 말이기는 한데 우리가 무슨 힘으로 김정은이를 국제사법재판소에 세울 수가 있겠소.

다른 일행이 끼어들었다.

– 두 분의 의견에 모두 동감하오. 사람 목숨을 파리 목숨 취급하는 김정은이가 법의 심판을 받아야 하는데 우리가 김정은이를 국제사법재판소에 세울 힘이 없으니 머 아쉽지만 우리가 할 수 있는 일을 해보자는 것이오.

명진은 탈북자들의 얘기에 귀를 기울이면서도 아무런 말을 하지 않았다. 정보부의 감시가 두려워서가 아니라 사실 어떤 의견을 내세울 만큼 그에 대한 식견이 없기 때문이었다. 주명성 기자가 이 모임을 주선한 사람답게 중요한 의견을 제시했다.

– 우리가 외교부에 들어가서 이번 사건의 주체인 북한 김정은 정권에 대해 항의서한을 보내도록 요청을 합시다. 그리고 김정은이를 국제사법재판소에 제소하도록 국가적인 차원에서 모든 방법을 다 동원해 달라고 요청하자는 말입니다.

– 예, 맞습니다. 대한민국 정국이 탄핵이다 머다 혼란스럽지 않소. 설마하니 박근혜 대통령이 탄핵이야 되겠습니까마는 정부가 마땅히 앞장서서 항의를 해야할 텐데 늑장을 부리고 있으니 참 답답합네다.

하고 말하는 동막동 씨의 이마에는 땀이 송알송알 맺혀 있었다. 그의 머리에서는 아마 얼마 전에 정보부에 끌려가서 당한 일들이 문득문득 떠올랐을지도 모른다. 동 씨는 말을 하면서도 어깨를 움츠리고 눈을 파르르 떨기도 하면서 주위를 빙 살펴보기도 하였다. 명진은 크게 아는 바가 없어 의견을 내놓지는 못하고 있었지만 탈북자들의 손짓 하나 눈짓 하나까지 세심히 살피면서 상황을 지켜보고 있었다.

— 함경도 국경지역에서는 김정남 암살 소식이 들어가지 못하도록 철저히 통제를 하는 모양입니다. 전파방해가 심해서 이미 우리한테 정보를 전해주는 휴민트의 도움을 받기가 어렵게 되었어요.

— 주 기자, 그러면 우리가 당장 대북전단을 만들어서 군사분계선으로 갑시다.

— 예, 그게 지금 우리가 할 수 있는 최선이라 생각합니다. 국방부에도 이번 기회에 선전활동을 해주십사 건의를 해야겠어요.

탈북자들의 얘기는 사뭇 진지하게 들렸다. 주명성 기자를 비롯한 탈북자들이 마치 자기 일처럼 매달리는 것을 보고 명진은 북한에서 돌아가신 아버지를 떠올렸다. 북한이라는 사회주의 체제에서 얼마나 억압을 당하고 핍박을 당했으면 이토록 간절하게도 저항을 하려는 것인가? 아우와 아우의 가족은 무사히 잘 있는지 또한 걱정이 되었다.

— 6.15 공동선언 이후 정부차원의 대북전단과 비난방송이 중단 되었소. 해마다 북으로 날려 보내던 비둘기도 날려 보내지 못하고 있잖소. 삼대 세습과 김정은 체제의 폭력성과 야만성을 세계만방에 알리려면 지금 우리 처지로서는 대북전단방식이 가장 효과는 있을 것이오.

하며 대북인권단체를 이끌고 있는 박 아무개가 결의에 찬 목소리로 말했다.

— 하지만 예전에도 강화도 야산에서 날린 삐라가 바람을 타고 청와

대 인근에 떨어진 일이 있었잖소. 당시 경찰청이나 국방부한테 우리 대
북인권단체가 혼쭐이 난 적이 있어요. 심사숙고해야 합니다.

 － 김대중 노무현 정부와는 지금 입장이 다르잖아요? 이명박이 보단
덜했지만 박근혜 대통령은 북쪽하고는 철벽같이 적대적인 사람이 아니
냔 말이오.

 － 예, 물론 거야 맞는 말이지만 지금 박근혜 대통령의 운명이 바람 앞
의 촛불 격이 아니오? 머 항간에는 박근혜 대통령이 탄핵되면 당장 북
한 정권을 지지하는 정부가 들어설지도 모른다는 소문도 돌고 있어요.

 － 에이 탄핵은 무슨 탄핵~ 머를 하려면 지금 당장 하는 게 적기라
고 생각하오. 자, 이럴 것이 아니라 어서 가서 대북전단 문구부터 생각
해 봅시다.

명진은 그들의 결의를 똑똑히 지켜보면서도 한 마디도 동조하지 못
했다. 그가 탈북자들에게 어떤 의견을 낼만큼 그들의 입장에 대한 것
을 많이 알고 있지도 못했고, 그들에게 어떤 영향력을 행사할 수 있는
위치에 있지도 않았던 것이다. 그리고 무엇보다 정부의 눈 밖에 나는
행동을 앞장서서 하고 싶은 생각이 없었던 것도 하나의 이유였다. 아
내의 간절한 당부도 무시할 수 없는 노릇이지만 명진은 이제 자신의
행동으로 인해 장차 사회생활을 시작하게 될 아들에게 부담이 되고 싶
지 않았던 것이다.

명진은 이들과의 만남에서 많은 정보를 얻고 밤이 깊어 집에 돌아왔
다. 그들은 한데 뭉쳐 어딘가로 바쁜 걸음을 하는 모양이었지만 명진
은 그들의 일거수일투족을 알려고 하지 않았다. 사람이 정보부에 끌려
가서 고문을 당하며 조사를 받게 되면 고통을 이겨내지 못하고 중요한
내용을 발설해버린 경우를 종종 보아왔기 때문이었다.

이튿날, 저녁때가 되어 명진은 탈북자들이 군사분계선에서 김정남 암살과 관련한 대북전단을 살포했다는 사실을 보도를 통해 알게 되었다. 이런 탈북자들의 행동에 자극을 받았는지는 몰라도 정부 측에서도 군사분계선에서 대북 확성기 방송을 강행했다는 보도가 있었던 것이다.

그런 사건 이후, 명진은 다시 한번 정보기관에 불려가게 되었다. 하지만 이번에는 앞 번에 수사관이 자신을 대했던 것과는 완전 대조적이었다. 수사관이 비밀첩보를 조작해서 강압적으로 자백을 유도하려했던 과거와는 달리 오히려 중요한 정보를 제공해달라고 읍소泣訴를 하는 듯한 모양새였던 것이다.

- 김정남 암살사건 이후 당신들이 어디에서 만났는지 우리는 모두 알고 있소.

- 예, 심려 끼쳐드려 죄송합니다.

- 아, 아니오. 심려라니 무슨~ 거기 모인 일행 중에 박 아무개라는 사람도 함께 있었지요?

- 예, 그렇습니다.

- C 일보 젊은 기자도 있었지요?

명진은 고개를 끄덕거려주었다. 그날의 만남에서 어떤 국가적 이적 행위를 하지 않았고, 그런 만남이 불법이 아니기 때문이었다.

- 또 누구 알 만한 사람이 있었소?

- 동막동 씨도 자리에 있었소.

명진은 어떤 잘못도 저질렀다고 생각하지 않은 탓에 사실대로 대답했다. 그의 대답이 마음에 들었다는 듯 수사관은 묵묵히 고개를 끄덕거렸다.

- 혹시 그 탈북자들로부터 어떤 비밀단체 얘기를 듣지 않았소? 박

아무개 이놈은 아주 과격한 놈인데~

- 아, 아니오. 나는 전혀 듣지 못했어요.

명진은 정말 하늘에 맹세컨대 그들로부터 어떤 비밀단체에 대한 얘기를 듣지 않았었던 것이다. 박 아무개가 과격하다는 말에 명진은 수사관을 물끄러미 쳐다보았다.

- 정말 비밀단체 얘기를 듣지 못했다 이런 말이오?

- 예~ 김정남 암살사건을 북녘 동포들에게 알려야 한다면서 대북 전단을 뿌리자는 말을 했어요. 내 들었던 얘기는 이게 전부라오.

- 것 보오. 얘기하니 설~ 설 정보가 기어 나오잖소. 당신들이 시간 반 넘게 모임을 가졌다는 것을 알고 있는데 대북 전단 얘기밖에 하지 않았다는 말이오?

- 김정은이를 국제사법재판소에 세워야 한다는 말들을 나누었고, 정부 측에서도 북한의 소행을 대내외적으로 알리는 데 앞장 서주기를 바란다는 말들을 나누었소. 뭐 더 많은 얘기를 나누었을지는 몰라도 내가 기억해서 들려줄 수 있는 얘기는 이게 전부예요.

- 우리 예상대로 상당히 과격한 얘기들을 나누었다니 놀랄 일은 아니오. 내 입으로 이런 얘기를 하려고 했던 것은 아닌데 시간이 없으니 직접 말하겠소. 천리마민방위라는 단체 얘기를 하지 않았는지 말이오.

- 예, 그런 이상한 단체 얘기는 전혀 듣지 못했어요. 정말입니다. 믿어주십시오. 뭐 천리마민방위라니 참 희한한 단체인 모양이지요?

- 이명진 사장님 말씀을 저는 믿습니다. 탈북자들과 긴밀한 만남 가지고 계신 분이니 우리한테 거짓말 하지 않으리라 믿어요. 사람의 기억력이란 것도 다 한계가 있는 법이니까 한 시간 반 동안 나눈 모든 얘기를 다 기억할 수도 없을 것이오.

명진은 대체 이 사람들이 자신에게서 알고 싶은 내용이 무엇인지 궁금하기까지 했다. 이상한 단체에 관한 것이라면 명진이 정말 모르는 얘기였고, 그가 모르는 탈북자들만의 은밀한 다른 사안이 있는지도 모른다는 생각이 들었다. 명진은 하늘에 맹세코 천리마민방위와 같은 말을 그들과의 만남에서 듣지 못했었던 것이다.

　- 담배 하나 태우시겠소?

　- 주시오.

　명진은 여전히 담배를 태우면서 두근거리는 가슴을 가라앉히고 있었다. 철제책상 위에 덩그렇게 놓인 수사관의 수첩 위로 담뱃재가 한 조각 툭 떨어졌다. 조사실의 팽팽하게 날선 분위기를 떨어지는 담뱃재가 깨뜨리고 있었다.

　명진의 머리위에서 백열전등이 스스로 몸을 뜨겁게 달구면서 주황색으로 익어가고 있었다. 정보기관이나 경찰서의 조사실에는 왜 이런 백열전등을 달랑달랑 매달아 놓았을까? 명진은 문득 조사를 받다가 이런 생각을 했던 적이 여러 번이었다. 백열전등은 분명 사람의 마음을 움츠러들게 했다. 항간에는 기다랗게 늘어진 전선줄이 고압적으로 흔들릴 때마다 조사를 받는 사람의 의지가 흔들린다는 말이 있었다. 그래선지 정보기관에서 조사를 받을 때는 전선줄을 쳐다보지 말라는 말도 있음이었다.

　명진이 이런 생각을 하는 바로 그때, 수사관이 무슨 생각을 했는지 전깃줄을 툭 건드렸다. 그러자 전깃줄이 마치 오지랖 넓은 그네처럼 휘청휘청 좌우로 크게 흔들리고 있었다. 명진은 공연히 가슴을 졸였다. 그런데 바로 그 순간, 수사관의 입에서 홍두깨 같은 말이 튀어나왔는데 그러리라고는 전혀 예상치 못한 일이었다.

- 북한 망명정부를 대한민국에 세운다고 하였소?

- 예? 북한 망명정부를 세우다니 대체 무슨 소리지요?

꿈속에서도 상상 못할 말이어서 명진은 듣는 순간 소름이 돋았다.

- 그럼, 북한 망명정부에 관한 얘기를 듣지는 않았소?

- 예, 저, 전혀 듣지 못했소.

명진은 거의 말을 더듬을 정도였다. 옆방의 조사실에서 날카로운 고함소리가 유리창이 깨어질듯 들려왔다.

- 김정남 아들에 대한 얘기는 들었소?

- 모, 모르오. 그런 얘기는 듣지 못했소.

명진은 도리질을 하며 여전히 목소리가 떨려나오는 것을 느꼈다.

- 김정남 아들이 누군지 모른다는 뜻이오?

- 그런 뜻은 아니오. 김한솔이란 아이를 왜 모르겠소. 하지만 그날 김정남 아들에 대한 얘기는 정말 듣지 못했소. 사실이오.

수사관은 더 이상 다른 것을 묻지 않았다. 그런데 갑자기 수사관이 명진의 손을 붙잡더니 당혹스런 말을 했던 것이다.

- 저 이명진 사장님, 우리가 부탁이 하나 있소. 부탁이~사실 오늘 부탁을 하려고 이렇게 모시고 들어온 것이오.

- 부탁이라니 무슨~

수사관의 뻣뻣한 말투가 난데없이 고무줄처럼 늘어지는 느낌이었는데 무슨 부탁을 한다는 것인지 명진은 어리벙벙할 뿐이었다.

- 그 동안 우리와 얽힌 것도 많을 텐데 까짓 거 훌훌 털어버리고 우리와 손을 잡고 같이 일 한 번 해보지 않겠소?

- 무슨 말씀이오? 손을 잡고 같이 일을 하다니~

- 탈북자들의 동정動靜을 우리에게 꼼꼼히 알려주신다면 충분한 보

답을 해주겠소.

 - 내 무슨 수로 저들의 동정을 다 살핀다는 말이오? 난 그럴 능력이 없는 사람이오.

 - 만약 그리만 해주신다면 장차 사장님의 아들 취직자리를 만들어 주겠소.

 - 아니 무슨~ 사람을 뭐로 알고 그런 말을 한단 말이오? 요즘 청년들 일자리가 없어 다들 난리라지만 내 탈북자들 등쳐먹고 싶은 사람은 아니오. 에이 참 살다 살다~

아들의 취직자리를 만들어 준다는 말에 어느 부모가 흔들리지 않을 수가 있으랴. 순간 마음속에 노도怒濤와 같은 갈등이 일어났지만 명진은 절레절레 고개를 저었다. 어릴 적부터 수많은 회유에 노출되었음에도 결코 올바른 길에서 벗어나는 실수를 범하지는 않았었다. 명진은 백열등이 흔들리는 조사실 의자에서 불쑥 일어섰다.

 - 돌아가도 되겠지요?

 - 돌아가도 좋소. 오늘 실례가 많았소이다. 언제든 마음이 움직이면 우리에게 찾아오시오. 사람이 살다보면 수렁에 빠질 때가 있게 마련이잖소. 더군다나 이 사장님은 평생 이곳에 들락거리는 처지가 아닌가 말이오. 하하하~

명진은 수사관의 비웃는 듯한 말에 허리를 정중히 숙이며 천천히 조사실을 빠져나왔다. 수사관의 말이 그의 귓전에서 오래도록 맴도는 느낌이었다. 한참동안 웅~ 웅~ 귀에서 바람이 지나가는 것과 같은 소리가 들렸다. 에이 퉤~ 명진은 땅바닥에 연신 퉤~퉤~침을 뱉었다. 그의 인생에 만약 그런 비굴한 일을 해야 하는 날이 닥친다면 혀를 깨물어서 죽는 것이 현명한 선택일 것이라고 생각하고 있었다.

3

    태산은 정숙 동무의 부끄러워하는 몸을 정성껏 애무하기 시작했다. 그의 손가락이 그녀의 몸에 닿을 때마다 정숙은 깜짝깜짝 놀라며 몸을 움츠렸다. 정숙 동무의 몸에서는 향긋한 비누 냄새가 올라왔다. 압록강 려관에 비치된 비누향이야말로 어떤 화장료化粧品 냄새보다 감미롭게 후각을 자극한다는 것을 태산은 이미 경험한 사람이었다. 정숙의 얼굴은 까칠해보였지만 은은한 수은전구 아래서 바라보이는 정숙의 알몸은 눈이 부시도록 매끄럽게 보였다.

    조금전 정숙 동무가 몸을 씻고 나와 살결물로 보드랍게 피부를 적신 다음 사뿐히 침대에 드러눕자 태산은 가슴이 벅찬 나머지 호흡을 제대로 하지 못할 정도였다. 조선공화국에서 충성분자로 살아오면서 태산의 인생에 지금처럼 벅차고 황홀한 순간은 아마 없었을 것이다. 정숙 동무를 향한 련모戀慕의 마음을 단 하루도 내려놓은 적이 없었던 태산에게 허락된 꿈결 같은 정숙 동무와의 잠자리는 한순간도 소중하지 않을 수 없었다.

  – 정숙 동무, 미, 미안하구나.

  – ～ ～

    태산의 목소리 역시 설렘으로 떨리고 있었다. 그의 말에 정숙 동무는 응대하지 않고 팔을 가슴에 모은 채로 가만히 침대에 누워 눈을 감고 있었다. 정숙이가 압록강 깊은 물에 풍덩 몸을 던졌을 때 태산이 역시 잠시도 망설이지 않고 정숙 동무를 구하러 뒤따라 물속에 뛰어들었던 것이다. 그런 태산이 동무의 마음을 정숙 동무가 느낀 탓인지 옛날과는 달리 그의 손길을 밀어내지 못하고 있었다.

ㅡ 태산이 동무~

침묵을 깨고 정숙이 그의 이름을 불렀다. 태산의 심장이 고동을 쳤다. 정숙은 인민공화국에서 그의 심장을 이렇게 뛰게 만드는 단 한 사람이었다.

ㅡ 그래, 머든 내게 하고 싶은 말이 있음 머뭇거리지 말고 하라.

ㅡ 내가 어이 그렇게 좋소?

정숙의 물음은 뜻밖이었다.

ㅡ 머? 어이 그렇게 좋나 내게 묻는 게야? 정숙 동무~

ㅡ 태산이 동무답지 않게 어이 그렇게 주춤대오? 어서 이리 다가오지 않고~

정숙의 입에서 예상치 못할 말들이 흘러나왔다. 태산은 자신의 귀를 의심할 정도였다.

ㅡ 아니 정숙 동무~

ㅡ 이제 주인 없는 외로운 몸인데~ 어서~

정숙 동무의 말에 태산의 가슴이 벅차올랐다. 압록강 려관에 드나들면서 조선공화국의 예쁘다는 처자들을 수없이 섭렵해 보았던 탓에 녀자 다루는 데는 인민공화국에서 둘째가라면 서러울 정도로 숙련되어있는 몸이었다. 태산은 정숙 동무를 곁에 두려고 타울타울 애를 쓰던 날들이 떠올라 감회에 젖어 있었다. 몸을 감싸고 있는 수건을 벗어내는데 공연히 명호 동무의 낯바닥이 눈앞에 어룽거리는 느낌이 들었다.

ㅡ 어서 내 곁에 누어요.

ㅡ 어 그, 그래 정숙 동무~

태산의 목소리는 여전히 떨리고 있었다.

정숙은 눈을 지그시 감고 태산이 동무의 몸을 기다리고 있었다. 인민공화국에서 정치범의 안해로 강제이혼을 당하고 낙인찍혀 살아가야 하는 처지가 되었고 정치범이 되어 어디론가 떠나버린 나그네는 자신을 버리고 어디선가 이름 모를 아낙을 품고 있다는 것을 생각하니 차라리 자신에게 아들애를 심어준 태산이 동무를 받아들이는 편이 나을 것이라고 생각했다. 철부지 시절에 태산이 동무의 아이를 낳아 호리라는 굽은 멍에를 어깨 위에 메게 된 운명이었다면, 명호 동무의 아이를 낳아 겨리라는 곧은 멍에를 얹고 평생 반쪽분자라는 무거운 쟁기를 끌며 살아온 운명이었다. 이제 그 버거운 운명의 짐을 벗어내야 할 순간에 직면했음을 정숙은 결코 모르지 않았던 것이다.

— 태산이 동무, 내 동무한테 심장을 주겠소.

— 고, 고맙다. 정숙이 운명을 내, 내게 맡겨주니 정말 고맙다~

태산은 뼛속 깊이 전해지는 감동을 느끼고 있었다. 그에게 심장을 주겠다는 그녀의 한 마디에 자신이 이제까지 인민공화국에서 살아오며 받았던 그 어떤 감동보다 큰 감동을 가슴 깊이 느끼고 있었다. 살다보니, 태산의 녀자복에 이처럼 해 뜰 날도 있다는 생각을 하니 보위부에서 단련한 강직한 마음이 떨리는 느낌이었다.

— 어서 날 가지오. 이제 나는 당신 것이니 망설이지 마오.

— 이거 참 손이 떨려서 말이야~ 하기는 우덜 사이에 아들애까지 있는데 머 나쁜 손이라고 흉보는 사람 누가 있겠나~

— 호호호~ 태산이 동무 잠자리 기술은 여전히 숙맥菽麥인가요? 난 이리저리 엎어 치는 새쓰게 바람질도方向 바꾸는 짓 좋던데~

— 야 정숙 동무 입에서 이런 되바라진 말이 나오다니 하하~ 오래 살고 볼 일이로구나 그저, 엎어 치다 뿐이니~

정숙 동무의 몸에 손을 대는 태산의 손길은 여전히 떨리고 있었다. 숨을 제대로 쉴 수 없을 정도로 긴장되는 자신이 역시 믿어지지 않았다. 그래도 정숙 동무의 입에서 군계집간통녀 같은 말이 흘러나온 탓에 긴장이 조금씩 풀리며 안정을 찾아가고 있었다. 이어서 조금은 과감해진 태산의 손길이 정숙의 눈부신 살결 위를 더듬어가고 있었다.

보위부의 감옥에서 명호 동무로부터 말 폭격을 당했던 순간이 떠올랐다. 난데없이 자지타령으로 뒤통수를 얻어터진 기억이 떠올랐던 것이다. 태산이 동무, 내 자지는 너 보다 크지~ 그래 정숙 동무가 나한테 떨어지지 못하는 거 아니니? 하며 조롱을 했었다.

홍, 나쁜 자식~ 태산은 회심의 미소를 지으면서 명호 동무를 향해 속으로 그때처럼 욕을 했다. 머? 제 놈 사라진다고 정숙이가 넙죽 밑에 누울 줄 아느냐고? 홍, 분수도 모르고 날뛰는 놈, 정숙이가 이렇게 발가벗은 몸으로 침대에 누워 날 기다리게 될 줄 상상이나 했겠냐 말이지~ 머? 내 자지自持로는 정숙 동무를 품을 수가 없대나 어쩐대나~

태산은 온갖 정성을 담아 정숙의 젖무덤을 쓰다듬고 있었다. 그의 아래쪽은 터질 것처럼 부풀어 올라 마치 독기를 잔뜩 머금은 뱀의 대가리처럼 뻣뻣하게 직립해 있었다. 오랜 세월 기다려오며 정숙 동무를 향해 키워온 연분의 마음과 명호 동무에 대해 쌓여진 증오심을 한데 모아 혼탁한 심정으로 정숙에게 다가가고 있었다.

태산의 손길이 자신의 젖무덤을 쓰다듬는 순간 정숙은 순간 머리가 어질해지는 느낌이 들었다. 명호 동무와 덕순네 안방에서 도깨비 씨름하듯 경황없이 치렀던 마지막 밤의 정사情事장면이 애틋하게 떠올랐지만 순간 명호 동무에 대한 배신감이 그런 기억을 덮어버렸다. 몸이 죽어가더라도 서로가 다른 사람은 받아들이지 못할 만큼 명호 동무와는 각별한 사이라고 믿었는데 젊은 처자와 발가벗고 뒹굴어대는 정지사진의 모습을 보니 정숙은 와락 배신감과 함께 일시에 공허함이 몰려왔던 것이다.

한 몸 죽어지면 그뿐이란 생각에 압록강의 깊고 푸른 물에 몸을 던졌는데 정신을 차려보니 태산이 동무의 무릎 위였다. 순간 정숙은 자신이 뭐라고 평생을 바라봐주고 죽음을 무릅쓰고 강물 속에까지 뛰어들어 자신을 구해 준 태산이 동무의 진정어린 마음에 얼어붙은 마음이 녹아들기 시작했고 이상하게도 공허한 마음이 채워지기 시작했다.

운명이란 것에 의해, 명호 동무와 인생의 절반을 살아왔고 이제 나머지 인생을 태산이 동무와 함께 살아가야 한다면 기껍게 받아들이겠다는 생각이 들었다. 누가 자신에게 손가락질을 한다는 말인가?

녀자의 팔자는 압록강에 흘러가는 버들가지 팔자와 같다고 누가 말을 했던가. 강물에 몸을 맡겨 물결 따라 떠내려가다가 그저 얻어걸리는 데서 뿌리를 내리는 것이 버들가지 섭리가 아니던가 말이다. 녀자의 팔자 또한 세상을 따라 흘러가다 인연 따라 얻어걸리는 사내 품에서 한 세상 뿌리내리고 살아가면 그만인 게 아닌가? 정숙은 태산이 동무의 다정스러운 손길이 젖가슴을 감싸 쥐며 유두乳頭를 자극할 때 자신도 모르게 야릇한 신음소리가 흘러나왔다.

- 아아~

- 정숙 동무, 나쁜 손을 용서하라~

태산은 정숙을 향해 키워왔던 연모戀慕의 마음을 한꺼번에 모아 정숙을 향해 질주했다.

- 태산이 동무, 어머~

정숙은 자신의 맨몸을 자극하는 태산이 동무의 손을 은근하게 받아들이고 있었다. 사내의 손길을 오랜만에 느껴보는 정숙의 뇌리에는 명호 동무에 대한 죄의식은 어디로 달아났는지 손톱만큼도 남아있지 않은 모습이었다.

　- 정숙이, 내 손이 거칠어서 미안하다~

　- 어서 어서 오오. 오늘 밤 나의 궁문宮門을 태산이 동무에게 맘껏 열어줄 테니~

　- 아아, 그래 정숙아~ 이게 얼마만이니? 정숙이 냄새는 그저 여전히 향기롭지 응?

　남자가 녀자의 향기에 취해 죽을 수도 있을까? 정숙 동무의 몸에서 맡아지는 향기가 정말 태산의 숨을 턱턱 막아대는 느낌이었다. 인민공화국에서 미모 빼어나다는 녀성 동무들을 수없이 품에 안아보았지만 정숙 동무에게서 느껴지는 그런 감미로운 향기는 맡아보지 못했었다. 녀자의 몸을 거칠게 다루는 나쁜 버릇이 있다는 것을 태산은 스스로 잘 알고 있었다. 그래서 정숙의 몸을 대하는 태산의 손끝이 더욱 조심스러울 수밖에 없었던 것이다.

　태산은 손바닥을 넓게 펴서 정숙의 배꼽 밑의 둔덕에서부터 새카맣게 펼쳐진 거웃 숲을 부드럽게 어루만졌다. 그녀의 꽃잎이 활짝 문을 열고 있는 것을 태산은 손바닥의 감촉으로 느끼고 있었다. 손가락 끝에 느껴지는 꽃잎 샘은 샘물이 충분히 차올라 처음 세상을 여는 생명수처럼 신비롭게 느껴졌다. 다른 한 손으로는 팽팽하게 긴장한 정숙 동무의 유돌기에 얹어 작은 동그라미를 그리고 있었다. 그의 손이 정숙의 몸을 어루만지고 주무르자 정숙 동무는 오히려 적극적으로 태산의 손길을 이끌었다. 태산은 점점 정숙 동무의 몸을 만지는데 거침이 없어지고 있었다.

태산은 육중한 몸의 체중을 실어 정숙의 몸 위에 올랐다. 아아, 하는 낮은 신음소리가 정숙 동무의 입에서 흘러나왔다. 사내의 맛이란 육중한 체중에 흠뻑 눌리는 맛이지~ 태산은 이런 생각을 하며 간헐적으로 체중을 정숙의 몸 위에 실었다가 또 천천히 힘을 빼어 막힌 호흡이 뚫릴 때의 느낌을 느끼도록 하고 있었다.

몇 번 이런 동작을 반복했을 뿐인데 태산과 정숙의 몸은 땀으로 촉촉이 젖어갔다. 이미 정숙 동무의 몸은 태산의 남성을 받아들일 준비를 마친 모양이다. 그럼에도 태산은 결코 서두르지 않았다. 다른 녀성 동무들과의 잠자리에서 범하고 말았던 나쁜 버릇을 경계하며 오늘 밤은 야금야금 정숙 동무의 몸을 탐닉하고 싶었기 때문이었다. 태산은 자신의 조심스런 손길과 함께 입술과 혀를 동원해 정숙의 예민해진 신경을 자극하기 시작했다.

그의 혀가 지나가는 자리에서 나신裸身의 율동이 작동했다. 태산의 혀끝이 봉긋한 젖무덤 위의 팽팽하게 솟은 돌기를 시작으로 흰 도화지에 붓으로 글씨를 써내려 가듯 단전 부위까지 천천히 미끄러져 내려가는 동안 정숙의 몸은 마치 굽어진 활처럼 휘어졌다가는 펼쳐지기를 반복하고 있었다. 태산의 부드러운 혀끝이 새카만 거웃 숲속에 감춰진 그녀의 꽃잎 샘 속으로 미끄러져 들어가자 넘쳐흐르고 있던 생명의 물이 기다렸다는 듯이 그의 혀를 촉촉이 적시며 신비한 동굴 속으로 이끌었다. 샘물이 배어 나오는 동굴 속에 들어간 혀끝은 무엇인가를 찾는 듯 한참동안 이곳저곳을 부드럽게 훑어 올라가서 드디어 꽃잎 속에 숨겨진 진주알을 찾아 혀끝으로 원을 그리듯이 자극을 하자 동굴이 흔들리기 시작했다. 신비한 동굴 속 울림에 혀뿌리까지 흔들리자 태산은 그 깊은 미로에서 그만 정신을 잃어버릴 것만 같았다.

－ 태산이 동무, 어서~

－ 급할 게 머 있나, 밤새 주어진 시간인데~

－ 태산이 동무 나는 급하오. 어서~

－ 그래 이제 들어 간다~ 궁문을 크게 열어 보라~

태산은 이제 부풀대로 부푼 남경男莖을 정숙의 궁문을 향해 거침없이 밀어 넣었다. 정숙의 입에서 아아~ 하는 신음소리가 들렸다.

태산은 마음속으로 그래, 바로 이런 맛이지~ 흐드러지다 못해 끝내 무너지는 그 소리~ 정숙 동무의 야릇한 교성嬌聲을 들으며 태산은 힘찬 허리운동을 하기 시작했다. 정숙은 명호와의 잠자리에서는 내뱉지 못했던 숨 가쁜 소리를 거침없이 쏟아냈다. 나그네와의 잠자리에서는 미닫이 문 하나를 가운데 두고 아고시어머니와 애들이 자는 방이 있었기에 정숙의 뜨거운 소리는 분출되지 못했을 것이다. 정숙의 입에서 원초적인 신음 소리가 흘러나왔다. 몸의 모든 진이 빠져나가도 좋다는 듯 태산은 오랜 시간 이런 정숙의 몸의 깊은 곳에 빠져들고 있었다.

정숙 동무와의 정사情事로 태산은 그리움을 쏟아냈다. 조선공화국에 살면서 이토록 흐드러진 정사를 치러본 적이 없었다. 머리에 쥐가 날 정도로 그립던 정숙 동무가 바로 곁에 있지만 마음속이 그리움으로 다시 채워지고 있었다. 대체 까닭모를 일이었다. 정숙 동무의 나신裸身이 다시 품에 안기어 오자 중년의 몸인 태산의 어디에 그런 혈기가 숨어 있었던 것인지 전신이 다시 꿈틀거리며 달아오르기 시작했다. 정숙 동무가 태산의 가슴에다 혀끝을 놀리면서 능청스럽게 말했다.

－ 태산이 동무, 정숙이 흉보지 마오.

－ 아니 내 무슨 정숙 동무 흉을 본다고 그러니~

미끈한 정숙의 몸에서 여전히 향기로운 냄새가 태산의 감각을 자극하고 있었다.

- 정숙인 요상한 짓도 괜찮은데~

- 머 요상한 짓?

정숙 동무의 말에 태산의 마음이 다시 야릇해져갔다. 압록강 초입에 불어오는 봄바람처럼 순간 마음을 설레게 하고 있었다.

- 새쓰게 바람질~ 호호호, 나나이 드니 별스런 짓도 하고 싶단 말이오.

- 거야 머, 새쓰게 절구질이라믄 누가 머래도 내 선수라 할만 하지~ 자 정숙 동무, 돌아누워 보라~

정숙이가 자세를 바꾸는 순간 태산의 손전화기가 요란하게 울리기 시작했다.

- 어서 받아 보오.

- 에이, 한참 좋아지는 시간인데~

태산은 침대에서 빳빳이 성난 남경을 달래며 마지못해 일어섰다. 이런 태산의 모습을 보고 정숙 동무가 잔소리처럼 말했다.

- 보위부 간부라는 사람이 어이 투정을 하오. 중앙당 높은 간부가 급히 찾는 손전화인 줄 어이 알아요. 장차 정숙이 먹여 살리려면 어서 공손하게 전화 받으오.

태산은 툴, 툴 투덜거리며 늘어진 동작으로 손전화를 받았다. 하지만 장차 정숙이 먹여 살리려면 어서 공손하게 전화 받으라는 정숙 동무의 투정이 듣기에 아주 그만이었다. 이런 잔소리라면 평생을 들어도 싫지 않을 것이라고 태산은 생각했다.

- 늦은 밤에 누구시오?

- 박 동지, 나 최 부위원장이오.

손전화의 수화기 저편의 목소리를 듣는 순간 태산의 알몸이 반사적으로 멈칫했다.

- 부, 부위원장 동지! 늦은 밤에 어, 어인~

태산이 듣는 자신의 목소리에서 팽팽한 긴장감이 느껴지고 있었다.

- 당장 평양으로 올라오시오.

- 아니 거기 무슨 일이 있으십니까?

- 하하하~ 좋은 일이야 박 동지~ 머, 김정은 지도자 동지를 즐겁게 해드릴 일이 생겼다구~

최룡해 부위원장의 목소리는 한껏 고무되어 있었다. 늦은 밤에 고무되어 있는 최룡해 부위원장의 목소리에 태산은 몹시 긴장이 되었다. 김정은 위원장 동지를 즐겁게 해드릴 일이라니~ 대체 지도자 동지에게 무슨 좋은 일이 생겼다는 말인가? 태산은 옷을 주섬주섬 찾아 알몸을 하나씩 덮어나가기 시작했다.

4

태산은 자동차를 급히 몰아 평양으로 향했다. 김정은 지존을 위해 은밀히 준비하여 대기시켜 놓은 기쁨조를 마침내 주인에게 선보이게 되는 행운이 찾아온 것이다. 태산은 비상 연락망을 긴급 작동해서 지존을 맞이할 만반의 준비를 갖추라고 지시했다. 절호의 기회를 놓쳐서는 아니 된다. 태산은 급한 마음에 사뭇 몸이 떨리고 있었다.

신의주에서 평양을 향해 자동차를 몰면서 태산은 가슴이 벅차올랐다. 그럼에도 지존을 영접하게 된다는 생각을 하니 이마에 땀이 나고 잔뜩 긴장까지 되고 있었다. 압록강 물을 흠뻑 뒤집어썼지만 여벌의 군복을 자동차 뒷자리에 항상 준비해 두었던 탓에 말끔히 정돈된 입성을 하고 있었다. 대체 최룡해 부위원장이 말하는 좋은 일이란 무슨 일이란 말인가? 지도자 동지를 즐겁게 해드려야 하는 일이 무엇일까?

자동차의 속도를 최고로 끌어올려 달리면서 태산의 머릿속에는 수많은 생각들이 떠올랐다. 하루종일 손전화까지 꺼두고 정숙 동무의 일에 매달렸지 않았던가. 압록강 려관에 투숙하고서야 손전화를 켜고 도 보위부 부부장으로서 언제 터질지 모를 상황대기에 들어갔던 것이다. 정숙 동무의 일이 태산의 입장에서는 어떤 일보다 중요한 일이었으니 긴급한 일이 발생했다 하더라도 그가 손을 쓸 만한 상황이 아니었을 것이다. 평양이 가까워질 때도 보위부 승 부장 동지로부터 손전화가 걸려왔다.

– 아이쿠 승 부장 동지 늦은 시간에~

– 박 부부장 동지, 어이 하루종일 연락이 닿지 않소?

승 부장의 목소리에는 약간의 짜증이 섞여 있었다.

– 내 말씀드리기 곤란한 개인사가 있었소.

– 지금 어디요?

승 부장의 목소리에는 짜증과 함께 여전히 다급함이 묻어 있었다.

– 머 막중한 일이 있어서 평양에 가는 길이오.

함께 일하는 동지들끼리라도 상대의 과업을 모르게 하는 것이 보위부의 특성이기에 태산은 함부로 입을 열지 않았다.

– 아 그래요? 박 동지, 오늘 조선 인민공화국에 무슨 일이 있었던게요?

– 내 특별히 보고 받은 일은 없소. 무슨 일이 있었소?

방향손잡이운전대를 바짝 움켜쥔 태산의 몸이 약간 굳어 있었다.

– 아니 노동당 꼭대기에서 국경지역 전파통제를 하루종일 작동하라는 지시가 떨어졌다는데 박 동지는 몰랐소?

– 거야 머 심심하면 벌어지는 전파방해 공작 아니오? 한데~

이렇게 말하면서 태산은 순간 머릿속이 복잡해지고 있었다. 전파방해 공작이란 말을 자신의 입으로 하면서 머리끝이 뾰족하게 일어서는 것을 느꼈다. 혹시 최룡해 부위원장의 호출이 국경지역 전파방해 공작 사건과 연결된 것은 아닐까? 숨기고 싶은 정보가 공화국 내부에서 외부로 흘러나가거나 중국 등지에서 공화국 내부로 흘러들 위험에 처할 때 통상적으로 국경지역에 전파방해 공작이 내려졌던 것이다. 그들에게 좋은 일이면서 김정은 지도자 동지를 즐겁게 해줄 일이란 무어란 말인가?

– 이번에는 뭔가 중요한 일이 벌어진 모양이오. 그저 행정식_{형식적} 사업방법은 아닌 게 분명해요. 중앙당에서 도 보위부장 한테까지 쉬, 쉬 하려는 데는 뭔가 중요한 일이 벌어진 게 분명하단 말이오.

– 내 아직 아는 정보는 없소. 사실 급히 중앙당 최룡해 부위원장 호출을 받고 올라가는 중이오.

태산은 말을 아끼려다 승 부장한테는 자신의 보이지 않는 힘을 보여주고 싶었다. 조선공화국 2 인자의 부름을 받고 평양행을 하는 자신의 위상을 승 부장에게 은근히 드러내는 것이 보위부 간부로서 향후 성장하는 데 도움이 되리라는 생각이 들었기 때문이다.

– 아니 그래요? 뭐 급박한 일이기에~ 박 부부장 동지한테 무슨 일을 시키려는 모양이지요?

– 나도 잘은 모르겠소. 급히 찾으니 밤을 새워 평양으로 내달리는 것이오.

- 박 동지, 내 무슨 일인지 궁금하니 부위원장 동지 만난 다음 은밀히 손전화나 넣어주오. 도 보위부장에게 숨겨야 할 일이 대체 머가 있나 이런 말이오.

- 건 맞는 말이오. 내 기휠 보아 손전화 넣어드릴 테니 염려 마오, 승 부장 동지~

조선공화국에 급박한 사태가 벌어졌다면 보위부의 정보망을 벗어날 수는 없을 것이다. 중앙당이 정보를 손에 쥐고 풀지 않는다는 것은 여전히 조선공화국에서 보위부는 중앙당의 하수밖에 되지 않는다는 말이었다. 도 보위부의 정보망 밖에 있는 급박한 일이라면 대체 무슨 일일까? 태산은 승 부장과의 통화 이후 더욱 긴장된 나머지 방향손잡이를 잡아 쥔 손에 잔뜩 힘이 들어가 있었다.

태산은 먼동이 트기 한참 전에 평양 시내 중심부 중구역 창광거리에 위치한 노동당 중앙당사에 도착했다. 모두가 잠이 들었을 시간임에도 중앙당사는 불이 환하게 켜져 있었는데 태산은 예전처럼 자로 잰 듯 일사불란하게 안내를 받았다. 김정은 지존이 집무를 본다는 3층의 장대한 본부 청사를 보는 순간 온몸에 전율이 느껴졌다. 호위하듯 늘어선 인민대학습당, 만수대의사당의 위용은 낮에 보는 것보다 훨씬 사람을 긴장하게 만들었다. 조선공화국의 안위와 발전을 위해 이토록 중앙당의 간부들은 밤낮 없이 일을 하고 있다는 생각이 들었다.

- 최 부위원장 동지, 오랜만에 뵙습니다.

- 박 동지, 게 앉으라. 오느라 로한勞汗 : 수고이 많았겠구마는~

태산을 맞는 최룡해 부위원장의 첫인사는 앞 번과 똑같았다. 잠깐 최 부위원장 얼굴을 살펴보니 전화 목소리처럼 아직도 고무되어 있는 표정이었다.

– 최 부위원장 동지 호출인데 거드름 필 겨를이 있나요. 한데 무슨 급박한 일이기에~

– 박 동지, 이거 잠깐 귀 좀 가까이 다오.

– 예?

태산은 영문을 모른 채로 최룡해 부위원장 입에 자신의 **뺨**을 바짝 가져다 댔다. 최 부위원장의 이런 행동으로 보아 섣불리 입에 담기 어려운 비밀스런 일이 발생한 모양이라고 태산은 순간 생각하고 있었다.

– 말레이시아 공항에서 거물을 암살했다~

– 예에? 거물이라면 누, 누구를~

– 김정남이 말이야~ 지존의 이복형~

– 아 그렇습니까?

그 말을 듣는 순간에 모든 상황이 태산의 머릿속에서 정리되고 있었다.

– 태산아, 이거 좋은 일이 아니니?

– 좋은 일이 다 뭡니까? 조선의 발전을 위해서는 반드시 제거해야 할 장애물이 아니었습니까?

– 그, 그래 맞다. 이제 우, 우리가 지존을 위해 빛을 발휘할 시간이 아니겠나?

최룡해 부위원장은 얼마나 긴장했던지 말까지 더듬고 있었다.

– 맞습니다. 지존의 몸과 마음을 위로할 수 있도록 이미 지시를 마쳤습니다.

– 그래, 박 동지가 이렇게 곁에 있어 든든하구나~

태산은 승 부장 동지와도 은근히 속말을 나누었던 것처럼 김정은 지존이 좋아할 만한 성과를 보위부가 아닌 다른 데에 **빼앗긴** 것에 대해 자존심이 상했다. 김정남 제거를 위해 영화문학映畵文學:시나리오까지 완벽하게 짰다는 정찰총국의 성과물이라는 것을 믿어 의심치 않았다. 정찰총국의 영화문학이요 정찰총국의 성과물이기 때문에 보위부로 전해지는 정보 역시 하루가 지나도록 차단이 되었던 것이다. 김정은 지존의 치하를 독차지하려고 은밀히 보이지 않는 싸움이 일어나고 있었음을 보여주는 증거인 셈이다.

그날 밤, 태산은 평양 외곽의 한 특각에서 김정은 지존을 모시게 되었으며, 생애 처음으로 추앙하는 지존의 손을 잡아보게 되었다. 신의주 화장품 공장 현지지도 때보다 더욱 가까이에서 지존의 숨소리를 듣고 격려의 말씀을 들으며 손까지 맞잡아 보는 순간 태산은 세상의 모든 것을 얻은 기분이었다. 통쾌한 웃음소리가 이어졌지만 때때로 지존의 표정이 어두울 때도 있었다. 하지만 이름만 들어도 공화국 주민들이 알만한 중앙당 간부들이 와자자 웃어대는 소리에 덩달아 지존은 다시 환한 웃음을 띠고 있었다.

태산이 몰랐던 극비의 정보들이 중앙당 간부들의 입에서 튀어나오기 시작했다. 태산은 그들의 얘기를 들으면서 다시 한번 중앙당의 힘을 느끼고 있었다. 언제던가 태산에게 지껄이던 홍용희 동무의 말이 새삼 떠올랐다. 정당정보당 수확고라 하지 않았던가. 공화국에서 진정한 승리자는 정보를 습득하는 자라고 말이다. 정확한 고급정보를 재빠르게 얻을 수 있는 능력이야말로 공화국에서 뿌리를 내리고 살아갈 수 있는 힘이다. 발 빠르게 정보를 획득하는 자가 승리한다. 태산은 정말 짧은 순간에 홍용희 동무가 지껄였던 말들이 떠올랐다.

― 김정남이는 공화국의 영원한 반동이에요.

― 맞소. 우리가 5년 동안 계획했던 프로그람을 성공적으로 마쳤으니 함께 건배 합시다.

누군가의 제의에 김정은 지존이 높이 술잔을 들었다. 지존이 건배, 외치자 간부들도 일제히 건배를 외쳤다. 지존이 술잔을 입에 가져다 대는 순간 간부들도 일제히 술잔을 입으로 가져갔다. 지존은 되도록 말을 아끼는 모양이었고, 열혈충성에 불타던 간부들이 다투어 입을 놀리는 분위기였다.

- 동지들에게 내 한마디 하겠소.

술잔을 모두 비우고 김정은 지존이 간부들을 향해 말했다. 지존의 목소리는 약간 들떠있는 듯했고 긴장하고 있다는 것도 느껴졌다.

- 그저 작년이 옛날이고나~ 세상이 어찌 이렇게 빨리 흐르는가. 동지들이 어찌 생각할 지 모르지만 내래 인정人情겹지 않은 사람은 아니야~ 막되먹은 사람이 아니라는 머 이런 말이야.

- 위원장 동지께서 인정주머니마음 있다는 거야 우덜이 모르지 않습지요. 그저 오늘 하루만은 통 크게 만사 잊지요~

황병서 부위원장이 이마의 주름살을 위로 밀어 올리며 말했다. 태산은 조금 멀찍이 뒤쪽에 떨어져서 황병서를 지켜보았다. 최룡해 부위원장과 항상 권력의 시소게임을 하고 있는 인물이었다. 김정은의 전용기를 타고 남조선에 다녀올 정도로 막강한 권력자였다. 태산은 뇌리에 황병서의 얼굴을 또렷하게 새겨 넣었다. 장차 조선공화국에서 최룡해 부위원장이 뛰어 넘어야 할 커다란 장애물이라는 생각이 들었다.

- 김정남은 CIA의 정보원이었습니다. 미국의 스파이들과 우리 조선에 대한 배반행위를 했던 일급 범죄자였단 말입니다.

김원홍 국가보위부장의 말이었다. 김원홍의 말에 늙은 박봉주 부위원장이 짝짝짝 박수를 치자 함께 모인 간부들이 따라서 일제히 박수를 쳤다. 김원홍은 김정은 곁에 바짝 붙어 고위간부들의 처형에 앞장선

인물이었다.

　태산은 멀찍이 떨어져서 김원홍을 지켜보았다. 황병서와 마찬가지로 최룡해 부위원장과 항상 권력의 시소게임을 하고 있는 인물이었다. 태산은 역시 뇌리에 김원홍의 얼굴을 또렷하게 새겨 넣었다. 김원홍 역시 조선공화국에서 최룡해 부위원장이 뛰어넘어야 하는 커다란 걸림돌이었기 때문이다.

　- 참을 수 없는 것은 우리 조선인민공화국을 얕잡아보고 호시탐탐 공격의 빌미를 찾고 있는 미제 놈들과 협잡을 하면서 남조선 정보당국과도 접촉했다는 배신감입니다. 간첩죄를 지었으니 처형을 받아 마땅한 일이었지요.

　김원홍의 이어진 말에 간부들의 박수가 다시 한번 터져 나왔다. 김영철 부위원장과 그의 측근들인 리용호, 리선권 등은 말을 매우 아끼고 있는 것 같았다. 리용호, 리선권 등은 김영철의 눈치를 살피면서 행동을 취하는 모습이었다. 셋이 나란히 함께 행동을 하는데 마치 동심일체라는 말이 어울릴 정도로 가까워 보였다. 남조선과의 접촉에 있어서 이들이 대남對南라인의 핵심 인물들이었다.

　- 정찰총국장 동지가 한마디 하시오. 정찰총국장의 성과 아니오?

　정찰총국장이라는 사람을 향해 최룡해 부위원장이 말했다. 김영철 정찰총국장이 자리를 옮기면서 새로 부임했다는 정찰총국장은 태산이가 모르는 인물이었다. 인민군 총참모부 산하기관답게 정찰총국장의 어깨에는 견장이 번쩍이고 있었다. 정찰총국에서 정말 김정남 암살에 공을 들였다면 정작 축하를 받을 사람은 김영철 부위원장이었다. 하지만 김영철은 붉어진 얼굴에 약간의 미소를 지을 뿐 겸손하게 말을 아끼고 있었다.

– 총국장 동지, 반드시 김정남의 시신을 공화국으로 가져 오시오.

김영철이 이윽고 아주 작은 소리로 말했다.

– 여부 있겠습니까.

신임 정찰총국장이란 사람이 김영철을 향해 허리를 굽실거렸다.

– 시신을 조선으로 가져올 조치는 취했소?

– 말레이시아 당국에 정중히 요청을 해두었습니다.

– 이런 답답한 동지 보았나~

연회장에 모인 일행들의 시선이 일시에 김영철에게 모아졌다. 태산은 멀찍이에서 김영철을 뚫어지게 바라보았다. 작은 체구에서 뿜어져 나오는 그의 자신감에 많은 간부들이 압도되는 것을 태산은 느끼고 있었다. 태산은 자신이 지존을 비롯한 이런 중앙당 간부들과 같은 공간에 서게 되리라고는 상상도 못한 일이었다. 모든 것이 최룡해 부위원장의 덕분이었다. 이런 순간에도 태산은 최룡해 부위원장을 위해 목숨을 바치리라 다짐하고 또 다짐을 하고 있었다.

– 당장 말레이시아 외교관과 그 가족들을 인질로 잡아 두시오.

– 예, 알겠습니다.

조선공화국의 숨이 가쁘게 돌아가는 현장을 태산은 보고 있었다. 김영철의 단호한 명령에 정찰총국장과 그의 수하들이 분주히 뛰어나갔다. 이런 전후 상황으로 봐서 김영철이 정찰총국장을 맡을 시에 은밀히 준비해온 김정남 암살 프로젝트가 이제 성공을 거두었구나, 하고 미루어 짐작할 수가 있었다. 태산은 이런 떠르르한 인물들의 뒷자리에 끼어 있으니 자신의 지위가 몹시 초라하게 느껴졌다.

– 김한솔이는 지금 어데 있는가?

뜻밖에 김정은 지존이 정찰총국장을 향해 이렇게 물었다.

– 천리마민방위에서 미국으로 피신을 시킨 모양입니다.

– 천리마민방위? 천리마민방위가 뭐하는 작자들인데?

정찰총국장은 지존의 물음에 얼른 대답을 하지 못했다. 태산은 천리마민방위의 정체에 대해 이미 파악하고 있었다. 조선 인민공화국을 붕괴시키고 김정은 정권을 해체시키겠다며 해외에 망명정부까지 세우려하고 있다는 정보를 이미 수집하여 알고 있었다. 장차 천리마민방위는 이름을 자유조선으로 바꾸어서 망명정부라고 내세울 것이라는 것을 알고 있었다. 김원홍 보위부장이 이런 사실을 모를 리가 없을 텐데 아마 '자유조선'이란 단어를 선뜻 입에 담지 못했을 것이다.

– 내래 묻는데 어찌 대답이 없는가?

– 조선 인민공화국을 탈출한 반동분자들이 세운 망명정부랍니다.

– 김 부장 동지, 경애하는 위원장 동지 앞에서 어찌 망발을 하는가?

김원홍의 사려 깊지 못한 말에 최룡해 부위원장이 재깍 다그쳤다. 술을 마시며 느슨했던 분위기가 순간 차갑게 굳어지는 느낌이었다. 지존과 함께 하는 자리는 중앙당의 어떤 고급 간부에게도 살이 떨리는 자리라는 생각이 들었다. 순간마다 바늘방석 같은 느낌이 들어서 태산은 한창 연찬회가 진행 중인데도 가슴이 답답해서 슬그머니 밖으로 나왔다.

– 당신은 못 보던 얼굴인데~

김원홍이 어깨에 힘을 주고 떨떠름한 표정으로 걸어 나오면서 태산에게 말했다. 김원홍의 손가락 사이에서도 담배연기가 피어오르고 있었다.

– 평북 도 보위부 부부장입니다.

– 도 보위부 부부장? 아아, 당신이 바로 아이디아 좋다는 박태산 동

지로구만~ 머 자금을 만들어내는데 탁월한 능력을 가지고 있다 들었는데 박 동지가 어떻게 여기에 있는가? 여긴 당신 같은 하급들이 들어올 데가 아닌데~

– 아니 머요? 보위부장 동지 거 사람을 멀로 보고 이케 함부로 막 대하는가 말이오?

김원홍은 숫제 태산에게 반말조로 말을 하고 있었다. 조선민주주의인민공화국 국가보위부의 수장인 김원홍은 태산이가 결코 함부로 쳐다보기 힘든 인물이었다. 태산에게는 직속상관이지만 초면에 무시하는 듯한 김원홍의 말에 태산은 굴욕감을 느꼈다. 아, 참 살벌한 세상이로구나.

– 야 임마, 썩 꺼지라. 아이디아 있음 김정남 암살의 공적을 정찰총국에 빼앗기느냐 말이야, 야 이 새끼야, 지금 이 자리는 국가보위성이 수모를 당하는 자리라는 거를 모르나 응? 이런 하루 강아지 범 무서운 줄 모른다더니~

태산은 허리춤에 권총이 있었다면 당장 김원홍의 머리통에 구멍을 내버리고 싶은 심정이었다. 그가 조선 인민공화국에서 비록 이들보다 하급으로 살아왔지만 생애 가장 치욕적인 순간이라는 생각이 들었다. 지존과 함께하는 자리인지라 몸에 있는 모든 무기를 해체당한 까닭에 불같은 성미를 잠재울 수밖에 없었다.

– 인생이란 게 머 양지쪽도 있고 능 쪽응달도 있는 게 아니오? 너무 사람 괄시하지 말란 말이오. 한데 김정남이 CIA 끄나풀이었다는 정보는 정말 맞는 게요?

– 아니 보자니까 정말~

김원홍이 가소롭다는 표정이었다.

– 나도 미국 FBI 움직임 정도는 넘겨보는 놈이오. 정보당 수확고라는 말은 들어 보셨소?

– 아니 머? 에이 좋은 재수 놀음하려나 했는데 하루하룻 강아지 한 마리 때문에 잡쳤어~

김원홍은 분이 풀리지 않아 계속 태산을 괄시하고 있었다.

– 경애하는 위원장 동지 모시러 온 내게 김 부장 동지께서 벨 풀이를 하는 게요?

– 하하하~ 머 위원장 동질 모시러 왔다고? 아니 지방 보위부 수장도 아니고 하급 간부 주제에~

이윽고 태산을 향한 김원홍의 괄시가 수위를 넘었다.

– 내 더는 김원홍 부장 동지한테 드릴 말이 없소. 내 경애하는 김정은 위원장 동지의 지친 심신을 위로하라는 특명을 받은 몸이란 말이오.

– 아니 머, 머라~

태산은 입에 담아두어야 하는 말을 김원홍을 향해 내뱉었다. 김의 태도는 난데없이 벌레 씹은 표정이었다. 태산은 도저히 김원홍 보위부장에게 받은 굴욕을 참을 수가 없어 속으로만 욕설을 내뱉은 다음에 곧장 행사장으로 들어갔다. 태산의 서슬 퍼런 말에 김원홍이 놀랐다는 듯 헐레벌떡 뒤를 따랐는데 연회장에 들어오니 중앙당의 간부들이 어깨동무를 하고 노래를 부르고 있었다.

노래가 끝난 뒤에 최룡해 부위원장이 은밀히 태산을 구석진 데로 불렀다.

– 박 동지, 어서 지존을 모셔라.

– 아이쿠 부위원장 동지~

태산은 정말 오금이 저렸다. 태어나서 이렇게 긴장해 보기는 처음이었다.

- 오늘 여기 와서 보니 박 동지가 아주 듣던 대로 일을 말끔하게 잘 하는구나. 지존께서 아주 흡족하신 모양이야. 연회장에서 시중드는 녀성동무들도 아주 발랄하다 못해 상큼하고 미모도 아주 빼어나고 말이야~

- 아이쿠 그저 과찬이십네다.

- 자 어서~ 지존께서 심신이 아주 지쳐계신다.

최룡해 부위원장이 태산의 뺨 쪽에 입술을 가져다대며 속삭이듯 말했다.

- 조선 인민공화국에서 너하고 나하고 그 애만 아는 일이야. 자 어서 모시라~

- 예~ 최 부위원장 동지께서도 저를 따라 오십시오.

- 거야 머 나쁠 거는 없지~

태산은 조선공화국 최고의 미모 녀성이 미리 꽃단장을 하고 대기하고 있는 연회장 바로 옆의 특각으로 지존을 안내했다. 중앙당 간부들의 술자리가 무르익어가고 있을 때 지존의 지친 심신을 풀어줄 편안한 공간으로 지존을 모셨던 것이다.

태산은 지존과 함께 복도를 걸으면서 일절 뒤를 돌아보지 않았고, 눈도 마주치지 못했다. 목적지에서 안내를 마칠 때에도 마찬가지였다. 그리고 다시 연회장으로 돌아와서 최룡해 부위원장을 다른 공간으로 안내했다. 부위원장은 태산의 안내를 받아 복도를 걸으면서 태산의 손을 꼭 잡아주었다. 태산은 부위원장의 손에서 따뜻한 힘이 느껴지자 어찌할 바를 몰랐다. 마음속으로 그저 부위원장을 위해 자신의 한목숨

바칠 것을 수없이 다짐했을 뿐이었다.

 – 부위원장 동지, 내 오늘 수모를 당했습니다.

 – 아니 수모라니 무슨 소리야?

태산은 좀 전에 김원홍 보위부장으로부터 당한 일을 말해주었다.

 – 부패에 찌든 놈이 말이야 지존 앞에서 하지 않아야 할 실수까지 한 작자 아니냐~ 지존의 사랑을 등에 업고 아주 절대적인 권력을 휘두르는 꼴이 그렇잖아도 아주 가관이었지~ 잘 들어라, 태산아. 이번에 김원홍이를 꺾어버릴 것이야. 김원홍이나 황병서나 나처럼 한 번은 혁명화를 당해야 하지 않겠나~

 – 머 부위원장 동지께 도움이 되지 못해 죄송합니다. 그저 머든 명령만 내려주시면 기꺼이 제 목숨을 부위원장 동지 위해 내놓겠습니다.

 – 하하하~ 난 그저 박 동지에 거 나를 닮은 그런 성미가 마음에 든다 말이야~

태산은 생애에 가장 바쁜 하루를 보냈다. 지존이 빠져나간 연회장과 특각은 술렁였던 만큼 이제 다시 썰렁해 보였다. 최룡해 부위원장의 지시를 받아 은밀히 준비한 기쁨조는 기대한 만큼 성공리에 지존을 모셨던 것이다.

그리고 며칠 뒤, 태산은 놀라운 소식을 접하게 되었다. 최룡해 부위원장의 힘이 얼마나 강력한가를 단숨에 느낄 수 있는 소식이었다. 김원홍 국가보위부장이 강등을 당하면서 숙청되었다는 소식이었다. 조선공화국에서 김정은 위원장 말고는 그 누구도 영원한 권력이란 있을 수 없다는 것을 입증하는 일이었다. 장성택이 리영호를 숙청했고, 김원홍의 주도하에 김정은의 고모부인 장성택과 현영철 인민무력부장 등을 숙청했었다. 이렇듯 김원홍이 숙청을 주도하며 실세로 부상할 때 공화국의 간부들은 이제 김원홍이 스스로 힘을 키우다가 한번 넘어질 때는 제힘으로 일어설 수 없을 정도로 치명상을 입을 것이라고 우려들을 했던 것인데 우려가 현실이 되어버린 셈이었다.

김원홍의 숙청 소식은 조선공화국의 간부들 사회에서 김정은의 철퇴는 어느 누구를 가리지 않는다는 것을 방증하는 것이었다. 중요한 사실은 실세라고 할 정도로 세력이 커진 중앙당 간부들의 숙청을 김정은이가 은밀히 단행하는 이면에는 조선인민공화국에서 최고의 권력이란 김정은 이외에는 용납될 수 없다는 암시가 숨어 있다는 것이었다.

제52장 여우(女優)

1

보름 만에 다시 훈련에 복귀하게 되다니 명호의 몸은 아직 젊은 기운이 우세했던 모양이다. 제자 강철이의 가슴에 칼을 꽂은 죄책감에 스스로 자신의 가슴에 단도를 찔러 박았었다. 박태산에 대한 증오심이 불타올랐던 탓에 순간 자신의 심장을 향해 칼을 꽂았었고, 또한 공화국의 야만적인 폭압에 대한 저항감이 치솟은 나머지 김정은의 심장이라 생각하며 자신의 가슴에 칼을 꽂았었다.

한편으론 모진 자신의 목숨을 망설이지 않고 끝내버리려는 그의 단호한 결단은 박태산이나 김정은에 대한 증오심보다 제자의 가슴에 칼을 꽂은 스승이라는 자책감에서 비롯되었던 것인지도 모른다. 명호는 제자 강철이가 자신의 품에서 죽어가는 모습을 지켜본 순간 삶에 대한 미련 같은 것이 공허하게 사라지는 것을 느꼈었다.

명호는 자신의 가슴을 찌르라고 강철의 손에 단도를 쥐어주었었다. 하지만 강철은 고개를 저으면서 존경하는 선생님한테 죽을 수 있어서 마음이 편하다는 말을 하고 스르르 눈을 감았던 것이다. 사형수란 몸으로 선생님을 이긴다고 한들 무슨 훈장이 있겠냐며 오히려 강철은 자신의 심장에 한 번 더 칼을 꽂아 달라고 부르짖었었다.

사형수가 되어 자신 앞에 나타난 제자 강철의 죽음, 돌이켜 생각해 보면 명호 자신 역시 사형수나 다름이 없었다. 목숨을 장담할 수 없는 불확실한 상황에서 하루하루 지내고 있는 자신의 앞날에 한치 앞을 내다볼 수 없는 뿌연 안개의 너울이 넘실넘실 밀려오고 있는 느낌이었다.

때론 인간의 목숨이 참 지겹게도 질긴 모양이다. 강철의 죽음을 지켜보면서 자신 역시 쓰러져 의식을 잃었지만 하루 만에 깨어났고, 고작 보름 만에 다시 훈련에 임할 수가 있었다. 명호 스스로 찔러 박은 칼끝은 심장을 비껴서 죽음의 변죽만 울리고 말았던 것이다. 명호의 본능 속에 살아있는 강력한 생명력 때문일지도 모른다.

– 탁배기 동지, 힘든 훈련에 상처는 괜찮소?

키가 커서 꺽둑이라 불리던 조장이 다정한 목소리로 물었다. 목숨을 걸어놓고 훈련에 임하는 조원들 사이에는 그래도 동지의 정이란 것이 있었다.

– 견딜 만 하오. 조장 동지, 내 머 하나 물어도 되오?

명호의 물음에 조장은 대답 대신에 턱을 내려 명호를 바라보았다. 명호는 상처를 치료하면서 내내 강철의 생각으로 괴로운 날들이었다.

– 나한테 머가 궁금하단 말이오?

키 큰 조장 동지가 한참 만에 명호를 내려다보며 물었다.

– 혹시 우리와 겨누었던 사형수들의 시신은 어찌 되었는지 아오?

– 나는 모르는 일이오.

단칼에 무 자르듯 단호한 대답이었다.

– 머 시신이 가족들한테 인계되는 건지 묻는 게요.

– 우덜이야 머 훈련 조원들인데 상부 소관 일을 어이 알겠소. 교관 동지한테 물어보면 혹시 어떤 정보라도 듣게 될지 모르겠소.

– 아 네, 고맙소.

아무리 죄를 지어 사형수가 되었다 하더라도 시신이라도 가족의 품에 돌려보내야 하는 것이 인간의 도리라는 생각이 들었다. 불쌍한 강철이, 공부를 배워주던 스승이란 사람의 칼을 맞고 죽게 된 운명이라니~ 제자의 심장에 칼을 꽂고 아들애의 벗에게 칼을 꽂은 운명이란 한뉘 가슴속에서 은폐되어 있다가 마귀처럼 불쑥불쑥 심장을 쥐어뜯고 말리라. 명호는 스스로 마귀가 되어 자신의 가슴을 쥐어뜯고 있었다.

하루 훈련을 마치고 휴게실에서 잠시 쉬고 있는데 교관이 들어왔다. 교관은 부러 명호를 찾아온 것 같았다. 마침 다른 훈련 동지들이 곁에 없어서 언제나 처럼 명호와 교관은 오붓한 시간을 가질 수가 있었다. 명호는 무엇보다 교관과 단둘이 있을 때 묻고 싶은 말을 꺼내놓지 않을 수가 없었다.

－ 교관 동지, 내 머 하나 묻겠소.

－ 탁배기 성님, 몸은 좀 괜찮소?

명호보다 먼저 교관이 되물었다.

－ 그저 지낼 만은 하오.

－ 훈련을 견딜 만 한지 묻는 거라오.

교관 동지가 거듭 물었다.

－ 머 그냥저냥 동지들 따라할 만은 하오.

－ 힘이 들면 내가 맡은 조목條目 훈련 때라도 가만히 얘기하오.

－ 고맙소, 아우~ 내 아우한테 묻고 싶은 것이 있소. 우리 특별조 동지들과 대결을 벌였던 사형수들의 시신은 어떻게 처리 되었는지 궁금하오.

명호의 당돌한 물음에 교관 동지는 얼른 대답하지 못하고 물끄러미 바라볼 뿐이었다. 특수훈련 대원들과 사형수의 대결이란 아무리 생각을 해도 렵기적獵奇的이었다. 조선공화국에서는 대체 이런 아이디아가 누구의 머리에서 나온다는 말인가. 모자누명가 씌워져 독재광의 군화발에 숨통이 끊긴 억울한 주검들의 원한 서린 영혼이 구천을 떠돌고 있을 것이다.

─ 웃령슴 : 상부 명령이 어떻게 떨어졌는지 나는 알 수 없소. 분명한 것은 그날 저녁 못 보던 청결차쓰레기차가 한 대 들어와서 오물을 싣고 나갔을 뿐이오. 내 탁배기 성님한테 드릴 말은 여기까집니다. 더는 사형수들의 시신에 대해 알려고 하지 마시오. 사형수들은 한낱 쓸모없는 오물이라오.

 교관 동지의 대답에 명호는 더는 사형수들의 시신에 대해 묻지 않았다. 억울한 영혼들의 혼백을 달래주려는 것이 아니었다. 명호는 다만 제자 강철의 시신의 행방에 대해 알고 싶었을 뿐이었다. 어찌 사람의 목숨을 한낱 짐승의 숨주머니목숨보다 가볍게 여길까, 라는 생각에 미치자 명호의 등줄기에 식은땀이 흘렀다. 죽어서 주검마저 가족들 곁으로 돌아가지 못했을 제자 강철이를 생각하면 잠을 이룰 수가 없었다.

 특수훈련을 다시 받기 시작하면서 명호는 틈만 나면 동지들의 말에 귀를 기울여보았지만 사형수들에 대한 정보는 듣지 못했다. 조선공화국에서 그래도 인간이라는 존재로 살아왔을 사형수들은 마지막 순간에 어떤 생각을 하며 죽어갔을지~ 비에 젖어 파닥거리는 초라한 산새山鳥, 이 날짐승만도 못한 생애, 산골짜기를 헤매면서 굶주린 배를 채우려는 한 마리의 네발 달린 짐승만도 못한 생애, 강철이의 가엾은 혼백은 아직 명호의 곁을 떠나지 못했을 것이다.

 명호는 훈련을 받으면서도 자신의 칼에 찔려 죽은 제자 강철의 생각이 뇌리를 떠나지 않았다. 그러나 이곳에서는 죽은 제자에 대한 죄책감은 감상적인 사치에 지나지 않는다. 강력한 살인 병기로 다져지기 위해서 가장 경계해야 하는 것이 동정심이고 눈물이었다. 죽여야 하는 상대에 대해 마음속에 동정이나 연민이 남아 있다면 먹여주고 입혀주고 재워주는 당의 은덕에 배신을 하는 행위라고 교관들은 주입시켰다. 그래선지 사형수들과의 대결 이후 훈련의 강도는 더욱 거세졌다.

명호는 이를 악물고 마음의 한쪽에 단단한 벽을 쳤다. 나약한 감정이 반대쪽 마음에 닿을 수 없도록 장벽을 둘렀다. 훈련은 더욱 힘들고 거세지면서 대원들의 목숨을 위협하는 매우 위험도 높은 훈련이 기다리고 있었다. 사형수들과의 대결은 승리가 보장된 실험적인 살인 대결밖에 되지 않았지만 이제부터 대원들 앞에 기다리고 있는 훈련들은 철저한 실전훈련이었다.

민첩한 동작과 엄청난 주의력과 집중력을 필요로 하는 훈련이었다. 상대방을 죽이고 자신이 살아남기 위해 몸이 닳고 닳도록 익혀야 하는 훈련은 여전히 많이 남아 있었다. 인생의 노정路程에서 잘 먹고 잘 살고 부富와 명예를 축적하고자 사람들은 어떤 노력을 하며 살아갈까~ 과연 자신의 삶에서 상대방을 이기고 살아남기 위해 이토록이나 목숨을 걸고 살아왔던 적이 있었을까.

한눈을 팔면 곧 주검이 되어야 하는 절박한 순간을 세상에서 몇 번이나 겪고 살아왔을까? 가족을 위해서 단 한 번이라도 목숨을 걸고 싸우고 일했던 적이 있었나?

사형수들과의 대결은 특수훈련을 하는 대원들에게는 통과의례처럼 거쳐야 하는 몸풀이 훈련 같은 것에 불과했다.

하루종일 날아오는 단검을 피하는 훈련 중에 결국 동료 대원 한 명을 잃었다. 굵기가 한 아름 되는 소나무 앞에서 연속적으로 날아오는 단검短劍을 피하는 훈련은 민첩성과 집중력을 잃으면 죽음과 직결되는 무시무시한 훈련이었다. 이 훈련을 위해서 고도로 숙련된 조교는 대원들과는 일면식도 없었으며 오직 대원들의 목이나 심장에 단검을 날려 맞춰야 하는 임무를 수행할 뿐이었다.

단검은 연속적으로 날아왔다. 몸을 날려 민첩하게 피하고 나면 단검은 소나무 수피樹皮에 딱, 딱 꽂혔다. 소나무 수피에 꽂히지 않은 단검은 훈련 대원의 목이나 심장에 꽂히는 것이었다. 단검은 숙련된 조교의 실력답게 대원의 목과 심장을 향해 쏜살같이 날아왔다. 단검으로 훈련대원의 목숨을 빼앗는 일이 조교의 임무라면 훈련대원은 살기 위해서라도 단검을 피해내야 하는 것이었다.

단검 피하기 훈련은 조교와 대원들 사이에 자존심 대결이나 다를 바가 없었다. 자존심 대결의 끝은 대원들 중에 누군가 죽어야 하는 것이었는데 이 대결에서 졌다는 것은 동료 대원 중 누군가 목숨을 잃었다는 의미였다. 훈련대원들에게 민첩성이야말로 목숨을 지켜내는 가장 절대적인 요소였다.

교관으로부터 단검 피하기 훈련 중에 누군가 목숨을 잃을 수도 있다는 말을 들었을 때 대원들의 시선은 일제히 특5 거북이 대원에게 쏠렸다. 튀어나온 이마나 빡빡머리와는 달리 다른 대원들보다 동작이 느려터진 거북이 대원에게 단검 피하기 훈련은 처음부터 건널 수 없는 강이었을 것이다.

거북이 대원은 그날 아침부터 다른 날과 달리 몹시 불안해 보였고, 자신의 신상에 대해 동료 대원들에게 자꾸 말을 하려고 들었다. 어떤 사연으로 이곳에 온 사람인지 특별히 친밀한 관계가 아니라면 드러내지 않은 게 이곳의 무문률無文律:불문율인데도 그날따라 거북이 대원은 자신의 출신에 대한 얘기를 동료대원들에게 망설임 없이 늘어놓았다. 대원들은 무엇보다 특5 거북이 대원의 직업에 대한 얘기를 듣고 매우 놀라는 모습이었다.

– 동지들, 내 머리가 어이 막머리까까머리인 줄을 아십니까?

－～～

곁에 있던 대원들은 거북이 대원을 물끄러미 올려다보았다.

－내래 막머리 중이었소.

－하하하～ 거북이 동지, 출퇴근 중스님 말이나 응?

대원 중의 누군가 이렇게 말했고, 거북이 대원과 단짝이던 특6 염소
대원이 헐렁한 몸을 흔들거리며 말했다.

－거북아, 난데없이 어찌 바깥 얘기를 하니?

－내 양복에 구두 신고 절卍로 출근을 했는데 오늘 인생이 문득 개
탕허탕치는 것 같아서 말이야. 그저 가슴 한쪽이 뚫어져 텅 빈 느낌이
드는 게 영 갓길空虛에서 헤매다가 막을 내린 기분이란 말이지～

－중노릇 했으니 텅 빈 마음이야 당연한 게지～ 그래 어느 절에 다니
며 출퇴근 중노릇을 했소?

말을 즐겨하지 않던 대원 하나가 궁겁다는 듯 물었다.

－저기 북도北道에 있는 절～

－머 북도? 저 봉산 정방산 성불사?

－에이 거북이 성님은 내 알기로 평북 향산 사람인데～ 향산에서 어
이 황북 봉산까지 출퇴근을 하겠소.

－따개비 아우 말이 맞소. 내 향산에 있는 묘향산 보현사 중이었소.

－게 정말이오? 내 알기로 묘향산 보현사라면 조선공화국 최고급
문화유물일 텐데～

－머 비까번쩍한 절이라기보다 그저 우덜 민족이 참 우수하다는 거를
보여주는 절이오. 팔만대장경도 있고 머 팔각 십 삼층 석탑도 있고～ 나
처럼 막 되어먹지 않은 우수한 막머리 중도 여럿 있고～ 제일인 것은 절
앞에 펼쳐지는 거 머인가 하면 청천강이요, 머 봄에 흐드러지게 피어나

는 영변 약산의 진달래꽃은 눈에만 담아도 취할 정도인데 머 약산동대
藥山東臺를 끼고 굽이굽이 황해로 흘러가는 청천강을 보고 있자면 세상
잡사가 그만 나도 모르게 사라지더만요. 보현사 앞마당 산뽕나무는 나
나이가 삼백 살이고 들메나무도 수백 살, 소나무 나나이는 육백 살이라
하지 아마~ 고개가 절로 숙여지는데 또 거게 찾아오는 녀자 보살들이
얼마나 예쁜지 내 거 녀자 보살을 희롱한 죄로 오늘 여게서 옛적 일을
한탄하고 있는 거라오. 에이 인생이라는 게 참 무언지 말이요~

　거북이는 정말 그때를 회상이라도 하는 듯 눈가에 눈물까지 글썽이
고 있었다. 거북이 대원의 신세타령을 듣는 중에 보살 희롱이란 대목
에 이르자 대원들의 눈빛에 생기가 돌았다. 힘든 훈련 속에서도 한줄
기 시원한 바람처럼 주고받는 대원들의 잡담이 피로를 씻어주었지만
이런 동료 간의 잡담도 눈치를 봐야 하는 터에 이런 기회가 자주 있는
것은 아니어서 거북이 대원의 경험담은 마치 활동사진을 보는 듯 대원
들의 관심을 끌고 있었다.

　- 조선에 중이 있다는 것도 첨 듣는 말이고 녀자 보살들 있다는 것
도 첨 듣는 말이오. 예쁜 녀자 보살 희롱한 죄짓고 훈련소 들어왔단 말
도 첨 듣고~

　- 우덜끼리 있으니 하는 말이지만 공화국 절이야 남한테 보여주려
고 있는 절 아니오? 듣자니 예불 염불 모두 딴 나라 사람들한테 보여
주려는 짓이라는데~ 염불하고 불교 교리 설파하는 절이 조선 천지에
어데 있단 말이오?

　- 예, 맞습니다. 조선공화국 절간에서 공양 올리고 불공드리는 것
은 어디까지나 부차적인 일이지요. 조선에 절간이 아마 백 여 군데 넘
게 있다고 들었소. 머 중, 좋게 말해 스님을 양성하는 시설도 있다 들

었소. 게 다 종교의 자유가 조선공화국에도 있다는 거를 딴 나라에 보여주려고 그러는 겁니다. 력사 교원 할 적에 제자들을 데리고 보현사에 고적 탐방을 다녀왔던 적이 있었소.

- 에헤 보니 교원질 하던 생코이셨소? 교원질 하던 탁배기 성님이 어떤 일로 여 훈련소에 오게 되었을깝쇼?

- 에이 촐삭쟁이, 탁배기 성님 말씀 좀 들어 보자. 촐삭아, 입 닥치라니까~

- 내, 그때 보니 공화국에 절간은 말이요, 겉은 번드르르 한데 머 속은 텅 비어 있었소. 그래 말이요, 조선공화국에 수행을 하려고 독신생활을 하는 중은 없다고 생각하는 것이오. 설령 중이 있다한들 안해 자식 거느린 대처승들이지요.

명호 역시 대원 동지들의 얘기를 듣고 있다가 불쑥 끼어들었는데 말을 하다 보니 력사교원을 했었다는 자신의 이력을 드러내게 되었다. 여태 대원 동지들에게 자신이 력사 교원 신분이었다는 사실을 숨겨온 터였다.

하지만 제자 강철이를 죽인 이후 명호는 어떤 것도 두렵지 않았고, 죽음도 대범하게 받아들여지기 시작했다. 명호의 이런 태도 변화의 이면에는 무언가를 향한 독기와 까닭모를 모멸감 그리고 세상에 대한 배신감이 가슴가득 차올랐던 것이다.

명호의 얘기에 대원 동지들은 쯧, 쯧 혀를 찼다. 대원 동지들 앞에서 처음 속내를 드러냈던 명호는 조선공화국에 대한 증오심으로 불타올랐다. 력사 교원으로서 조선공화국에 대한 자부심을 학생들에게 배워주던 일들이 생각나 새삼스레 낯바닥이 붉어졌다. 은폐, 왜곡된 력사의 장막 뒤에 숨어 충성맹세를 독려하는 거짓 공화국, 명호는 이런 거짓 공화국에 몸을 바쳐 충성을 했던 날들이 후회가닥이 되어 모멸스럽기 그지없었다.

－ 대처승, 그게 다 출퇴근 중이란 증좌요. 한데 탁배기 성님, 어이 말을 하다 숨을 몰아쉬는 게요?

－ 아, 아니오. 갑자기 현기증이 일어나서~

명호의 이마에는 땀이 몽글몽글 돋아 있었다. 명호는 지그시 눈을 감았다. 이때, 익숙한 따개비 동지의 목소리가 들렸다. 거북이 동지와는 호형호제하며 붙어 다니는 편이었다. 따개비란 말을 누가 붙였는지 모르지만 거북이와 따개비가 공생관계에 있는 생물이란 것을 바닷가에 사는 사람이라면 모를 리가 없을 것이다. 따개비는 거북이 몸에 붙어 있으면서 거북이가 물에 잠길 때 입을 열고 플랑크톤을 잡아먹고 산다.

－ 거북이 성님, 녀자 보살을 어떻게 희롱했다는 말이오?

－ 따개비 너 이 새끼, 거북이에 지난 과거 떨어 바치지 못해 안달이니?

－ 에이 염소 성님, 거북이 성님 입에서 먼저 말이 나오니까 내 깃을 다느라덧붙여 하는 말이 아니오?

염소 동지와 따개비 동지 사이에 티격태격 말이 꼬이자 손사래를 치며 거북이 동지가 말을 이었다.

－ 머 인생 막장에 다다른 내가 벙어리손님처럼 답답하게 침묵하면 머를 하겠나. 티끌 같은 세상을 살았어도 내 인생이 잊어진다는 생각을 하니 마구답답이가 되는 것 같아 가슴을 긁는다는 말이지~

－ 것 보오. 거북이 성님, 녀자 보살 희롱한 얘기 그저 떨어엎지멈추지 말고 쭈욱 읊어 보시오. 에이 그냥 요새 귓구멍이 너무 간지러워서 굽쌀죽을 맛이란 말이오.

따개비는 거북이 동지의 숨은 과거의 뒷생활뒷生活에 관한 얘기를 들어야 속이 풀리겠다는 표정으로 거북이를 물끄러미 올려다보고 있었다. 거북이 동지가 이제 한 치도 서슴없이 입을 열기 시작했다.

- 내 석탑 앞에서 예불을 마치고 돌아가는 길에 녀자 보살을 만났소. 저 구룡강 기슭에 약산동대가 보이고 석양에 감노을이 붉게 물드는데 또각또각 녀자 발자국 소리가 나더라니까~ 그래 발자국 소리에 홀려 뒤를 돌아다보았는데 녀우女優야~

- 절간에 어이 여우야? 여우 꼬리를 보았던 것이오?

- 에이 참 따개비 임마 거북이 말하는데 끼어들지 말거라. 거북아 어이 이어서 너 할 말을 하라니까는~

- 여우가 꼬리를 흔들고 성님 잡아먹겠다고 옵~

입이 간지러워서 미치겠다는 듯 거북이 동지의 말에 끼어들며 입을 여는 따개비 동지의 뒤통수를 염소 동지가 가볍게 내려쳤다.

- 아, 아니~ 꼬리가 있어야 흔들지~

지나간 날의 회상에 젖어 거북이는 주위가 소란스러움에도 개의치 않고 말을 느릿느릿 이어나갔다. 따개비 동지가 염소 동지에게 뺄 풀이를 했다.

- 에이 튀어나온 까꾸머리도 서러운데 염소 성님은 어째 뒤통수를 치고 지랄을 하오?

- 꼬리 없는 여우면 녀자 맞네. 녀자는 여우보다 요물이지요?

동지들의 격의 없는 얘기들을 듣고 있던 명호 역시 한 마디 끼어들었다. 녀자는 여우보다 요물이란 말이 자신의 입에서 튀어나오다니 명호는 말을 하면서도 이런 자신의 변화가 믿어지지 않았다. 정숙 동무의 곱던 얼굴을 순간 떠올려보려고 하는데 이상하게도 그 곱고 그립던 얼굴이 뇌리에 떠오르지 않는 것이었다.

－ 하 하 핫~

명호의 속도 모르면서 거북이 동지를 에워싸고 있던 다른 대원 동지들이 일제히 와글와글 웃어댔다. 대원들의 열혈청취에 기분이 좋아졌는지 거북이 동지가 상기된 표정으로 말을 이었다.

－ 녀성 동무래 나와 마주치니 활짝 웃더란 말이오.

－ 그 녀성 동무가 임을 홀리는 저 영변 약산 진달래꽃처럼 활짝 웃더라는 말이오?

명호의 입에서 뜻밖에도 흐드러진 말이 튀어나왔다. 그 말을 하는 바로 그 순간 명호의 뇌리에는 두 명의 녀성 동무 얼굴이 떠올랐다. 조금 전 떠올리려 애쓰던 정숙 동무의 얼굴이 별안간 떠올랐고, 제자 춘희 동무의 얼굴이 이어 떠올랐다. 대원 동지들은 명호의 말에는 반응을 하지 않고 거북이 입술만을 쳐다보고 있었다.

－ 약산 진달래꽃이 다 무어요. 전쟁 나간 서방 기다리다 독수공방에 지친 아낙네가 삼년 만에 서방 맞은 양 저 아랫동네의 동백꽃처럼 활활 타올랐소.

－ 거북이 동지, 그만 하오.

명호가 좀 전의 태도와는 다르게 갑자기 소리쳤다. 문득 거북이 동지를 향해 소리친 까닭은 독수공방에 지친 아랫동네 동백꽃이 마치 감옥 간 자신을 오매불망 기다리고 있는 정숙 동무 같다는 생각이 들었기 때문이었다.

－ 내 녀성 동무의 옷소매를 끌고 가서 연꽃 방죽 옆 풀밭에 눕혔지 않겠소.

－ 거북이 동지, 그만 하란 말이오.

명호의 목소리가 동지들의 귀에 더욱 날카롭게 꽂혔다.

– 특5 대원 동지, 그만 하시오.

이때, 훈련 조교가 대원들 사이에 끼어들며 거북이 대원에게 명령조로 말했다. 훈련 조교 역시 곁에 와서 이런 상황을 지켜보고 있었던 것이다. 거북이 대원은 이런 것에 괘념치 않고 말을 이었다.

– 그저 내래 녀성 동무 서방이다 여기고서 연꽃 피어나는 방죽 옆에서 그만 그 동백꽃을 꺾었다오.

– 헤헤헤~ 동백은 꽃잎 질 때 낱장씩 지지 않고 뭉텅 쏟아낸다던데 그래 방죽 옆에서 녀성 동무 꺾어먹는 맛이 어떠했나, 거북이 동지 응?

– 아니 이 동무들이 그만 하라니까~

명호가 인상을 쓰며 큰 소리로 소리쳤다.

– 머 좋다 말았소. 녀성 동무가 갑자기 어찌나 격하게 반응을 하며 목을 조여 오는 지 그저 내 숨통을 막는데 자칫 내가 죽겠더란 말이오. 그래 나도 모르게 녀성 동무의 목을 조였는데~

– 조였는데 어이 되었나 응? 아이고 답답하다~

– 머 스르르 팔에 힘이 풀리는가 싶더니 눈을 하얗게 뒤집더니 죽어 버렸소. 에이 재수가 없으려니 마魔가 절간 연꽃 방죽 옆에서 끼었단 말이오.

명호의 주먹이 거북이의 명치를 한번 강타했다. 거북이는 욱, 한번 허리를 숙일 뿐 대수롭지 않게 받아들이고 있었다.

– 이런~ 듣자니까 거북이 동지 그저 녀자 보살한테 강간强姦을 해댔구마는~ 에이 나쁜 놈~ 거북이 목을 쑥 빼서 작두질을 당할 놈~ 그래 그런 흉악한 죄를 쓰고 사형수가 되었다가 여기 끌려온 게로구나 그저~

특10 조장 동지가 혀를 차대며 말했다.

– 에이 더런 놈, 이제부터 성님 아니다. 여차직하면 공화국 녀자 다 잡아 조질 놈일세, 에이 퉤~

말끝마다 성님, 성님 호칭을 했던 따개비 대원조차도 혀에 단내가 나도록 씹어대고 있었다. 거북이 동지의 죄목을 듣게 된 동지들은 너도나도 한마디씩 거들었다. 털어놓고 보면 어슷비슷한 삶을 살아왔을 동지들이 거북이 동지의 죄목을 알아차리고서는 다들 자신은 무결無缺한 세상살이를 살아온 듯 말의 폭탄을 날려대고 있었다. 명호에게는 마치 정숙 동무가 수세미방죽 옆에서 누군가에게 강간을 당한 것은 아닌지 하는 불길한 생각이 엄습하고 있었다.

정숙 동무에게 과연 어떤 사내가 강간을 저지를 수가 있을까? 명호의 머릿속에 떠오른 사람은 바로 태산이 뿐이었다. 명호는 태산이 동무의 얼굴이 떠오르자 고개를 세차게 가로저었다. 태산이 동무가 아무리 완력을 행사한다 하더라도 정숙 동무는 마음의 빗장을 열지 않을 것이다.

정치범 죄수의 안해는 의절이혼을 할 것인지 나그네남편를 따라 갈 것인지 선택을 한다고 했는데 정숙 동무는 어떤 선택을 할까? 정치범으로 몰렸지만 감옥에 갇혀있는 게 아니고 특수훈련을 받고 있는 상태인데 정숙 동무로 하여금 리혼의 절차가 있을 리가 없지 않은가. 명호는 순간 혼란스런 마음에 머리가 어지러웠다. 명호는 머리카락을 손으로 쥐어뜯으면서 고개를 좌우로 연신 흔들었다.

대원동지들의 잡담이 이렇게 끝나고 곧장 훈련 일과가 시작되었다. 훈련대원들과 조교는 숲속의 한 아름 굵기의 소나무 앞에서 대결의 자세를 취했다. 조교는 단검을 쏜살같이 날려 보내고 대원들은 날아오는 단검을 번개처럼 피해야 하는 훈련이었다. 대원들은 조교로부터 날아오는 단검을 민첩하게 피했다. 대원들이 날아오는 단검의 공격으로부터 민첩하게 벗어날 때마다 조교의 얼굴 표정은 조금씩 굳어져 가고 있었다. 첫 대원부터 동작이 가장 느리다는 거북이 동지까지 수월하게 한 차례씩 단검을 피해내자 조교의 체면은 바닥에 떨어지고 있었다.

명호 역시 조교의 시범을 보면서 처음에는 불안한 마음이 앞섰지만 자신의 차례가 왔을 때 민첩하게 단검을 피하고 나니 자신감이 상승했다. 명호는 거북이 동지의 경험담 때문에 공연히 거북이 동지에 대한 감정의 앙금이 남아있는 것을 깨달았다. 정숙 동무의 신변에 어떤 변화가 일어나고 있을지도 모른다는 우려감에 가슴속에서 돗괭이바람이 일어났었다. 나쁜 자식, 하필 방죽 옆에서 녀성 동무를 강간하려다 죽이다니~ 명호는 이런 연상 작용이 연속해서 뇌리에 만들어지는 바람에 훈련 중에 집중력을 잃을 뻔도 했다. 날아오는 단검 피하기 훈련은 계속해서 이어졌고, 단검을 던지는 속도와 강도 역시 더욱 세졌다. 대원 동지들이 화살처럼 날아오는 단검을 피하고 나면 단검은 소나무 수피樹皮에 점점 깊이 박혔다. 훈련의 강도가 거세질수록 소나무 수피에 단검은 더욱 깊게 꽂히고 있었다. 훈련대원이 집중력을 잠깐 잃게 되면 목숨을 잃을 수도 있는 절박한 상황이었다.

조교의 단검 끝이 거북이 대원의 목에 꽂힌 것은 아주 찰나의 일이었다. 조교와 거북이 동지 간 대결의 중심에서 조교의 집중력이 거북이 대원의 민첩성을 뚫어버린 셈이었다. 창과 방패의 자존심 대결처럼 훈련의 막바지에 조교의 체면은 거북이 목을 뚫고 불꽃처럼 회복되었다.

목숨을 잃을 수도 있다는 훈련이란 것을 대원들은 모두 알고 있었지만 막상 거북이 대원의 목에서 핏줄기가 뿜어져 나오자 조교의 잔혹함에 모두들 낯빛이 굳어 있었다. 조교는 거북이 대원의 죽음을 바로 눈앞에서 목격하면서도 늘상 있는 일처럼 태연한 표정을 지었다. 적의 목에 정확히 단검을 적중시키고야 말리라는 조교의 집중력이 날아오는 단검을 피해내야만 하는 대원의 민첩성을 반드시 한 번은 제압해야만 했다면 그 대상은 단연 거북이 대원일 수밖에 없었을지도 모른다. 민첩성에 관해서는 거북이 대원이 가장 약점일 수밖에 없었기 때문이다.

거북이 대원의 시체는 아무런 절차도 없이 훈련장 근처의 야산에 매장되었다. 특별조의 대원들은 거북이 동지의 시신을 정성껏 땅속에 묻어주었다. 특5라는 정체불상의 이름을 부여받고 동지들에 의해 거북이란 이름을 부여받은 거북이 동지의 인생은 그렇게 끝이 났다. 제 이름 하나 제대로 불리어지지 못하고 죽어간 동지의 죽음을 보면서 명호는 까닭모를 분노를 느끼고 있었다. 이렇게 허무하게 끝날 세상살이인데 어찌 삶의 마지막에 증오심을 만들고 떠났다는 말인가. 묘향산 보현사 연꽃 방죽 옆에서 만난 녀성 동무 얘기만 하지 않았더라면 자신과도 증오의 감정으로 얽힐 일이 없었으리라고 명호는 생각하고 있었다.

그날 저녁 식사를 마친 이후 명호는 숙소 뒤뜨락에서 교관과 함께 담배를 나누어 피우면서 교관 동지가 하는 말을 듣고 깜짝 놀랐다.

- 탁배기 성님~

- 교관 동지, 내 오늘 무척 가슴이 아프오.

아직도 생각하면 가슴 한쪽이 아린 느낌이었다.

- 성님, 단검투척 조교가 거북이 대원한테 왜 악착같이 단검을 적중시켰는지 아십니까?

- 게 무슨 말이오?

- 성님의 심기를 거북이 대원이 몇 번이나 거슬렸다면서요?

명호는 교관의 말에 낯바닥이 화끈 달아오르는 느낌이었다. 거북이 동지가 절에서 만난 녀성을 희롱했다는 궤변을 늘어놓을 때 마치 정숙 동무가 외간 사내한테 겁탈을 당하는 상상이 떠올랐던 때문이었다.

― 아무리 그렇다고 소중한 목숨인데~

― 성님, 어차피 거북이 대원은 여 특수훈련소에 들어올 때 훈련 중에 죽여도 된다는 단서가 달린 놈이었소.

― 게 정말이오? 아니 교관 동지, 우덜 특1대원들이 모두 그런 단서를 달고 들어온 동지들이라 말이오?

― 성님, 너무 걱정 마오. 성님은 특별관리 대원이오. 도 보위부에서 직접 특별관리 지침을 내렸단 말이오.

― 허엇, 이깟 게 머라고 특별관리 지침을 내렸단 말인가~ 관절 나는 내 인생이란 게 머인지 하나도 모르겠단 말이오.

― 내일 달리는 차 뛰어넘기 훈련이 있소. 내일도 목숨을 걸어야 하는 매우 위험한 훈련이오.

― 아니 대체 우덜에게 그런 혹독한 훈련을 들이대는 거이 머인가~

― 죽음의 고비를 극복하는 자만이 비로소 조선공화국을 위한 살인 병기로 거듭나기 때문이라오. 성님, 아무리 상부에서 특별지침이 내려왔다 해도 교관들이나 조교들의 감정을 다치게 하면 어떤 결과가 일어날지 아무도 모르는 일이오. 하니 각별히 유념해 주오.

교관으로부터 이상한 말을 들은 그날, 명호는 꼬박 뜬눈으로 밤을 설치고 말았다. 이 조선인민공화국에서는 사람의 목숨을 정말 파리 목숨보다 가볍게 여긴다는 것이 새삼스럽게 느껴지는 것이었다. 기상나팔 소리가 아렴풋이 들려오고서야 명호는 겨우 잠깐 눈을 붙였다. 거북이 동지의 죽음을 목격한 훈련소 대원 동지들은 아침부터 '달리는 차 뛰어넘기'라는 살벌한 훈련에 대해 얘기들을 하면서 어두운 표정을 짓고 있었다. 공중회전을 하며 '달리는 차 뛰어넘기'를 수행해야 하는 대원들에게 작은 실수 하나라도 치명적인 사고로 연결될 수 있다는 염려 때문이었다. 명호 역시 그런 훈련에 대해 대원들의 이런저런 얘기를 들으면서 잔뜩 긴장하고 있었다.

2

남쪽에서 불어오는 샛바람_{봄바람}의 기운이 더해지면서 조선공화국에도 살랑살랑 봄바람이 불고 있었다. 남쪽의 한라산에서 시작해 서울의 한강, 남산을 지나, 개성을 거쳐서 평양 대동강을 스쳐가는 봄바람 속에는 공연히 주민들의 가슴에다 설렘을 불어넣는 마법 같은 기운이 숨어 있는 모양이다. 공화국 처녀들의 가슴 속을 하염없이 부풀게 하는 봄바람이 살랑살랑 불어와 거리의 꽃잎들을 흔들어놓고 산마루를 향해 날아가고 있었다.

일본의 사쿠라 나무를 베어낸 자리에는 연분홍의 살구꽃이 만개하고 야산 기슭에도 진달래의 연분홍 색깔로 흐드러지게 물이 들어 있었다. 살구꽃과 진달래를 바라보면서 인민들은 봄의 전령사가 조선공화국에도 당도한 것을 느끼고 있었다. 봄이 무르익을수록 살구꽃 향, 진달래꽃 향도 무르익을 것이리라. 사월을 맞으며 겨우내 움츠러들었던 학생 동무들도 기지개를 켜고 새로운 학기를 맞이하였으니 조선공화국 어디든지 생동감이 느껴지는 계절이었다.

벌써부터 공화국 전역의 청소년들은 김일성 수령의 생일축하 행사준비로 분주한 나날을 보내고 있었다. 사월이면 그래서 공화국 주민들의 가슴에는 까닭모를 설렘이 마치 처음 학교에 들어가는 인민학교 아이들처럼 피어나고 있었다. 주민들에게 사월은 조선공화국 최대의 명절이 있어서 기념절 축제를 영접하고 수령의 은덕에 감사를 올리는 계절이었다.

봄의 푸릇푸릇한 기운에 묻어 들어온 연분홍 꽃들의 향기 속에는 남쪽의 놀라운 소식도 담겨 있었다. 공화국 주민들은 남조선의 박근혜 대통령이 줄기찬 인민들의 대중적 투쟁을 통해 탄핵을 당했다는 소식도 담겨 들었다. 남쪽의 혼란을 틈탄 김정은 정권은 대남선동공작을 본격적으로 드러내기 시작했다.

'북남관계를 최악의 파국에 몰아넣은 천하의 대결 광녀도… 박근혜의 말로末路는 추한 범죄자로 타락하고 말았다.'

'수구보수 세력들에게 내린 남조선 인민들의 심판이 승리한 것이다. 조선민주주의인민공화국은 괴뢰역도를 당장 감옥에 쳐 넣을 것을 촉구한다.'

조선공화국 유수의 매체들은 앞을 다투어 남쪽의 상황을 보도했다. 촛불민심의 외침이 남녘의 이르는 곳마다에 메아리치고 있다고 목소리를 높이고 있었다. 김정은 위원장은 박근혜 정권의 붕괴를 기다렸다는 듯이 대남위협 수위를 한층 높여가고 있었다. 조선공화국 김정은 정권의 이런 행태는 지난 노무현 대통령의 탄핵기각 때와는 다른 양상을 보여주고 있었다. 노무현 정부 때는 탄핵소추안의 기각 소식을 두고 며칠 만에 마지못해 보도했을 뿐이었다. 박근혜 정부와는 첨예하게 대립된 체제인 탓에 즉각 박수를 치며 뛰어들었고, 남쪽의 정치에 노골적으로 개입하고 통일선전 책동을 일삼았던 것이다. 김정은 정권의 이런

한 이면에는 남조선 대선정국에 영향을 미쳐 자신들에게 유리한 정부가 들어서길 바라는 의도가 담긴 때문이었다.

김정은 국무위원장은 즉각 군부대부터 방문하고 있었다. 김정은은 어떤 다른 부대보다 남한 청와대 타격을 목표로 하는 인민군 제 525 군부대 직속 특수작전대대 일당백 전투원들의 전투 훈련을 직접 현지 지도 하고 나섰다. 김정은의 이런 분주한 행보를 북한 관영통신인 조선 중앙통신은 재깍 보도하고 있었다. 조선공화국 주민들은 남쪽의 혼란한 틈을 타서 전쟁이라도 벌여야 하지 않는가, 하고 은밀한 말들을 주고받고 있었다.

― 남조선 청와대를 현실적으로 타격할 목표를 두었다굽쇼.

― 깟 거 힘없는 남조선 놈들이야 그저 미제들만 아니면 새 발의 피만도 못한 놈들이라는데~

공화국의 후미진 장마당 같은 데서는 주민들이 목소리를 낮추어 노골적으로 남한을 무시하는 말들을 늘어놓았다.

― 내 군대 나간 아들애 말을 들어보니 남조선 괴뢰들의 몸뚱어리를 천 조각 만 조각으로 찢어발기겠다고 벼르고들 있대는 거야요.

― 거 정말 전쟁이라도 치를 조짐인데~ 아랫동네는 주민들이 정부를 뒤엎고 대통령을 감옥에 보내고 난리가 났다는뎁쇼.

― 이참에 한 번 세게 붙어 보았으면 싶소. 남조선 저놈들은 미제 놈들 아니면 우덜 새끼손가락만한 힘도 못된다지 않소. 이케 살 바엔 깟 거 정말 한 판 제대로 붙어봤으면 좋겠다는 생각이오.

― 한데 남조선엔 법도 없나 보오. 인민들이 정치반란을 일으키고도 무사하다면 구리철사 하나 훔치다 총살당한 여 공화국보다 낫지 않소?

― 에이 팔자수염 달고 기껏 한다는 말보오. 어이 그딴 말을 지껄이

오? 굶어죽지 않고 이케 목숨 부지하고 사는 게 다 김정은 위원장 동지 은덕 때문이란 걸 모르오? 젊은 위원장 동지가 그저 공화국 주민들 먹여 살려보겠다고 이리 뛰고 저리 뛰어다니는 걸 보고도 저런 말을 하다니 쯧, 쯧~

조선공화국 주민들은 연일 보도되는 김정은 위원장의 발빠른 행보를 접하면서 잔뜩 긴장하고 있었다. 말들은 그렇게 해도 막상 남조선이 공화국과는 비교할 수 없을 정도로 잘 먹고 잘사는 나라라는 것을 모르지 않았다. 허리띠를 아무리 조이고 살아도 생활 형편이 나아지질 않는 공화국 주민들의 처지를 생각하면 은근히 아랫동네 사람들이 부럽다는 생각을 하는 주민들도 많았다.

– 한데 동무들, 김정남이가 암살 됐다는 소문 들었소?

중년의 건장한 사내가 불쑥 이상한 말을 꺼냈다. 삼삼오오 뭉쳐 떠들고 있던 주민들의 시선이 일제히 그 사내에게 쏠리고 있었다.

– 김정남이라면 김정일 원수의 장남 말이오?

어깨에 가방끈을 길게 메고 장마당을 떠돌아다니던 젊은 청년이 중년의 건장한 사내에게 물었다.

– 맞소. 김정은 국무위원장 이복 형 말이오.

중년의 건장한 사내는 서슴없이 김정은에 대한 얘기를 하고 있었다. 사내는 장마당 같은 데를 돌며 사실 잠행을 하고 있었다.

– 나는 듣지 못했는데 동무 어데서 들은 소문이오?

가방을 어깨에서 끌어내리며 젊은 청년이 물었다.

– 머 아는 동무가 기업소 동지들한테 들은 얘기라면서~

중년의 건장한 사내는 장마당 한쪽 모퉁이에서 주위를 살피면서 말했다. 장마당에 떠돌아다니는 소문 중에서 근거 없는 소문은 많지 않다는 것을 알기 때문에 주민들의 관심이 증폭되고 있었다.

– 나도 달포 전에 이상한 소문을 들었소. 조선공화국 당국에서 그 소문을 차단하려고 전파방해까지 했다는 말도 들었소.

장마당에 나갈 차림새의 녀성 동무가 말했다. 녀성 동무의 말에 잠 행을 하고 있던 중년의 건장한 사내의 표정이 약간 어두워지는 것 같 았다.

– 게 사실이라면 거 김정남이를 누가 죽였다는 말이오?

– 거까지야 모르겠소만 머 김정남이가 죽은 거는 맞는 거 같소. 아 까 저쪽 공원에서도 어떤 주민 하나가 비슷한 소리를 하더란 말이오.

– 머 저쪽에서 동무들 얘기를 들어보니 역외(域外) 젊은 처자들한테 변을 당했다고 하는뎁쇼. 거 참 에구 안 됐지~

– 무서운 세상이오. 김정은 위원장 맏형이면 뭐를 하나~ 조선공화국 에 살아야 보호를 받아도 받을 게 아니오. 한데 김정남이가 무슨 죄를 지었다고 암살을 당했다는 말이오? 내 참 알다가도 모를 세상이야~

주민들이 모여 이런저런 얘기를 하고 있는데 갑자기 골목 입구 쪽에 서 호루라기 불어대는 소리가 들리기 시작했다. 주민들은 호루라기 소 리를 듣고 한 명씩 자리를 피하기 시작했다. 호루라기 소리는 보안원 의 상징이었다. 조선공화국은 이런 장마당 같은 데까지 주민들에 대한 감시망을 펼쳐놓고 있었다.

주민들은 김정남 암살 소식을 듣고 놀라면서도 설마 김정은이가 이 복형을 제거했을 거라고는 생각하지 못한 모양이었다. 심지어 어떤 사 람들은 김정남이가 조선공화국에 살았더라면 김정은 위원장으로부터 보호를 받았을지도 모른다는 생각을 하고 있었다. 설령 김정은이가 5 년여 동안 이복형을 제거하려고 철저한 계획을 세운 끝에 암살에 성공했다는 사실을 알았더라도 섣불리 입밖에 발설하지는 못했을 것이다.

– 동무들, 여기서 모여 무슨 말들을 나누었소?

보안원이 서둘러 달려온 탓인지 비뚤어진 모자 차양을 바로잡으며 숨을 헐떡거리면서 물었다. 보안원의 말이 끝나기도 전에 부챗살이 펼쳐지듯 잡담을 나누었던 동무들이 일시에 사방으로 흩어졌다. 조금 전 둥그렇게 둘러서서 얘기를 나누었던 동무들은 거의 사라지고 없었다. 남은 사람이라고는 고비늙은 노인 몇 명과 잠행을 하고 있는 건장한 중년의 사내였던 것이다.

– 나는 모르는 일이오. 정말 모르는 일이오.

옹기종기 둘러서서 잡담을 나누었던 동무들은 사방으로 흩어지고 마지막에 합류해 무슨 말인지 파악조차 하지 못했던 비쩍 마른 동무 하나가 영문을 모르겠다는 표정으로 짤막하게 대답했던 것이다.

– 아니 좀 전에 예닐곱 주민들이 손짓 발짓 하는 거를 내 먼빛으로 휘둘러보았는데~ 저기 동무 무슨 말 좀 해보오.

보안원이 중년의 건장한 사내에게 말했다.

– 입이 열 개라도 난 모르니 다른 데 가서 알아보오. 나는 동무들이 모여 잡담하는 거를 보지 못했소.

중년 사내가 히죽 웃으면서 말했다.

– 이런 얼간이 같은 동무들~ 네들이 말로는 나를 속여도 내 눈길은 속이지 못한단 말이야. 내 괜히 볼치떡¹ 에 헛바람 집어넣어 호루라기를 불어댔겠나 말이야. 에이 장가가는 놈 불알 떼놓고 간다더니 내 너무 서둘러 호루라기를 불었나?

보안원 주위에는 사람들이 이제 하나도 남아 있지 않았다. 중년의 건장한 사내는 장마당의 모퉁이에서 일어나는 주민들의 일상을 들여다보며 혀를 쯧, 쯧 찼다. 호루라기를 휠, 휠 불어댈 뿐이지 닭 쫓던 개처럼 소득 없이 멀어지는 보안원의 뒷모습을 어이없다는 듯이 바라보고 있을 뿐이었다. 저런 헐렁한 보안원 동지 보게. 무의무욕증이 차고 넘치는구나. 쳇 저러니까 공화국 보안원 넘들이 주민들한테 무시를 당하지~ 조선공화국에서 우리 보위원이야말로 견정불굴의 상징이지~ 중년의 건장한 사내는 속으로 쯧, 쯧 혀를 찼다.

김정남 암살 소식과 박근혜 탄핵 이야기로 조선공화국 전역은 몹시 어수선한 상태에 놓여 있었다. 남조선에서는 박근혜 탄핵의 한 축을 조선공화국의 공작으로 몰아붙이는 부류까지 생기고 있었다. 이들은 조선공화국에서 얼마 전부터 박근혜에 대한 비난의 강도가 급격히 높아지고 있었음을 증거로 들며 난수 방송을 재개한 시점을 두고서도 탄핵세력의 중심에 조선공화국이 개입한 것이라고 비난의 수위를 높이고 있었다.

이런 상황을 읽은 탓인지 조선공화국에서는 박근혜에 대한 비난을 멈추었고, 재개한 난수 방송까지 중지시켰던 것이다. 그런데 남한의 국정원에서는 급기야 박근혜를 험담하는 댓글부대의 정체가 조선공화국이라는 주장을 펼치고 있었는데 댓글부대의 IP 주소가 러시아 IP를 타고 많이 넘어왔다는 걸 주장의 근거로 제시하고 있었다.

조선공화국에서는 박근혜 이후 어떤 사람이 남조선의 통치자가 될 것인지도 매우 큰 관심대상이었다. 어떤 성향을 가진 통치자인가에 따라서 북남, 남북관계의 방향과 친밀감의 거리에도 커다란 영향을 미치기 때문이었다. 남조선이 박근혜 탄핵으로 혼란스러운 것과 동시에 조선공화국 지도부뿐만 아니라 세상살이에 남다른 관심을 갖고 사는 주민들 중에서도 역시 잡다한 정보를 알아내려고 호기심의 촉수를 날름

거리고 있었다.

- 고저 박근혜 구속은 민족적 수치라오.

- 구속 할만 하니 하는 게 아니겠소?

- 대통령을 구속시킬 수 있다니 이상한 나라 아니오.

사람들이 모이는 곳에서는 삼삼오오 모여 남조선 정국에 대한 말들을 주고받았다.

- 세월호 때 박근혜가 미용주사를 맞았다는 얘기가 있어요.

- 언 통치자란 사람이~ 아들딸들이 바다 속에서 죽어 가는데 무사태평하게 누워서 미용주사를 맞다이 염치없는 여자 아닌가~

남쪽 상황에 대한 주민들의 말대포는 멈추지 않았다.

- 안철수가 문재인을 많이 따라잡았다는데 안철수가 남조선의 통치자가 되면 우리 공화국은 어떠한가 말이요?

주민들 중에는 정치에도 관심을 가지고 있는 사람이 적지 않았다. 이런 모습을 일부러 지켜보던 건장한 중년의 얼굴에는 긴장된 표정이 끊이지 않았다. 공화국 주민들 사이에 떠돌고 있는 소문들이 뜬구름 같은 소문이 아니라 찰지고 찰진 소문들이었기 때문이었다.

- 문재인이가 통치자 상相이라오. 이마가 넓고 아주 인자하게 생긴 게 머 듣자니 함경남도 흥남 문 씨 가문 후손이라오. 흥남철수 때 배를 타고 남쪽으로 피란 내려간 부모가 부산항에서 달걀 행상을 하고 장마당에서 좌판을 해서 가르쳤다 하오.

- 하면 두말할 거 없이 문재인이가 대통령이 되어야 하오. 아 북남이 척戚을 질 게 머 있소. 이참에 손잡고 그저 통일이나 되면 여한이 없겠소.

- 에이 부모 뿌리가 북조선인데 어이 토대 나쁜 사람이 대통령으로

뽑힐 수가 있겠소? 남조선 사람들이 눈 먼 봉사도 아닐 텐데~

중년 사내가 이번에도 불쑥 끼어들었다.

― 아랫동네는 우네들처럼 그런 토대 같은 것은 안중에도 없다오. 동무 생각해 보오. 남쪽 사람들이 토대를 따졌다면 문재인이란 이름을 우덜이 들어나 보았겠느냐 이런 말이오. 나설 만 하니 대통령 하겠다고 나서는 게 아니겠소?

공화국 주민들은 너도나도 얻어들은 소문들을 좌판에 물품 내어놓듯 늘어놓았다. 특히 이러한 소문들은 국경 지역을 중심으로 더욱 파다하게 퍼져나가고 있었다. 국경을 넘나들고, 각처를 넘나들며 도매상과 시장 상인들을 연결해 많은 돈을 벌어들이는 행방꾼들이 이런 소문을 퍼뜨리고 있었다. 이런 소문에 섞여 도는 다른 하나의 소문이 있었다.

― 김여정 부부장 얘기 들었소?

― 김여정 부부장이라면 김정은 국무위원장 녀동생 말이오?

주민들의 관심은 어느새 김여정에게 향하고 있었다.

― 예, 맞소.

― 중앙뗴레비에 이따금씩 비친다는데 나는 바삐 살다 보니 한 번도 낯바닥을 보지 못했소. 어이 보아줄만 하게 생겼소?

― 키대는 껑충한데 허리가 개미허리처럼 큭큭큭 머~ 남자깨나 밝히게 생겼다고 은근히 술판에서 사내들 입에 오르내린다 하오.

― 한데 난데없이 김정은 위원장 녀동생 얘길 꺼내다니 무슨 재미난 얘기라도 있소?

중년의 사내가 이번에도 불쑥 끼어들었다. 지나가던 사람들까지 무슨 구경거리 인양 모여들었다.

― 이거 정말 비밀스런 얘기인데 거 동무 저쪽 골목 망 좀 보오. 독거

미 놈들 오나~

– 난 독거미 놈들이나 늑대 놈들은 무섭지 않소. 우털 중에 검정새 치첩자 노릇 하는 동무들이 외려 무섭지 머~

주민들의 말을 듣고 건장한 중년의 사내가 큼큼하며 헛기침을 했다. 헐렁한 사내의 말에 삼삼오오 모인 주민들이 일제히 자신은 아니라는 듯 고개들을 좌우로 흔들어대고 있었다. 중년의 사내 역시 함께 모인 동무들처럼 고개를 좌우로 흔들었다.

– 장차 거 김여정 부부장 동지가 공화국 2인자가 될 거라 하오.

– 에이 머요? 아니 세상이 아무리 달라졌다 해도 나나이 어린 녀성 동무가 공화국 2인자가 된다는 게 말이나 되오? 동무 머 잘못 먹고 나왔소?

– 쳇 하나밖에 모르는 동무 보오.

눈을 이상하게 굴리면서 마치 희희거리듯 말했다.

– 만약 김정은 위원장한테 몹쓸 일이 생기면 조선공화국을 누가 이끌어나가겠느냐 말이오.

– 아니 위원장 동지 나나이 아직 젊은데 발써 그런 걱정을 한다는 말이오?

– 사람이 몸이 쇠해 쓰러지는 게 맞지만 살다 보면 어디 마음대로 되나 말이요. 권력의 꼭대기라는 자리는 호시탐탐 누구인가 노리는 사람이 있을 수도 있을 테고~ 위원장 동지가 덜커덕 무너지면 공화국을 누구한테 맡겨야 옳겠소?

주민들은 주위를 조심스럽게 살피면서도 나름의 생각을 가지고 말하고 있었다.

– 거야 백두혈통이란 토대가 있는데~

- 에이 이런 답답한 동무~ 백두혈통 토대가 있음 머 하나? 위원장 동지 애들이야 아직 열 살도 못 된 나 어린 애들인데~

사내 하나가 답답하다는 듯 가슴을 치며 말했다.

- 듣고 보니 난처한 일이겠소. 김정일 원수의 장남 김정남이는 암살당했단 소문이 있으니 물 건너 가버린 셈이고 십여 년 전에 조직지도부 부부장 했던 김정은 위원장 둘째 형 김정철의 소식은 깜깜무소식이 아니오?

- 하니까 이런 소문이 도는 게 아닌가 말이요. 만약 조선공화국에 위원장 동지 유고有故라는 급변사태가 발생한다면~

- 에구 무서라 동무 그런 말 그만하오. 거 녀성 동무는 저쪽 잠 살펴보오. 부쩍 요즘 독거미, 늑대 놈들이 차림새를 가장하고서니 장마당이며 마을 뒷골목 등에서 공연히 예민한 얘기를 꺼내 덫을 놓는다는데~

동무의 말에 중년의 사내가 이번에는 하늘을 쳐다보며 딴청을 부렸다.

- 김정은 위원장이 요즘 김여정 부부장 동지를 부쩍 옆에 대동하고 나오고 있잖소. 중앙떼레비를 보면 거야 당장 알 수 있는 일이 아니오. 아주 그냥 동기간 아니랄까 봐 그림자처럼 붙어 다니면서 보필을 하더란 말이오. 이거 보면 그저 위원장 동지께서 은밀히 김여정 부부장 동지에게 힘을 실어주고 있다 뭐 이런 말이오.

- 에이 거 동무 말을 들어보니 그럴 듯은 한데 잘못 짚었소. 조선공화국이 여태 봉건사회로 단단히 울타리를 둘러왔는데 녀성 지도자를 어찌 전면에 내세울 수가 있단 말이오? 김정철이도 있고, 거기가 아니면 김평일 숙부도 있으니 말이요. 거 듣자니까 암살당했다는 김정남이 아들애도 머 미국인가 영국인가 어데서 보호를 받고 있다는데~

- 거 동무들 얘기 들어보니 참 권력이란 게 재미난 껨게임 같다는 생

각이 드오. 껨이라는 것은 한 번은 이길 수 있는 기회가 오는 것이 아니오?

불쑥 뒤에서 끼어들며 건장한 중년의 사내가 말했다. 삼삼오오 뭉쳐 낮은 소리로 얘기를 하던 동무들의 시선이 일제히 중년 사내에게로 향했다.

— 동무는 누구인데 갑자기 끼어들어 불쑥 무서운 말을 하나~

— 내야 머 동무들이나 다를 바 없는 사람이오. 내 생각에는 말이오. 김여정 부부장 동지를 앞에 노골적으로 내세우는 짓은 좀 머 하다는 생각이오. 최룡해 부위원장 동지 또한 토대가 좋은 데다 정치 수완도 좋으니 그 부위원장 동지를 중심으로 김여정 부부장 동지 등과 집단 지도체제로 가지 않을까 싶소.

건장한 중년 사내의 입에서 최룡해 부위원장 이름이 호명되자 에워싼 동무들의 표정이 사납게 일그러지고 있었다.

— 거 불쑥 끼어든 동무래 말이 안 되는 소리 하지 마오. 최룡해 부위원장 동지는 절대로 전면에 나서지 못할 것이오. 공화국에서 일인자는 백두혈통이 아니면 아니 된단 말이오. 최 부위원장 동지가 아무리 신망이 두텁고 지략이 뛰어나다 칩시다. 공화국 주민들이 두 손 벌려서 그를 지도자 동지로 받아들이겠느냐 이런 말이오.

— 에이 참 공화국 지도자를 세운다는 게 생각할수록 어렵소. 나 같은 무지렁이 생각에도 최룡해는 아니 되오. 최룡해 얼굴을 보면 독하고 음흉하게 생긴 게 중앙당 간부 중에 가장 먼저 위원장 동지를 배신할 사람 같다는데~

최룡해를 비아냥거리는 주민의 말에 중년 사내의 표정이 어두워졌다.

— 예 거는 나도 그쪽 동무하고 같은 생각이오. 일등 권력자를 호시

탐탐 노리는 자는 바로 이등 권력자이지 삼등도 사~등도 오등도 아니라오. 백두혈통을 빼고 조선공화국에서 어느 누가 일등 권력자가 된단 말이오?

– 난 말이오. 보고 배운 것은 없지만 아무리 백두혈통이라 해서 김여정 부부장 동지를 내세우는 것도 아니 된다 생각하오. 어떻든 백두혈통 받은 남성 지도자가 공화국의 미래를 위해 필요하다면 방법은 딱 하나일 것 같소.

빙 둘러선 동무들이 헐렁해 보이는 나이 지긋한 노인을 일제히 쳐다보았다. 그들은 정말 조선인민공화국의 위태한 운명이 눈앞에 펼쳐지기라도 하듯 진지한 표정들이었다.

– 공화국 주민들의 동의도 얻고 공화국 발전을 위할 지도자 능력도 준비된 조합이면 충분하다는 생각이오.

– 아니 그게 머란 말이오?

가장 성미 급한 사람은 역시 중년의 건장한 사내였다. 함께 둘러선 동무들도 웅성웅성하면서 노인의 입술 끝을 쳐다보았다.

– 백두혈통으로 김정철이를 내세우고 일은 뒤에서 김여정 부부장 동지가 도맡아 하는 것이오. 김여정 부부장 동지는 듣자 하니 똑똑하고 영리하다오. 위원장 동지를 수행하면서 정치 경험도 열심히 하고 있소. 이제 보오. 굵직한 회담이나 중요한 장소에는 불피코 김여정 부부장 동지를 내세워 은밀히 그런 훈련을 하게 될 것이오.

– 아니 동무는 누구인데 그런 내일날에 대한 생각까지 하고 있소? 머 김정철 대신 김평일 동지도 있지 않소? 김평일 동지 아직 예순 초반이면 나나이도 괜찮은 나이가 아니오? 한때 이복異腹형인 김정일 위원장 동지와 권력 싸움에서 밀려났지만 그를 추종하는 중앙당 간부들이

조선공화국에는 아직도 많다는 것을 모르오?

– 아니 못하는 말이~ 어비 무서라. 거 동무들 이만 흩어집시다. 어서 이만 흩어져요. 에이 공연히 재수놀음 하다 공타^{공개타도}동무에 휩쓸리는 말아야지요.

동무들이 우산발^{우산살}처럼 흩어지기 시작했다. 모두 흩어진 텅 빈 자리에 마지막까지 남은 사람은 역시 중년의 건장한 사내였다. 중년의 사내는 품 안에서 담배를 꺼내 입에 물었다. 소문이란 한번 퍼지기 시작하면 아무리 틀어막으려 해도 거침없이 퍼져나가는 속성이 있는 모양이다.

김정남 암살 사건은 물론 아랫동네의 예민한 정보까지 조선인민공화국 주민들의 입가장^{입가}에 오르내리는 것을 보는 중년 사내의 마음은 복잡했다. 한 입 건너 두 입이란 말이 괜한 말이 아님을 느낄 수 있었다. 최룡해의 수호신이 되고자 다짐을 했던 중년의 사내는 최룡해가 가장 먼저 위원장 동지를 배신할 사람이라는 주민의 말을 상기하며 파르르 떨고 있었던 것이다.

3

정숙은 아들애 참이의 소식을 애가 타도록 기다리고 있었다. 그러던 중 참이 일행이 압록강을 건너고 중국 국경을 넘어서 몽고의 울란바토르에 무사히 도착했다는 연락책으로부터 날아온 소식은 정숙이가 지금껏 살아온 중에 가장 기쁘고 안심이 되는 소식이었다. 연락책은 몽고의 울란바토르에 도착하였다는 소식을 주면서 이제 아랫동네에 가는 것은 시간문제라고 했다. 정숙은 연락책으로부터 애들의 소식을 듣고 기쁜 마음과 더불어 걱정스런 마음으로 밤새껏 잠을 이룰 수가 없었다. 자신의 삶이야 어떻게 되든지 상관없다고 정숙은 생각하고 있었다.

그러는 정숙에게 심각한 문제가 하나 발생하게 되었다. 그녀가 연락책과 통화를 하기 위해 체신소_{우·체국}에 들러 공중전화실에서 연락책과 막 통화를 마치고 나오는 순간 절뚝거리며 걸어 들어오는 인민반장 녀성 동무와 마주쳤던 것이다. 정숙은 얼굴 위로 벌레가 기어가기라도 한 듯한 표정을 지으며 괜히 낯바닥을 어루만졌다. 인민반장이 마치 숨어서 자신의 뒤를 밟은 것은 아닌지 의심이 들었다. 조선공화국에서 최하위 조직의 책임자인 인민반장은 감시체계의 말단 조직이나 다름없었다. 정숙은 공중전화실에서 나오면서 갑자기 인민반장과 마주쳐서 놀란 탓에 벙어리가 된 듯 아무런 말을 못하고 엉거주춤 서 있었다.

그러자 인민반장이 먼저 턱을 쳐들어 체신소에 무슨 일이오, 하고 물어왔다. 정숙은 이번에도 당황하여 빨리 대답하지 못하고 어물쩡한 표정을 지을 뿐이었다. 그러면서 인민반장을 향해 체신소에는 어떤 일이오, 하고 되물었다.

― 내 우무원_{우·편원}한테 볼 일이 있어 왔소.

변두리 외곽의 규모 작은 체신소인 까닭에 우무원은 달랑 두 명이었다. 녀자 직원은 도장을 쿡, 쿡 찍느라 손님이 나가고 들어오는 것도 모르는 듯했다. 남자 직원은 소포 꾸러미를 이리 돌렸다 저리 돌렸다 반복하면서 단단히 매조지고_{매듭지음} 있었다. 정숙이 인민반장을 향해 핑계 삼아 말했다.

― 소포를 부치러 왔나보오.

― 예, 내 소관 보고 갈 테니 동무 먼저 들어가오.

정숙이 더는 말을 꺼내지 않고 고개를 가볍게 숙이며 멈춘 걸음을 떼려고 하는데 불쑥 인민반장이 말을 걸어왔다.

－오정숙 동무, 나 좀 보오.

－아니 무슨~

정숙은 죄를 지은 사람처럼 깜짝 놀랐다.

－저번 날에 어이 엉덩이를 뒤뚱뒤뚱하면서 발을 절뚝거렸소?

인민반장의 물음에 정숙은 어이가 없었다. 인민반장은 치욕을 당했다고 생각하는지 설치풀이를 하려는 모양이었다.

－내가 언제 발을 절뚝거렸다 그러오? 발을 절뚝거리는 사람은 인민반장 동무 아니오?

－내 분명히 보았소. 그래 감옥 들어간 나그네가 돌아와서 한풀이 잘자리잠자리에 들었나 이케 생각까지 했잖소~

인민반장은 노골적으로 치욕적인 말을 뱉어냈다. 치욕을 설욕하고자 설치풀이를 하려는 게 틀림없었다.

－아이 에구나 망측해라~ 반장 동무가 밤마다 독수공방하는 아낙네더러 걸 말이라 하오? 내 참 살다 살다가니~

정숙은 속으로 퉤 침을 뱉어내며 밖으로 걸어 나왔다. 겨우 지역 인민반장이란 나즈러운낮은 지위를 가지고 주민들을 잡아먹으려고 드는 버릇을 여기까지 쫓아와서 내세우고 있는 모양이었다. 그러나 정숙을 대하는 인민반장의 태도가 전과는 다르게 정숙의 눈치를 살피는 것 같았다. 그럴 것이, 얼마 전에 분주소 지도원과 함께 태산이 동무에게 수세미 방죽까지 끌려가서 호되게 치도곤을 맞았었기 때문이었다.

정숙은 인민반장이 자신을 은근히 미행했다는 것을 곧 알아챘다. 밖으로 나와 체신소 쪽을 바라보니 부친다는 소포도 보이지 않았고, 우무원郵務員을 만나지도 않았다. 그저 고개나 숙여 인사치레를 하고 인민반장은 밖으로 걸어 나오고 있었다. 에이구 저런 영악한 인민반장 동무 보라. 저러니 눈꼬리가 원숭이 눈처럼 쳐들어 올라가지 않음? 흐응, 눈치로 밥 먹고 사는 주제에~

그날 밤에 인민반장은 다리를 절뚝거리며 또 정숙네 대문을 열고 들어왔다. 예전처럼 분주소 지도원 동지를 대동하고 있었다. 인민반장과 지도원은 태산에게 당한 간 번의 수모를 되갚아 주고야 말겠다는 모양으로 얼굴에서 결기가 엿보였다. 수세미방죽에서 무릎까지 꿇리고 다짐을 받아냈던 태산의 당찬 행동에 정숙은 외려 놀랐던 일이었다. 그런데 인민반장 일행은 까마귀 고기를 먹은 것도 아닐 텐데 그때 일을 말끔히 잊어버린 모양이었다.

― 어이 또 왔소?

― 동무, 우리 좋아서 발품 팔려는 게 아니오. 상부에서 지시가 떨어지니 우리는 이케 명령을 수행하는 거라오.

― 무슨 명령이오?

― 내 그래도 여 지역 꼭지자리責任者에 앉은 사람인데 내 구역 동무가 살았는지 죽었는지 행방불명이 되었으니 자초지종을 살펴보려는 거란 말이오.

― 예, 나 같은 지역 인민반장도 따지고 보면 여 지도원 동지 다음가는 부직간부副責任者란 말이오.

― 맞소, 우리 같은 책임일군들이 지역을 잘 살펴야 조선공화국이 제대로 돌아가는 게 아니겠느냐 이런 말이지요~ 머 거는 그렇고요, 땅바닥에 머리 박고 뱅글뱅글 돈다는 오 동무의 펭한 아들애 말이요.

― 예, 건설 돌격대에 나갔다고 내 말하지 않았소?

– 오 동무, 말씀 잘하셨소. 자꾸 돌격대에 나갔다는 말로 자식 없는 딱한 사정에 말 치닥질하려는 모양인데 하면 그 돌격대라는 것이 어떤 돌격대인가 분장扮裝: 꾸밈하지 말고 솔직히 말을 하시오.

– 함흥에 무슨 발전소 짓는 돌격대에 나갔다고 내 번날에 말하지 않았소. 내에 쟁반이 길다고 우기지 않을 테니 조사해 보오.

– 함흥에 발전소 건설 돌격대라~ 머 오 동무가 거짓말을 하는지 어쩌는지 조사해 보면 금방 드러날 일이오. 내각부서에 긴급타전을 해보면 한 시간도 안 돼 드러날 일이오. 보자, 발전소 건설사업이라면 국가 건설감독성에 타전을 하면 될 것이고, 홍수에 파괴된 도로나 교량 재건이라면 국토환경보호성에 타전을 하면 반나절 못 돼 드러날 일이오. 인민반장 동지! 이만 갑시다.

– 예, 그러지요.

인민반장을 앞세우고 분주소 지도원이 대문 밖으로 나갔다. 정숙은 절뚝절뚝 걸어가는 나이 먹은 인민반장의 뒤태를 바라보면서 걱정이 앞섰다. 인민반장의 눈썰미가 날카롭다는 생각이 들었다. 인민반장의 눈에 정숙의 뒤태가 뒤뚱뒤뚱 걷는 걸음걸이로 비쳤다는 생각을 하니 낯바닥이 화끈거렸다. 인민반장의 눈매가 매의 눈처럼 정확했기 때문이었다.

태산이 동무와 압록강 여관에서 그런 일이 있고 나서 정숙은 며칠 걸음걸이가 불편했다. 태산의 녀성편력은 명호 동무와는 확연히 달랐다. 명호 동무와의 잘자리잠자리가 밑에 섬세한 감정을 깔아놓고 그 위에 붓을 놀리듯 감미로웠다면 태산과의 잘자리는 온통 거센 파도를 몰고 들이닥친 고래처럼 거칠었다. 정숙은 가녀린 녀성으로서 거센 파도와 함께 포효하는 고래의 몸짓을 온전히 몸속에 받아들이기가 쉽지 않앉지만 싫다고 밀어내고 싶은 마음도 없었다.

명호 동무와는 은근하게 타오르는 화롯불 같은 잠자리의 시간을 누렸었다. 반쪽이란 딱지가 그녀에게 주어진 운명임을 받아들이면서 살아온 세월이었다. 명호 동무와 가난설움 속에서 궁색하게 살아오면서도 녀자로서 나그네에게 보호받으며 사랑받고 산다는 것으로 견뎌온 날들이었다. 하지만 이제 세상이 바뀌고 정숙이 처한 환경이 변했다.

세상이 바뀌면 바뀐 세상을 등에 업고 살아야 현명한 삶일 것이며, 환경이 변하면 변한 환경을 끌어안고 살아가는 것이 더욱 현명한 삶일 것이라고 정숙은 생각하고 있었다. 정숙의 과거는 이제 더는 공화국에 피멍처럼 남아 있어서는 아니 될 말이었다. 그래서 정숙은 이제 자신에게 열린 새로운 세상을 당당하게 누리며 살기로 작정을 했던 것이다. 그래, 녀자의 팔자는 압록강 물에 떠내려가는 버들가지 팔자라지~ 태산이 동무가 정숙에게는 받아들이기 버거운 세찬 파도일지라도 그저 버들가지처럼 한번 몸을 맡겨 출렁출렁 떠내려가다 그만 뿌리를 내릴 수도 있지 않을까.

– 오정숙 동무, 어이 거짓말을 하오?

인민반장이 절뚝거리는 몸을 이끌고 숨을 헐떡이며 분주소 지도원과 이틀 만에 다시 들이닥쳤다. 정숙은 이런 일이 벌어질 것임을 알면서도 태산이 동무에게 도움을 요청하지 않았었다. 그에게 아직 도움을 요청할 때는 아니라고 생각했기 때문이다. 도움을 요청하는 일보다 태산이 동무가 참이의 탈북에 대해 무리 없이 알게 하는 것이 먼저라고 생각했다. 그래도 자신의 핏줄이라고 참이를 애지중지하던 태산이 동무의 마음을 그녀가 모를 리가 없었기 때문이었다.

– 사흘이면 돌아올 거라오.

- 정말 사흘이면 아들애가 돌아온단 말이오?

- 예, 한 번 기다려 보오.

감시의 고삐를 바짝 당기며 들락거리는 인민반장과 지도원을 당장 이렇게라도 따돌리며 무슨 기막힌 묘안妙案이 없을까를 생각하고 있었다. 사흘 뒤에 그들이 다시 감시의 망을 바짝 좁히며 들이닥쳐 닦달을 했다.

- 동무, 뗑한 아들애는 돌아왔소?

- 아직 오지 않았소.

- 오 동무, 아니 안전원을 어찌 우습게 보오? 사상 불량 가족이 분명한데 이거 보아하니 구린 냄새가 난다 이런 말이오.

- 지도원 동무, 구린 냄새라니~ 어이 무서운 말을 함부로 하오?

- 아니 머요? 사람이 흔적도 없이 사라졌는데 조선공화국 안전원더러 낮잠이나 자고 있으라는 말이오? 에이 고약한 동무 퉤~ 아니 되겠소. 거 문건 작성해서 보위부나 보안서 상부에 보고를 해야겠단 말이오.

- 것 보오. 지도원 동지, 내 콧김이 맞지요? 내 머라 했어요. 털어보면 먼가 나올 거라 했지요? 깟 거 우리가 공화국 안보를 위해 정당한 권리를 행사하는데 머가 두렵소? 보위부 부부장 권세 하나도 두렵지 않다 이런 말이오.

- 인민반장 동지 말이 백번 옳소. 한데 우리의 정당한 권리도 맞소만 이거는 어디까지나 공화국 아래일군으로서 책임을 도모하는 일이란 말이오. 에이 퉤, 반장 동무, 갑시다.

정숙의 발등에 이제 정말 불똥이 떨어진 셈이었다. 정숙은 차마 아들애의 탈북에 대해 태산이 동무에게 말을 할 수가 없었다. 참이가 탈북을 했다고 하면 태산이 동무의 태도가 어떻게 변하게 될지 정숙은 그게 가장 큰 두려움이었다. 참이에 대한 애착이 목숨이라도 내놓을 듯 애지중지하던 태산이 동무였던 것이다.

하지만 이제 더는 지체할 시간이 없었다. 상부에 보고를 하면 조사가 시작될 것이고 동실이 문제까지 불거지게 되면 꼼짝없이 탈북한 사실이 밝혀지게 될지도 모를 일이었다. 정숙이 염려하는 것은 자신에게 닥칠 고통이 아니라 딸애 봄이에게 닥칠 고통이었다. 정치범 아버지에다 탈북한 오라버니까지 연좌제의 늪에서 한뉘 허덕거리고 살아야 할 딸애의 운명이 가혹할 것이라는 생각이 들었다.

정숙은 태산이 동무를 부랴부랴 찾아갔다. 정숙이 몸소 태산의 사무실에 찾아가자 태산은 뜻밖이라는 듯 깜짝 놀라며 반겨주었다.

— 하하하~ 정숙 동무가 직접 나를 찾아오니 아주 좋구나.

— 내 긴히 할 말이 있소.

— 어 그래 머든 말을 해보라.

— 여게서 말을 하기 좀 꺼림칙해 그러오. 태산이 동무, 날 자동차에 태우고 압록강 수려한 찻집에 데려가 주오.

— 그럼 정숙 동무, 내 급히 처리할 문건이 있으니 조금만 기다리라. 정숙이가 압록강 찻집에 데려다 달라니 머 열 일 젖혀두고 당장 가자. 머 요새 공화국이 어찌나 급박하게 돌아가는지 눈코 뜰 새 없으니 그저 째만 기다리라. 아이구 그저 정숙 동무 야리야리한 의복이 한껏 사내 마음을 부풀게 하는구나, 응~

태산은 서류뭉치를 들고 자신의 방에서 들락날락 분주했다. 책상 앞에서는 따르릉 울리는 전화를 받고 또 손전화가 울리자 겹으로 전화를 받을 정도로 분주했다. 그런 중에도 정숙이가 다소곳이 앉아 있는 소파 곁을 지나갈 때는 손으로 툭, 툭 정숙의 젖가슴을 건들이고 있었다.

정숙은 이제 태산이 동무의 이런 채신머리없는 행동이 아무렇지 않다는 듯 태연한 척을 했다. 어차피 명호 동무를 떠나보내고 태산이 동무를 받아들인 몸이 아닌가 말이다.

이깟 죽으면 썩어 없어질 몸 하나 부서진다고 뭐가 문제란 말인가? 정숙은 태산이 동무가 젖가슴을 건들고 엉덩이를 넙죽 거친 손바닥으로 훑고 지나갈 때에 살며시 웃음을 띠며 똑같이 태산이 동무의 엉덩이를 손바닥을 펴서 쓰다듬어 주었다. 그래, 이제는 조선공화국에서 사람 죽이는 일만 빼면 어느 것도 망설일 리유가 없다는 생각이 들었다. 청춘시절부터 가꾸어왔던 부푼 꿈들이 송두리째 무너진 상황인데 죽지 않고 살아가자면 여기에 걸맞게 변화된 삶을 살아가 보자는 게 정숙의 심정이었다.

급한 문건을 처리한 다음 압록강 강변 찻집을 향해 자동차를 몰면서 태산이가 말했다. 태산은 정숙동무와 압록강 려관에서의 첫날 밤 이후 공화국 사태가 급변하게 돌아가는 바람에 그녀에게 소홀했던 탓에 미안한 마음을 가지고 있었다.

– 정숙 동무, 내래 공화국 사정이 급박해서 며칠 신경 쓰지 못했는데 너무 야속하게 생각하지 마라.

– 내 어린애 아니라오. 아랫동네가 어수선하다지요?

– 그래, 정숙 동무도 소문 들었구나, 그저~

– 장마당에 나가 보니 주민들이 숙덕공론들을 늘어 놓더만요. 남조선 박근혜가 무슨 바다에 빠져 죽었다느니 어쩌느니 하는데 보안원들이 머 여기저기 깔려 감시를 하지 않나~

– 하하하~ 소문이란 게 눈덩이처럼 커져간다더니 박근혜가 바다에 빠져 죽은 게 아니고~ 에이 아랫동네보다 여 공화국 상황이 위태하단

말이야. 내 며칠 장마당이며 기업소, 마을 뒷골목에 잠행을 나가보았는데 한바탕 전쟁을 치를 거라는 둥 공화국 급변 시에 김여정 부부장 동지가 지도자가 되어야 한다는 둥 인민들의 얘기들이 가관이더란 말이야~

정숙이 조수석에 앉아 태산의 옆모습을 바라보았다. 태산은 뜻밖에도 이마에 땀을 흘리고 있었다. 정숙은 들가방에서 손수건을 꺼내 방향 손잡이를 꽉 움켜쥐고 앞을 주시하고 있는 태산이 동무의 이마를 닦아주었다.

— 어찌 이케 이마에 땀을 흘리오? 사내구실 한다고 나한테 너무 힘을 쏟은 게 아니오?

— 아, 아니야~ 내 며칠 밤 정숙이 붙들고 뒹굴 힘은 아직 남아 있단 말이지~ 사실 이거 일급비밀인데 내 얼마 전에 김정은 위원장 동지를 모셨어. 정숙 동무와 그 첫날 밤 끈끈하게 붙어 낑낑댈 때 말이야, 손전화 울리지 않았니? 당장 평양으로 내려와서 위원장 동지 모시라는 최룡해 부위원장 동지 전화 아니었니~ 내 정숙 동무와 아무리 살을 섞은 사이라도 외부 발설을 하지 않아야 할 일급비밀인데 말을 하는 것은 권력이란 말이지, 높이 올라갈수록 위험부담도 커진다는 사실을 알아야 하겠더라는 말이야~ 권력이란 게 맛도 있다만서도 때론 자기 목을 조이고 들어오는 무서운 힘이란 것을 내 또한 깨달았다는 말이지~ 김정은 위원장 모시던 날 내 김원홍 국가보위성장하고 감정이 조금 얽히었는데 최룡해 부위원장 동지께서 힘을 썼는지 재깍 보위성장 동지가 숙청당하는 것을 보고 권력이란 게 참 무섭다 생각되더란 말이야~

태산은 긴장을 풀려는지 잔뜩 힘을 주어 붙들고 있는 방향 손잡이에서 한쪽 손을 떼서 창유리를 내리며 담배 하나를 빼어 물었다. 정숙은 곁에 앉아 손수건으로 태산의 이마에 맺히는 땀을 연신 닦아주었다. 정숙이 가느다란 손으로 태산이 동무의 목덜미를 가만히 어루만졌다. 정숙의 손결에 기분이 고조된 태산이 동무가 한쪽 팔을 뻗어 정숙의 어깨를 지그시 끌어안았다.

태산은 정숙 동무와의 이런 시간이 꿈결처럼 느껴졌다. 이런 날이 이렇게 빨리 다가오리라고 솔직히 기대하지는 않았었다. 그는 정숙 동무가 마음을 열어준 것에 기쁘면서도 예상치 못함에 놀라고 있었다. 어느새 압록강 강변 찻집에 도착했다. 정숙은 아들애 참이의 문제에 대해 어떻게 태산이 동무에게 얘기를 해야 할지 곤혹스러웠다. 참이가 비법월경을 했다는 사실을 언제쯤 알려야 할지 판단하지 못하고 있었다. 하지만 이제 더는 숨기고 있을 수가 없는 상황이 되고 말았던 것이다.

- 정숙아 내게 긴히 할 말이라는 게 머이야? 사무실에서 말하기 꺼림칙하다는 게 대체 무슨 말이니 응?

- 태산이 동무, 압록강 경치 좋은 찻집까지 와서 머가 그리 급하오? 향기 좋은 남조선 커피 맛도 한번 혀끝에 적셔 보지 않고서~

- 아니 난 정숙 동무가 급하다기에~ 사무실로 불쑥 찾아올 줄은 몰랐는데 어떤 급한 일이 있나 어이 궁금하지 않겠느냐 말이야~

- 급한 일도 다 순서라는 게 있지 않소? 태산이 동무도 아메리카노나 머라도 한 잔 마시면서 바깥 경치도 감상해보오.

- 정숙 동무, 아주 그냥 자본주의 물이 잔뜩 들었구나. 머 조선공화국 산천도 다 살구꽃 진달래꽃으로 흐드러지게 물이 들었는데 이상할거야 없지~ 좋다 좋아~

봉사원이 내어준 차를 마시며 정숙은 태산이 동무와 함께 바깥 풍경을 감상하면서 잠깐 생각에 잠겨 있었다. 참이의 행방에 대해 그에게 사실대로 털어놓아야 인민반장과 분주소 지도원 동무의 행동을 막아낼 수 있을 것이라고 생각했다. 태산이 동무의 권력이라면 인민반장이나 지도원 정도의 압력은 제대로 힘 한번 써보지 못하고 기세가 꺾일 것이다. 하지만 정숙은 그들의 압력에 대해 당장 태산이 동무에게 말을 해야 할지 망설일 수밖에 없었다. 태산이 동무의 과격한 성미를 알기 때문이었다.

- 그래, 내게 긴히 할 말이라는 게 무엇인가?

- 태산이 동무는 지금 이 순간 이 세상에서 가장 보고 싶은 사람이 누구라오?

- 난데없이~ 머 우덜끼리 있으니 말하는 건데 내래 울 아들애 참이가 가장 보고 싶지 않겠니? 뼈를 물려준 아비의 사랑 한번 받아보지 못하고 자란 불쌍한 자식 아니니?

태산의 말에 정숙의 가슴은 더욱 찢어지는 느낌이었다.

- 태산이 동무 가슴에 정숙이는 없나 보오.

- 어이 우둔도깨비 같은 말을 하나~ 정숙인 여기 이렇게 내 손 닿는데 있잖나 말이야~ 참이 본 지 여러 날이 되었잖니?

- 동무는 참 욕심도 많소. 상철이를 인공수재로 만드는 중이라 하지 않았소? 홍용희 동무가 끔찍이 싫어하는 게 울 참이라오.

- 상철이 어미야 분수를 모르고 날뛰어대고 다니는 녀자야~ 상철이 앞길 다져보려고 애를 쓰고 다니기는 하더라만 김종대김일성종합대학교에 입학하게 된 게 다 내가 이룩해낸 성과물이란 말이야~ 쌍보초를 세워 공부 감시를 하면 머 하니? 이 박태산이 힘으로 대학추천을 받아냈다는 말이야~

태산이 동무의 말에 정숙은 속에서 울컥하고 울음덩어리가 솟구쳐

올라왔다. 불쌍한 울 참이, 부모 제대로 만났다면 좋은 대학에 들어갔다고 좋아 펄쩍펄쩍 뛰었을 텐데~ 부모의 토대가 아들애의 앞길을 가로막은 것만 같아 창자가 찢어지는 듯했다. 정숙은 공연히 태산이 동무에게도 서운한 마음이 들었다.

  - 상철이 김종대 받아내려고 그렇게 앞길 닦아대면서 울 참이는 대학진학이 어케 되는지 어찌 그렇게 일언반구 一言半句도 없었소?

  - 정숙 동무, 거야 내 일이 바빴잖니~ 위원장 모시는 비밀 프로젝트에 머 남조선 특파공작 훈련단 모집에 하루 반나절 쉴 틈이 없었다야~ 섭섭하겠지만 그저 리해해 달라. 참인 자연수재 소리 듣는 아이 아니니 응?

  태산의 위로하는 말에도 정숙의 서운한 마음은 풀리지 않았다. 이제 모두 끝난 일이고 아무런 관계도 없는 일이지만 태산이가 상철과는 달리 참이를 홀대한 것 같아 한꺼번에 서운감이 몰려왔던 것이다. 정숙이 어깨를 들썩이면서 훌쩍거리자 태산이 등을 가만히 다독거려주면서 말을 이었다.

  - 신의주에 김종대 대학폰트 입학추천권가 두 장인가 밖에 나오지 않았다잖아~ 내 아무리 아비로서 애를 썼긴 했다만 상철이 놈이 밤을 패가면서 열심히 공부했고 머 지난 십이월 이틀 동안이나 치른 예비시험에서 덜컥 일등을 먹었다는데~

  태산은 자신의 막강한 힘을 내세운 앞 번의 말과는 달리 림기응변臨機應變으로 변명하려는 듯 뒤로 한 걸음 물러서는 말을 하고 있었다.

  - 그만하오. 더는 상철이 애기 듣기 싫소. 평양 명문대 다니는 애들이야 머 죄에 아비 힘으로 들어간다 하더만요. 힘군힘꾼 아비 둔 자식은 아주 그냥 교육부에서 먼저 김종대에 통보를 한다누만이요. 에구

불쌍한 우리 참이~

정숙은 가슴 밑바닥에서 올라오는 쓰라린 아픔을 느끼면서 눈물을 흘렸다. 주위를 의식한 탓에 통곡을 할 수는 없었지만 주위 사람들의 눈에도 중심을 잃고 흔들리는 몸짓을 느끼기에 충분한 떨림이었을 것이다.

― 한데 내게 긴히 할 말이라는 게 머 참이 대학 문제 론의하자는 거야?

― 태산이 동무, 울 아들애 참이는 없는 자식 셈 치오.

정숙은 혀를 깨무는 심정으로 말을 꺼냈다. 참이의 탈북에 대해 정히 태산에게 말을 해야 하는 순간이 온다면 무슨 말로 변명을 할까? 정숙은 며칠 전부터 밤새도록 적당한 구실을 찾아 헤매면서 뜻밖에 그럴듯한 변명거리를 찾아냈던 것이다.

― 아니 게 무슨 소리인가? 내 핏줄 받은 자식을 없는 자식 셈 치라니? 머 참이 대학진학에 좀 소홀히 했다고 내게 너무 랭정하게 대하지 말라야~ 이제부터 정숙 동무하고 참이랑 인민공화국에서 복_행복하게 살아가면 되는 게 아니니 응? 정숙 동무, 내 머 좀 바삐 살다보니 원소

遠疏 : 멀은 사이하게 된 거를 리해 하라.

― 태산이 동무, 그저 귀 좀 잠깐 빌려주오.

태산은 정숙 동무의 말에 잠시 멀뚱히 쳐다보았다.

― 아니 여 조용한 공간에서 귀 빌려주고 자시고 할 게 머가 있다고 그러니 응? 자, 자 그래 정숙 동무 어서 머든 말을 해 보오.

태산은 친절하게도 탁자 모서리에 가슴을 가져다 대며 상체를 쑤욱 정숙 동무 쪽으로 들이밀어서 귀를 빌려주었다. 정숙은 잠깐 가슴 깊은 데서 숨을 휴우 하고 내쉬었다. 며칠 동안 생각했던 묘안을 꺼내자니 불안함이 훅 몰려왔다.

- 참이가 비법월경을 해서 아랫동네에 내려가려고 대기 중이라 하오.

- 아니 머라구? 에이 살다 보니 정숙 동무가 롱弄:농담을 할 때가 다 있구려~

- 태산이 동무, 롱이 아니라오.

정숙의 표정이 진지하게 변했다. 태산은 정숙의 말투가 진지하게 변하자 구부린 어깨를 꼿꼿하게 세웠다. 그는 정숙의 눈을 한참동안 뚫어지게 쳐다보았다. 정숙이 손짓으로 그에게 가까이 오게 하자 그가 다시 커다란 상체를 쭉 뻗어 정숙에게 귀를 빌려주었다. 정숙이 한쪽 손으로 입을 가리며 그의 귀에 대고 속삭였다.

- 홍용희 동무가 그리 하였소.

- 정숙 동무 게 정말이니? 아니 이 녀편네여편네이가 죽지 못해 환장을 했나~ 일을 꾸며도 어떻게 반동짓거릴 꾸민다 말이니 응~ 이거야 정말 기가 막힐 일이로구나 응? 정숙 동무, 어서 따라 나오라. 당장 반동죄를 범한 용희 동무 잡으러 가자우.

태산은 급한 성미를 어쩌지 못하고 정숙의 손목을 불끈 잡고 일어섰다. 정숙은 손목을 잡혀 마치 죄인처럼 질, 질 끌려나왔다.

태산이 동무는 몹시 화난 표정으로 묵묵히 차를 몰아나가기 시작했다. 입을 꽉 다문 채로 십 여분 정신없이 강변을 달리다가 주위가 으슥한 곳에서 차를 세우더니 화난 목소리로 말했다.

- 자식은 내리사랑이니 원스런원망스런 마음 갖지 말라고 내 숱하게 일렀더니~ 비법월경非法越境도 모자라 월남도주자越南逃走者를 만들다니~ 정숙 동무, 대기 중이라면 지금 참이란 놈은 어데 있는지 아나?

- 몽고 울란바토르 공항에 도착했다니 천만다행이잖소. 동실이도 함께 갔다오. 점쟁이 노릇한다는 만룡이란 동무도 함께~

이렇게 말하는 정숙의 목소리도 떨리고 있었다. 태산은 정숙 동무의 말을 듣고 펄쩍 뛰었다. 그의 이마에는 땀까지 송알송알 돋아났다.

— 아이구야, 이거 조선공화국이 형편없이 뚫렸구나. 어이 지근至近에 시 이런 일이 벌어지나 그래~ 떠난내도 말려야 사람의 도리지 앞장서서 애를 보내? 이런 못된 에미나 동무 말이야~

그의 앞에 용희 동무가 있었다면 당장 총질을 하고도 남았을 것이다. 태산은 목 밑까지 올라오는 분감憤感을 다스리기를 힘들어했다. 정숙이 까칠한 태산의 턱을 어루만지며 숨을 죽여 말했다.

— 태산이 동무, 화부터 가라앉히오. 용희 동무한테 무작정 밸풀이 하지 말란 말이오. 잘 생각해 보오. 조선공화국에서 울 참이가 무슨 희망을 갖고 살아갈 수가 있겠소? 용희 동무 도움으로 아랫동네 무사히 내려만 간다면 까짓 거 난 서운할 게 없다고 생각하오. 머 아랫동네 내려가 터 잡고 사는 인민공화국 탈북자들이 부지기수라는데~

태산이 동무는 손바닥으로 자신의 얼굴을 쓰다듬었다. 그러더니 갑자기 흑, 흑 흐느껴 울기 시작했다. 정숙은 태산이 동무가 참이에 대해 얼마나 큰 정의情意: 애정를 지니고 살아온 것인지 느낄 수가 있었다. 항상 냉정하고 힘이 강한 보위부 간부의 모습만을 보아온 정숙에게 태산이 동무의 이런 모습은 낯설었지만 한편 마음속으로는 흡족했다. 정숙은 태산이 동무를 끌어안아 등을 다독여준 후 눈물 젖은 그의 뺨에 입을 맞추어 주었다.

정숙은 참이를 향한 태산의 마음을 읽으면서 태산이란 사내를 이제 나그네로 받아들여 조선공화국에서 당차게 한번 살아보고 싶은 마음이 더욱 커졌다. 정숙은 태산을 향한 애틋한 마음이 솟아나서 울고 있는 태산의 얼굴을 가슴에 끌어안고 한참동안 위로해주고 있었다. 얼마나 지났을까. 정숙의 치마 밑으로 태산이 동무의 거친 손길이 느껴졌다. 태산은 시도 때도 없이 엉큼한 손장난을 하려는 사람 같았다. 정숙은 태산이 동무의 엉큼한 태도에 화답이라도 하듯 이제 조신한 녀성이라는 뒤떨어진 말에 자신을 가두지 않을 작정이었다. 여우같은 녀자처럼 예쁜 짓도 하고 녕악蓁惡스럽고 교활狡猾한 사람이 되지 말란 법도 없는 것이라고 생각했다. 태산이 동무의 지꿎은짓꿎은 손은 이미 정숙의 무릎을 지나 허벅지를 더듬고 있었다.

― 어머나, 태산이 동무 어데까지 파고들려고 이러오?

― 정숙아, 내 한평생 연분 했던 동무가 곁에 있어 참 좋구나. 그래 내 정숙이 동무만 이케 곁에 있다면 괜찮아~ 어쩌겠나, 이젠 우리 아들애 참이가 맞이할 미래의 봄언덕을 위해 우덜이 부모로서 빌어주어야지 머 벌어진 일을 어찌하겠냐 말이야~

태산은 울먹이면서도 나쁜 손길은 정숙 동무의 치마 밑을 파고들고 있었다.

― 태산이 동무가 그렇게 마음 써주니 고맙소. 근심거리가 많았는데 참이가 아랫동네 내려가서 잘 살기를 부모로서 빌어준다니 더할 나위 없이 고맙소. 이제 정말 베개를 높이 하고 편히 자게 되었소. 어머, 태산이 동무 정말 자동차 안에서 이케 지꿎게 놀 거야?

― 아 나 정숙 동무 미안하다. 내래 한번 발동이 걸리면 일을 치러야 하는 성미라서 그저 미안하다, 응~

― 아이 에구나 미안하기는~ 참이 아버지가 자기 아낙네한테 원하는 건데 머 닳아지는 것도 아니고 아니 될 게 머 있겠소. 어머, 태산이 동무 그래도 참 너무 지꿎다 손가락 아아~

태산의 손가락이 정숙의 촉촉한 샘에 닿을 때 정숙의 입에서는 야릇한 교성이 흘러나왔다. 정숙의 입술 사이에서 흘러나온 이런 소리는 야밤삼경에 나그네와 흥건한 교접을 치를 때에나 나올법한 소리였다. 그러나 정숙은 이제 자신의 이런 소리를 지난날의 틀에 가둬 부끄럽게 생각하지 않았다.

예기치도 못하게 자동차의 뒷좌석에서 사내에게 몸을 허락한 것은 정숙으로서는 처음 있는 일이었다. 상상조차 못한 일이 자신에게 일어나고 있다는 것에 정숙은 잠시 혼란스런 감정에 빠져들었다. 조붓한 공간에서 거친 태산이 동무의 손에 몸이 맡겨진 순간은 그녀에게 있어 거북스러움도 아니었고, 그렇다고 황홀한 꿈나락에 빠진 것도 아니었다. 정숙의 두 다리를 들어 올려 어깨에 걸친 다음 육중한 무게를 실어 헤집고 들어오는 태산의 괴이한 버릇은 그녀의 입을 떡 벌어지게 만들었다.

불두덩 뼈가 무너져 내리는 듯한 통증과 아랫배가 터질 듯이 밀려오는 묵직한 자극이 느껴졌다. 그럼에도 정숙은 표정 속에 싫은 내색을 전혀 담지 않았다. 정숙은 자신의 속내를 속여 마치 태산이 동무와의 이런 해괴하면서도 질척한 행위에 흡족한 녀자처럼 행동했다. 인민반장이 이런 모습을 본다면 간 번에 체신소에서 들었던 말보다 더한 수치스런 말을 듣게 될지도 모른다고 생각했다. 정숙은 비릿한 냄새가 올라오는 자동차 뒷좌석에서 뒤처리를 하며 태산을 향해 속삭이듯 말했다.

- 태산이 동무야말로 사내 중의 사내라오.
- 내 정숙이 볼 낯이 민망한데 그래 말을 해주니 고맙지 그저~

태산이 바지춤을 올리면서 말했다. 그의 목소리는 여전히 흥분되어 있었다.

－ 태산이 동무, 나만 아껴줄 자신 있소?

정숙이 두 팔로 태산의 목에 매달리며 말했다.

－ 정숙이한테 내가 여태도록 얼마나 간절하게 다가선 줄을 알면서
도 그런다. 정숙이가 내게 기딴 말을 하면 이 태산이는 서운하지 않겠
는가 말이야~

태산이 엉거주춤한 자세로 정숙을 끌어안아 머리카락을 쓰다듬었다.

－ 다짐을 받아 두려는 것이오. 사내들이란 죄에 연軟한물단물 빨아
먹은 뒤엔 헌신짝 차버리듯 한다고 하지 않소?

－ 정숙아, 가슴 아프게 어이 내게 기딴 말을 하니 응? 난 정숙이가
명호 동무 아낙네로 살아가는 모습을 보고 심장이 찢어지던 사람이야
~ 남의 집 나인남의 부녀자을 맘속에 두고 사무치게 그리워서 그저 어
쩌지를 못해 압록강 려관에 수없이 드나들었는데 이제 태산이 이케 정
숙의 맘속에 들앉아 있고 정숙이 또한 옛날부터 태산이 가슴속에 자리
잡고 있는데 어찌 연한 물 빨아먹은 못된 사내 짝 취급을 하려드는 거
니? 오늘처럼 이케 태산이 원할 때마다 정숙 동무가 쩍 쩍 다릴 벌려주
고 잇새로 아까 번처럼 간진 신음소리도 흘려주면 나란 놈은 더할 나
위 없는 사람이야. 내 이제 정숙 동무 하나 보고 살아갈 테니 정숙이도
나와 함께 흡족하게 살아주면 되는 거이야~

태산의 말에 정숙은 우는 듯 웃는 듯 알 수 없는 표정으로 태산의 입
술에 입을 맞추었다. 그러자 태산의 거친 손가락이 정숙의 목덜미를
더듬었다. 정숙은 태산이 동무와의 이런 좋은 분위기를 이용하여 발등
에 불 떨어진 사연을 말했다.

－ 한데 당장 문제가 하나 생겼소.

－ 문제라니 무슨~

태산의 거친 손가락이 정숙의 목덜미에서 젖가슴 쪽으로 내려갔다. 정숙은 한쪽 손으로 젖가슴에 얹힌 태산이 동무의 손등을 감싸 쥐었다.

- 참이 보이지 않는다고 인민반장 동무하고 분주소 지도원 동무하고 발이 닳도록 들락거리더니 머 이제 사상불량 가족이라며 문건작성해서 상부에 보고를 해야겠다고 하더란 말입니다.

- 내 무슨 말인지 알았으니 정숙 동무 너무 염려 말라.

- 고맙소. 그 동무들이 머 공화국 안보를 위해 정당한 권리를 행사하느니 공화국 아래일군으로서 책임을 도모하느니 아주 기고만장 하더란 말이오. 머 보위부 부부장 권세 하나도 두렵지 않다고 둘이 죽이척척 맞더란 말이오.

태산이 동무가 이 말을 듣자 정숙의 몸을 살짝 밀어냈다.

- 츳, 츳~ 하루 강아지들이 정말 범 무선 줄 모르는 처사로구나~ 정숙 동무, 내 이 것 들을 어떻게 밟아주기를 바라는가?

- 태산이 동무, 난 참이 일로 공연히 시끄러워지는 거는 싫소. 그저 상부에 문건이 올라가지 않도록 해주면 되오. 홍용희 동무에게도 그저 태산이 동무는 모른 척해주오. 참이가 아랫동네 내려가서 자유롭게 살 수만 있다면 게 다 용희 동무 덕분이니 말이오. 월남도주자 가족에 따라오는 죄는 나와 울 딸애 봄이만 감수하면 되는 거라오. 깟 거 참이만 무탈하게 살아갈 수 있다면 내 목숨인들 어찌 내어놓지 못하겠소.

- 내래 다 계획이 있으니 걱정말라. 정숙 동무야 이제 머 이 태산이 아낙네나 다름없는데 정숙이가 당하는 꼴을 내가 어이 두고 보겠나~ 내 가족 누구한테도 피해 없도록 조처를 할 테니 염려 뚝 그치라.

- 알았소.

- 우수 경칩도 지났는데 수세미 방죽 너머 강물도 모두 녹았을 테고

~ 머 명호 어머니 시체 떠올라도 벌써 떠올랐을 텐데~

- 내 몇 번을 나가 보았소. 강을 따라 십 리를 살펴보았는데 아고의 시체는 찾을 수가 없었소.

- 강물도 불어났을 텐데 물에 빠졌다 한들 어이 시체를 찾을 수가 있겠나~ 정숙이 동무, 이제 그저 모두 잊어버리자. 그래야 우덜이 조선 인민공화국에서 복하게 살 수 있다는 말이야. 내 말 알아듣겠니?

- 알겠소. 태산이 동무는 정말 조선 인민공화국에서 사내 중의 사내 맞소. 태산이 동무 말처럼 내 인생 새잡이 할 테니 내 앞길이나 후연히 닦아주오. 오로지 동무 하나만 바라보며 살겠소.

- 아이쿠 그저 정숙 동무가 날 받아주니 내 맘이 이케 설레는구나~

정숙은 자신의 생각에도 완전히 다른 녀성이 되어 태산이 동무에게 매달리고 있었다. 태산은 이런 정숙의 행동이 싫지 않은 모양이었다.

태산은 천천히 차를 몰아 압록강 강변을 달리고 있었다. 그는 아까보다 기분이 좋은지 휠, 휠 휘파람을 불면서 한쪽 손으로는 정숙의 머리카락과 귓불을 계속해서 만지작거리고 있었다. 정숙은 태산이 동무의 기분이 하늘에 걸린 구름처럼 붕 떠있는 순간을 놓치지 않으려고 마음먹고 있었다. 바람 부는 대로 돛을 단다고 하지 않았던가. 정숙은 다시 지난번에 운을 떼어 두었던 녀맹원 간부에 대한 말을 조심스럽게 꺼내놓았다.

- 태산이 동무, 내게 녀맹조선민주녀성동맹 간부 자리 하나 만들어 주오.

- 정숙 동무가 원하면 그리하라. 내 수세미방죽에서 략조하지 않았니? 월급 받는 기업소 녀맹 간부를 하고 싶니 게 아님 시, 도 녀맹 간부를 하고 싶니?

해방을 맞아 조선공화국에서 조선민주녀성동맹이라는 이름으로 창립된 녀맹은 노동당의 정책을 옹호하는 단체로서 녀성들의 권익보다 노동당의 정책실행에 앞장서는 강력한 녀성 조직이었다. 북한의 기업, 사회 등에서 이십 혹은 삼십 명에서 많게는 사십 명 정도의 조직원으로 구성하는데 이런 조직을 기층조직인 초급단체라고 불렀고, 이러한 초급단체가 서너 개 합쳐지면 초급위원회가 되는 구조였다. 초급위원회의 위원장, 부위원장이야말로 이런 초급단체의 최일선 일군이 되는 것이었다.

― 내 기업소 녀맹원은 싫고 지역 녀맹에서 그저 초급일군이면 충분하오. 여게서 신념을 가지고 수령결사용위에 한 몸을 바치겠소. 강성대국 건설대전에서 주체적 조선녀성운동의 전통을 빛내어 보고 싶소.

― 하하하~ 정숙 동무 그저 사상이 밤송이처럼 빳빳하구나~ 정숙이가 녀맹 초급일군으로서 앞장서서 일을 하자면 먼저 처리해야 할 일이란 게 있다는 말이야~

― 태산이 동무 게 머라오? 내 토대가 불량하다는 말이지요?

― 머 그런 셈이지~

태산의 표정이 갑자기 어두워졌다.

― 참이 문제는 어찌하면 좋겠소? 당장 그 동무들이 문건 만들어 상부에 보고를 하겠다고 으름장을 놓는데~

― 참이는 내 자식인데 사망신고로 처리해놓긴 꺼림칙하고 깟 거 모든 수단을 동원해서라도 행방불명으로 처리해놓을 테야. 참이가 아랫동네 내려가서 장차 머 의원, 장관이 되지 않고서야 조선공화국에서 탈북했다는 근거를 제시하기 어려울 거란 말이야.

― 감옥에 갇힌 내 본가집 식구들 문제는 어찌 되겠소? 태산이 동무, 내래 가만 보니 형편없는 녀성이누만요. 성분 불량한 녀자가 괜한 꿈

을 꾸는 게 아닌가 말이요.

- 괜한 꿈이야 아니지~ 이 태산이가 있는데 못할 게 머 있니~ 한데 정숙이 동무, 내 보위부에서 정숙이 가족 문건을 슬쩍 들여다보았는데 머 아무리 생각해도 감옥 나간 본가집 가족들이 다 사망처리 되어 있는 모양이야~

- 아니 게 정말이오? 흑~ 흑~ 흑~

정숙은 이미 각오한 일이었지만 막상 태산이 동무로부터 직접 말을 전해 듣고 보니 저도 모르게 울음이 터져 나왔다. 정숙의 울음은 한동안 멈추지 않았고, 태산은 정숙의 등을 다독이며 위로의 말을 보내고 있었다.

- 내 힘이 지금만 같았음 진즉에 꺼내오고 남았을 텐데~ 하긴 머 떡메전사 하던 내 아버지야 최룡해 부위원장 은恩을 입었지만 거 부문당 비서하던 삼촌 아버진 감옥에서 돌아가셨지~ 정숙이나 내나 가족이란 게 머 있나 말이야~ 하니 이제부터 오로지 이 태산이 손만 붙잡고 따라오란 말이야. 깟 거 다 훌, 훌 털고 잊어버리라~ 내 돌다리 놓아줄 테니 이제부터 사뿐사뿐 걸으며 인민답게 한번 살아보란 말이야~

말을 하던 태산이 동무의 이마에서 땀이 흘렀다. 정숙의 본가집 식구들이 감옥에서 잘못 되었다는 것을 태산은 이미 알고 있었지만 정숙에게 차마 말을 해줄 수가 없었다. 그가 정숙에게 집요관념처럼 매달린 것도 이런 정숙의 사정을 알았기 때문이었다. 태산은 이제 자신이 곁에서 정숙 동무를 지켜 주리라 생각하고 있었다. 참이는 아랫동네에 내려갔기에 비록 함께하지는 못하지만 정숙 동무라도 안전하게 지켜주면서 복한 생활을 누리고 싶은 게 태산의 바람이었던 것이다.

4

태산의 사무실에 불려온 달식이 동무는 덥석 무릎을 꿇어버렸다. 태산은 자신의 이름을 팔아 꾹돈을 챙겨먹었던 달식이 동무를 잡으러 갔다가 허탕을 치고 돌아온 이후 호시탐탐 달식이 동무를 붙잡아 들일 기회를 노리고 있었다. 김정은 위원장을 성공적으로 모셨고 최룡해 부위원장에게도 아낌없는 찬사를 받은 데다 자신과 한차례 대거리를 했던 김원홍 보위성장이 숙청을 당하는 것을 보고 태산은 매우 고무되어 있었다.

태산의 인생에서 신분상승의 최적의 까리기회를 잡은 셈이었다. 태산은 이런 기회를 놓치지 않으리라 굳게 다짐을 하고 있었다. 반듯하게 열리고 있는 자신의 앞길에 횡목橫木:장애물이란 있을 수 없는 일이었다. '징검다리도 두들겨보고 건너라'는 말이 태산의 가슴에 깊이 새겨져 있었다. 발밑에 걸린 풀덤불 하나라도 조심조심 헤치고 나가야 한다. 평생을 애타게 그리던 정숙 동무를 품에 넣었고 이제 세상 부러울 것도 없을 것 같지만 한 단계만 더 높은 위치에 서게 된다면 정말 세상에 더는 바랄 것이 없을 것만 같았다. 태산은 자신을 향해 다가오는 어떤 불길한 징조도 이제 용납이 되지 않았다. 그가 넌지시 부하 보위부 요원을 달식이 동무에게 보낸 것도 이런 까닭이었다.

달식은 보위부 요원이 사무실에 들이닥쳤을 때 사태를 직감했다. 태산이 동무가 사무실로 찾아왔을 때는 발치에서 줄행랑을 놓고 말았었다. 하지만 며칠 되지 않아 스스로 오라를 받을 생각에 태산이 동무에게 손전화를 넣었지만 통화가 되지 않았다. 태산이 동무에게 잘못을 용서받고 꿍돈으로 받아둔 돈을 되돌려주려 하였지만 뜻처럼 되지 않았다. 자신을 잡으러 온 보위부 요원에게 달식은 저항하지 않고 순순히 그의 지시에 따랐다.

－ 태산이 동무, 날 용서해 다오.

－ 에구 이 게 누구신가? 어디 그 잘난 달식이 동무 얼굴이나 한번 보자. 에이 퉤~

－ 동무, 내 얼굴에 침을 골백번 뱉어도 좋은데 제발 날 한 번만 용서해다오.

－ 한낱 연구 작업실에 처박혀서 쇠붙이나 만지는 주제에 머 조선공화국 특파기자에다 머 안전원 동무까지 속여 먹었단 말이지 응? 너 이 자식아 언제 적부터 그딴 반동짓거리에 코를 빠뜨렸니 응? 에구 속으로는 그저 순진한 척 머 농기계 고안하고 생활용 도구를 발명해가지고 공화국 인민들의 생활 발전에 이바지를 한다고 했더냐? 하하하~ 개가 룡상龍床에 앉은 격이로구나, 에이 퉤~

한바탕 태산의 욕을 먹은 달식은 무릎을 꿇은 채로 두 손을 싹싹 비벼댔다. 사람을 속여먹는 사기꾼이 되어버렸고, 이렇게 보위부에까지 붙잡혀 왔으니 결코 죄가 가볍지 않으리라는 생각이 들었던 것이다. 달식은 한순간에 눈이 멀어 이상한 사건을 저지르게 된 것을 후회하면서 상의上衣 안쪽 패낭주머니에서 세 개의 봉투를 꺼내 태산이 동무에게 고스란히 내밀었다.

－ 태산이 동무, 내 눈이 멀어 사기는 쳤지만 그 동무들의 돈을 하나도 축내지 않았어야~

－ 걸 왜 내게 내미니 응?

－ 꿍돈뇌물 먹인 동무들에게 되돌려주려는데 에이 관절 어찌 된 일인

지 되돌려 받질 않더란 말이야~

– 머야? 아니 사기당한 줄 알면서도 되돌려 받지 않더란 말이야? 하하하~ 조선공화국에 이런 순진한 동무들이 있다는 말이니? 한데 달식아, 어찌 한 푼도 축내지 않았나, 응? 꿍돈 퍼먹고 보니 그하냥 겁이 나더냐 응?

– 태산이 동무, 내 실은 말이야, 이 봉투 받아 챙긴 담에 참 머라나 이 봉투가 말이지 내게 영락없는 도깨비장물 같더란 말이야~

– 참 달식이 이놈 꼴에 가지가지 하누나. 술을 퍼마신 것도 아닌데 돈 봉투가 도깨비장물로 보이더란 말이냐 응? 꼴에 헤~

– 정말이야 동무, 남의 돈을 챙긴다는 게 첨엔 머 혹하지 않았겠냐 ~ 살다 보니 우리 주위에 머 출세를 위해서라면 기둥뿌리라도 뽑아줄 주민들이 넘치더란 말이야. 헤~ 달식이 팔자에 이런 날도 있구나, 머 첨엔 신이 나고 괜히 설레기도 하고 봉투 받아드는 맛이 참 깨소금 맛 처럼 고소하더란 말이야. 그 고소한 맛에 중독되다 보니 철모르고 돈 봉투 받아들게 되었는데~

마치 자랑할 거리라도 된다는 듯 달식의 입에서 봉투 사건에 대한 고백이 흘러나왔다. 태산이 고압적으로 묻지 않음에도 달식이 동무는 이마에 땀을 흘리면서 무용담처럼 말을 잇고 있었다.

– 그런데 말이야, 난데없는 돈 봉투를 받아들고 보니 어느 순간엔 그저 마치 술 퍼마신 반편 같더란 말이야~ 정신이 그저 가물가물 꺼져 들다가 말이야 괜히 하늘로 날아오르는 것도 같다가 갑자기 낭떠러지 로 떨어지는데~

– 아니 달식이 너 이놈 머 내 이름 팔아 돈봉투 받아먹나보다 했더 니 아주 그냥 얼음마약을 먹었나, 응?

― 에이 태산이 동무, 내 얘기 마저 들어보란 말이야~ 머 술을 퍼마
시려 해도 목에 걸려 넘어가질 않더란 말이야. 나 정말 이번 참에 말이
야 달식이란 내 진면목을 똑똑히 보게 되었다는 말이지~

― 머 달식이에 진면목이라고? 그래 달식이 네놈 진면목이 머인데?
허허 나 참~

― 에이 태산이 동무 성미도 급하시지~ 거 잠자코 내 말줄기가 어데
로 가는지 들어보지 않고서는~ 내 진면목이야 그저 나는 솔잎 갉아먹
고 살아야 하는 송충이밖에 되지 않더라는 말이야~ 머 꾹돈을 먹는
것도 먹어본 놈이 퍼먹는다는 것을 알았단 말이지~ 우덜 같은 무지렁
이들은 죄책감에 밤잠도 제대로 이룰 수가 없더라는 말이지 에이 퉤~
이딴 돈 봉투 이제 내게 산더미처럼 쌓여도 필요 없단 말이야~ 머 맘
이 편해야 남에 봉투도 맘껏 받아먹을 수가 있을 테고 태산이 동무처
럼 뒷배가 **빵빵**해야 거침없이 돈 봉투를 받아먹을 만하지~ 우린 그저
송충일 뿐이야~ 그러니 내 같은 놈은 솔잎이나 갉아먹고 살아야 하겠
더라는 말이지, 에이 퉤~ 어서 이 돈 봉투 받아 달라~ 이런 봉투는 아
무리 생각해도 태산이 동무한테나 어울리지 나 같은 송충이가 받아먹
을 밥이 아니야~ 하니 어서 이 봉투 태산이 동무가 받아 두어~

달식의 말을 물끄러미 듣고 있던 태산이 동무가 달식의 **뺨**을 한 대
올려쳤다. 태산은 처음에는 무심코 달식의 말을 듣고 있다가 난데없이
뇌물 봉투가 자기한테 어울린다는 말을 듣는 순간 모욕적인 느낌을 받
았던 것이다. 더군다나 자신을 면전에 두고 침까지 퉤, 하고 두 번이나
내뱉는 만행을 범하는 데야 태산으로서는 참을 수 없는 모욕감에 견딜
수가 없었던 것이다. 태산의 공격을 받은 달식이 동무는 아무렇지 않
다는 듯 여전히 바닥에 무릎을 꿇은 채로 세 개의 봉투를 거듭 태산에

게 내밀었다. 태산은 그제야 봉투를 받아들어 입을 둥그렇게 모아 바람을 만들어 봉투 속을 들여다보았다.

– 아니 달식아 이 자식아, 특파기자 동무 봉투, 안전원 동무 봉투인 것은 알겠는데 다른 하나는 어느 동무 봉투란 말이니 응?

– 장마당에서 가전제품 중고 매대를 하는 동무인데 머 보위부 늑대 놈들한테 매대를 갈취당했다는 거야, 나더러 갈취당한 매대를 좀 찾게 도와 달라 해서 말이야~

– 달식이 새끼 너 입조심 하라. 어이 보위부더러 늑대라 하나? 노동당 간부들도 듣기 싫다는 늑대 소리를 어이 보위부 부부장 귓구멍에 쏙, 쏙 집어넣나 말이야~그래, 갈취당한 매대를 달식이 네놈이 무슨 수로 찾아주겠다고 봉투를 받아먹었나? 아 나~

태산은 목에 핏대를 세워 목소리를 높였다. 돈의 규모를 살짝 확인한 태산은 속으로 피식 웃으면서 봉투를 달식이 동무에게 잠투정하듯 내던졌다.

– 거 태산이 동무도 내게 함부로 말하지 말라야. 봉투를 받아들었지만 떡 본 도깨비 덤비듯 받아 퍼먹지는 않았다니까. 호~호~ 바람 넣어 동무가 확인한 게 내가 받은 전부란 말이야~ 여기 이렇게 그대로 가져왔잖아 자 태산이 동무 받아라, 아 어서 이 봉투 받아 들라니까~

– 아니 내 어릴 적 벗이라고 살, 살 봐줬더니 아주 이놈이 태산이 앞길 망쳐먹을 작정을 한 놈이로세~ 내 이번에는 지내온 옛 정의(情誼)로 봐서 눈 딱 감고 없던 셈 칠 테니 거 당장 봉투 들고 돌아가서 혼 빠진 그 동무들한테나 돌려주라. 어서~

– 태산이 동무 정말 고맙다. 한데 내 몇 번을 말하나? 글쎄 돌려주려 해도 그 동무들이 돌려받지 않겠다는데 내 무슨 수로~ 오죽하면

이케 돈 봉툴 직접 태산이 동무한테 가져오지 않았겠느냐 말이야~ 에이 내 재수가 없으려니 주는 봉투도 받아먹지 못하는 송충이만도 못한 내 팔자라니~

돌려줄 수 없는 노릇이라며 펄쩍 뛰던 달식이 동무에게 태산이 동무가 기발한 해결책을 제시했다. 태산은 벽에도 귀가 있다는 말을 의식하면서 달식이 동무의 귀에 대고 들릴 듯 말 듯 속삭였다. 태산이 동무의 속삭이는 듯한 말에 달식이 동무는 아주 고분고분한 태도로 고개를 끄덕거렸다. 달식이 동무가 사무실 문을 열고 나가는 모습을 한참이나 지켜보던 태산의 낯바닥에는 흡족한 기색이 역력했다.

하루종일 딸애 봄이를 데리고 집안청소를 하고 나니 정숙은 마음이 한결 편안해졌다. 태산이 동무한테 시달린 이후 걸음걸이가 불편한 탓에 바깥출입을 하지 않고 있던 정숙은 사방이 어둑충충한 저녁 무렵 지역 진료소에 다녀왔다. 진료소에서 정숙의 환부를 들여다보던 산과産科 담당 녀성 동무가 정숙이 들으라는 투로 투덜투덜 입을 놀렸다.

― 아이 에구나~ 젊은 처자도 아닌데 어이 자궁이 이래 허물었는지~ 남정손男丁-남편의 손이 이렇게 짓궂었을 턱은 없는데 바깥 사내 손을 탔나? 흥~

정숙은 담당 의사의 중얼대는 말에 우뜔매우 놀라고 말았다. 참아보려 했지만 상처가 짓무른 탓에 어쩔 수 없이 방문한 진료소였다. 낯바닥이 화끈 달라올라 허겁지겁 집으로 돌아올 수밖에 없었다. 정숙이 골목길을 걸어 들어올 때는 걸음을 조심스럽게 떼어놓을 수밖에 없었다. 인민반장에게 엉덩이를 뒤뚱뒤뚱 흔들며 걷는 모습을 들키고 싶지 않았기 때문이었다.

정숙은 들가방을 퇴마루에 내려놓고 가쁜 숨을 몰아쉬었다. 바로 그때, 달식이 동무가 대문을 삐거덕 열고 마당으로 들어섰다.

－ 동무가 어인 일이오?

－ 명호 동무를 볼 수 없어 마음이 아프오. 어서 이 거나 받으오.

달식이 동무가 정숙을 향해 불쑥 봉투를 내밀었다.

－ 아니 난데없이 어인 봉투란 말이오? 기백이 동무 아들애 도우려고 애썼단 말을 들었는데~ 거 혼자 남은 동실인 저 함경도 외삼촌 아버지 집에 돼지 키우러 갔다오.

－ 기백이 동무 아들애한테 주려는 봉투가 아니오. 하니 어서 동무가 이 봉투 받으오.

－ 아니 머 리막裏幕:내막을 알아야 봉투를 받아도 받을 게 아니오?

정숙은 고개를 저어대며 봉투를 거절했다.

－ 그저 묻지 말고 받으오. 어서~

달식이 동무는 숫제 싹, 싹 빌고 있었다.

－ 아니 관절 무슨 일인데 리막도 모르고 봉투를 받는다는 말이오?

아무리 생각해도 귀신이 곡할 노릇이었다.

－ 에헤~ 머 묻지 말고 그저 받으란 말이오. 내밀만 하니 봉투를 내미는 게 아니오. 손이 부끄러운데 어서 받으오. 내 동무한테 미리 저축을 하는 것이니 모른 척 받아두오.

－ 내가 저금소도 아닌데 나한테 미리 저축을 한다니 게 무슨 말이오?

그래도 정숙은 봉투를 받는다는 것이 이유가 없던 탓에 손을 내밀지 못했다. 정숙 동무가 이처럼 달식이 동무한테 봉투 받는 것을 망설이자 달식이 동무는 어쩔 수 없이 태산에게서 들은 얘기를 하지 않을 수가 없었다.

－ 에이 머 이런 얘기는 하지 않으려 했는데~ 거 동무 귀나 좀 빌려

주오.

― 아니 난데없이 어이 남의 아낙네 귀를 빌려 달라 하오? 자, 무슨 비밀 얘기를 하려는지 어서 말을 하오~

달식이 동무가 정숙의 귀에 입을 바짝 가져다 대며 아주 작은 소리로 뭐라 속삭거렸다. 달식이 동무의 말을 듣더니 정숙의 표정이 밤하늘을 밝히고 있는 달처럼 환하게 밝아졌고, 머뭇거리던 정숙의 손이 달식의 손에 들린 봉투를 거침없이 받아들었다. 관절 달식이 동무의 입에서 무슨 말이 흘러나왔다는 말인가.

― 아니 머 아직 증을 받은 것도 아닌데 벌써~ 호호호, 어이 조선공화국에 소문이 이리 빠르다는 말이오?

― 헤헤~ 거야 머 발 없는 말이 천 리를 가는 법이 아니오? 머 시 녀맹원 부위원장이면 힘도 막강할 텐데 그저 장마당 매대 나가는 내 마누라 뒤나 잘 봐주오.

― 아이쿠 머 봐주다 뿐이겠소.

정숙은 재게 방에 들어가서 서랍 속에서 목책木柵: 수첩 하나를 꺼냈다. 호호호, 녀맹원 초급일군을 시켜 달라 했더니 시 녀맹 부위원장이라니, 태산이 동무는 역시 사내 중의 사내라고 정숙은 생각하고 있었다.

― 목책은 어이 꺼내 오오?

― 아니 거래라는 게 목책에 차곡차곡 기록을 해야 하지 않겠소?

달식이 동무의 입이 개구리 하품하듯 쩍 벌어졌다.

― 여 장마당 매대 종류가 머라오?

― 머 단출한 매대라오. 두부를 주로 파는 식료품 매대지요~

― 안해아내 이름이 머라오?

정숙의 얼굴이 환하게 펴져 있었다.

― 리정란이라오.

― 어머 이름도 예뻐라. 피바다 가극단 배우 이름하고 어찌 토씨 하나 다르지 않고 같단 말이오? 호호호~

정숙은 자신의 인생에 새로운 세계가 활짝 펼쳐지고 있다는 것을 밤하늘의 화사한 달빛 아래서 느끼고 있었다. 달식이 동무가 돌아가고 나서 정숙은 받아든 봉투를 몇 번이고 꺼내 은밀히 돈을 세어보고 또 세어보았다. 정숙의 가슴에는 정작 돈에 대한 욕심보다 자신의 이름 앞에 붙게 될 시 녀맹 부위원장이라는 직책에 대한 설렘으로 가득 찼다. 태산이 동무야말로 사내중의 사내라고 정숙은 연신 생각하고 있었다.

제53장 동침(同寢), 어떤 약속

1

대한민국 국정원에서 나온 조사관들은 참이 일행 모두에게 탈북자로 인정한다는 판명을 내렸다. 가족 단위로 탈북을 하는 동무는 없었지만 위장탈북을 의심받을만한 동무 역시 한 명도 나오지 않았다. 다만 석돌이 동무에게 조사관들은 유독 의심의 눈초리를 보냈었다. 몽골루트를 이용한 탈북자들을 한국으로 보내는데 지대한 공을 세웠다는 함춘길 브로커 선생까지 캠프에 몇 번 드나들고 나서야 조사관들은 석돌 동무를 탈북자로 인정해 주었다.

석돌이 동무는 조선공화국 호위총국 후방부에서 중좌로 근무했던 사람인데 은밀히 중국과 밀무역을 하다 보위부에 적발되었다는 것이다. 상급자의 명령으로 밀무역을 하던 석돌은 중국 공안에 붙잡혀 감옥소에 갇히게 되었다고 했다. 그는 단동 감옥소에서 북송되기 전에 탈출에 성공하였는데 장동식 목사를 만난 것은 석돌의 인생에서 빼놓을 수 없는 행운이나 다름없었던 것이다.

참이 일행은 몽골 주재 한국 대사관에서 임시 여권을 받아 한국행 비행기를 탈 수가 있었다. 비행기가 활주로를 미끄러져 힘차게 이륙할 때 그들은 모두 조선인민공화국과 이제 영원히 작별한다는 느낌이었다. 목숨을 걸고 비법월경을 하고 월남도주자가 되어 숱한 시련을 겪었던 시간과는 달리 하늘을 날아 한국의 땅을 밟을 때까지 걸린 시간은 순간에 지나지 않았다는 생각이 들었다.

단 몇 시간 비행으로 한국의 공항에 도착했다. 탈북자들은 국정원에서 나온 요원의 안내를 받았다. 15명에서 20명씩 열을 지어 이동했다.

그들은 기내機內에서 내리는 일반 승객들과는 달리 통상적인 출구로 나오지 못했다. 인솔자의 안내에 따라 통상적 출구를 우회하여 빠져나오니 소형버스가 대기하고 있었다. 소형버스에는 세 명의 조사관이 탈북자들을 기다리고 있었다. 참이 일행은 한국의 발전상을 둘러볼 짬도 없이 조사관들로부터 꼼꼼한 조사를 받아야 했다.

3명의 조사관들은 버스에 앉은 순서대로 다가가서 고향은 어디인가, 이름은 무엇인가, 직업은 무엇인가와 같은 기본적인 내용을 짧은 시간 동안 꼼꼼히 체크했다. 국정원이 마련한 서울 모처의 조사실에 도착해서는 본격적인 조사가 시작되었다. 키와 몸무게와 같은 기본적인 신체검사부터 시작해서 혈액검사, 폐 검사, 위장 검사 등을 비롯해 다양한 종류의 질병 검사를 받았다. 그 시설에는 의료 전문 인력들이 상주하고 있는 것 같았다.

국정원이 마련한 수용시설에서 참이 일행은 3개월 동안 공동생활을 했다. 조사원들은 20여 명을 하나의 숙박시설에 수용한 다음 더욱 깊이 있는 조사를 실시했다. 참이 등은 비록 이런 과정이 힘들고 낯설었지만 작의형제를 맺은 동무들이 곁에 있어서 서로 의지하며 이겨낼 수가 있었다.

참은 조사관들을 향해 애달프게 물어보고 싶은 말이 있었지만 아직은 섣부른 행동이라 생각한 탓에 묻는 말에나 충실히 답변해야겠다고 생각했다. 참이가 물어보고 싶은 것은 아버지 리명호가 한국에 내려왔는지의 여부였다. 참이 일행은 며칠 뒤에 함께 내려온 동무들과 격리되었는데 이러한 격리생활이라는 것은 오직 위생실에 들어가 생리현상을 해결할 때를 제외하고는 감금생활이나 마찬가지였다. 그들은 무려 1주일 동안이나 이런 생활을 해야 했다.

탈북자들 사이에서는 이런 격리기간을 이른바 개별조사를 받는 기간이라 불렀다. 개별조사를 받는 탓에 방에는 개인용 침대도 있었고, 사무용도의 PC까지 설치되어 있었다. 비록 독립된 공간이라고는 하지만 조사를 받는 탈북자들에게는 가장 힘든 시간이었다. 참이와 동실 그리고 만룡은 아직 어린 나이에 불과한 자신의 짧은 삶에 대하여 조사관 앞에서 조리 있게 진술하는 과정이 결코 쉽지 않았다. 삼촌벌인 조사관과 비록 단둘이 대면하고는 있어도 출생에서 시작하여 지금껏 살아온 과정을 조리 있게 료해了解:설명한다는 것이 막상 겪어 보니 쉬운 일이 아니었다. 생애가 짧든 길든 누구에게나 자신의 삶을 더듬어서 체계적으로 정확하게 기록한다는 것은 실행하기 힘든 작업이기 때문이다.

조사관들이 주의 깊게 들여다보는 것은 진실성이었다. 그들이 찾고 있는 것은 진실성이었는데 진술 내용이 사실과 부합하는가를 중점적으로 살피고 있었다. 따라서 탈북자들은 진실성이란 측면에서 볼 때 일관된 진술을 해야 했고, 그 일관된 진술 속의 내용들이 사실과 달라서는 아니 되었다. 사실과 부합하는가에 대해서는 탈북자들이 조사실에서 진술한 내용들을 조사관들이 마치 현미경으로 들여다보듯 철저하게 분석하고 있었던 것이다.

이런 점에서 보면, 탈북자를 위장해서 공작원으로 한국에 잠입하기란 상상할 수 없는 일이었다. 신분을 속이는 일도 쉽지 않을 것이며, 고향을 속이는 일도 쉽지 않을 것이다. 한국에는 이미 3만여 명에 가까운 탈북자들이 내려와서 생활하고 있었고, 그들의 고향이 북한 전역에 분포되어 있었기 때문에 먼저 남쪽에 내려와서 생활하고 있는 동향의 탈북자들을 불러 대면하여 대화를 하도록 하게 되어 있었으므로 감히 속일 수가 없을 것이기 때문이었다.

참이 일행 중에 가장 문제가 되었던 사람은 역시 석돌이 동무였다. 조사관들은 참이 일행 중에 처음부터 석돌이 동무를 예사롭지 않게 여기는 모양이었다. 개별조사를 마쳤는데도 조사관들은 탈북자 일행들을 하나씩 따로 불러 석돌이 동무에 대한 정보를 하나라도 더 찾아내려고 했다. 결혼의 여부, 가족의 상황, 고향 및 생활경력에 대해 물었고, 일행이 되어 사막을 넘고 공항까지 오는 동안 석돌의 언행을 통하여 알게 되었던 정보를 샅샅이 수집했다.

조사관은 석돌이 동무의 호위총부 후방부 근무에 대한 것은 문제를 삼지 않은 모양이었다. 왜냐하면 석돌이 동무가 상세하게 자신이 근무했던 호위총부 부대에 관한 약도와 부대에서 맡았던 직책에 대해 일관되게 설명하고 있었기 때문이었다. 밀수하도록 명령을 내렸다는 상좌에 대한 것들도 거듭된 조사에서 일관된 진술을 했고, 밀수가 발각된 과정도 일관되게 진술하고 있었던 것이다. 그런데 석돌이 동무가 밝힌 고향에 대해 조사관은 어딘지 의심쩍은 구석이 있다고 생각한 모양이었다. 석돌은 고향을 함경북도 명천이라 기록했다. 조사관은 당연히 탈북자 중에 함북 명천 출신을 불러다 대면을 하도록 했다.

조사관이 함북 명천출신으로 불러들인 탈북자는 동막동이란 사람이었다. 동막동 씨는 국정원 조사실에 불려 들어와 떨떠름한 표정으로 조사관을 마주했다. 조사관들의 호출로 번번이 고통을 받았던 좋지 않은 경험 때문이었다. 동막동이 이번에는 또 무슨 문제를 삼아 불러들였냐는 듯한 뚱한 표정으로 조사관을 쳐다보았다. 조사관은 느물거리는 웃음을 지으며 명천 출신의 탈북자가 있으니 고향에 관한 얘기를 자연스럽게 나누어보라고 명령하듯 말했다. 동막동은 조사관 앞에서 석돌이란 동무를 대면하게 되었다.

막내 동생뻘 되는 석돌이란 동무는 먼저 탈북해서 살고 있는 동향 사람을 만나자 반갑다며 덥석 손을 내밀었다. 하지만 동씨에게 석돌 씨의 손이 달갑지가 않았던 것은 마치 조국을 배반하고 내려온 반동분 자처럼 비쳐질지도 모른다는 생각을 했기 때문이었다. 동씨는 다른 말은 하지 않고 겸연쩍은 표정으로 툭 첫마디를 던졌다.

— 명천 어디에서 살다 왔소?

— 것 참 내 살았던 데가 어데였더라~

— 아니 게 무슨 소리요? 동무 살다 온 데를 모르다니~ 소금강이라 불리던 칠보산은 변함없이 잘 있던가요?

— 거야 머 십 년이면 강산도 변한다는 말이 있질 않소?

— 난 저 룡암로동자구 살다 내려온 사람이오. 석돌이 동무는~

— 명천 어데 살았는지 정확히 기억을 못하겠소.

동씨는 고개를 갸웃거리면서 조사관을 쳐다보았다. 조사관은 둘의 대화를 지켜보면서 한쪽 눈꼬리를 치켜올렸다. 둘의 대화에서 석돌이란 자의 고향이 명천이란 사실을 증명해내기가 쉽지 않겠다고 생각했기 때문이었다.

— 야 이 새끼야 너 지금 나하고 장난치냐?

조사관의 태도가 갑자기 돌변했다.

— 아, 아닙니다. 이런 엄세판에 내 할 짓이 없어 높은 조사관 선생님 히고 장난을 치겠소?

석돌은 펄쩍 뛰었다.

— 새끼야 너 고향이 분명 함북 명천이라고 했잖아? 한데 자기 살았던 데를 몰라? 나이 새파랗게 젊은 놈이 치매가 왔냐?

— 예? 치매가 머이래요? 내 면말인지 모르겠는데 고향 동무, 치매가

머라오?

석돌이 동무가 오히려 답답할 노릇이란 듯 가슴을 주먹으로 치며 동씨를 향해 물었다.

－ 머 말하자면 노망이라는 뜻이오.

동씨가 머리를 긁적거리며 작은 소리로 대답했다.

－ 아이쿠 선생님, 어이 애젊은 내를 늙은이난청 취급을 하오? 내 정신 멀쩡하단 말이오.

－ 아이쿠 답답한 세상~ 에이 통일이 되면 뭐하나! 도대체 북쪽 애들하고 뭐가 통해먹어야 통일을 해도 할 게 아닌가 말이야~

조사관은 자리에서 일어서더니 서류철을 가지고 석돌이 동무의 낯바닥을 후려쳤다. 석돌은 순간 눈물이 핑 돌았다. 목숨을 걸고 탈북하여 내려왔는데 이곳에서도 자신을 얕잡아보고 무시하는 것에 대한 서러운 생각 때문이었다. 동막동은 조사실에서 석돌이 동무가 당하는 모습을 지켜보면서 한숨을 내쉬었다. 10여 년 전이나 조사관들의 탈북자를 대하는 태도에는 크게 달라진 것이 없다는 생각이 들었다.

－ 조사관님, 저는 이만 돌아가겠습니다.

－ 아니 이렇게 그냥 돌아가면 섭섭하잖아요? 거 무슨 말이든 몇 마디 더 나눠 봐요. 어이 석돌 씨, 당신 함북 명천이 고향이란 거 거짓말이지?

－ 아, 아니오. 명천에 태어나 살다가 아주 어렸을 적에 저 아래 길주로 이사를 갔단 말이오.

－ 에이, 이거 순 답답이 아니야? 짜식아 그럼, 처음부터 그렇게 얘길했어야지 응? 괜히 바쁜 동막동 선생 헛걸음질할 뻔하지 않았어?

－ 거야 머 저는 괜찮습니다. 석돌이 동무! 머 길주 주민들 사이에 이

상한 소문이 떠돌고 있다는데 혹시 들었소?

– 이상한 소문이 머이지요?

같은 민족끼리, 같은 동향끼리도 이렇게 통하지 않는다는 생각에 동씨의 입에서도 한숨이 새어나올 뻔했다. 동씨는 꾹 입술을 깨물었다.

– 아이쿠 답답한 자식아 걸 말이라고 하나~ 네가 따끈따끈한 소문 보따리를 고향 선배님한테 먼저 펼쳐드려야지 응?

조사관이 답답하다는 듯 주먹으로 자신의 가슴을 쿵, 쿵 치며 끼어들었다.

– 게 머 아는 게 없어서~ 한데 함북 길주에서 한번 지진이 크게 일어나기는 했지요. 머 길을 지나가던 사람도 혼비백산을 했으니까요~

– 바로 그 말이오. 나도 길주 지진 소식을 들었소.

동씨의 표정이 이때서야 조금 펴졌다. 석돌의 말을 듣고 동씨가 응대하듯 거들고 있었는데 동막동의 말을 이어 조사관이 불쑥 또 끼어들었다.

– 석돌 씨, 길주에서 지진이 왜 일어났다고 생각하오?

조사관의 입장에서 정보를 획득하는 데는 이런 내용의 질문이 최적일 것이다.

– 거야 머 하잘 것 없는 군인 성분이 어찌 알겠소?

석돌이 동무가 고개를 내저었다. 동씨는 조사관의 이마에 주름살이 몇 가닥 잡히는 것을 확인하고서 조심스럽게 말을 이었다.

– 석돌이 동무, 길주에서 지진이 난 것은 북한 당국이 거기서 핵실험을 했기 때문이라고 이쪽에서는 분석을 하고 있소. 석돌이 동무, 머 서두르지 말고 찬찬히 한번 생각해 보오. 길주 사람들이 머를 가장 무서워했던가 말이오.

－ 아 거야 뭐 길주 풍계리 주민들 사이에 그런 말이 있었지요. 풍계리 근처 주민들이 귀신병이 들었다는 소문이오.

－ 예, 남한에 있는 우리들도 그런 소문은 들었소. 거기 풍계리 근방에 수용소가 있지 않소?

동씨는 석돌이 동무가 처한 옹색한 상황을 헤쳐나가게 하기 위해 애깃거리를 만들면서 답변의 빌미를 만들어주고 있었다.

－ 거야 머 풍계리에서 가까운 수용소라면 물으나마나 회령수용소지요.

－ 예~ 맞습니다. 거 수용소 죄수들이 많이 죽었다고들 하는데~

동씨는 자신이 꺼낸 얘기를 자기 쪽에서 매듭짓지 않고 석돌이 동무에게 마무리 짓도록 말미를 내어주는 식으로 대화를 이끌어갔다. 잔뜩 겁을 먹고 있는 석돌이 동무를 생각하니 남한에 내려와 조사받던 지난 과거가 언뜻 떠올랐다.

－ 죽는 일이야 머 공화국 어데나 지천에 있는 일이라오. 한데 거 언제더라~ 죄수들이 코피를 쏟으며 픽, 픽 쓰러져 죽었다는 소문이 돌았소. 풍계리 인근 주민들도 핵실험 때문인지 거 머인가 아~ 방사능에 맞아서 병명도 모르고 죽고 자다가도 죽고 코피 흘리면서도 죽고요. 머 그런 말은 공화국 당국에서는 쉬, 쉬 한다고는 했는데 주민들 사이에는 머 아직도 끊이질 않고 있다질 않소.

－ 무슨 병인지도 모르니 치료도 못하고 약도 못 짓고~

대답이 미진한 데를 동씨가 알아서 아주 친절하게 천천히 풀어주었다. 말의 속도를 천천히 하는 것은 석돌이 동무에게 끼어들 기회를 주고 싶었기 때문이다.

－ 예~ 함경도 동무들 중에 풍계리 근처 동무들이 머 웃자고 하는 소리겠지만 성격들이 투박하고 소리가 크다고 하지요? 게 다 사방이

까마득한 산으로 막힌 데다 그 로켓인가 먼가 쏘아 올리려는 폭탄 소리에 옆 동무 말이 자꾸 들리지 않는다고 고함들을 쳐대서 그런다잖소. 칼칼칼~

이렇듯 동막동의 도움으로 석돌이 동무 역시 개인조사를 마칠 수가 있었다. 석돌이 동무의 표정이 한껏 밝아졌고, 조사관은 동씨가 기지를 발휘하여 석돌이 동무와 얘기를 풀어나갔다는 사실을 충분히 알고 있었다. 조사를 마친 다음 이제 가도 되겠느냐고 묻는 동씨를 향해 조사관이 나긋한 목소리로 말했다.

— 동 선생, 우리가 부른다고 왜 그렇게 겁먹고 그래요? 우리가 머 매번 당신들 불러들여 족치려고 그러는 줄 알아요? 이렇게 도움을 주면서 서로 가까워지면 좋지 않겠소?

동씨는 마음속으로 저놈이 대체 무슨 말을 하려고 사설을 늘어놓고 있는가 하고 생각하고 있었다. 간혹 마음씨 따뜻한 수사관도 있었지만 동씨가 만난 한국의 수사관들은 하나같이 탈북자들에게 적대적이었다. 이놈이 대체 무엇하러 남한에 내려왔나 생각하는지 먼저 의심의 눈초리로 들이대는 잔망스러움에 늘 경계를 해야 했던 것이다.

— 이제 돌아가도 되겠소?

— 예, 수고했어요. 한데 머 하나 내게 가만히 얘기해 줄 게 있을텐데~

조사실에서 돌아 나오는데 조사관이 동씨를 따라오며 말했다. 동씨는 고개를 슬며시 돌려 조사관을 한번 쳐다보고 나서 계속 걸어 밖으로 나왔다. 담벼락 아래에서 조사관이 건네준 담배를 한 대 피우는 동안에도 동씨는 마음이 놓이지 않았다. 조사관이 바깥까지 따라 나와 담배를 권하는 경우는 매우 드문 일이었기 때문이다.

— 무슨 얘기를 해달라는 겁니까?

– 군사분계선 지역에서 지난번에 북쪽으로 날려 보낸 대북전단지에 대해 동 선생이 머 좀 알고 있소?

– 아, 아니오. 그런 사건은 나와 아무런 관련이 없소.

동씨는 일단 부정부터 했다. 자칫 말 한마디라도 잘못 꺼냈다간 곤혹을 치를 수도 있다고 생각했기 때문이었다.

– 탈북자 단체에서 대북전단지에 대해 논의할 때 그 자리에 동 선생이 함께 있지 않았소?

– 아니오! 예전에 가혹한 사건에 휘말린 뒤론 그런 단체 행사에는 일절 참여하지 않소.

– 아하, 그래요? 이명진 사장과는 연락을 취하고 지내오?

– 아, 아니오!

동씨는 두 번 거듭 강하게 고개를 저었다. 이명진 사장과 연락을 하고 지내지만 일단 부정부터 했던 것이다.

– 그래요? 내 공연히 동 선생을 의심한 모양이오. 그럼, 이제 이만 가 보오.

동씨의 대답에 조사관이 묘한 웃음을 지었다. 동씨는 속으로 뜨끔했는데 연락하고 만나는 것이 잘못이 아닌데도 괜한 거짓말을 한 것은 아닌가 하고 생각했다. 뒤통수에 조사관의 따가운 시선이 꽂히는 느낌을 받으며 동씨는 정문을 나섰다. 조사관은 정문 너머로 멀어지는 동막동의 뒷모습을 바라보며 회심의 미소를 짓고 있었다. 저 자식, 제대로 대한민국 국민 되기는 애 저녁에 글러 먹었단 말이야~ 쳇, 동막동이 저놈이 나를 속이다니, 어디 한번 두고 보자~

당국은 이렇게 탈북자에 대해 철저히 조사했다. 북한에서의 생활이나 경력 등에 의심이 생기면 먼저 그 지역에서 내려온 탈북자나 관련

계통에서 근무한 탈북자를 찾아 삼자대면까지 시켰다. 그래도 탈북의 진실성이 의심이 되면 독방으로 옮겨 더욱 치밀한 조사를 했다. 심지어는 거짓말탐지기를 동원하고 인공지능검사까지 활용한다고 했다.

국정원의 이러한 조사는 시간이 흐를수록 강화되었다. 처음에는 한 달을 하다 석 달로 조사기간을 늘릴 정도였다. 북한 당국이 탈북자를 가장하여 간첩을 침투시키는 일이 여러 차례 발생했기 때문이었다. 조사 기간을 석 달로 연장한 것도 위장탈북자를 색출해냈던 탓이었다. 남한 내의 탈북자들의 증가는 위장탈북자를 골라내는 데 일조를 했다. 아무리 신분을 속이고 거짓말을 하려 해도 같은 고향에서 내려온 사람들이 아주 많아 동향 탈북자들까지 완벽하게 속이기란 쉽지 않기 때문이었다. 따라서 위장탈북을 통해 남쪽에 간첩망을 구축한다는 것은 하늘에 별따기처럼 어려운 일이었던 것이다.

국정원 조사실에서 참이와 동실은 이종례 아주머니가 중국인을 만나 혼인했다는 사실을 알게 되었다. 만룡이 동무는 이미 알고 있는 내용이었다. 중국인의 아이를 뱃속에 품고 중국 공안에 붙잡혀 북송되었던 것이다. 공화국의 북송 집결지에서 여덟 달 된 갓난아이를 강제로 빼앗겼다는 사실을 모두 알게 되었지만 그 아이의 아비가 누구인지 모른다는 사실은 동무들 중에 만룡이 밖에 몰랐다.

종례 아주머니는 대한민국에서 모든 과거를 묻고 좋은 사내를 만나 새잡이를 하겠다는 당찬 포부를 지닌 사람이었다. 만룡이 동무는 지극 정성을 다해 만든 부적을 종례 아주머니의 손에 들려주었다. 그는 종례 아주머니가 짧은 기간에 중국인과 세 번의 혼인을 했고 그래서 아이의 아비가 누구인지 모른다는 사실을 동무들한테 발설하지 않았다. 아랫동네에서는 지나간 과거를 말끔히 잊고 종례 아주머니가 새잡이하기를 바라는 만룡의 마음이 컸기 때문이었다.

동실은 전혀 거리낌 없는 태도로 조사를 받았다. 작은아버지뻘로 보이는 중년으로 몸이 탄탄한 조원호 조사관은 다른 일행에게 하는 것과는 달리 특히 동실에게 친절을 베풀어주었다. 조사관은 동실의 문건을 찬찬히 살펴보고는 뜻밖에 여린 목소리로 동실을 향해 탄식하듯 물었다.

– 동실아, 너는 엄마가 안 계시냐?

– 예, 없습니다죽다.

동실은 돌아가신 어머니가 간절히 그립다는 생각이 들었다. 어머니를 생각한 탓인지 동실의 눈가에는 벌써 그렁그렁 눈물이 맺혀 있었다.

– 동실아, 너는 아버지도 안 계시냐?

– 예, 없습니다.

아버지 얘기에 동실의 입에서 한숨이 흘러나왔다.

– 아버지 이름은 뭐냐?

– 에이 자꾸 묻지 마시오~

동실은 어머니, 아버지를 떠올리는 게 가장 괴로웠다.

– 동실아, 그래도 조사관 아저씨가 묻지 않느냐?

– 조기백이라고 합니다. 죽었다니까요~

동실의 목소리는 어느결에 울먹이는 소리로 변해 있었다.

– 동실아, 에이 너는 뭐 누나 동생은 없냐?

– 예, 없습니다.

동실은 터져 나오려는 울음을 참아내려고 어금니를 악물었다.

– 그럼, 너는 북한에서 누구하고 살았냐?

– 어머니 상세가 나고서는 혼자 살았지요.

동실에게는 혼자라는 현실이 가장 힘든 시련이었다.

- 그럼, 동실이 너는 고아였냐?

- 예, 외할머니 댁도 연락이 끊겼으니 고아나 한 가지죠.

외할머니에 대한 기억은 머릿속의 어디에도 남아있지 않았다.

- 동실아, 아이 나 참 세상이 왜 이 모양이냐? 쯧, 쯧~

동실은 조원호 조사관의 눈동자에 살짝 비치는 눈물을 보았다. 조사관은 잠시 자리에서 일어서더니 터벅터벅 철제책상을 돌아 동실을 향해 걸어갔다. 낮은 의자에 엉덩이를 걸치고 엉거주춤 앉아있는 동실에게 다가가 동실의 어깨에 손을 얹으며 등을 다독여주었다.

~ 얌마 여기 한국에서 사는 것도 만만찮다는 말이야~

- 예, 알지요. 머 동무들이 곁에 있으니 위로하며 살면 되지 않겠습니까?

동실의 이런 마음은 진심이었다. 조사관 역시 휴우 하고 한숨을 내쉬었다.

- 아 나 쯧, 쯧~ 한데 동실아, 너 왜 북한에서 한국으로 내려왔냐?

- 의지할 친척도 없고 그저 춤추는 게 좋아서요. 머 한국의 문화를 흠모한 나머지~

동실은 몽골 울란바토르에서 만난 국정원 조사관의 말을 되새기며 대답했다.

- 그래, 너 아이돌 춤 좀 춘다는 말이지? 여 특기 란에도 써 놨네~

- 예, 머리 땅에 박고 빙글빙글 도는 춤은 자신 있어요.

아이돌 춤 얘기를 하자 동실의 얼굴이 보름달처럼 환해졌다.

- 그래, 다음에 이 아저씨한테 한번 보여줄 수 있냐?

- 예~

동실의 입이 처음으로 활짝 벌어졌다. 동실은 어디서든 춤에 관한 애기를 하면 공연히 기분이 좋아졌는데 남쪽에서도 그런 마음은 변하지 않은 모양이었다.

– 머 한국에 온 다른 이유는 없냐?

– 예쁜 녀학생 만나고 싶어서요.

동실의 얼굴이 살짝 붉어졌고, 조사관의 입가에 살짝 웃음기가 돌았다.

– 그야 차차 한국생활하면서 얼마든지 예쁜 여학생도 만날 수 있지 ~ 머 다른 이유는 없냐?

– 조사관 선생님, 실은 력사 담당 선생님을 지켜드리려고 목숨 걸고 내려왔습니다.

– 아니 뭐야? 역사 담당 선생을 지켜드려? 이게 무슨 말이냐?

동실은 참이와 역사 선생에 대한 애기를 꺼내지 말자고 약속한 사실을 순간 깜빡 잊고 말았다. 이렇게 되고 보니 조사관의 꼼꼼한 물음에 력사 선생에 대해 공화국에서 있었던 일을 조목조목 애기할 수밖에 없었다. 조사관은 력사 선생에 대한 정보가 아주 중요한 정보인 듯 조사 기록에 별표를 하면서 심문을 하고 있었다.

– 동실아~ 너 앞으로 한국에서 살면서 힘든 일 있을 때 이 아저씨한 테 연락해라.

– 예? 아니 조사관 선생님~

동실은 조사관의 말에 어리둥절할 뿐이었다.

– 얌마, 남쪽 조원호 아저씨가 북쪽 조동실 학생의 삼촌이 된다는 게 뭐가 이상하냐, 응?

조원호라는 조사관의 얼굴이 활짝 펴졌다.

– 아니 그래도 높으신 조사관 선생님이신데~

– 얌마, 내 탈북자 애들 조사관 10여 년에 이렇게 가슴이 먹먹해 보기

는 처음이란 말이야~ 앞으로 네 삼촌이 되어줄 테니까 꼭 연락해라~

　─ 예, 염치없는데요

　조사관은 다시 한번 동실의 어깨를 손으로 짚었고, 따뜻한 손길로 등을 다독여주었다. 동실은 순간 가슴 저 밑바닥에서 뜨거운 감정이 퍼져오는 느낌을 받았다. 아버지의 손길처럼 조사관의 손에서 따뜻한 정이 느껴졌다. 조사관의 물기 젖은 눈빛과 따뜻한 말투에서 정말 사람의 정이라는 것을 느끼는 순간이었다.

　참이는 아버지의 탈북에 대한 얘기를 발설하거나 기록하지 않았는데 동실의 자술서에 기록이 되어 있는 탓에 셋이 함께 다시 집중조사를 받았다. 이런 조사를 통해 참은 아버지가 아랫동네에 아직 내려오지 않았다는 사실을 짐작할 수 있었다.

　참이는 조선공화국에서 가지고 내려온 백색호리병과 할아버지의 유골상자에 대해 조사를 받았다. 소지품의 반입을 허용한 조사 당국은 일정기간동안 소지품을 별도로 보관하는 모양이었다. 하지만 참이의 소지품은 만룡이 동무와는 달리 조사실에서 이동할 때도 가지고 나오지 못했다. 또한 어찌된 노릇인지 머리카락까지 채취해 갔었다. 나중에 알게 되었지만 할아버지의 유골과 유전자 검사를 했던 때문이었다.

　한편, 만룡이 동무의 무구巫具역시 조사관들에게 받아들여졌고, 저들에게 일정기간 압수당했었다. 그러나 참이와는 달리 조사관들은 만룡이 동무의 무구에 대해 아무런 트집을 잡는 말을 하지 않았고, 만룡이 담당 조사관은 만용이 가져온 무구를 보며 낯바닥에 실낱같은 미소를 지었다. 만룡은 국정원 조사실에서 이동을 하던 날, 무구를 등에 짊어지고 나갈 수가 있었던 것이다.

　얼마 후, 참이와 동실, 만룡이 등은 국정원 조사실에서 모든 조사를 마치고 이동을 하게 되었는데, 이 때에 명주 처자 그리고 종례 아주머니와 헤어지게 되었다. 이제 이들에게는 대한민국 국민의 신분으로, 남한 땅에 제대로 정착하기 위해 숙지하고 배워야 할 몇 개월의 적응과정이 기다리고 있었다.

남자 탈북자는 강원도 모처某處에 소재한 하나원으로 이동을 하였고, 여자 탈북자는 경기도 모처에 소재한 하나원으로 이동을 했던 것이다. 그들은 헤어지면서 작별의 아쉬움이 컸다. 하지만 대한민국 국민이 되어 자유롭게 다시 만나게 되리라는 것을 알기에 밝은 표정을 지으며 헤어질 수가 있었다.

2

지난 10여 년의 보수정권의 시대가 막을 내렸다. 이명박, 박근혜 두 명의 보수 대통령 시대에는 비리와 사건이 너무 많았다. 이李와 박朴은 국민으로부터 부여받은 권한을 이용해 사익을 추구하는 수단으로 사용하였다고 했다. 이李는 거액의 뇌물을 수수하고 국가의 혈세까지 상납받았다는 이유로 감옥에 수감되는 치욕을 초래했다.

박朴은 비선라인까지 두고 국정을 농단하였으며, 뇌물을 받고 국정원의 특수 활동비까지 상납받았다고 수많은 매체에서 보도하였다. 최 아무개라는 사람이 청와대를 마음대로 들락거리며 국정을 떡 주무르듯 하였고, 기업에까지 압력을 넣어 엄청난 뇌물을 받아먹었다고 보도되었다. 그 이유로 대통령 직 파면이라는 치욕적인 결과를 초래했을 뿐 아니라 20여 가지의 죄가 추가 되어 영어囹圄의 몸이 된 것은 법치

주의 국가에서 당연한 결과였다.

국가나 국민의 입장에서 보면 불행한 시절이었다. 박朴은 특히 무능한 정권으로 낙인이 찍혔고, 함께 국정에 참여했던 수많은 관료들마저 사건에 휘말려 투옥되는 수모까지 겪어야 했던 것이다. 대통령이 탄핵되고 감옥에 수감되는 이런 사건은 오랜 세월 피땀 흘려 경제대국, 문화대국의 반열에 올라선 대한민국 국민의 치욕이었다. 결국 한 나라의 지도자의 역할이 얼마나 중요한가를 국민들에게 각인시켜준 국난이었다.

내치內治가 이러한데 외교外交에 대한 것은 기대할 것이 없었다. 지구상의 마지막 분단국이라는 아픔을 안고 있는 대한민국에게 외교는 안보와도 같은 것이다. 휴전선을 사이에 두고 전쟁 준비에만 온 힘을 쏟고 있는 북한의 태도는 우리 5000만이 넘는 국민들의 생명을 향해 총을 겨누고 있는 것과 다르지 않았다. 정부가 대화를 통해 교류를 확대하고 평화적인 관계를 마련하는 것은 5000만 국민에게 편안한 잠자리를 만들어주는 일과 같은 것이었다.

그러나 김대중, 노무현 정부가 이룩해 놓은 평화의 분위기를 이李와 박朴의 정권은 지속시키지 못했다. 이명박 역시 특사를 보내 정상회담을 제안하였지만 성사되지 못했다. 이李는 북한이 처한 여건을 너무 안이하게 생각했는지 조건 없는 남북 정상회담의 원칙을 고수했다. 이李가 제안한 옥수수 5만 톤 지원으로는 식량난에 허덕이는 김정일 국방위원장에게는 너무 미흡한 선물이었는지 끝내 정상회담은 무산되고 말았던 것이다. 이李명박 정권 때는 어렵게 이루어낸 금강산 관광마저 중단되고 말았다.

박朴은 김대중 정부 때 야당의 대표 자격으로 방북해 김정일 국방위원장과 대담을 하기도 하였지만 대통령에 당선되자 노무현 정부 때 이루어진 남북정상회담의 녹취록과 노盧의 북방한계선NLL발언에 대한 문제를 제기하면서 정권 초기부터 남북관계는 경색 국면에 돌입했다. 박朴은 급기야 2000년도에 김대중 정부에서 공을 들여 만들어낸 개성 공단마저 갑자기 폐쇄하고 말았다. 박근혜 대통령이 취임한 얼마 후 북한의 황병서, 최룡해 등이 인천아시안게임의 폐막식에 참석차 한국을 방문했다. 그들은 박근혜 대통령에게 은밀히 대화의 손을 내밀어보려 하였지만 연락마저 닿지 않았다는 후문도 있었다.

이러한 보수정부의 강경대책으로 남북한은 일촉즉발의 상황에까지 이르게 되었다. 이명박 정부 말미에 북한은 잠수정 어뢰를 이용해 천안함을 공격하는 만행을 저질렀고 이 사건으로 45명의 천안함 용사들이 전사하는 비극을 낳고 말았다. 또한 연이어 서해 연평도 포격사건을 일으키며 도발을 계속했다. 박근혜 정부 때는 시작부터 살벌했다. 북한은 엄청난 횟수의 핵실험과 미사일 발사실험으로 도발을 더해갔다. 북한은 박근혜 정권의 출범과 동시에 기다렸다는 듯이 휴전협정 백지화를 선언하면서 동해상으로 미사일을 발사했다. 북한은 박근혜 정권 중에 수소탄 실험의 첫 번째 성공을 주장했다. 또한 장거리 로켓 광명성 4호를 실험 발사했다. 또한 이어 잠수함발사탄도미사일SLBM 발사 실험에 성공하였다고 하였고, 이후에도 끊임없이 도발을 계속했다.

또한 박근혜 정권의 중반 무렵, 북한은 군사분계선 남쪽 비무장지대에서 목함지뢰 도발사건을 일으켜 남측 병사들을 희생시켰다. 이렇듯 천인공노할 북측의 만행을 지켜보던 5천 만 국민들은 강력히 규탄하였고, 평화수호와 남북관계의 신뢰구축 등의 실효적인 대응방안을 만들어달라고 정부 측에 강력히 요구했던 것이다.

한국의 5천 만 국민은 평화로운 대한민국을 원한다. 남북 정상 간의 대화와 타협을 통해서 원만한 관계를 이루기를 바라는 것이다. 하지만 지난 10여 년간 보수정권인 이명박과 박근혜 정부는 이런 국민의 염원을 실현하는데 최선을 다하지 못했고, 외려 금강산 관광을 중단시켰으며, 남북경제협력의 창구역할을 하던 개성공단마저 폐쇄조치 하고 말았던 것이다.

북한이 개성공단에서 벌어들인 자금을 이용하여 핵실험을 한다는 의혹이 커진데다가 국제사회의 강력한 항의에도 불구하고 장거리 미사일 등을 연속적으로 실험발사하는 등 도발을 계속 하고 있다는 점이 폐쇄조치의 표면적인 이유였던 것이다. 개성공단을 통해 벌어들인 돈이 핵이나 미사일 개발에 흘러 들어가고 있다는 이유를 들어 어렵게 구축한 남북경제협력의 해체에 이른 것이다. 이에 따른 손실은 감히 돈의 가치로 따질 수는 없을 것이다. 개성공단에 입주한 남측의 기업은 124개로 근로자 800여 명을 비롯해 관련 업체는 5000개를 넘었고, 북측 근로자는 54,000명이 넘었다.

이러한 시점에 문재인 정부의 출범은 5000만이 넘는 국민들에게 남북한 평화의 새로운 희망의 불씨가 되어 주리라고 믿었다. 문재인 정부는 출범하자마자 외교 안보라인을 가동하여 남북 정상회담을 위한 물밑 접촉을 시작했다. 김대중 대통령과 김정일 국방위원장 사이에 채택한 6.15 남북공동선언을 재확인하고, 노무현 대통령과 김정일 국방위원장 사이에 채택되었던 10.4 남북공동선언을 공고히 하는 기틀에서 문재인 대통령과 김정은 국무위원장 사이에 장차 채택하게 될 4.27 남북정상 판문점 선언과 이의 이행을 위해서 9.19군사합의를 위한 빠른 행보를 보여주기 시작했던 것이다. 문재인 대통령은 남북 간의 무너진 신뢰를 속히 회복해서 국민들의 안전이 보장되고 삶이 편안해지기를 바랐다. 이러한 분위기를 바탕으로 하여 문재인 정부는 김대중 정부나 노무현 정부 때보다 더욱 강력하고 확고한 평화, 교류, 신뢰의 실질적 확보와 구축에 나서겠다고 천명했다.

국정원 수사관이 예고 없이 명진의 집에 들이닥쳤다. 부모님의 기일을 며칠 앞둔 평온한 일요일 오전이었다. 명진은 다른 때보다 더 놀라지 않을 수가 없었다. 명진의 아내 역시 그랬다. 부모의 태胎 자리가 북한인 대통령이 집권한 대한민국의 현실에 국정원 조사관의 예고 없는 방문은 놀람의 강도를 훨씬 더해주었다.

– 불쑥 무슨 일이오?

최근 몇 번 불려가서 밤샘 조사를 받았던 악몽을 떠올리며 명진이 놀란 목소리로 물었다.

– 이 사장님은 왜 그렇게 우리를 보고 놀라시오?

– 그야 사복 입은 수사관들을 보고 좋아할 사람이 어디에 있겠소?

명진은 여전히 거리를 두며 수사관에게 응대했다.

– 우리가 매번 무고한 사람들을 붙잡아다 족치는 사람인 줄 아시오?

수사관은 부드럽게 태도를 취했는지 몰라도 명진에게는 이런 말투마저 고압적으로 들렸다.

– 저번 일이라면 듣지 않은 걸로 하겠소. 이제 시대가 바뀌었으니 색깔로 매도하려는 사람들은 가까이하기 싫소.

– 허 참~ 이명진 사장님답지 않게 오늘따라 어째 섣부른 말씀을 하고 그러오? 세상이 달라졌으니 우리도 좋은 일 한번 하면 아니 되오?

뭐, 좋은 일이라고? 이놈이 대체 무슨 수작을 부리려고 이런 말을 한다는 말인가. 명진은 마음속에 맺힌 고리를 풀어내지 못하고 더욱 긴장하며 수사관을 대했다.

- 뭐라고요? 좋은 일을 하신다고요?

아내가 명진의 곁에 있다가 불쑥 수사관을 향해 물었다.

- 여보, 당신은 찬열이 데리고 어서 방에 들어가오.

- 이 청년이 기자 지망한다는 외동아들 맞지요? C일보 주 기자 밑에서 인턴을 했던~ 학생, 요즘 학과 동기들 태반이 취직자릴 못 구했지?

수사관의 손에 가족의 신상이 모두 들려 있다는 생각을 하니 소름이 돋았다. 명진은 불쾌하다는 투로 톡 쏘듯이 말을 했다.

- 거 수사관 선생, 참 초면에 어이 대학생 아들에게 무례한 말을 하오? 여보, 당신 어서 안으로 들어가지 않고~

- 내 틀린 말 한 거는 아니잖소? 내 일전에 말했다시피 아들 취직 문제를 해결해 준다 하지 않았소?

수사관의 태도가 여전히 능글맞다고 생각했다.

- 글쎄 그런 말씀 꺼내지도 말란 말이오. 당신들이 용상龍床:임금 자리을 내려준다 해도 우리 애는 용포龍袍: 임금의복를 입지 않을 것이오. 어서 돌아가시오.

- 참 이 사장님 성질도 급하오. 내 수사관 이십 수년에 날 잡아 좋은 일 하러 들렀는데 말이오.

- 좋은 일이란 게 대체 뭡니까?

좋은 일이란 어휘에 잔뜩 힘을 실은 수사관의 말에 명진은 다시 자세를 가다듬었다.

- 내 뜸 들이지 않고 말을 하겠소. 이 사장님 핏줄이 북쪽에서 남쪽으로 내려왔소.

말과는 달리 뜸은 이미 들일대로 들이다가 수사관이 던진 말은 명진과 그의 아내를 깜짝 놀라게 했다.

– 아니 뭐예요? 북한에서 내려온 핏줄이라니~

명진이 자신보다 아내 정애가 먼저 놀라는 눈치였다.

– 북쪽에 이복동생이 있지요?

수사관의 물음에 명진은 얼른 대답을 하지 못했다. 놀란 탓에 아내 정애와 아들 찬열이 까지 어리둥절한 표정으로 수사관을 쳐다보고 있었다.

– 이복 아우가 하나 있다는 것은 알고 있소. 그런데 바로 그 아우가 남쪽으로 내려왔다 이런 말이오?

– 어머나~ 찬열이 아버지, 지금 이게 무슨 황당한 경우예요?

– 진정 하십시오. 그 아우가 아니라 그 아우의 아들이 왔어요.

명진은 북쪽의 아우가 내려왔다는 말보다 아우의 아들이 내려왔다는 말에 더 놀랐다. 아내도 놀란 나머지 입을 다물지 못했고, 찬열이 역시 놀라서 눈만 멀뚱멀뚱 깜박이고 있었다.

– 그럼, 탈북을 해서 서울에 내려왔다는 말이오?

– 예, 조사실에서 기본 조사 마치고 하나원에 막 입소해서 지금 열심히 한국 생활을 익히는 중이라오.

명진은 솔직히 난처한 입장이었다. 북쪽 아우의 존재에 대해 누구보다 아내가 곱지 않은 시선으로 바라보고 있었기 때문이었다. 명진이 아내를 향해 떨리는 목소리로 말했다.

– 여, 여보, 거 내 책상 둘째 서랍에 보관하고 있는 부, 북쪽 가족사진 좀 꺼내 오시오.

– 예~

명진의 서재로 향하려던 아내 정애가 잠깐 그에게 귓속말을 했다.

– 여보, 이산상봉 때 말에요. 북쪽 시아버님이 우리 집안 대(代) 이을

손孫은 남쪽 찬열이밖에 없다고 했다면서요?

– 나도 그리 들었소. 머 어이 됐든 경황이 없으니 어서 사진이나 꺼내 오오.

아내가 꺼내온 북쪽 아우네 가족사진을 명진은 수사관에게 보여주었다. 명진이 간혹 북쪽 가족이 생각날 때면 아내 몰래 은근히 꺼내 보던 사진이었다. 어머니께서도 돌아가시기 직전까지 마치 보물단지처럼 애지중지하며 품 안에 간직하셨던 사진이 아니었던가.

– 이 젊은이가 내 북쪽 아우라오.

명진이 사진 속의 아우를 가리키며 수사관을 향해 말했다.

– 그럼, 남쪽에 내려온 아이가 바로 이 아우의 아들이로군요.

– 수사관님, 그런 말씀 마세요. 이 아이는 우리와는 피 한 방울 섞이지 않은 아이란 말예요.

하고 아내가 끼어들었다.

– 아니 여보, 어찌 그런 말을 하오?

명진은 아내가 불쑥 수사관을 향해 끼어들자 섭섭한 생각이 들었다. 아버지 말씀대로라면 아내의 말처럼 남쪽으로 내려온 아이는 피 한 방울 섞이지 않은 게 분명했다. 계수씨가 들어올 때 뱃속에 품고 들어온 아이이니 당연히 이 씨 핏줄은 아닌 것이었다. 그럼에도 오랜 세월 부자지간의 관계로 살아온 아이가 남쪽에 내려왔다고 하니 가슴이 먹먹했다.

– 찬열이 아버지~ 우리 분명히 해둡시다. 우리 살아갈 일도 힘이 드는데 북쪽 시동생 가족들 생각하기도 싫습니다. 수사관님, 내겐 아무리 생각해도 좋은 일이 아닙니다. 더군다나 피 한 방울 섞이지 않은 아이란 말예요.

– 에이 참 당신 너무 하는 거 아니오? 아니 그래도 북쪽 아우와 부자父子의 연을 맺고 살아온 아이가 남쪽으로 내려왔다는데 한번 만나 북쪽 소식 정도 물어볼 수 있는 게 아니오?

이때, 명진과 아내 정애의 말을 듣고 있던 조사관이 약간 흥분된 목소리로 끼어들었다.

– 두 분 말씀 듣고 보니 이제 무슨 내막인지 알겠소. 북에서 내려온 그 아이의 머리카락으로 유전자 검사를 했더니 북쪽 아버지 유전자와 전혀 일치하지 않았소.

– 아니 당신들이 북한에서 돌아가신 내 아버지 유전자 정보를 어찌 안다고 황당한 말을 하는 것이오?

아니, 이놈들이 그럼 북쪽에서 사신 고인故人된 아버지의 유전자 정보까지 북한과 공유를 했다는 말인가? 명진은 순간 등골에 식은땀이 흘렀다.

– 게 아니라 유골의 유전자를 분석해 알아낸 것이오. 사람의 유골이 맞는지 뭐 다른 위험한 물질은 아닌지 조사를 해야 하니 말이오. 예~ 내 이렇게 직접 들른 뜻은 다른 게 아니고 이 사장님한테 전해드릴 물품이 있어서란 말이오.

작정을 하고 찾아온 사실에 명진은 정말 놀라고 있었다.

– 아니 유골의 유전자는 무슨 말이고 전해줄 물품이란 또 무슨 말이오?

– 거 궁금하거든 내일 사무실로 오시오. 뭐, 백색 호리병 하나 하고 북쪽 아버지 유골 상자라나 뭐라나~

– 아니 뭐라구요? 조사관님, 그게 정말 입니까?

유골이 내려와서 유전자 검사를 했던 모양이다. 그럼, 조사관의 말이 맞다면 이건 정말 명진에게 최고로 기쁜 일이 될 것이었다.

 － 내 바쁜 시간에 왜 남의 집에 무례하게 찾아와서 실없는 말을 하겠소?

 － 어머, 여보~ 어머니 눈감기 직전까지 백색 호리병 노랠 불렀잖소? 그리고 어머님 돌아가신 바로 그날 새벽 북쪽 아버님도 같은 시각에 운명하셨다 하지 않았소? 이제 얼마 안 있으면 부모님 기일인데 아버지 유골 상자야 응당 모셔 와야 자식 된 도리지요. 조사관님, 지금 당장 찾으러 가도 되오?

 － 아버지 유품이 반세기를 돌아 고향으로 넘어왔는데 서울 하늘 아래서 당장 하지 못할 일이 뭐가 있겠소? 자 이 사장님, 뜻이 이런데 내일까지 기다릴 게 뭐 있소. 당장 출발합시다. 것 보오. 내 뭐라 일렀소? 좋은 일 한 번 한다고 하지 않았소?

 － 고맙습니다, 조사관님. 세세한 얘기는 가면서 하시고 어서 출발이나 하십시다. 오호, 아버지~

명진은 조사관을 따라 국정원에서 탈북자들을 위해 마련한 모처의 조사실로 향하면서 목이 메었다. 세월을 거슬러 마치 젊은 날의 이산가족 상봉 시 부모님을 만나러 가는듯한 그런 느낌이었다. 아버지의 생명을 지켜준 백색 호리병은 어머니의 마음속에서 영원히 지우지 못한 수호신이었다. 그 백색 호리병이 전쟁에서 아버지의 목숨을 지켜내고 세월을 거슬러 이제 제자리로 돌아온 것이었다.

또한 서울로 돌아온 아버지의 유골은 어머니에 대한 아버지의 약속이 헛되지 않았음을 보여주고 있는 것이었다. 광화문에서 만나자는 어머니에 대한 약속을 아버지는 이제 죽어서나마 지킬 수 있게 되었다. 명진은 이런 두 분의 약속이 지켜지도록 비록 유골이라도 광화문에서 만날 수 있게 작은 의식이라도 치러드릴 생각이었다. 두 분이 약속이나 한 듯 한 날 한 시에 나비처럼 훨훨 이승을 떠난 것을 보면 두 분의 영혼이 저승에서나마 만나 이승에서 이루지 못한 오랜 한恨을 서로 위로하고 있을 것이다. 조사관으로부터 아버지의 유골함과 백색 호리병을 받아들고 되돌아오는 길에 명진은 가슴이 벅차올라 연신 지그시 가슴을 누르고는 하였다.

3

춘희는 보위원들에 의해 움직이는 로보트로봇나 다름없는 존재였다. 중국의 간수소에서 신의주의 한 집결소로 북송되었을 때만 하더라도 그녀의 처지는 한낱 중죄를 범한 죄수에 지나지 않았다. 집결소에서 회령 12호 전거리교화소로 이동할 때만 해도 탈북하다 붙잡혀 들어온 여타의 죄수나 다름이 없었던 것이다. 그녀의 신변에 이상한 일이 일어나고 있다는 것을 느낀 것은 바로 전거리교화소에 당도한 순간부터였다.

수용소 중에서도 아주 무시무시하다고 알려진 12호 전거리교화소, 그 전거리교화소에 도착한 순간 춘희는 다른 동료들과 분리되었다. 이곳에 수용되는 죄수들은 입소 시에 족쇄를 차고 몸수색을 거쳐야 했지만 그녀는 제외되었다. 대신 관리자의 직접적인 안내를 받았고, 관리소장과 수인사까지 나누었다. 수용자들과 분리된 숙소에서 묵었고, 다른 죄수들이 입은 죄수복과는 다른 의복이 지급되었다. 혹독한 일과 후 밤 열한 시까지 진행하는 사상학습도 하지 않고 감독하는 관리자와 함께 학습장을 두루 견학했다. 수용소에서 일어나고 있는 차마 눈뜨고 볼 수 없는 온갖 것들을 마치 어떤 의무처럼 목도目睹해야 했다.

간수인看守人:간수 동무들은 그녀에게 이런 상황에 대하여 아무런 설명을 해주지 않았다. 춘희는 이때부터 자신의 신변에 어떤 무서운 변화가 오고 있다는 것을 감지했다. 그녀의 머리와 가슴에 지옥이란 어떤 것인지 확실히 각인시켜주는 과정이었다. 수용소에서 일어나는 일을 목격하는 이런 일련의 과정은 조선공화국의 어떤 명령에도 저항하지 못하게 하는 세뇌의 다른 형식이었다. 무엇을 하라는 명령도 없고 직접 명령을 내리는 간수인도 없었지만 그녀의 몸속에는 저항의식 하나라도 날을 세울 수가 없었던 것이다.

그러던 어느 날이었다. 수용소 개체위생담당의 부름을 받았다. 춘희는 개체위생담당의 손끝이 움직이는 대로 움직일 뿐이었다. 서로를 남 동지, 정 동지로 부르는 남녀 보위원들로부터 춘희는 집중적인 세뇌교육을 받았다. 어떤 사내와 동침同寢: 잠자리을 해야 한다. 그 일은 죽어서도 함구緘口해야 하는 조선공화국의 중대한 프로젝트라고 했다. 말이 세뇌교육이지 숫제 목숨을 내놓을 것인가, 명령을 수행할 것인가 두 가지 선택지 중 하나를 선택하는 일이었다. 조선공화국의 번영과 발전을 위한다는 말로 고작 한가닥 녀성의 자존심을 세워주었다.

춘희는 간수인 동무들의 안내를 받아 지프차에 태워졌다. 지프차 안에는 놀랍게도 개체위생담당 녀성 동무가 동승하고 있었다. 산속이라 큰 기온의 변화 탓인지 창유리에 뿌옇게 김이 서렸고 그녀를 태운 지프차는 수용소를 빠져나와 어디론가 달리기 시작했다. 공화국이 자신을 이렇게 이용해먹는다고 생각하니 역겨웠지만 그 이후 어떤 일이 자신에게 일어날지 두렵기도 했다. 이용만 당하고 그 비밀을 지키기 위해 쥐도 새도 모르게 처단한다는 소문도 들었던 적이 있었기 때문이었다.

춘희를 태운 지프차는 얼마 달리지 않아 어떤 건물 앞에서 멈추었다. 수용소에서 그리 멀리 떨어지지 않은 간부초대소인 모양이었다. 초대소 입구에는 이미 남 동지와 정 동지가 도착해 대기하고 있었다. 어떤 사내와 동침을 해야 한다는 말인가? 춘희는 내내 자신의 순결을 짓밟은 신의주의 보위부 간부를 생각했고, 용길 씨의 지긋은 손을 밀어냈던 냉정한 자신을 후회했다. 이런 첩첩산중에 은폐하고 있는 은밀한 특각에서 알 수 없는 사내와 동침을 해야 한다니 마음속에 담아 두기 시작한 하나님이란 존재가 야속하게만 느껴지기 시작했다.

그녀는 간부초대소란 데서 봉사원의 안내에 따라 초대소의 지하계단을 밟아 내려갔다. 퀴퀴한 냄새가 배어나오는 지하실 복도를 돌아 한 번 꺾어들자 대기실 같은 공간이 나타났는데 투명유리가 깔린 대기실의 탁자 앞에 앉혀졌다. 춘희는 그곳에서 곧장 봉사원이 건넨 음료수를 아무런 의심 없이 받아마셨다. 음료수를 받아 마신 얼마 후에 그녀의 몸의 전신에서 이상한 세포의 움직임이 느껴지기 시작했다. 이런 기분은 대체 뭐란 말인가?

춘희는 콩닥콩닥 가슴이 뛰고 몸이 공중에 떠오르는 듯했으며 자기 의지와 관계없이 달아오르는 몸이 이상해서 연신 심호흡을 했다. 그녀는 개체위생담당과 남 동지, 정 동지라 불리는 사람들 사이에 은밀한 눈빛이 교환되고 나서 봉사원을 따라 대기실에서 나왔다. 봉사원과 남 동지라는 사내가 뒤로 빠지고 개체위생담당과 정 동지라는 녀성 동무들을 따라 어둑한 지하 통로를 꺾어 돌았다. 그리고 이윽고 지하실의 낯선 객실에 떠밀려 들어갔던 것이다.

어둑한 지하실 복도와는 달리 핑크빛 조명이 은은히 비추고 있고 화사한 색깔의 침대와 침구가 객실 중앙에 놓여 있었다. 그녀는 정 동지의 안내로 객실에서 목욕을 하고 몸을 말리고 나서 잠자리의 날개처럼 속살이 훤히 비치는 속옷으로 갈아입고 정 동지의 손길에 의해 곱게 단장되고 있었다. 침대 머리맡에 창가림막이 있어서 춘희는 자신의 몸을 창가림막 뒤에 가리고 어떤 사내를 기다리고 있었다.

— 리춘희 동지, 당과 공화국을 위해 열렬히 임무를 완수하시오!

— 사내를 맘껏 한번 희롱하시오!

— 사내가 입실하면 천천히 열을 헤아렸다가 창가림막을 열고 나가 임무를 열정적으로 완수하면 되는 것이오!

그들은 리해하기 힘든 말을 귓전에 떨어뜨린 다음 창가림막을 닫고 밖으로 나가버렸다. 대체 무슨 짓을 하려고 공화국은 이런 해괴망측한 일을 벌인다는 말인가. 죽어서도 함구해야 한다는 사내와의 동침이라니~ 대체 어떤 사내와 동침을 해야 한다는 말인가? 아무리 생각을 집중하려 해도 사건의 실마리를 찾아내기가 쉽지 않았다. 당과 공화국을 위해 열렬히 완수해야 하는 임무가 사내와 동침하며 사내를 맘껏 희롱하는 일이라니~

사내가 객실로 들어오는 모양이었다. 춘희는 황홀한 기분에 쌓여 입술이 바싹 말랐고 몸은 뜨겁게 달아올랐다. 그럼에도 그녀의 정신은 비교적 또렷했고, 정말 당과 공화국을 위해 열렬히 임무를 완수하리라는 마음을 다지고 있었다. 춘희는 지시받은 대로 천천히 숫자를 헤아리기 시작했다. 하나, 둘, 셋~ 열까지 헤아린 다음 마음을 졸이며 천천히 창가림막을 열었다.

춘희는 침대 너머에서 이쪽을 쳐다보는 사내와 마주친 순간 온몸에 전기가 통한 듯 놀라지 않을 수가 없었다. 그 사내는 다름 아닌 리명호 담임교원이었기 때문이었다.

– 선생님!

춘희는 저도 모르게 이렇게 소리쳤다. 놀랍기도 했지만 담임교원을 이렇게 만나게 되다니 반가운 마음도 들었기 때문이다. 그런데 리명호 선생은 분명 자신을 알아보지 못하는 모양이었다. 몽롱한 꿈속에서 헤매는 사람처럼 자신을 향해 정숙 동무나 응? 정숙 동무 맞지 응? 하며 선생님의 아내를 찾아 확인하려는 듯한 언행을 하고 있었다.

– 선생님!

그녀의 부르짖는 소리에도 담임선생은 야릇한 표정을 지으며 미친 듯이 그녀에게 다가왔다. 머릿결에 코를 대고 큼큼거리며 냄새를 맡고는 갑자기 와락 끌어안았다. 그러더니 그녀를 품에 안고 침대 위로 무너지는 것이었다.

– 선생님, 저예요.

춘희는 애절하게 담임선생을 불러보았지만 담임선생은 침대 위에 그녀를 눕힌 다음 춘희의 몸을 마구 더듬기 시작했다. 담임선생은 분명 무엇에 홀린 나머지 자신을 안해라고 생각하는 모양이었고, 함께 남쪽으로 내려가자고 소리쳤다. 춘희는 그런 막다른 상황에서 자신의 몸을 더듬고 옷자락을 하나씩 걷어내는 담임의 모습을 보며 흐느끼면서도 저항하지 못했다. 차라리 보위부의 간부에게 몸을 유린당할 때보다는 백배 낫다는 생각이 들었다. 아니 자신을 위해 목숨까지 걸었던 담임선생이라면 자신의 몸이 어떻게 된다 해도 거부하고 싶지 않았다.

그런데 이런 순간에도 춘희의 뇌리에는 저들이 말한 당과 공화국을 위해 열렬히 임무를 완수해야 하는 대상이 어떻게 담임선생이 될 수 있는지 도무지 풀리지 않는 의혹들로 가득했다. 보위부에서 간부에게 당한 상황을 더듬어보면 담임의 벗이라는 그 보위원과 연관된 문제임이 분명해 보였지만 의혹은 풀리지 않았다. 혼이 빠질 정도로 온 몸에서 일어나고 있는 세포의 떨림과 이어지는 싫지 않은 이 느낌, 사내와 몸을 섞는 것이 이토록 격정적이며 쾌락적인 작업이란 말인가? 보위부 간부에게 당할 때와는 전혀 다른 느낌이었다. 춘희는 팔과 다리에 힘을 주어 뱀의 몸뚱이처럼 담임선생의 몸을 조여들었고 혀가락^{혀바닥}을 놀려 담임의 뜨거운 입술을 핥아댔던 것이다.

혼미한 쾌락의 여운을 남기고 담임선생은 그녀의 몸뚱이 옆으로 굴러떨어진 채 혼곤하게 잠이 들었다. 춘희는 침대에서 빠져나와 경대 앞에 앉아 훌쩍이면서 밤을 보내고 있었다. 담임선생과 몸을 섞은 후의 감정은 갈피를 잡을 수가 없었다. 무엇에 취한 듯 몽롱한 정신으로 그녀를 탐하던 담임선생의 몸짓을 생각하면 하염없이 눈물이 흘렀다. 밤이 얼마나 지났을까. 춘희는 혼곤한 잠에 빠져있는 담임선생을 조심스럽게 흔들어 깨웠다.

 – 선생님, 정신 차리세요~ 선생님!

담임선생은 게슴츠레 눈을 뜨며 주변을 두리번거리더니 순간 벌떡 상체를 일으키며 자다 놀란 토끼의 눈으로 춘희를 쳐다보더니 비명을 지르듯이 입을 열었다.

 – 아니 넌 춘희가 아니더냐?

이어서 자신이 벌거벗고 있다는 것을 느끼고는 허겁지겁 속옷을 챙겨 입었다. 이때 춘희가 눈물을 흘리며 담임선생에게 가까이 다가갔다.

 – 선생님, 이제 우리 어찌하면 좋아요? 춘희를 용서하오!

그녀의 흐느낌 섞인 말에 담임선생은 여전히 꿈속을 헤매고 있는 듯한 말을 했다. 아니 네가 왜 여기에 있냐고, 무엇을 용서하란 말이냐고, 왜 속옷차림을 하고 있는 거냐고, 맨살부터 가리라고, 안해를 안았을 뿐인데 깨어보니 꿈이었지 않느냐고, 담임선생의 이런 말들이 분명 변명은 아닐 것이라고 춘희는 생각하고 있었다. 춘희는 선생님! 선생님! 하며 울먹이며 담임선생을 와락 끌어안았다.

명호는 춘희를 안은 것이 아니었다. 그의 말처럼 꿈속에서 자신의 안해를 안은 것이지 제자 춘희를 안은 것은 아닌 것이었다. 춘희는 하룻밤 사이에 만리장성을 쌓듯 담임선생과 격정적인 몸 섞음을 한 후 자신도 모르게 담임선생을 향한 연정이 솟아났다. 당의 명령은 담임선생을 향한 연정 앞에서 아무런 거리낌이 될 수 없었다. 담임선생의 품을 파고들며 담임선생의 손을 끌어다 자신의 아랫도리를 더듬도록 했다. 당장 나쁜 손을 거두지 못하느냐며 담임선생은 고함을 쳤지만 춘희는 이미 우리는 부부의 몸이라며 절규했다. 부부의 몸이 되었으니 함께 남쪽으로 내려가서 살자고 애원했다. 못난 스승을 용서하라는 담임선생의 말은 그녀에게 사기 툭시발 같이 못난 말처럼 들렸다. 춘희는 정말 담임선생과 함께라면 죽음도 두렵지 않다고 생각했다. 바로 그런 찰나에 담임선생의 눈빛이 흔들렸다. 그녀의 입술을 덮으며 심장을 주마고 약속했고 침대로 쓰러뜨려 뜨거운 남성으로 춘희의 배꼽 밑 숲속의 샘을 찾아 들어갔다. 춘희와 명호는 스승과 제자관계에서 온전히 남녀사이로 변해 먼동이 트도록 하나의 몸이 되어갔고 완전무결하게 몸을 섞었다. 담임선생은 자신에게 남아 있는 마지막 정精까지 쏟아부으며 사내로서의 수컷치레를 충실히 했고, 그런 꿈같은 날은 하루 더 명호와 춘희를 황홀경에 빠지게 만들었다.

이틀 후, 춘희 역시 꿈에서 막 깨어난 듯 의식이 몽롱한데 개체위생 담당과 남 동지 그리고 정 동지라 불리던 동지들의 호출을 받아 담임선생과 몸을 섞었던 객실에서 나왔다. 그녀를 태운 호송차는 다시 전거리교화소로 향했다. 며칠 뒤, 춘희는 전거리교화소에서 남 동지라 불리는 억센 보위원에게 몸을 유린당했다.

그러던 어느 날, 춘희는 개체위생담당의 호출을 받았다. 위생초소는 근무자들이 모두 숙소로 돌아간 상태였다. 위생초소에 혼자 외롭게 앉아 있는 개체위생담당은 화장기 때문인지 다른 때보다 앳돼 보였고, 불빛이 비춰진 그녀의 미모는 녀자인 춘희의 눈에도 예쁘게 보였다. 호출을 받은 그날따라 개체위생담당의 젖가슴은 무척이나 도드라져 보였고, 말쑥하게 차려입은 달린 옷에 부드럽고 따뜻해 보이는 외투를 걸치고 있었다.

— 리춘희 동지, 따뜻한 은정차나 한잔 드오.

— 늦은 밤에 왜 나를 부른 것이오?

은정차를 입술에 가져다 대며 춘희가 물었다. 개체위생담당이 늦은 밤에 위생초소로 불러 은정차를 건네리라고는 상상도 하지 못했다.

— 사내놈들을 맘껏 원망하시오.

— 무슨 말이오?

자신의 모든 수치를 환히 들여다보고 있었다는 느낌에 춘희는 낯바닥이 달아올랐다.

— 녀성동무들을 성적노리개로 삼는 사내놈들은 우리가 타도해야 할 반동들이란 말이오.

— 낯부끄럽게 어이 그런 말을 하오?

춘희는 어찌할 바를 모르면서도 개체위생담당의 이러한 말에 깜짝 놀랐다. 춘희에게 녀성으로서 속내를 보여준 최초의 녀성이었다.

— 남 동지의 일을 알고 있소.

— 개체위생담당 동지, 나도 사내놈들을 저주하고 싶소. 하지만 특각

객실에서 있었던 일은 후회하지 않소. 위생담당 동지, 나 살고 싶단 말이오.

개체위생담당은 외투를 벗어 옷걸이에 걸더니 야릇한 표정을 지으며 조심조심 춘희에게 다가왔다. 위생담당의 부드러운 손가락이 춘희의 귓불과 목덜미를 어루만졌다. 춘희는 순간 몸을 움츠렸으나 거부하지 않았다. 녀자의 손끝이 간지럼을 피우듯 지나간 목덜미에 묘한 여운이 남아 있었다. 개체위생담당이 춘희의 손을 가만히 잡아당겨 자신의 목덜미에 얹어놓았다. 춘희의 손끝에 이상한 감정의 굴곡들이 소용돌이 치는 느낌이었다.

– 리춘희 동지, 난 같은 녀성으로서 동무가 좋소.

– 내게 어찌 살갑게 대해주는 것이오?

– 그냥 춘희 동무가 좋소. 처음에는 측측한^{불쌍한} 마음이 들었고 곁에서 지켜보다 그저 가슴이 뛰면서 동무가 좋아졌단 말이오.

– 개체위생담당 동무? 나 살고 싶소. 어떻게 하면 여기서 살아나갈 수 있겠소? 동무, 나 좀 도와주시오.

도저히 있을 수 없는 상황이 전개되고 말았다. 수용소에서 살아나가도록 도와달라는 말을 개체위생담당을 맡고 있는 녀성 보위원 앞에서 한다는 것은 상상조차 하지 못할 일이었다.

– 나도 춘희 동무의 도움이 필요하오.

– 내가 위생담당 동무에게 무슨 도움을 줄 수 있단 말이오?

춘희는 위생담당 동무를 물끄러미 바라보았다.

– 춘희 동무, 내 마음을 받아줄 수 없소?

– 무슨 뜻이오? 위생담당 동무는 처음부터 따뜻한 사람이라 느꼈소.

– 나는 무척 외로운 사람이라오. 사내들을 증오하다 내 동성^{同性}을

좋아하게 되었소. 내 외로운 마음을 받아주겠소?

개체위생담당 동무가 너무나도 뜻밖의 말을 했다.

– 어머나~ 서로 마음으로 위로해주면 되는 게 아니오? 동성끼리도 무한히 사랑겨운 사이로 지낼 수 있는 게 아니냔 말이오?

– 춘희 동무가 그래 말을 해주니 내 마음이 정말 위로가 되오.

춘희는 개체위생담당의 말에 순간 당혹스러웠다. 주위에 간혹 동성에게 연정을 느끼는 성향의 사람들이 있다고 들었는데 막상 닥치고 보니 자신도 모르게 소름이 돋았다. 하지만 춘희는 바로 이런 순간이 자신의 목숨을 지켜낼 수 있는 절호의 기회가 될 수도 있을 것이라고 생각했다.

춘희는 쭉 뻗은 다리를 움직여 개체위생담당에게 바짝 다가갔다. 심호흡을 하고 기다란 팔을 뻗어 위생담당의 목덜미를 어루만지기 시작했다. 개체위생담당은 당황해하지 않으면서 춘희의 동작을 자연스럽게 받아들이고 있었다. 춘희는 개체위생담당을 꼭 안아 가슴 쪽으로 끌어당겼다. 입술에 입술을 포갠 것은 춘희보다 위생담당 쪽이 먼저였다. 춘희는 순간 역겨운 느낌에 온몸에 소름이 돋았지만 저항하지 않았다. 오히려 춘희 쪽에서 적극적으로 위생담당의 몸을 탐닉했다.

– 늘씬하고 어여쁘장한예쁘장한 춘희 동무가 내 마음을 받아주어 고맙소.

– 개체위생담당 동무~

춘희의 낯바닥이 화끈거렸다.

– 내 춘희 동무가 교화소에서 벗어날 수 있도록 돕겠소. 교화소에서 사내놈들의 노리개가 되었던 녀성들은 절대 살아남지 못하오.

– 나도 그런 말은 들었소. 연한물단물 빨아먹은 다음 은밀히 처리한

다는 말~

춘희의 눈가에 그렁그렁 눈물이 맺혀 있었다.

- 사내놈들이라면 신물이 나오. 난 삼촌 아버지作은아버지한테 어렸을 적에 순결을 빼앗긴 과업科業:과거이 있다오.

마치 동무들 앞에서 자아비판을 하는 총화시간인 듯 위생담당의 목소리는 또렷했다.

- 개체위생담당 동지한테 그런 아픔이 있는 줄 몰랐소. 나도 사내라면 이제 지긋지긋 싫어질 듯하오. 언제까지 놈들의 노리개로 살아야 하는지~

그런 일이 있고서 개체위생담당은 밤이 늦은 시간에 은밀히 춘희를 불러내곤 했다. 위생담당의 숙소에서도 두 여자는 은밀히 서로의 몸을 어루만지며 동성 간의 애정을 나누었다. 처음에는 낯설고 역겨웠지만 횟수가 거듭될수록 자연스럽게 느껴졌다. 어떤 순간에는 격정적인 쾌감도 느낄 수가 있었는데 이런 들쑹한들뜬 마음의 변화에 춘희는 당혹스러움까지 느꼈던 것이다. 동성 간에도 마음을 나누며 사랑의 행위를 할 수 있다는 사실에 춘희는 자신의 정체성이 흔들리는 것을 느꼈다. 하지만 어디까지나 교화소에서 살아나가기 위한 행동이라는 것을 그녀는 자신을 향해 여러 번 주지시켰다.

개체위생담당 동무는 춘희와의 약속을 저버리지 않았다. 춘희는 개체위생담당 동무의 도움으로 수용소에서 가발을 만드는 작업반에 들어가게 되었다. 교화소에 녀성 죄수들이 수용되면서 시작된 가발 작업은 녀성 수용자들에게 아주 무난한 작업이었다. 작업과정이 단순했고, 짧은 기간에 기술을 습득할 수 있었다. 교화소의 녀성 수용자들은 전문적인 공정을 거쳐 완성된 상품을 만들어냈다. 모형을 결정하는 개발

부서도 있고, 생산을 위한 계획서를 작성하고, 상품의 시장진출 타당
성도 검토했다. 외부에서 지도 교원을 초대하여 정모→상침→제모→
수제→완성 등과 같은 전문적 단계를 거쳐 제품이 생산되고 있었다.
이러한 과정 중 자재동력반에서는 자재 수령을 하고 원모 자재를 조달
하게 되는데 이의 원활한 조달을 위해 수용소 밖으로 출장도 가능했던
것이다.

　춘희는 개체위생담당 동무의 도움으로 이제 교화소와 회령 시내 사
이를 왕래할 수 있게 되었다. 원모原毛가 뻣뻣해 홀태질을 여러 번 해
도 마음에 드는 모양을 만들어내지 못한다며 가발 작업반 동무들의 푸
념이 늘어나자 춘희는 매번 수용소 밖으로 출장을 나갈 수가 있었다.

　― 홋수별로 간추리는 공정이 늦어지고 있소.

　― 첫 공정인 정모 공정부터 차질이 빚어지고 있소. 멋내기를 하는
동무들은 자기 머리모양에서 독창미를 찾는다 하오.

　가발작업반에서 작업하는 동무들의 요구사항이 늘어나면서 춘희가
회령시내로 나가는 일이 전혀 이상하게 비쳐지지 않게 되었다. 아주 짧
은 시간에 이런 일을 맡을 수 있게 되기까지 개체위생담당의 도움이 절
대적이었다는 것을 춘희는 모르지 않았다. 춘희는 교화소에서 제공한
승합차를 타고 시내로 나갈 수가 있었는데, 승합차에는 두 명의 간수
인들이 동승하고 있어서 탈출할 방법이 마땅치 않았다. 동승한 간수인
들이 출장 나가는 수용자들의 일거수일투족을 주시하며 감시하고 있
었기 때문이었다.

　그러던 중에 춘희에게 위기가 닥쳐왔다. 조선공화국 전역에 숙청 바
람이 불고 있다는 소문이 돌았다. 국가보위성에도 최고 간부가 숙청이
되었다는 말들이 나오면서 몸들을 사리고 있었는데 춘희를 제거하라

는 비밀특명이 12호 교화소의 보위원들에게 은밀히 내려진 것이었다. 12호 교화소 소장을 비롯하여 춘희와 명호의 해괴한 특각 사건에 관여했던 일부 간수인 동무들에게 은밀한 지령이 떨어진 것이었다.

이런 사실을 알게 되어 마음이 급한 사람은 개체위생담당이었다. 위생담당은 춘희 동무가 위험에 처해 있음을 가장 먼저 접수한 사람이었다. 비록 짧은 시간이지만 자신의 마음을 받아준 유일한 사람이 춘희 동무였기 때문에 반드시 살리기로 결심한 사람이었다. 이제 선택의 여지가 없었다. 탈출만이 춘희를 살릴 수 있는 유일한 길이었다.

- 춘희 동무, 내일이 바로 그날이오.

- 내게 고비가 닥친 것이오?

춘희는 개체위생담당의 굳은 결의를 느끼고 있었다.

- 그렇소. 당장 내일 낮전에 원자재 수령을 핑계 삼아 밖으로 나가야 하오.

- 알겠소.

그네들은 위생초소 뒤쪽 언덕에서 뜨겁게 포옹했다.

- 내가 원자재 수령차 출장 시에 호송차에 동행하겠소. 자 이 거 받아요.

개체위생담당이 인민폐를 넣은 봉투를 춘희에게 내밀었다.

- 정말 고맙소. 내 이 은혜를 어떻게 갚아야 할지 모르겠소.

- 내 마음을 받아주어 고마웠어요. 춘희 동무, 내가 간수인 동무들을 따돌리는 사이 무조건 내가 일러준 대로 뛰어야 하오.

개체위생담당의 결심은 확고한 모양이었다.

- 알았소, 동무~

- 꼭 살아서 아랫동네 내려가 가족을 만나기 바라오.

- 위생담당 동무에게 탈이 없어야 할 텐데~

춘희의 말에 개체위생담당 동무가 가만히 웃으면서 고개를 저었다.

- 염려 마오. 춘희 동무, 동무와의 순간들을 영원히 잊지 못할 것이오.

- 나도 잊지 못할 것이오.

춘희는 개체위생담당의 눈가에 맺힌 눈물을 보았다.

- 춘희 동무, 내 이름을 한번 불러주오.

- 장옥분 동무!

이름을 부르기가 낯설어 항상 직책을 호칭 삼아 불렀는데 용기를 내어 가만히 이름을 불러주었다.

- 리춘희 동무! 정말 고맙소.

개체위생담당의 목소리에 애틋함이 묻어 있었다.

- 내 마음속에 장옥분 동무 이름이 오래오래 남아 있을 것이오.

- 우린 이제 죽어서나 만나볼 수 있지 않을까?

개체위생담당은 무엇인가 결단을 내린 사람처럼 단호히 말했다.

- 옥분이 동무, 속상하게 어이 그런 말을 하오?

개체위생담당 동무에 대한 춘희의 마음은 진심이었다. 그네들은 오래도록 서로의 몸을 껴안은 채로 체온을 느끼며 입을 맞추었다. 춘희는 개체위생담당 동무를 위해 정성껏 마음을 담아 혀끝을 옥분의 입속에 밀어 넣었다. 춘희는 동성 간의 행위에서도 이성異性의 느낌과 똑같은 감정의 농도가 담겨 있다는 것에 놀랐다. 옥분 동무의 몸을 알게 되면서 춘희는 녀성의 몸이야말로 신비로운 존재라고 생각했다. 상대의 몸속에 무거운 짐을 지우지 않으면서 서로의 몸을 유희하는 몸짓이 춘희에게 신비로운 모습으로 다가오는 느낌이었다.

4

회령 시내에서 가발 원모와 필요한 자재를 수령하여 12호 교화소로 막 향하던 중에 장옥분이 호송차를 멈춰 세웠다. 춘희는 장옥분 동무와 약속한 대로 연기습작을 했다.

— 간수인 동지, 위생실이 급해서 잠시~

— 거 춘희 동무 밑이 어이 그리 짧나? 아까 발주처에서 위생실 다녀온 지 얼마나 되었다고 말이야~

— 공화국 녀성 동무들 반판절반은 달거리곤난증월경증상이 심하다오. 춘희 동무, 어서 위생실에 다녀오오.

장옥분 동무가 간수인 동무의 말을 막아섰다. 옥분은 떨리는 손으로 춘희의 손을 가만히 잡고서 손에 힘을 주어 신호를 보냈다. 차질 없이 잘 해내라고, 뒷일은 알아서 처리할 테니 옥분이 걱정은 말라고, 수비대에 걸리지 말고 국경을 넘어 아랫동네 무사히 내려가라고~ 입술을 깨물면서 옥분은 춘희의 등을 떠밀었다.

— 오 동지, 춘희 동무 따라가 감시 하시오.

— 아니 남 동지, 오직 당과 공화국을 위해 희생을 당하면서 임무를 완수하는 춘희 동무를 의심하다니 너무하는 게 아니오? 오 동지, 여기 가만히 앉아 있으오.

— 개체위생담당 동지 말이 맞습니다. 날씨도 슬, 슬 더워져 사타구니 밑에 땀이 괴는데 그냥 앉아 있지요.

— 미덥지 않으면 남 동지가 위생실까지 직접 따라가 감시를 하오. 아주 날씨가 더워진 류월유월에 들어서면 공화국 녀성들 오줌사태병도

도진다는데 쉬, 쉬, 쉬~ 밑구멍에서 폭포 흘러나오는 소리 아주 듣기 그만이겠소.

　─ 거 하나마나 한 소리 그만하오. 내 잠깐 춘희 동질 의심해서 미안하오. 한데 개체위생담당 동지, 요즘 따라 노처녀 신경증히스테리이 도져도 시원찮을 판에 어찌 춘희 동무 역성을 들고나오나 그래? 에이 퉤~

　옥분은 남 동지의 입에서 흘러나오는 에이 퉤~ 하는 짓이 무슨 뜻인지 알고 있었다. 남 동지는 옥분이 동성애자라는 것을 알고 있는 유일한 사람이었다. 처음에 남 동지는 옥분에게 꽤나 치근대며 접근했었다. 옥분은 남 동지의 하는 짓이 하도 귀찮은 나머지 내가 호모인데도 동무는 괜찮소? 라고 쏘아붙였고, 옥분의 이런 말에 남 동지는 줄행랑을 쳐버린 사람이었다.

　옥분은 마음속으로 하나, 둘, 셋, 넷, 다섯~ 숫자를 천천히 헤아리고 있었다. 춘희 동무가 눈에 띄지 않도록 멀리멀리 달아나기를 속으로 빌고 있었다. 숫자 백을 헤아렸음에도 춘희 동무는 모습을 드러내지 않았다. 아니 절대로 모습을 드러내며 돌아올 춘희 동무가 아니었다. 옥분의 마음은 후련하면서도 한편에서 아련히 아픔이 밀려왔다. 그런데 그 아픔 속에는 까닭모를 기쁨의 감정도 섞여서 어지럽게 떠다니는 느낌이었다.

　─ 오 동지, 나가 보오.

　─ 오줌사태 난 데는 충분히 쪼그려 앉아서 쥐어짜듯 짜내야 하는 거라오. 거 좀 더 기다리면 될 것을 그러오?

　옥분은 한사코 간수인 동무들이 춘희를 추적하는 것을 막아싰다. 어떤 화살이 자신을 향한다고 하더라도 옥분은 후회하지 않으리라 마음을 다지고 있었다. 춘희 동무, 어서 멀리 멀리 달아나오. 달아나서 휙

얼~ 휘얼~ 남조선 아랫동네로 내려가 가족들을 만나기 바라오. 비록 짧은 연인인연이었지만 내 마음을 진심스레 받아줘서 고맙소.

옥분은 제 생애에 이렇게 시간이 더디 흐른다고 느꼈던 적은 없었을 것이다. 춘희 동무가 위생실을 핑계로 사라진 지 채 한 때식끼니의 시간도 되지 않아 교화소에서는 난리판이 벌어지고 말았다. 간수인 동무들이 허겁지겁 손전화로 교화소에 알리고 린근처隣近處의 보위부와 안전성 그리고 군부대까지 협력군協力꾼을 요청해버린 것이었다. 호송차에 설치된 경음기警音機에서 요란하게 흘러나오는 비상 신호를 들으면서 옥분의 이마에는 땀이 흘렀다.

― 개체위생담당 동무, 동무가 전적으로 책임을 지시오.

― 무슨 사정이 생겼나 보오. 춘희 동무 곧 돌아올 것이오.

옥분은 당당한 태도는 어느새 사라지고 기어들어가는 소리로 대꾸했다.

― 흥, 고 맹랑한 간나 보라. 감히 여기가 어데라구 한지에 방아를 놓다니 언~

자신을 치거슬리게 쳐다보는 간수인 동무의 따가운 눈총을 받아내며 돌아오는 호송차에서 옥분은 춘희 동무가 무사하게 탈출하기를 진심으로 바랐다. 자신에게 날아올 화살은 이제 운명이라고 생각했다. 호송차가 12호 교화소 정문에 도착했을 때에는 죽지 않으면 살게 되겠지, 하고 마음속으로 결의를 옭아매었다.

교화소는 온통 춘희 동무의 탈출 사건으로 시끄러웠다. 관련 부서마다 요란하게 전화통 울리는 소리에 어지러웠다. 소장 동지의 사무실로 간수인 동무들이 분주히 들락거렸다. 담화실은 밤새 불빛이 꺼지지 않았다. 교화소의 간부들이 위생초소에 들러 리춘희 동무 탈출의 경위를 물으며 정예精銳의 눈으로 개체위생담당인 옥분 동무에게까지 의심의 눈초리를 들이밀었다.

춘희 동무는 탈출할 경로를 알려준 대로 이동하여 두만강에 당도했을까? 회령만 벗어나면 두만강에 당도하고 두만강을 건너면 바로 중국 땅이 아닌가? 밤이 깊었는데도 체포했다는 소식이 들리지 않아 옥분은 가슴을 쓸어내릴 수가 있었다. 옥분의 예상대로라면 지금까지 체포 소식이 없는 것으로 보아 지금쯤 춘희 동무는 무사히 두만강을 건너 중국 길림성 용정의 삼합 오대나 대소 일대 마을에 당도했을 것이다. 낮에는 몸을 낮추어 산에서 숨고 밤이 되면 뒤돌아보지 않고 한나절은 걸어야 할 것이다.

열두 시간 정도 걸으면 용정 시내에 당도할 것이다. 용정에만 당도하면 버스나 택시를 탈 수 있을 것이며, 연길 시내에 들어가면 손쉽게 조선족들을 만날 수가 있을 것이다. 춘희 동무가 조선족들만 만나게 된다면 탈북 브로커를 어렵지 않게 소개받을 수도 있을 것이며 비록 돈이 없더라도 모든 것을 그 브로커가 해결해 줄 것이다. 탈북 브로커들은 한국, 중국, 북조선을 연결하는 선을 은밀하게 구축하고 있는 탓에 한국에 내려가서 돈을 벌어 지불하는 방식을 활용하는 것이었다.

옥분은 나무의자에 등을 기대어 눈을 감은 채로 춘희 동무의 동선을 뇌리에 그려보고 있었다. 12호 교화소 개체위생담당으로서 수용자들로부터 얻어들은 정보를 춘희 동무에게 자세히 알려준 것이 옥분의 마음에 위안을 주었다.

이튿날, 회령보위부에서 보위원 동지가 출장을 나와 옥분을 집요하게 추궁했다. 춘희 동무가 가발 작업반에 배치된 경위를 따져 묻고, 자재동력반에 배치된 경위를 따져 물었다. 회령 안전성에서도 조사반이 달려와 짧은 기간 임에도 불구하고 리춘희 동무가 회령 시내에 원모 수령을 하게 된 경위와 탈출 당일 이 업무를 빌미로 교화소 밖으로 외출을 하게 된 경위까지 꼬치꼬치 캐물었다. 이런저런 외부 조사관들이 몇 차례 들어와서 위생초소에 들러 옥분에게 춘희 동무와 관련하여 집중적인 조사를 실시했다.

춘희 동무를 겁탈하고 옥분 동무까지 희롱하려 했던 남 동지라는 보위원이 은밀히 깊은 밤을 틈타 위생초소의 문을 두드렸다.

- 개체위생담당 동지, 내 아무리 생각해도 장 동지가 의심스럽소.

- 남 동지는 어이 그런 생각을 하오?

개체위생담당은 남 동지라는 사내가 이제 하나도 두렵지 않았다. 밤새 춘희 동무를 생각하면서 마음속에 다짐을 했다. 이제 죽어도 여한이 없다. 이제 곧 자신을 향해 모든 화살이 퍼부어질 것이라고 생각하고 있었다.

- 위생실 타령 늘어놓을 때 내 먼저 알아봤어야 하는 건데~ 머라? 공화국 녀성 동무들 반판_{절반}은 달거리곤난증_{월경증상}이 심하다 하였소?

옥분은 남 동지의 얼굴을 뚫어지게 쏘아보았다. 춘희 동무를 겁탈한 짐승보다 추악한 얼굴이었다. 옥분에게 희롱을 일삼던 악마보다 더 악마 같은 사람이었다.

- 류월 들어서면 머 공화국 녀성들이 오줌사태병이 도진다고 하였소? 하하하~ 내 이태를 넘게 여기 근무하면서 옥분 동지 입이 참 구수하고 걸다 처음 생각이 들었소.

- 남 동지 말 듣기 싫으니 썩 돌아가시오.

- 아니 머라? 이런 에미나가 아주 내게 엄비겠다 이런 말이지~ 옥분 동지, 거게는 호모 아니오? 하하하~ 호모장이들도 달거리는 하오

응? 거기는 밑이 갈라진 거는 맞소, 응? 아 나 내 눈으로 보지 않았으니 여간만 궁거워서 말이오. 내 근무태만으로 추가를 당해 간수 2호봉이 날아가게 생겼는데 분해 어이 사나 응? 내 옥분 동질 불피코 사상 검열 하도록 할 것이오. 한 번 제대로 죽을 맛을 봐야 위계질서라는 게 머인지 알 게 아닌가, 에이 호모장이 그저 축축스럽구나더럽구나 에잇 퉤엣~

— 잔말 할 시간 있음 남 동지, 어서 달아난 리춘희 동무나 붙잡아 오시오. 어서~

— 아니 이런 에미나 내게 말하는 본새 보라 에이 퉤 퉤~

남 동지는 개체위생담당의 면전에서 온갖 수치스런 말을 퍼부었다. 돌아갈 때는 옥분의 젖 봉우리를 툭, 툭, 건드리며 돌아갔다. 옥분은 흑, 흑 흐느껴 울었다. 달아난 춘희 동무를 붙잡아 오라는 남 동무를 향한 말이 자신의 진심이었는지 모른다. 춘희 동무가 없는 교화소를 생각하니 몸속의 모든 장기臟器들이 쏙 빠져나간 듯 허탈한 느낌이었다. 살아서는 만날 수 없는 춘희 동무, 그래 그녀와 헤어지면서 죽어서나 만나자는 말을 하지 않았던가.

개체위생담당의 귓가에 남 동지의 말이 웅성거렸다. 사상검열 운운하며 한 번 제대로 죽어봐야 위계질서를 알게 된다 하였던가? 그러나 옥분 동무는 이런 말은 얼마든지 참아낼 수 있었다. 옥분 동무가 정말 참을 수 없는 말은 호모장이들은 달거리를 하느냐는 비웃음이었다. 이런 모욕적인 말로 통망痛忘과 망신을 맞은 적은 그래도 여태 없었지 않은가. 춘희 동무, 멀리멀리 붙잡히지 말고 어서 달아나오.

개체위생담당은 짐승 같은 사내들로부터 자신의 몸을 지키려고 서랍 속에 은밀히 숨겨온 날렵한 칼을 품속에 찔러 넣었다. 내 오늘 춘희 동무의 원한을 원 없이 풀어 주리라~ 내 네 놈을 당장 칼귀신으로 만들어 줄 테야~ 옥분은 자신과 춘희 동무를 향해 거듭 약속하면서 가슴속에 뜨겁게 자리하고 있는 춘희 동무를 떠올려보았다. 맘씨 곱고 예쁜 춘희 동무 기다리오. 내 오늘 꼭 춘희 동무의 원수풀이를 하여 주겠소.

춘희 동무가 교화소를 탈출한 뒤 사흘째 되던 날까지 체포 소식은 들려오지 않았다. 체포 소식을 듣지 못한 대가代價는 당연히 옥분의 몫이었다. 옥분은 연분했던 춘희 동무를 위해 어떤 대가라도 치를 결심을 했던 까닭에 두렵지 않았다. 아니 춘희 동무를 위해 뭔가 해줄 수 있다는 데 은근히 가슴이 뿌듯한 느낌이었다.

저녁 때식식사을 마친 후 멍하니 먼 산을 바라보며 춘희 동무와의 감미로웠던 순간들을 떠올리고 있는데 불쑥 정 동지가 위생초소 문을 두드렸다.

- 옥분 동지, 낯바닥이 어두운데 괜찮소?
- 정 동지가 어이 내 걱정이 되어 왔소?

12호 교화소의 간부초대소에 찾아오는 중요한 간부의 접대를 책임지는 정 동지는 같은 녀성의 입장에서 개체위생담당을 자매처럼 대해주었다. 교화소 녀성 동무들을 성적 노리개로 농락하고 결국에는 처단해버리는 간부들을 대하면서 그녀와는 무언無言의 눈빛을 나누고 마음을 교감하는 교화소 내의 각별한 동무라 할 수 있었다.

- 춘희 동무 때문에 상처가 크겠소.
- 아, 아니오. 내 공연히 슬픔증이 돌아서 낯바닥이 어두운 거라오.

개체위생담당은 다른 때와 마찬가지로 정성껏 은정차를 끓여 정 동지에게 내밀었다. 벽에도 듣는 귀가 있다는 말을 새기며 비록 입을 열어 말은 하지 않아도 눈빛을 보면 무슨 말을 하려는지 들여다볼 수 있었다.

— 옥분 동지는 춘희 동무를 아꼈지요?

— 내 마음을 받아준 동무였소. 정 동지, 춘희 동무의 몸을 보았소?

춘희 동무를 생각하면 옥분의 마음은 여전히 설레었다.

— 몸이 참 예쁜 동무였소. 한데 이상한 점이 있었소. 사내한테 몸을 바친 녀성 동무가 마치 첫 구실월경 경험한 소녀처럼 마음이 부풀어 있었다오.

정 동지의 말에 개체위생담당의 표정이 어두워졌다. 옥분 동무에게 춘희 동무의 몸은 이제 가장 그리운 것이 되었다. 눈을 떠도 눈을 감아도 춘희 동무의 몸이 어른거려 혼란스러울 지경이었다.

— 난 춘희 동무가 왜 첫 구실 경험한 소녀처럼 부풀어 있었는지 나중에 알았소.

— 아니 무슨 말을~

— 그날 팔뚝에 막대기주사기 맞은 그 사내가 바로 춘희 동무의 담임교원이었다 하오. 이틀씩이나 제자 춘희 동무와 붙어먹고 그 교원이란 사내가 코피를 쏟았다 하오.

— 정 동지, 그만 하오. 그런 곱지 않은 말은 듣고 싶지 않소.

— 남 동지가 그 춘희 동무와 교원이라는 사내와 발가벗고 붙어먹는 정지 사진을 찍어 어데 도 보위부로 올렸다는 소문을 들었는데~

— 그만 하란 말이오. 춘희 동무가 불쌍하지도 않소?

— 담임 교원을 연모하지 않고서야 막 시집온 새 각시같이 그렇게 수줍어할 일이 없소. 난 춘희 동무 처지가 가엾기는 하지만 남정男精을 밝힌 동무라는 게 싫단 말이오. 에이, 그나저나 어쩌다가 담임교원하

고 붙어먹게 되었는지는 몰라도 어디든지 낯바닥 반반한 것들이 꼭 일을 만들어낸단 말이오. 남 동지가 춘희 동무 겁탈한 일은 장옥분 동지도 소문 들어 알고 있지요? 춘희 동무 뱃속에 아마 악마의 씨가 자라고 있을 것이오. 내 은정차 아주 잘 얻어 마시고 가오.

속을 헤집고 돌아가는 정 동지의 말에 옥분은 마음의 상처가 커지는 것을 느꼈다. 춘희 동무에게 어떤 사연이 있었기에 담임교원과 그런 이상한 짓을 벌였는지 아무리 생각해도 리해되지 않았다. 정지사진을 찍어 어느 도 보위부에 올렸다는 것은 비록 까닭은 몰라도 보위부의 은밀한 설모주계設謨做計:꾸밈임에는 틀림이 없는 일이었다. 춘희 동무의 뱃속에 자라는 악마의 씨라는 말을 정 동지를 통해 들었을 때 옥분은 략속했다. 꼭 춘희 동무의 원수를 갚아 주겠다고~

며칠이 지난 뒤에도 춘희 동무의 체포 소식은 들리지 않았다. 체포 소식이 들리지 않은 대신 상부에서는 탈출의 책임을 혹독하게 물었다. 구석에 몰린 간수인 동무들은 모든 책임을 개체위생담당에게 돌리려고 안달을 했다. 특히 남 동지는 춘희 동무와 옥분 동무가 부적절한 관계를 맺은 상태에서 옥분 동무가 탈출을 방관한 모양이라고 주장하고 있었다.

– 아무리 생각해도 옥분 동지한테 홀린 거 같단 말이오.

– 내 여우도 아닌데 홀리다니~

위생초소에 몇 번씩 들락거리면서 남 동지가 말했다.

– 상부에서 떨어진 지령이 쓸모없어졌으니 하는 소리 아니오? 이제 누가 책임을 져야 한단 말이오?

– 난 춘희 동무 일은 떳떳하오. 내 남 동지한테 머를 어찌 해줘야 내 진심을 믿겠소? 남 동지만은 춘희 동무를 보호해줘야 하는 게 아니오?

옥분의 목소리에는 파랗게 날이 서 있었다.

얼마 후 남 동지는 밤이 깊었는데도 위생초소에 불쑥 들렀다. 옥분이 은정차를 끓여주니 홀, 홀 급히 마셔댔다. 아이쿠, 따갑다고 요란을 떠는 것을 보니 혓바닥을 데인 모양이었다. 탈출 사건이야 한두 번 일어난 사건이 아닌데도 무슨 까닭인지 이번에는 어느 때보다 애가 타드는 모양이었다.

— 내 낮전 말을 곰곰 생각해 보고 들른 걸음인데 개체위생담당 동지는 무슨 말을 그렇게 하오? 내가 춘희 동무를 어이 보호해 주어야 하는지는 모르겠고~ 내 이번 일을 잘 처리할 테니 거 옥분 동지, 내 가려운 데나 한번 긁어 주오.

아무리 쪼아도 탈출의 진실이 밝혀질 리가 없다고 생각하는 모양인지 위생초소를 나서며 남 동지가 말했다. 옥분은 그런 남 동지를 바람처럼 따라나서며 대꾸했다.

— 가려운 델 긁어 달라니 게 무슨 말이오? 남 동지의 어데가 가려워 내게 긁어 달라 애원을 한다 말이오?

— 머 알만한 일을 가지고 어이 그래 시치미를 떼오?

위생초소 앞뜰 백살구나무 앞에서 남 동지가 우뚝 걸음을 멈추었다. 백살구나무 이파리들 사이로 어느새 한 뼘이나 자란 흰 달이 처량한 빛을 은은하게 비추고 있었다.

— 남 동지 입으로 호모장이라 비웃을 때가 언제인지 잊었소?

— 할할할~ 호모장이라고 뚫린 구멍이 막히지는 않았을 게 아니오?

— 남 동지, 숙녀 앞에다 두고 무슨 그런 상스런 말을~ 난 지금 진지하단 말이오.

— 할할할 숙녀? 아 나 예 예 그저 숙녀지요. 조신한 숙녀~ 옥분 동지,

나도 정말 진지하다니까~ 아주 몸이 미치게도 근질근질하단 말이오.

― 하면 남 동지, 내 몸을 남 동지에게 맡길 테니 이번 일은 그저 탈 없이 무마시켜주오.

― 거야 머 옥분 동지 하는 거를 봐야 알 게 아니오?

― 남 동지, 머 뜸 들일 일이 어데 있소? 보위원 숙소 빈 데가 있을 텐데 당장 거기로 갑시다.

옥분의 말에 남 동지는 한결 기분이 치솟아 어쩔 줄 몰라 했다. 앞서 걷는 남 동지를 뒤에서 바라보니 남 동지는 매우 신바람이 난 사람처럼 건들건들 까불며 걸어가고 있었다. 옥분은 품속에 숨긴 예리한 칼을 손으로 더듬어 확인했다. 그녀의 손끝이 바들바들 떨리고 있었다. 춘희 동무, 조금만 기다리오. 동무의 원수를 내 갚아 줄 것이오. 옥분은 용기를 내어 차분히 걸으면서 어금니에 잔뜩 힘을 주었다.

남 동지는 여전히 흥얼거리면서 빈 숙소를 찾아 들어갔다. 달빛이 쪽창 사이로 스며들고 있었다.

― 옥분 동지, 피차 아는 처지에 불알백열등은 켜지 않은 걸로~

― 예, 응당 그래야지요. 까짓 거 호모장이라고 사내 몸을 피할 까닭이란 게 머 있나요? 남 동지, 단단한 몸이 제법 사내구실을 한다고 들었소.

― 누구한테 기런 반가운 소릴 들었소?

남 동지가 상의를 훌떡 벗어내면서 물었다.

― 거야 머 춘희 동무가 롱 삼아 들려주던 말이오.

― 아니 거 똑똑한 줄 알았더니 춘희 에미나래 어이 배꼽 밑에 깔린 얘기를~ 옥분 동지, 어서 옷부터 벗으오.

― 옷 벗어주는 게 머 어렵지 않은데 거 남 동지 훌딱 벗은 맨몸부터

구경 합시다. 어서 속옷까지 홀랑 벗고 여 윗목에 눕소.

– 거야 머 옥분 동지 곁에 두고 홀랑 벗지 못하면 간지럽지~

남 동지의 맨살에 쪽창을 통해 들어온 달빛이 하얗게 반사되고 있었다. 쭉 뻗은 근육질의 몸에서 썩은 짐승 냄새가 올라왔다. 옥분은 억에 받혀 오르는 분한 마음에 더는 망설일 까닭이 없었다. 가슴에서 예리한 칼을 꺼내 달빛에 비춰보았다.

– 야, 옥분 동지, 게 머이니 응?

– 이게 머냐고? 네 놈 죽여주겠다는 춘희 동무에 대한 약속이지~

옥분의 목소리가 남 동지의 귓가에 날카롭게 꽂혔다.

– 야 이 에미나!

– 때는 늦었지~

옥분은 가랑이를 벌려 남 동지의 몸통을 타고 앉은 자세에서 뽑아든 칼을 힘껏 치켜올렸다.

– 야, 호모장이 이~

– 에이 팍!

남 동지의 완력이 세다고 한들 이미 기울어진 상황이었다.

– 아이쿠 나 죽~

– 에이 팍!

옥분은 여전히 분이 풀리지 않았다.

– 아이쿠 나~

– 에이 팍!

– 으윽~

남 동지의 심장을 향해 한 번 두 번 세 번 깊숙이 칼을 박았다. 이제 남 동지의 입에서는 외마디 소리조차 새어 나오지 못했다. 피가 뿜어져

천장까지 솟구치는 소리가 들렸다. 옥분은 일을 저지르고 나니 두려운 마음은 사라지고 오히려 담담한 기분이 들었다. 날카로운 단도가 세 번 깊숙이 박힌 탓에 남 동지의 목숨은 재깍 끊어진 모양이었다. 순간 옥분은 마치 춘희 동무가 곁에 와서 축하해 주는 환영을 보았다.

– 의리는 산 같고 죽음은 홍모鴻毛:기러기 털처럼 가볍다는 말은 공화국 악마 같은 사내놈들 들으라고 생긴 말이지~

옥분의 입에서 나온 소리인지 하늘에서 떨어지는 소리인지 분간이 가지 않았다. 옥분은 쏜살같이 달려 나와 칼을 위생실에 던져버렸다. 그리고 천천히 걸어 위생초소 앞에 도착했다. 하늘을 쳐다보니 역시 달은 은은하게 처량한 빛을 뿌려주고 있었다. 옥분은 위생초소 앞에 우뚝 서 있는 백살구나무 아래에서 하늘을 쳐다보며 중얼거렸다.

– 춘희 동무, 나는 이제 여한이 없소. 죽어서 당신을 만날 수 있다면 정말 좋겠소. 춘희 동무 만나 정말 복하고 복된 날을 살았소. 이제 죽어도 나는 정말 여한이 없소. 죽어서라도 내 마음을 받아주오.

다음 날 아침, 가장 먼저 백살구나무 가지에 매달린 옥분 동무의 시체를 발견한 사람은 정 동지였다. 옥분은 마치 활짝 핀 백 살구꽃처럼 고요한 모습으로 나뭇가지에 매달려 있었다. 아침부터 스산한 바람이 불어 풀색 둥근 이파리들이 쉬~ 쉬~ 울어대고 있었다.

제54장 곰열 [熊膽]

1

홍용희는 깜짝 놀랐다. 정숙 동무가 직접 연락을 해왔기 때문이었다. 용희는 정숙동무를 생각할 때마다 태산의 피꺽질이 떠올랐다. 헌법절 하루 전에 도당위원장인 아버지와 함께 태산이 동무를 찾아가 난리를 친 이후 몸이 파해 쉬고 있었다. 그러던 중에 아들애 상철이가 김종대에 합격했다는 소식을 접하고 그녀는 기뻐서 어쩔 줄을 모르고 있었다.

용희에게 상철의 김종대 합격 소식은 세상에서 가장 기쁜 소식이었다. 대학입학을 준비하는 인민공화국 고등중학 학생들에게 아버지의 바지바람은 당연한 일이었다. 하지만 태산이 동무가 정숙이라는 녀자의 치마폭에 놀아나면서 원장을 보는 바람에 용희는 공연히 들쑹한 마음이었다.

용희는 마음병마저 더욱 도지는 듯 우울감에 빠져 있었다. 그러던 중에 받은 상철의 김종대 합격소식은 그녀에게 큰 기쁨이 되어 들쑹했던 마음을 위로해 주고 있었다. 용희는 스스로 아들애의 공부를 챙기지 않았다면 태산이가 아무리 힘을 썼다 해도 김종대는 어려웠을 것이라고 생각하고 있었다.

녀자의 직감이란 틀린 적이 없다. 피꺽질과 녀성, 더 나아가 피꺽질과 정숙 동무, 시 보위부 차마당에서 태산이 동무와 마주쳤을 때도 태산에게서는 여지없이 피꺽질이 튀어나왔고, 태산이 동무 옆에는 정숙 동무가 있었다. 용희는 태산이 동무와의 관계에서 항상 자신의 직감이 틀려본 적이 없었다. 압록강 여관에 드나들던 녀성 동무들을 붙잡아 잡도리를 했을 때도 그녀의 예민한 직감이 작용했던 것이다. 태산이 동무의 피꺽질을 볼 때마다 용희의 직감은 여지없이 적중했다. 덕순 동무의 조의장에서도 자신과 마주치자 태산은 피꺽질을 했고 그의 옆에는 정숙 동무가 있었다.

아버지와 함께 태산이네 살림집에 들렀을 때도 태산이 동무는 딸꾹딸꾹 피꺽질을 멈추지 못했었다. 오죽하면 부뚜막에 오른 도둑고양이마냥 어찌 나만 보면 피꺽질을 하느냐고 다우칠ㄷㄱ칠 때도 끝내 피꺽질을 멈추지 못하고 위생실에 갈마처럼 뛰어들더니 찬물을 머금어 목을 갈아내는 소리가 들리고서야 피꺽질이 멈추었었다. 이런 것을 보면 태산에게는 용희가 아닌 다른 녀성 동무와 가까이하다가 용희에게 들키게 되면 여지없이 피꺽질이 튀어나오는 버릇이 생겼는지도 모를 일이다. 이것은 여러 번의 경험 속에서 용희가 터득한 생활 속의 지혜였다. 태산이와는 법적으로 완전하게 이혼이 된 상황인데도 번번이 이런 일이 일어나는 것은 용희에 대한 태산의 강박관념이 작용하고 있어서일 것이다.

－ 손전화까지 구입하고 놀랄 일이오. 더군다나 정숙 동무가 내게 직접 손전화를 하다니~

－ 홍용희 동무, 만나서 얘기 좀 하오.

압록강 차집茶집에서 만난 정숙 동무는 다른 때와는 사뭇 달랐다. 입성도 화려해진 데다가 색안경을 끼고 태도 또한 몹시 도도해 보였다. 덕순이 동무 장례식 때는 코가 죽었었는지 태산이 동무가 곁에 있는데도 한 마디 반문도 하지 못했지 않았던가.

－ 흐응, 정숙 동무 어데 아프오?

－ 아니 어이 내게 그런 말을 하오?

용희의 물음에 정숙 동무는 대답하지 않고 오히려 되물었다.

－ 어기적어기적 걸어오는 폼이 영락 대차게 밤일 치른 아낙네 같아서 말이오. 한데 무슨 일로 정숙 동무가 날 보자 하였소?

－ 후후~ 녀자는 입이 걸면 팔자가 드세다는데~

－ 아니 머라구?

용희의 입에서 본능적으로 신경질적인 목소리가 튀어나왔다.

－ 내 이런 싸움 하자고 만나자 한 거 아니오. 내 용희 동무한테 당장 묻고 싶은 말이 있어서 급히 보자 하였소.

－ 내게 뭘 묻겠다는 것이오?

아무리 생각해도 기가 찰 노릇이었다.

－ 울 아들애 참이하고 나 둘 중에 누가 태산이 동무 곁에서 없어졌으면 좋겠소?

－ 어이 난데없이 그런 말을 하오? 난 둘 다 상철이 아버지 곁에서 없어졌으면 좋겠는데 말이오.

용희의 진심은 정말 두 사람이 다 사라지는 것이었다.

－ 흥, 욕심 많은 동무 아니랄까 봐 그딴 말을 하오? 내가 사라진다면 태산이 동무가 용희 동무 곁에 다가갈 거라 생각하오?

－ 어이 그런 심한 말을 하오?

숫제 녀자들의 기 싸움을 방불하게 했다.

－ 태산이 동무가 용희 동무 곁에 다가가지 않을 것이라는 게 왜 심한 말이라 생각 하오?

－ 정숙 동무, 참 보자니 답답하오. 상철이 아버지가 싫어서 의절하자고 한 사람이 바로 나란 말이오. 한데 왜 내가 상철이 아버지를 기다리겠소?

정숙 동무는 용희의 말에 적이 놀라고 있었다. 태산이 부부의 의절은 당연히 태산이 동무의 요구에 의한 것이라고 생각했던 것이다. 정숙 동무는 이런 여세를 몰아 용희가 가장 경계하는 얘기를 불쑥 꺼내고 있었다.

　― 하면 우리 참이가 상철이와 핏줄이라고 장차 그 애 곁에 있게 된다면 어이 하겠소?

　― 아니 이 여편네가 어이 악담을 하고 그러오? 내 두 눈에 흙이 들어가기 전에는 그 애가 우리 상철이 근처에 얼씬하지 못하게 할 것이오.

　― 호호호~ 용희 동무, 염려 마오. 우리 참이가 상철이 집에 머리 밀고 들어갈 일은 없을 터이니 염려 마오. 내 약속 하겠소.

　― 한데 오늘따라 어찌 제 입으로 순순히 이런 말을 하는 것이오?

　― 내 은밀히 용희 동무에게 할 말이 따로 있소. 저 벽에도 눈과 귀가 있다는데 잠시 귀 좀 빌려주오.

　정숙 동무의 말에 용희는 상체를 길게 뻗어 정숙 동무의 입 앞에 자신의 귀를 가져다 댔다. 다른 사람의 눈에는 마치 다정한 벗으로 비칠지도 모를 일이었다. 정숙 동무가 속삭이듯 용희의 귓가에 대고 소곤거렸다.

　― 용희 동무, 우리 참이 저 아랫동네에 내려갔다오.

　― 아이 에구나~ 듣던 중 과망대열過望大悅 할 일이오. 한데 어찌 갑작스럽게~

　― 머 그리 되었소. 참이 때문에 문제가 생기면 뒤를 좀 봐주오.

　― 내 그럴 때가 되면 힘껏 돕겠소. 정숙 동무, 그 애를 보내고 맘이 아플 텐데~ 그 애만 사라진다면 머든 괜찮소. 설마하니 정숙 동무가 상철이 후오마니継母 되겠다고 봄인가 하는 딸애 데리고 살림집에 머리

처 밀고 들어오지 않겠지요?

용희는 이제야 정숙 동무의 뺨에서 상체를 끌어들였다. 명치끝에 항상 얹혀있는 듯한 체증이 순식간에 내려간 느낌이었다. 용희의 가슴에 묵직하게 얹힌 까닭은 태산이가 참이라는 애를 장차 고층살림집으로 끌어들일지 모른다는 불안감 때문이었다.

― 아이 에구나 말을 해도 섬뜩한 말을~ 용희 동무, 잠시 귀 좀 한 번 더~

멀뚱한 표정으로 정숙 동무를 쳐다보며 용희는 다시 한 번 상체를 뻗어 정숙 동무에게 귀를 빌려주었다.

― 혹시 나를 남쪽으로 탈 없이 보내줄 수 있겠소?

정숙은 슬쩍 용희 동무를 찔러보았다. 죽은 덕순 동무를 통해 들은 말에 의하면, 용희 동무는 태산이 동무와 정숙 사이에 재혼하는 일이 발생하지 않도록 하기 위하여 정숙을 가능한 남조선으로 내려 보내려는 생각을 했었다는 것이다.

― 아니 되오. 비법월경이나 월남도주자 같은 불순한 사건에 이제 얽히지 않을 생각이오. 상철이 외조 할아버지가 힘겹게 회생을 하였는데 그런 문제로 다시 앞길을 어지럽힐 생각이 정말 없단 말이오.

용희 동무의 말을 듣고 정숙은 이제야 한숨을 돌렸다. 마음속으로 기뻐서 춤을 추고 있었다. 이렇게 경치 좋은 데서 용희 동무를 만난 보람이 있는 것 같았다. 용희 동무가 상체를 거두어들이자 정숙이 말했다.

― 태산이 동무가 내게 덤비려드니 하는 소리예요. 태산이 동무의 우둘진우락부락 성격을 용희 동무가 잘 알고 있지 않소?

― 이제 내 알 바 아니오. 참이 그 애만 우리 곁에 얼씬거리지 않으면 되는 것이오. 나는 이제 정숙 동무와 태산이 동무에 대해서는 예민

한 감수력감수성을 묶어버릴 작정이오. 내 그 애 때문에 예민한 감수력이 생겨난 거지 정숙 동무가 태산이 동무와 살림을 내든 배꼽을 맞추든 거는 관심이 없소. 상철이 앞길에 걸림돌이 되지 않음 머든 상관이 없소. 조선공화국 아낙네들이야 오직에 자기 자식들 위해 사는 게 아니오? 남들은 나를 호들갑스럽다 해대지만 나도 한낱 자식밖에 모르는 어미라오.

－ 나도 용희 동무와 똑같은 애들 어미라오. 자식에 대한 욕심이 어이없겠소. 참이 그렇게 보내고 딸애 하나 있는데 어찌 그 애 앞날을 생각하지 않겠소. 용희 동무, 내 상철이 후오마니 될 뜻은 씻고 보재도 없단 말이오. 그저 태산이 동무가 저렇게 내게 매달리니 슬쩍슬쩍 아낙네 노릇이나 하고 지낼 생각이오.

정숙은 태산의 힘을 빌려 여맹원 일꾼이 되어 용희 동무에게 당한 수모를 되돌려주고 싶은 마음이 간절했다. 정숙을 항상 내리깔고 보았던 수모, 용희 동무의 눈에 우습게 보였을 토대에 대한 수치, 언제나 상전인양 눈을 부릅뜨고 덕순 동무 장례장까지 색안경을 끼고 나타났었다.

정숙은 용희 동무가 덕순의 장례장에서 참이를 불러 앉혀 놓고 상철이 곁에 얼씬하지 말라고 고함까지 쳤던 그때의 비통함을, 덕순 동무의 시신 앞에서 마지막까지 한없이 초라하게 만들었던 그 무례함을, 이런 온갖 모욕을 받으면서 뼈저리게 느껴왔던 그 굴욕감을 이제 용희 동무에게 되돌려주고 싶은 마음이 간절했던 것이다. 하지만 용희 동무와 마주앉아 얘기를 나눠보니 용희 동무의 적대감이 정숙 자신에 대한 적대감이 아니라 조선인민공화국 어미들의 마음과 같이 제 아이를 위한 어미의 심정으로 한 걸음 물러서는 것을 보니 정숙의 마음 역시 직포공장의 씨줄 날줄처럼 팽팽하게 날이 서지는 않았다.

― 남의 사생활에 내 무슨 권리로 간섭을 하겠소. 한데 버젓이 나그네 두고 다른 사내 아낙네 노릇을 슬쩍슬쩍 하겠다는 데는 통 리해가 되지 않아서 말이오.

― 내 이런 말을 해야 할지 모르겠소. 나그네가 보위부 감옥에 갇힌 지 오래라오. 정치범의 아낙네로 살아나갈 방법이 없어 인민재판소에서 이혼판결까지 받았다오.

― 에그 일이 그렇게 되었소? 그래도 정숙 동무는 나보다 낫소. 이젠 태산이 동무가 곁에서 든든한 산처럼 지켜줄 테니 말이오. 내 태산이 동무와 살아본 사람이니 충고 하나 주겠소.

― 내게 무슨 충고를 한다는 것이오? 난 용희 동무 충고 따위 이제 듣고 싶지 않은 사람이라오. 이제 나도 조선공화국에서 당당한 녀성으로 대접받고 살고 싶다 이런 말이오.

정숙 동무의 푸념을 듣는 용희의 가슴이 까닭모를 감정으로 혼란스러웠다. 나그네라는 력사 교원은 정치범이 되어 감옥에 수용되었고, 참이라는 애는 비법월경을 하여 아랫동네에 내려갔다 하니 꼼짝없이 월남도주자의 가족이라는 멍에를 짊어질 것이다. 딸애를 하나 데리고 홀몸이 된 정숙 동무가 태산이 동무 곁에 얼쩡거린다면 상철이 장래에도 득이 될 것은 하나도 없을 것이다.

― 흐응, 말을 어이 함부로 하나~ 나그네 돌아오면 어이 하려고 그러오? 리명호 동무가 감옥에서 나오게 될 수도 있지 않은가 말이오? 어찌 그런 생각은 해보지 않은 것이오? 나그네를 연분하지 않았던 것이오? 덕순이 동무 얘기 듣기로는 하늘이 갈라놓으려 해도 의절할 사람들이 아니라 들었소. 머 거기가 가려워서 태산이 동무 받아들이는 것이라면 내 말을 명심하오. 아마 정숙 동무는 태산이 동무하고 석 달

열흘도 함께 살지 못하고 고갤 절레절레 젓고 도망쳐 나올 것이오. 상철이 아버지 고약한 잠자리 버릇이 있단 말이오. 호호~ 상철 아버지 고약한 버릇을 내 입으로 말을 해야 하나 말아야 하나, 에이그~ 내 조선공화국에서 상철이 아버지하고 의절을 하고서 사내 몇 놈 만나 잠자리를 가져 보았는데 글쎄 상철이 아버지 거기 기럭지가 두 배는 길더란 말이오. 살집도 없는 정숙 동무가 그저 견뎌내겠나 흥, 내 태산이 동무 거기 기럭지만 가지고 이러는 거는 아니오. 괴이한 습벽이란 게 있는데 걸 어이 견뎌낼 자신이 있나 말이오. 어지간하면 수절하면서 리명호 동무나 기다려 보오.

용희는 태산에게 접근하려는 정숙에게 은근히 겁을 먹이려고 마음속에 있는 얘기를 쏟아놓으니 얹힌 속이 시원하게 뚫리는 느낌이었다. 그러면서도 녀자들이란 게 참 우습다는 생각이 들었다. 나그네들과의 잠자리하나 가지고도 보이지 않는 밀고 당기기를 하며 체면치레를 하려고 들다니~ 이런 마당에도 자존심을 세우려고 입에 담기 힘든 남녀 잠자리 타령을 늘어놓다니~ 용희는 혹시 이런 것이 정말 사람 사는 이치가 아닌지도 모른다는 생각이 들었다.

– 용희 동무 충고 고맙소. 미안하오만 나도 이미 태산이 동무를 사내로서 겪어본 몸이라오. 내 견딜 만은 하더만요. 호호호~ 사내들이란 게 머 선비처럼 그렇게 점잖게만 빼돌리면 재미없지 않소? 태산이 동무가 사내구실을 하느라 그러는지는 모르겠소만 애들 아버지와는 확실히 정신 번쩍 들게 다른 것이 머 그리 나쁘지 않았소. 조선공화국에 살면서 밤에 하릴없이 없는 살림 탓하며 궁상떠는 아낙네들보다야 차라리 이부자리 밑에서 거기가 아프다고 꺽, 꺽 소리 지르고 사는 아낙네가 복 하다는 생각이 머 그렇게 틀리지는 않다는 생각이오. 거는

그렇고요. 태산이 동무한테 들어보니 내 나그네 명호 동무 죄목이 머한두 가지가 아니라오. 살아나올 가망이 전혀 없다고도 들었소. 그래 어쩔 수 없이 인민재판소 판사 앞에서 의사 표시를 하고 의절을 하게 된 것이오. 내 당장 명호 동무가 기적처럼 살아서 곁으로 돌아온다면 정말 태산이 동무의 권총이라도 두렵지 않을 사람이라오. 하지만 그럴 일은 하늘이 두 쪽이 난대도 가망 없는 일이라오. 머 이제 모든 것이 끝난 마당이다 이런 말이오.

정숙 역시 용희 동무의 말 폭탄에 결코 뒤지지 않는 말 폭탄을 쏟아 놓았다. 과거날 같으면 상상조차 할 수 없는 말들이 그녀의 입에서 거침없이 튀어나왔다. 정숙은 이런 말 폭탄을 쏟아내면서도 이제껏 용희 동무로부터 당한 수모를 마음속에서 걷어내지 못하고 있었다. 용희 동무에 대해서는 힘을 키워 분이 풀릴 때까지 원수풀이를 하고 싶은 심정이었다.

용희는 손전화를 손수 넣어 한번 만나자며 애가 닳던 정숙 동무가 마지막이라는 듯 자기 할 말만을 던져놓고 보란 듯이 색안경을 거만하게 얼굴에 두르고 엉덩이를 들까불면서 건들건들 걸어 나가는 모습을 고까운 눈으로 바라보고 있었다. 흥, 모를 일이야~ 녀자 팔자 그저 대동강 버들가지 팔자라더니 사람이 하루아침에 저리 달라지다니~

2

용희는 마음이 급하지 않을 수가 없었다. 정숙 동무를 통해 이상한 얘기를 들었기 때문이다. 무엇보다 참이라는 아이의 문건을 확인하고 정숙 동무의 나그네이던 력사 교원 이명호에 대한 문건을 들여다볼 생각이었다. 참이라는 아이가 남조선에 내려갔다는 정숙 동무의 말을 어디까지 믿어야 할지 짐작할 수 없었던 것이다. 오래전에 도당위원장인 아버지의 도움을 받아 주민 문건을 확인했던 적이 있었는데 바로 그 주민 문건을 통합적으로 관리하고 있는 담당자 동무를 찾아갔다.

－내 문건을 하나 살펴볼 게 있소.

－아니 되오.

담당자 동무의 말은 짧고 단호했다.

－아니 어제날에도 잠깐 부탁을 했던 적이 있었는데 이번에는 어이 안 된다는 말이오? 내 직접 주민 문건을 한번 보고 싶단 말이오.

용희는 아버지가 도당위원장이라는 힘을 등지고 지난번처럼 문건을 들여다볼 생각이었는데 이상하게 이번에는 먹혀들지 않고 있었다.

－미안하오만 상부의 엄한 지시 때문에 절차를 거쳐야 주민 문건을 들여다볼 수가 있습니다.

－그럼, 도당위원장의 부탁인데도 문건을 살펴볼 수 없다는 말이오?

용희는 그새 공화국도 이렇게 달라졌는가 보다고 생각하고 있었다. 공화국에서 도당위원장의 지위라면 하지 못할 것이 없다고 생각한 지 언제인가 말이다.

－미안하오. 이태 전만 해도 윗사람 입김으로 남의 주민 문건을 은

밀히 열람할 수 있었지만 이제는 반드시 시 안전부장 허락을 받아야
주민 문건을 열람할 수가 있소.

　－ 여기 시 안전부장 승인을 받아야 한다는 이런 말이오?

　－ 예, 그렇습니다. 안전부장의 승인을 받은 서류를 갖춰 다시 들러
주시오.

　－ 아니 잠깐 아는 주민 문건 한번 보면 되는 것을~

　용희의 목소리에는 여전히 간절함이 묻어 있었다.

　－ 아니 되오. 시 안전부 안전원들도 남의 주민 문건을 함부로 열람
할 수가 없소.

　그녀의 간절한 목소리와는 대조적으로 안전원 동무의 목소리는 단
정적이었다. 용희는 낯바닥이 부끄러워 서둘러 돌아서고 말았다. 그래
도 어떻게든 참이라는 아이의 주민 문건을 확인해야 하겠기에 아버지
도당위원장의 힘을 직접 빌릴 생각으로 아버지에게 달려갔다.

　도당 사람들은 이리 뛰고 저리 뛰고 있었고 도당위원장인 아버지도
딸애가 찾아온 것도 모르고 사무실 전화기에서 손을 떼지 못하고 있었
다. 남조선 인민들이 촛불 운동으로 대통령을 몰아내고 새로운 대통령
을 세우느라 시국이 어수선한 탓도 있었다. 한편 조선공화국 역시 부
처별 권력 싸움으로 하루가 멀다고 고위 간부들이 시소게임을 하듯 오
르락내리락하며 권력의 부침浮沈이 일어나고 있는 상황이었다. 시소게
임에서 힘이 부족해 깨지는 사람은 장막의 뒤로 소리 없이 사라져가야
만 했던 것이다.

　－ 아버지, 시 안전부장 승인이 하나 필요한데 도와주오.

　－ 용희야, 언제 왔더냐! 그런데 무슨 일인데 그러니? 과거날처럼 태
산이 이놈하고 얽혀드는 일이면 아예 입도 뻥긋하지 말아라. 내 1호 행

사 때 아주 경을 쳤던 일을 생각하면 아직도 치가 떨리는 구나~

— 아버지 두벌자식_{손자} 상철이 내일날 위해 하는 일이라오.

— 아니 머? 내 두벌자식 상철이 위하는 일이란 말이냐?

외손자에 대한 사랑이 극진한 홍용희의 아버지는 상철이를 위하는 일이라는 데는 말꼭지를 삐딱하게 틀고 나서지 못했다. 더군다나 인공 수재라는 가문의 감투 하나를 받아내며 김종대까지 들어갔으니 도당 위원장에게는 기특하고 기특한 두벌자식이었던 것이다.

— 예~ 아버지, 태산이 동무가 다른 밭에 농사지어 낳은 애가 하나 있다 하지 않소?

— 어 그래 그랬었지 아믄~

도당위원장실 밖에는 직원들이 분주히 움직이고 있었다. 따르릉, 따르릉, 여기저기서 전화통 울리는 소리가 다급하게 들렸다. 도당위원장 역시 어디에 전화를 하려는 듯 한쪽 손은 아예 전화통을 붙잡고 있었다.

— 벽에도 귀가 있다는데 아버지 귀 좀 빌려주오.

— 참 내 하필 아랫동네 일 터져 비상사태인데 아칙 일찍부터 무슨 소란이냐 응? 그래 어디 내 지금 경황이 없으니 속사포로 말해 보라 날래~

용희는 아버지 도당위원장의 뺨에 자신의 입을 찰싹 붙여 은밀히 속삭이듯 말을 했다.

— 그 참이라는 애가 글쎄 아랫동네에 내려갔다 하오.

용희의 이마에는 번들거릴 정도로 땀이 솟아 있었다.

— 아랫동네라면 남조선 말이냐?

— 예, 거기 남조선이라는데~

개미 목소리가 있다면 이런 투의 말을 두고 일컬을 정도로 두 사람은 들릴락 말락 개미소리로 속삭이고 있었다.

─ 아이구나 게 정말이냐? 너는 누구한테 그런 무시무시한 말을 들었느냐, 응?

─ 아버지도 참, 이런 무시무시한 말을 누구한테 듣겠소? 그 어미라는 녀성동무가 찾아와서 내 턱밑에 지껄이고 갔다오.

용희의 말에 입을 벌려 놀라는 표정을 짓던 도당위원장이 둘밖에 없는 곳인데도 습관처럼 좌우를 살피면서 속삭였다.

─ 비법월경을 하고 월남도주자가 되었다는 말인데~

─ 아버지, 소리가 너무 크오~

용희는 아주 혼란스러운 마음이었다.

─ 아이쿠 이거 네 소리에 내 간이 먼저 떨어져나가겠구나~

─ 아버지도 참 귀한 딸애 놀라잖소?

─ 야 상철 어미야, 알았다. 아이구나 이제 몸이 쇠한 탓인지 허리도 성치 못한 게 이만 귀엣말은 여기서 끝내자우. 한데 누구한테 들었다구?

도당위원장은 바로 옆에 있는 사람한테도 들릴락말락하게 속삭이는 투로 말했다. 그는 탁자를 사이에 두고 뻗은 허리를 천천히 거두어들였다. 그러고는 허리가 뻐근하다는 듯 인상을 찌푸리며 딸애의 말을 흘려들은 탓인지 되묻고 있었던 것이다.

─ 아버지도 참 이제 촉腸이 예전 촉은 아니네요. 누구한테 듣긴 누구한테 듣겠어요? 정숙 동무라는 그 애 어미한테 직접 들었다니까요 글쎄~

─ 아니 아비 앞에 두고 입 놀리는 본새 보라우. 내 기력이 좀 떨어지긴 했다만 예전 촉이 아니라니~ 머 신의주 직포공장 선전대에서 일했다는 그니 말이나 응?

도당위원장은 기력은 좀 떨어졌어도 정신상태는 건재하다는 것을 과시라도 하듯 직포공장 선전대를 들먹거리고 있었다.

― 예, 맞아요, 아버지~ 이제 보니 촉은 머 여전하시네요. 그니 나그네는 보위부 감옥에 있다고 하고 그니 아들애는 저, 저 아랫동네 내려갔다 하면서리 머 태산이 동무 의지하고 살 거래나 말 거래나~ 이러니 내 어찌 된 영문인가 그 집 문건을 한번 살펴봐야 마음이 놓이겠다는 말이지요, 아버지~

도당위원장은 이제야 고개를 끄덕거렸다. 그는 손전화기를 안주머니에서 꺼내들더니 어디론가 전화를 넣고 있었다. 용희는 이런 아버지의 모습을 보고서야 흐린 하늘처럼 어둑했던 표정이 조금 밝아졌다. 자식 이기는 부모 없다는 말이 하나도 그르지 않은 모양이다.

― 안전부장 동지시오?

― 도당위원장 동지께서 직접 전화를 다 주시고 어인 일입니까?

도당위원장의 권세를 전화기 너머의 목소리를 통해 충분히 가늠할 수가 있었다.

― 내 은밀히 주민 문건 하나 들여다볼 일이 있는데 한번 도와주겠소?

― 그야 도당위원장 동지 부탁인데 어찌 냉정하게 거절할 수가 있겠소?

도당위원장 서열이라면 조선공화국을 통틀어도 최상층에 속한다고 볼 수 있다.

― 고맙소. 내 딸애를 보낼 테니 머 주민등록과 열람실에서 문건 하나 들여다볼 수 있도록 승인서류를 하나만 따주오.

― 따님이라면 예술단 단원으로 평양봉화예술극장에서 성악을 하던 그 따님 말씀하시는 거지요?

― 예, 기억해 주어 고맙소. 그 딸애 보낼 테니 편의를 좀 봐주오.

- 아이쿠 편의는 무슨~ 도당위원장 동지께서도 장차 내 앞 길 좀 잘 닦아 주시오.

- 하하하~ 호상 돕고 사는 게 머 이래서 좋다는 거 아니오. 고맙소, 안전부장 동지~

도당위원장은 흡족한 웃음을 띠면서 손전화를 끊었다. 용희는 이렇게 하여 시 안전부장의 승인을 받아 주민등록과 열람실에 직접 제출했다.

- 담당 동무가 신청해서 안전부장 승인을 따내야 하는데 직접 이렇게 받아 오시다니 면목 없습니다.

주민등록 열람실 담당 동무는 안전부장의 승인을 받은 서류를 제출하자 끽소리하지 못하고 열람실 안으로 안내하더니 원하는 문건을 꺼내왔다.

- 이게 바로 원하시는 문건입니다.

열람실 문건 담당 동무가 한 아름의 문건을 안고 나왔다.

- 아이 에구나~ 어이 문건이 이렇게 많소?

용희가 보기에 예상외로 문건이 많아 보였다. 가족이 몇 명이나 된다고 이렇게 많은 문건을 비치하고 있다는 말인가. 문건이 많다는 뜻은 조선공화국의 주민에 대한 감시가 많다는 것을 의미하는 것이다.

- 조상뿐만 아니라 현재 가족의 상벌賞罰사항이 차곡차곡 여기에 쌓이게 되는 것이오.

- 상벌이오?

용희는 이미 이런 내용을 들어서 알고 있었지만 직접 주민의 문건을 접하게 되니 실감이 났다. 그녀가 느끼는 실감이란 섬뜩한 느낌을 말하는 것이다. 용희는 낡은 철제 책상 위에 문건을 펼쳐놓고 하나씩 살펴보기 시작했다. 참이라는 애의 문건에는 빨간 동그라미가 세 개나

찍혀 있었다. 한눈에 보기에도 위협적이면서 불량한 느낌의 빨간 동그라미, 자신의 문건의 내용이 이렇다는 것을 알고 있는 사람이라면 비법월경을 하여 월남도주자가 되고도 남을만하다는 생각이 문득 들었다.

그리고 참이라는 애의 문건에서 다시 한번 놀란 것은 '행방불명자'라고 찍힌 빨간 글귀였다. 아아, 순간 용희는 태산이 동무가 이미 손을 써서 문건 관리에 들어갔었다는 것을 깨닫게 되었다. '비법월경자'라거나 '탈북자'라는 낙인이 찍히지 않고 '행방불명자'라 처리해 놓음으로써 탈북자 가족에게 가해지는 압박을 피하려는 태산의 수작이 작용했을 것이라는 생각이 들었다.

참이라는 애의 문건을 보니 정숙 동무의 말이 거짓은 아닌 것 같았다. 이어서 정숙 동무의 나그네였던 리명호 선생의 문건을 살펴보았다. 홍용희는 자기도 모르게 입이 벌어지고 말았다. 정치범수용소 수감이라는 적색 표기와 함께 그 밑에 죄목들이 줄지어 적혀 있었는데 한 두 가지가 아니었다. 연좌제, 불온서적은닉죄, 적선죄, 말반동죄, 수령모독죄 등 여러 죄목을 확인하는 순간 용희의 입은 다물어지지 않고 있었다.

이런 각 죄목 밑에는 깨알 같은 작은 글씨로 범죄 내용이 상세히 적혀 있었다. 그리고 정숙 동무와 의절義絶:이혼을 했다는 최근의 기록까지 꼼꼼히 기록되어 있었다. 용희는 리명호 선생 조상의 내력을 더는 들여다보고 싶지 않았다. 이렇게 죄목이 늘어선 문건을 들여다보는 것이 마치 무슨 죄를 짓고 있는 것만 같아 주민등록 문건 담당 동무에게 고맙다는 인사를 하고 서둘러 열람실을 빠져나왔던 것이다.

용희는 참이라는 애만 눈에 보이지 않으면 된다고 생각했다. 그 애 때문에 상철이 앞길에 먹구름이 들이끼어서는 아니 되는 일이었다. 그

애가 상철이 앞에서 사라진 것으로 용희의 마음속에 달라붙어 있었던 불편한 마음이 구름 걷히듯 사라졌다. 일이 이렇게 되고 보니 문건에 나타난 대로 걱정할 것 없는 일에 자신이 너무 과민했던 것은 아니었는지 하는 생각마저 들고 있었다.

까짓, 정숙 동무가 태산이 동무와 한뉘 붙어먹는다고 해도 이제 괘념치 않을 것이다. 솔직히 말하면 아마 정숙 동무는 그만 태산이 동무와 계속 붙어먹지는 못할 것이다. 태산이 동무의 성품을 너무도 잘 알고 있는 용희였기 때문이다. 같은 여자끼리 사내 하나를 두고 시샘을 하는 것도 몹쓸 추태 중의 추태라고 용희는 단정을 내리고 있었다.

이제부터는 조선공화국에서 성악의 기량을 열심히 다져서 당의 눈밖에 나지 않으리라 다짐했다. 도당위원장의 위치에 올랐다가 미끄럼틀을 타듯 추락하고 다시 기적적으로 비상飛上하기까지 아버지의 삶은 얼마나 위태로웠을까. 자신의 가족 문건에도 결코 순탄치는 않은 기록이 남아 있을 것이라고 생각했다. 아버지 역시 목숨을 내놓고 위태롭게 살판 뛰기를 하며 살아온 세월이었을 거라고 용희는 생각하고 있었다.

그런데 대체 무슨 의도로 정숙 동무는 자신에게 손전화를 넣어 만나자고 했단 말인가? 자신을 맞닥뜨리게 되면 먼저 몸을 외틀어버렸던 정숙 동무가 아니던가. 이렇게 몸소 만나자면서 도발적인 입성을 하고 색안경까지 쓰고서는 도도한 폼을 과시하던 정숙 동무의 의도는 대체 무엇이란 말인가. 그냥저냥 태산이 동무 만나 붙어먹든지 말든지 하면 될 것을 손전화 까지 넣어 경치 좋은 압록강 찻집에서 만나자고 해서 만난 것도 생각할수록 이상한 일만 같았다.

아들애의 도강渡江문제 역시 누가 볼세라 들을세라 목소리를 낮추어야 할 판에 망설임 없이 자신에게 얘기를 하다니 이게 대체 무슨 경우란 말인가. 아들애의 도강에 관한 얘기는 어쩌면 용희 자신을 향해 선전포고를 하려드는 연막이 아니었을까. 감옥에 갇혀 있는 나그네의 존재에 대해 거리낌 없이 얘기하고 인민재판소에서 정식절차를 거쳐 의절을 하였다고 얘기를 한 것은, 이제 태산이 동무를 만나 새로운 삶을 살아보려 한다는 선전포고가 분명해 보였던 것이다.

용희는 숨을 깊게 들이마셨다가 아주 천천히 내쉬며 긴장을 풀었다. 그럼에도 긴장은 풀리지를 않았다. 상대를 눕히지 못하면 자신이 쓰러지는 치열한 싸움, 정숙 동무가 어쩌면 자신에게 그런 싸움을 시작하겠다는 선전포고를 하고 돌아간 것인지 모른다고 용희는 생각하고 있었다.

3

승 부장 동지를 삐딱한 시선으로 바라보고 있는 태산의 이마에는 몇 가닥 주름이 잡히고 있었다. 태산은 승 부장의 행동 하나에도 신경이 곤두서 있는 중이었다. 국가보위성국보위, 국가안전보위부의 후신의 권력 구도에 변화가 일어나고 있는 것은 물론이고 이런 혼란을 틈타 보위성 간부급 동지들 사이에서는 빈틈이 보였다 하면 상대 동지들의 목숨 줄을 끊으려고 들었기 때문이다. 태산이 역시 이번 보위성의 권력 흔들기의 중심에 섰던 인물이라고 스스로 자처하고 있었기에 보위성의 어떤 간부들의 방문이나 만남도 탐탁치 않았던 것이다.

승 부장 동지는 이날 하루에도 태산의 방에 대여섯 번은 들락거렸을 것이다. 딱히 나누어야 할 대화가 있는 것도 아닌데 승 부장은 무엇인가 염탐하려는 사람처럼 태산의 방을 들락거렸다. 이런 승 부장의 방문을 내심 예민하게 바라볼 수밖에 없는 것은 김원홍 보위성장의 목이 달아났기 때문이었다. 게다가 김원홍에 대한 숙청이 태산이 동무의 불만 때문이라는 말들이 돌았기 때문이었다. 또한 보위성의 웬만한 간부급들은 박태산이라는 보위부 부부장의 입김이 최룡해 부위원장, 지어는 심지어는 김정은 국방위원장에게도 먹혀드는 것이 아니냐는 소문이 돌고 있기 때문이었다.

— 승 부장 동지, 어이 이렇게 특별한 일도 없이 내 분주한 방에 드나드시오?

— 사실 내 부부장 동지한테 정보 하나 얻어들을까 해서 왔소.

승 부장은 자신의 방에서 가져온 찻잔을 홀짝거리며 염탐하듯 태산의 응접소파에 앉았다.

— 내 무슨 소식통이라고 노골적으로 정보를 얻어듣겠다는 말이오?

태산은 부러 담대한 마음으로 되받아쳤다.

— 아니 박 부부장 동지, 어이 눈가에 눈물이 젖어 있소?

승 부장이 안경테를 만지작거리며 태산의 턱밑에 바짝 이마를 붙이며 물었다.

— 예에? 내가 말이오? 아, 아니오. 눈에 티가 하나 들어가서 맺힌 눈물자국이오. 헙, 헙~

태산은 공연히 아무도 모르는 속내를 승 부장 동지에게 들킨 듯해 낯바닥이 달아올랐다. 참이를 생각하면 뱃속에서 휑하게 허기가 느껴졌고, 저 배꼽놀이에서부터 명치끝까지 칼로 베인 듯이 아려왔던 것이다. 자신의 핏줄을 이어받은 아들애지만 애틋하게 정도 한번 나누어 보지 못한 어린 것이 아랫동네에 내려가도록 몰랐다니 생각할수록 아비로서 가슴이 찢어지는 느낌이었다. 그래 당장 참이 문제로 처리할 일들이 많아서 마음이 급한데 태산의 이런 급한 처지도 짐작하지 못하고 방에 들락거리는 승 부장이 당연히 곱게 보일 리가 없었던 것이다.

― 박 부부장 동지, 이참에 어느 동지가 보위성장의 날개를 달게 될지 머 좀 아시오?

― 승 부장 동지가 내게 궁금한 게 바로 그겁니까?

― 머를 대충이라도 눈치를 채야 어디든 줄이라는 걸 댈 수 있지 않겠소? 시국이 어수선하니 줄을 잘못 섰다가는 낭패를 당할 수도 있을 테고~

― 나는 그런 거 모르오.

공화국의 간부들은 어디에서나 이런 얘기들을 나누었다.

― 박 부부장 동지한테 좋은 소식 올라올 기미는 없는 것이오?

― 승 부장 동지가 참 오지랖이 넓소. 내 아직 지방에서도 올라설 의자가 남아있는 몸이 아니오? 어찌 괜한 상상을 하고 그러오?

― 거야 요새 웬만한 보위성 간부들은 박 부부장 동지의 그늘이 어디서 내려오는지 다들 알고 있어요. 그러니 내 몸소 이렇게 부부장 동지 방에 들른 게 아니오?

― 태양인지 그늘인지 난 오직 조선공화국의 발전과 광영을 위해 매사에 최선을 다하는 사람이오. 날개를 다는 게 무작정 좋은 일이 아니라는 거를 승 부장 동지도 잘 알고 있지 않소?

― 거야 머 맞는 말이오. 내 곰곰이 돌이켜 보니 조선공화국 보위성이란 기관도 최고의 자리가 결국 목숨을 바꾸는 자리였소. 내무성 정치보위국 시절부터 거 잡음이 끊이질 않았잖소? 보위부장 이창옥이 월남한 후 대대적인 숙청과정을 거친 이후 사회안전성을 거쳐 국가보위성

이 되기까지 수많은 소중한 목숨들이 달아났잖소. 머 김정일 국방위원장도 돌아가셨고, 장성택 부부장, 김원홍 보위성장은 얼마 전 숙청을 당했고~ 제1부부장 하던 김영룡이도 죽었고, 우동측이도 머 거지반 죽어 나갔다가 소문에는 권총자살을 했대나 어쨌대나 아마~ 김정남이는 얼마 전에 말레이시아 공항에서 암살당하지 않았소? 김정남이를 제 1부부장에 앉힌 것을 보면 김정일 국방위원장이 당시 먼가 후계구도를 구상했던 모양인데 머 권력싸움에서 밀려난 게지~ 우동측이는 김정은 위원장이 장성택을 견제하느라고 거느렸던 모양인데 머 김정일 위원장 서거逝去 시에 장의위원으로 김정은 위원장과 함께 영구차까지 호위했지만 머 얼마 가지 못해 결국 목숨까지 달아나지 않았느냐 말이오.

승부장이 가슴에 묵혀둔 말을 작정하고 뱉어내고 있었다. 태산은 승부장을 뚫어지게 쳐다보았다.

- 승 부장 동지, 오늘따라 어이 함부로 그런 무서운 말을 내뱉으오? 나는 아뭇소리도 듣지 않은 걸로 하겠소. 어서 다른 용무 없으면 나가 보오.

- 머 듣자하니 김원홍 보위성장 후임에 당 중앙정치국 정경택 후보위원이 유력하다는 소문이 나도는데 박 부부장 동지, 머 들은 거는 없소?

승부장이 집요하게 물어왔다. 태산은 머리를 좌우로 흔들었다.

- 나는 정말 아무것도 모르는 일이오. 저 위에서 하는 일을 어이 자꾸 내게 물어보는 것이오? 누가 성장을 맡든 우린 그저 맡은 직분이나 충실히 수행하면 되는 것이오.

- 아이쿠 그야 부부장 동지 말씀이 맞지요. 자, 그럼 나는 이만 나가 보겠소. 아 참, 보위성 4국의 거 훌렁 머리 벗겨진 방 국장이 내게 전화를 넣었소. 우리가 4국에서 만나 론의했던 그 대남공작원 프로젝

트 어찌 되어 가는지 염려가 되는 모양이오. 물론 박 부부장 동지가 알아서 잘 추진하고 있으리라 믿소만 헛, 헛~

– 예, 한 치의 오차도 없이 잘 준비하고 있으니 너무 염려하지 말라 하시오. 우리들도 정찰총국 저놈들 못잖게 업적을 쌓을 날들이 다가올 것이오. 김정남이 보다 더 말썽 많은 월남도주자 반동새끼들을 내 몇 년 안에 깡그리 없애버릴 테니까 말이오~

태산은 승 부장 동지의 뒤통수에 대고 잔뜩 기세를 살려 힘을 주어 큰소리로 말했다.

승 부장이 돌아가고서 태산은 다시 탁자에 손을 짚고 허리를 꺾고 울고 있었다. 참이를 생각하니 또 가슴 저 밑바닥에서 울음이 올라왔다. 참이가 이렇게 허망하게 그의 곁을 떠나버릴 줄 알았더라면 따뜻한 말 한마디라도 더 해주고 따뜻하게 품어 안아줄 것을~

떼를 써서라도 불러내어 염소고기라도 몇 번 먹일 것을~ 납치라도 해서 자동차에 태워 평양 구경이라도 한 번 시켜줄 것을~ 생각할수록 가슴이 시렸다. 장마당에 지천으로 널린 저천低賤한 손전화라도 한 대 사서 가방 속에 밀어 넣어줄 것을~ 생일에라도 한번 불러내 용돈도 쥐어주고 신발이라도 한 켤레 사서 신길 것을~ 때늦은 후회를 해봤자 아무 소용없는 짓이지만 한없는 후회가 샘솟아 올라왔다.

명호 동무의 존재 때문이라고 태산은 억지로 위로를 했다. 명호 동무만 아니었다면 아비 노릇을 공화국 어느 아버지들 못지않게 했을 것이라고 짐짓 둘러댔다. 명호 동무만 아니었다면 자동차에 태워 조선공화국 천지를 돌아다닐 수도 있었을 것이라고 이제야 속으로 허풍을 떨고 있었다. 이런 생각이 허풍을 떠는 것임을 태산은 스스로 알면서도 모든 것을 명호 동무 탓으로 돌리고 싶었다.

정작 명호 동무가 감옥에 갇혀 있을 때도 태산은 참이에게 아무것도 베풀어주지 못했다. 오히려 그의 마음을 송곳으로 찌른 아픈 기억이 또렷이 떠올랐다. 참이라는 학생이 아버지를 만나러 왔다고 정문 수위실에서 구내교환연락선으로 알려왔을 때 무조건 그의 방으로 불러들였어야 했다. 자신의 피를 물려받은 아들애가 왔다는데 무슨 장애물이 있다고 냉정히 잘라버렸을까? 태산의 가슴속에 한스럽게 남은 아픈 기억이었다.

세상물계도 아직 익히지 못한 애한테 상처만 입힌 것만 같아 아직도 그때만 생각하면 가슴이 시릴 뿐이다. 남 동지였던가, 양 동지였던가, 참이라는 아들애가 부부장 동지를 만나러 왔다는 정문 수위실 계호원의 연락을 받았을 때 가슴이 먹먹한 감정을 느꼈지만 이상하게 가슴 저 밑바닥에서 이날만은 단호해야 한다는 못된 뿔이 돋아났던 것이다.

그날을 돌이켜 생각해 보니 정숙 동무가 소란을 피우지 않았다면 문 대좌나 고인식 지도원 동지에게 자신의 약점을 잡히지는 않았을 것이다. 정숙 동무의 들가방에서 나왔다는 '김정은 독재 타도'라고 쓰여진 불순한 선전물로 인하여 부하들에게 허점을 보였던 것이다. 다행히 년말 명령표창을 내려 부하들을 단속해두기는 했지만 무시무시한 권력의 곁에 가까이 다가갈수록 공연히 불안한 마음이 생기곤 했다. 고인식 지도원 동지의 날카롭던 시선을 태산은 아직도 잊을 수가 없다. 불순한 선전물을 당장 치우라는 말로 위기를 모면했지만 아직도 그때를 생각하면 등골이 오싹했다.

모든 조사서류를 태산에게 일임했던 문 대좌는 '김정은 독재타도'라 적힌 불순한 어깨띠를 소지한 정숙 동무에 대해 일언반구 하지 않고 태산에게 일임했었다. 문 대좌 동지는 이미 태산의 약점을 하나 손에 넣고 있는 셈이었다. 조선공화국에서는 지위가 올라갈수록 부러워 하는 사람도 많지만 역으로 생각해보면 한순간의 방심만으로도 무너 질 때는 치명적으로 작용할 수 있는 것이다. 최고의 권력 가까이 다가 갈수록 양날의 칼처럼 이중적인 것이다.

태산은 잠시 호흡을 가다듬은 다음에 차분히 생각을 정리했다. 시 안전부장의 도움으로 참이를 우선 행방불명으로 처리한 것은 잘한 일 이었다. 당장 탈북자라고 단정할만한 증좌도 없으니 이런 조치를 취한 것은 잘한 일이라고 생각했다. 태산의 문건에는 아들애로 등록되어 있 지 않더라도 몸속에 흐르는 자신의 피를 어찌할 것인가. 피를 물려준 아비로서 어떤 수단을 동원해서라도 탈이 없도록 하는 것이 부모의 마 음일 것이다.

태산은 아버지로서 참이의 문제에는 정말 냉정하자고 다짐했다. 북 조선과 남조선은 지역적으로도 북과 남으로 갈려있듯 공산주의와 자 본주의로 뚜렷이 다른 사상체계의 세상인 것이다. 빈부격차가 없는 사 회, 모두가 평등한 사회, 계급이 없는 사회를 추구한다는 공산주의는 언어적으로 보면 훌륭한 사회, 지혜로운 사회, 행복한 사회 같지만 정 말 북조선 사회가 평등하고 계급이 없으며 행복한 사회인가? 태산은 저도 모르게 고개를 가로저었다.

그럼, 자본주의를 기본사상으로 하는 남조선의 민주주의란 무엇인 가? 국민이 권력을 가지고 동시에 국민을 위해 국민 스스로 권리를 행 사하는 사회, 인간의 존엄성을 존중하는 것이 민주주의의 근본정신이 며, 국민 스스로 국가의 정책결정에 참여하는 사회, 개인의 자유와 행 복을 추구하는 사회? 태산은 묵묵히 고개를 끄덕거리고 있었다. 자식 을 위한 아버지의 진정한 마음은 무엇일까?

이밥과 고깃국을 밥상두리에 둘러앉아 함께 먹을 수 있는 환경이야 조선공화국에서도 태산은 얼마든지 아들애에게 만들어줄 수 있을 것이다. 하지만 아들애의 장래에 대해 생각할 때 과연 조선인민공화국이 안전하고 행복한 사회일까? 아랫동네가 어떤 나라라는 것을 누구보다 태산이 잘 알고 있었다. 태산은 이내 결심을 굳힌 듯 천천히 손전화를 열었다.

― 반탐처장, 나 부부장이오.

― 직접 전화를 주시고 어인 일이십니까?

문처장 동지가 깜짝 놀라며 전화를 받았다.

― 내 급한 용무가 생겨서 말이오. 머 급한 부탁 하나 해도 되겠소?

― 머든 지시만 하십시오.

― 비법월경하다 붙잡힌 자들이나 중국 공안에 체포되었다가 북송된 자들의 명단을 급히 받을 수 있겠소? 두 달 이전까지 소급해서 말이오.

정숙 동무의 말에 따르자면 참이가 몽고 울란바토르 공항에 도착했다고 했는데 막상 이런 말을 듣고 보니 마음이 놓이지 않았다. 북경이나 방콕, 하노이, 양곤 같은 국제공항에서 체포되어 북송되어 오는 동무들도 더러 있다는 것을 알고 있었기 때문이었다.

― 거야 어려운 일은 아니오.

― 고맙소, 중국 공안에도 연락을 취해 간수소에 대기하고 있는 예비 북송자들 명단도 좀 부탁하오. 업무량이 많을지 모르니 공화국 거주지가 신의주이고 십대 남학생 위주로 먼저 명단을 만들어주면 좋겠소. 머 공적인 업무는 아니니 형식 생략하고 올려도 좋소.

태산이 부드러운 목소리로 말했다.

― 부부장 동지, 그렇다면 머 직접 찾고 계신 남학생 동무 인적사항

을 주십시오. 그리하면 문건 탐색을 속전속결로 할 수 있으니 까니~

– 머 특별히 학생 동무 하나를 찾으려는 것은 아니요. 내 신의주시 보위부에 있었던 터라 신의주 관내 학생 동무들 동향을 좀 살펴보려는 것이오.

태산은 자신의 속내를 보이지 않으려고 애를 썼다.

– 아니 머 신의주 지역 학생 동무들 비법월경이 있었습니까?

– 아, 아니오. 그저 살펴볼 내용이 좀 있어서 말이오. 그럼, 반탐처장 동지, 부탁하오.

– 예, 알겠습니다.

태산이 먼저 전화를 끊었다. 그는 가능한 참이의 존재에 대해 외부에 노출시키지 않으려고 했다. 보위부에 참의 존재를 노출시켜서 득이 될 일이 전혀 없다는 판단이 섰기 때문이었다. 정숙 동무의 말처럼 정말 아랫동네에 무사히 도착했다면 공연히 참이를 특정하여 반탐의 대상으로 만들 일이 아니기 때문이었다. 마음이 급한 탓에 행방불명자로 처리를 해놓기는 하였지만 북송이라도 되는 날엔 이상한 냄새를 맡고도 남을 동무들이었다. 그래서 보위부 요원들에게는 자신의 정보업무를 실천함에 있어서 바로 옆에 앉아있는 동지도 모르게 하라는 철칙 같은 것이 있는 것이다.

이튿날, 반탐처장 동지로부터 부탁한 문건을 올려 받았다. 비법월경을 하다 체포된 신의주 관내 학생 동무들이 몇 명 있었다. 여전히 공화국을 탈출하려는 주민들이 있다는 사실에 태산은 놀라지 않을 수가 없었다. 그러나 아무리 문건을 훑어봐도 참이의 이름은 눈에 띄지 않았다. 태산은 으흠, 하며 안도의 신음소리를 흘렸다.

그럼에도 가슴 한쪽이 허전한 느낌은 조선공화국의 보안이 여전히 허술하다는 점 때문이었다. 동실이와 점을 친다는 만룡이란 학생 동무까지 비법월경을 하여 몽고 울란바토르 공항까지 도착했다니 공화국 국경 수비대는 허수아비라는 생각이 들었다. 비법월경자들이 목숨을 걸고 감행하는 탈출을 국경 수비대원들이 당해내지 못하는 모양이었다. 조선공화국의 국경을 지키면서 안전변安全辨:안전판 역할을 해야 하는 수비대원들은 물론이고 반탐反探이나 리적利敵하는 행위를 미리막이예방하고 색출해내야 하는 정보원들의 무능함이 적나라하게 드러난 셈이다.

태산은 반탐처의 부하들을 회의실에 앉혀놓고 정신무장을 시키고 있었다. 길게 늘어선 앞상책상에 앉은 보위원들의 이마에 침을 튀겨가며 해이해진 동지들의 마음의 탕개상태를 바짝 조였다. 공연히 화가 잔뜩 돋은 탓인지 부하들의 정신을 뽑아낼 정도로 혼을 내고 있었다.

─ 동무들, 지금 제정신이야? 조선공화국이 어찌 되어가고 있는지 알기나 하나 말이야. 하나를 말하면 열을 헤아리는 보위부의 기백은 어디로 갔나, 응? 동무들, 내 괜히 너들의 혼맹이를 빼는 줄 아니 응? 조선공화국 전 지역을 책임질 동무들이 말이야, 어이 관내에서 학생 동무들 비법월경 하는 것도 색출하지 못하니 응? 동무들 촉이 이렇게 무뎌서야 어찌 보위색 군복을 입을 수 있는가 말이야! 공화국이 절로 굴러가는 줄을 아나 응? 여~ 아직도 압록강 려관 드나드는 놈들 있나? 녀성 보위원 동무들은 거 잠깐 귀 좀 닫아라. 사내 넘들 머 너들 가운데 아직도 자지타령 하고 다니는 넘들 있다는 거 훤히 꿰뚫고 있단 말이야. 자지 타령들 그만 하고 당장 비법월경 하는 놈들 잡아서 실적을 올리란 말이야! 간번에 현송월이 번지수도 제대로 찾지 못해가지고서니 동무들이 우왕좌왕하지 않아서? 이 게 다 무슨 추태이니 말이야 응? 너들 입술을 감물고감아 물고 있지만 말고 거 무슨 말을 하던 혀를 한

번 놀려보란 말이야. 여 이번 참에는 턱밑에 수염 난 놈들 귀 좀 닫고 있으라. 머 여기 녀성 동무들도 사내놈들이나 매한가지란 말이야. 어 드런 녀성 보위원 동지였나, 응? 머 장마당에 나가 여맹원 일군 잡아 놓고 누누구 코가 높나 머 이런 쌈질을 했다는 소문이 돌더란 말이야~ 야 너들이 기깟 콧등 좀 높다고 위세를 떨었다 말이니 응? 어떤 녀성 보위원 동무는 그저 장마당에 개구장마누라 소문이 파다하더란 말이 지~ 입이 걸어 이마내흥내도 못 낸다는데 설치고 다니는 행실이야 어 디다 대고 말을 하겠나, 응?

태산은 제풀에 화가 치솟아 고래고래 소리를 질렀다. 연단에 우뚝 서서 바닥에다 발뒤꿈치를 찍어 구두징 소리를 내고 연탁판을 탕, 탕 두드리면서 목 심줄이 튀어나오도록 고함을 쳤다. 당장 실무로 돌아가 서 가출한 사람들을 적발하고 신의주 관내 고등중학 학생들 중에 사 라진 학생들의 명단을 제출하라는 명령을 내렸다.

태산으로서 이런 지시를 내린 것은 제 살을 스스로 베는 행동이나 같은 것이었다. 하지만 행방불명 처리해 놓은 참이에 대한 보위부 부 하들의 촉을 알아보고, 동실이나 점을 친다는 만룡 학생에 대하여 어 떻게 처리하는지 알아보려고 또한 수작을 걸어놓은 셈이었다. 또한 공 화국 보위부 감시체계에 빈틈이 많다는 것을 태산은 수치로 생각하고 있었다.

4

정숙 동무와는 이제 춘풍시절이 열렸는데 태산은 이런저런 일들로 마음이 복잡했다. 참이를 자식으로 끌어안고 공화국에서 잡음 내지 않고 살기란 어려울 것이라고 생각했다. 용희 동무의 애절한 부탁도 있고, 도당위원장까지 들이닥쳐 말대포를 놓고 갔는데 참이의 비법월경이 차라리 잘 된 일인지도 모른다고 생각하고 있었다. 무슨 운명의 장난인지 상철이와 참이가 학교에서 만난 것을 보면 비록 배腹는 달라도 피血는 서로를 끌어당기는 모양이라고 생각하고 있었다.

씨도둑은 ˈ못한다더니 다른 데는 몰라도 두 놈 모두 자신과 비슷한 데가 있다고 태산은 생각하고 있었다. 용모야 상철이가 태산을 많이 닮았지만 정숙 동무를 많이 닮은 참이를 봐도 자신과 닮은 데가 많다는 생각이 들었다. 땅바닥에 머리 박고 빙글빙글 남조선의 아이돌 춤을 추는 것을 보면 엉뚱한 습벽을 여지없이 닮은꼴이었고 비법월경을 대범하게 저지른 것을 봐도 자신의 기백을 닮은 것이었다.

이런 생각을 하고 보니 다시금 태산의 가슴이 시려오기 시작했다. 상철에게는 김종대에 입학할 수 있도록 아버지로서 최선을 다했다. 씨앗을 땅속에 심고 밑자리를 든든히 밟아주었으니 이제 상철에게는 아비로서 여한이 없다. 김종대를 나오면 이제 저도 공화국 간부들의 다른 자식들처럼 제 길을 향해 쭉, 쭉 뻗어 나갈 것이다.

참이가 조선공화국에 뿌리내리고 살아간다 해도 대학에 들어가는 것은 마음처럼 쉽지 않았을 것이다. 상철이 문제만 해도 빠듯한 일이었고, 발바닥에 뜨거운 불이 붙을 듯 이리저리 뛰어다닌 결과였다. 아버지의 마음이 이런 것인가. 공화국을 떠난 참이를 생각하면 정말 가슴이 시리고 아팠다. 자신은 지금 보위부에서 잔뼈가 굵어 어엿한 간부가 되고 아스팔트 도로처럼 길이 열려 있지만 참이를 생각하면 눈물이 괴일 뿐이다.

어쩌면 이런 감정이야말로 이 세상의 모든 부모와 자식 사이에 일어나는 당연한 감정일지도 모른다. 태산은 피도 눈물도 없다는 보위부 간부답지 않게 옷소매로 쓰윽 눈시울을 훔쳤다. 한바탕 부하직원들을 향해 소란을 떨고 나서 그러는지 마음이 더욱 울적해졌다. 이럴 때는 정말 정숙 동무가 그립고 당장 앞에 있다면 와락 끌어안고 울고 싶은 심정이었다.

이제 정숙 동무 때문에 괴로워하고 애를 끓일 일은 없을 것이다. 잠자리 눈꼽눈곱만큼도 열리지 않을 것만 같던 정숙 동무의 마음이 열린 것은 배우의 연기습작演技習作보다 더 극적으로 찾아온 놀랄만한 일이었다.

정숙 동무를 가까이할 수 있다는 것은 태산에게는 크나큰 축복이었다. 태산은 정숙 동무와 몸을 섞으면서 자신에게 주어진 축복이라고 느꼈던 것이다. 그녀의 마음을 붙잡을 수 있다는 것이 축복이라고 생각했다. 계집난봉으로 숱한 녀성 동무들과 부어라 마셔라 별짓을 다해 보았지만 태산의 몸속에 괴어있는 공허함은 전혀 사라지지 않았었다.

태산이 다른 녀성 동무들과 육체적 탐닉에 빠져 있을 때에도 마음 밑바닥에는 늘 고독감이 밤안개가 마당에 깔리듯이 자리 잡고 있었다. 아니 어쩌면 그럴 때마다 쌓이는 그의 고독감의 두께는 더해가는 것만 같았다.

그런데 참으로 알 수 없는 것이 사람의 일인 모양이다. 태산은 그 고독의 근원이 무엇인지 알게 되었고, 그 고독의 두께가 어떤 것인지 알게 되었다. 태산의 몸과 마음을 지배했던 거대한 그 고독의 중심에 정숙이란 동무가 자리 잡고 있었던 것이다. 정숙 동무와 연기습작 보다 경이로운 무대를 만들고 한바탕 연기습작을 치른 후에 태산의 몸과 마음을 누르고 있던 고독의 무게가 점점 벗겨지는 것만 같았다.

정숙 동무와 몸을 섞는 순간은 이제 연기습작이 아니라 태산에게 화려하게 열리고 있는 공화국의 실제 생활이었다. 그에게 꿈결같이 펼쳐지고 있는 현실이었다. 정숙의 몸과 자신의 몸이 하나가 되면서 태산은 이게 꿈은 아니겠지 하며 몇 번이나 자신의 의식을 확인해 보곤 했다.

역시 꿈은 아니었고, 정숙 동무가 은은한 불빛 아래서 벗은 몸으로 움직이고 있는 현실이었다. 정숙의 감미로운 냄새에 압도된 채로 상상이 아닌 실제 정숙 동무의 가슴을 열고 들어갈 수 있었던 것이다. 사람은 누구나 고독한 것이다. 태산은 그 고독의 뿌리가 그리움의 씨앗이라고 생각하고 있었다. 누군가를 만나 자기 영혼을 모두 바칠 수가 있다면 그의 몸과 마음을 지배하고 있었던 그 고독은 사랑이 될 것이다. 그리움이 크면 고독도 크게 되고 고독이 깊어지면 그리움도 깊어지게 된다.

보위부 정문으로 화사한 입성의 녀성 동무가 들어오고 있었다. 태산이 자세히 보니 녀성 동무는 색안경을 걸치고 고운 해양산解陽傘:양산을 비스듬히 올려 쓰고 있었다. 해양산을 뒤로 젖혀 올린 순간 정숙 동무라는 것을 알아차렸다. 오호, 정숙 동무가 근무시간에 자신을 찾아오다니 요즘에는 정말 고독할 시간이 없구나. 태산의 표정에 생기가 피어나면서 입가에는 미소가 가득했다.

— 정숙 동무, 어이 련락연락도 없이 불쑥 내게 올 생각을 했나 응?

게 앉으라.

– 태산이 동무~ 내 안달음을 놓듯^{급히} 불쑥 찾아와서 뿔이 난 거는 아니오?

정숙은 우아한 자태를 흐트리지 않으면서 조신하게 엉덩이를 소파에 내려놓았다.

– 무슨 서거운^{서운한} 말을 하고 그러나~ 내 집처럼 드나들어도 괜찮아~

아무런 치장을 하지 않았을 때도 태산의 마음을 사로잡았던 정숙 동무의 모습이 한껏 멋까지 부려놓았으니 태산은 정말 설렘으로 속이 타들었다.

보고 있어도 보고 싶다고 했던가. 정숙과의 관계에서는 몸에서 떨어지자마자 다시 사무치게 그리움으로 목이 마르는 것이었다.

태산에게 이런 느낌은 온전히 정숙 동무로부터 비롯되었다. 정숙 동무에게는 다른 녀성이 지니지 못한 신비한 매력이 있었던 것이다. 공화국에서 계집난봉으로 방탕한 진흙탕 속에서 헤쳐 나올 수 있었던 것은, 생각하면 할수록 소유하고 싶은 정숙 동무가 있었기 때문이다. 그리움의 대상이 있었던 탓에 진흙 속에 빠져도 이내 정신을 가다듬어 제자리로 돌아올 수가 있었던 것이다. 그런 그리움의 화신인 정숙 동무가 새벽드리^{아주 일찍} 찾아온다 한들 뿔이 돋을 리는 만무^{萬無}였던 것이다.

– 태산이 동무, 내 묻고 싶은 말이 있소.

– 묻고 싶은 말이라니 머든 물으라.

태산이 서류철을 탈, 탈 쳐댄 다음 정숙 동무가 앉아있는 소파에 마주 앉으며 말했다.

– 용희 동무하고는 어이 의절을 했던 것이오?

– 난 또~ 부부 의절이야 머가 있나? 그저 이것저것 맞지 않으니 헤

어지는 거지~

태산은 지난날의 일들이 떠오르자 낯바닥이 달아올랐다. 사내로서 부족할 것 없는 자신이었다. 그러나 부부 의절한 리막을 생각하면 떳떳하게 털어놓기에 망설여지는 것이었다.

- 용희 동무가 먼저 의절하자 했다면서요?

- 말인즉 그렇지만 머 내 쪽에서 어이 먼저 의절하자 꺼내들 수가 있었겠나? 가시아버지장인가 시퍼렇게 노려보고 있는데~ 내 낯바닥 붉힐 일이지만 어쩔 수 없이 잘자리잠자리에서 용희 동무를 못살게 굴었지~

태산은 변명을 하느라 진땀을 흘리고 있었다.

- 그래 태산이 동무는 용희 동무 어데가 그렇게 싫었댔소?

- 머 부부 싫다는 거를 딱 이렇다 하게 단정 지을 수야 없지 않니 응? 머 배꼽 밑에 누워 꽥, 꽥 오리처럼 소리를 질러대니 견딜 수가 있어야지 어이 참~

말을 하다보니 엉뚱한 말이 흘러나왔다.

- 호호, 오리처럼 용희 동무가 소리를 질러대요? 오리가 갈갈대고 우는 뜻은 배가 고프다는 뜻인데~ 호호 태산이 동무가 용희 동무를 어지간히 굶겨댔나 보오?

- 아니 머? 딸꾹~ 딸꾹~

긴장을 했는지 다시 피꺽질딸꾹질이 나왔다.

- 맺히는 데가 있나 보오. 갑자기 피꺽질을 해대는 거를 보니~

- 게 아니라 난데없이 들이닥치자마자 용희 동무 얘길 꺼내니 당황스럽잖니~ 머 잘자리 좀 하려들면 오리처럼 꽥, 꽥 소릴 지르는데 어이 맘이 편했겠나? 아니 한데 용희 동무가 먼저 의절하자 했다는 말은

누구한테 들은 말이니 응?

부부 사이에나 아는 얘기를 정숙 동무가 알고 있으니 놀라웠다.

– 내 실은 용희 동무를 만났소.

– 아니 머이? 정숙이 용희 동무를 만났다고? 여우같은 녀편네를 정숙이 무슨 일로 만났다는 말이니?

– 태산이 동무 섭섭하오. 용희 동무가 어찌 동무 녀편네라 말이오? 태산이 동무 녀편네는 이제 엄연히 이 정숙이란 말이오.

정숙이 질투를 하듯 말했다.

– 하하하~ 거야 응당 맞는 말이야~ 정숙 동무가 그리 말을 해주니 머 내야 그저 과망대열 할 뿐이지~ 한데 무슨 일로 용희 동무를 만났다는 말이니 응? 참이 어쩌고 저쩌고 했다는 일로 만났더나?

– 예, 맞소. 내가 참이 일이 아님 무슨 일로 만났겠소? 태산이 동무는 머 날아가는 직승기도 떨어뜨릴 사람인데 참이가 어드렇게 되었는지 왜 신경조차 쓰지 않소?

정숙이 나무라듯 물었다.

– 내 어이 손발 놓고 가만있을 수 있겠는가~ 머 문 처장 동지에게 지시를 내려받아 본 문건에는 참이가 탈 없이 내려가는 데 성공한 거 같더란 말이야~

– 그래요? 태산이 동무, 정말 고맙소. 우리 참이만 탈이 없다면 난 아무래도 좋단 말이오. 내 명호 동무하고 의절을 했다고 용희 동무한테 선전 포고를 했단 말이오.

– 아니 선전포고라니? 상철이 어미하고 무슨 전쟁을 치르겠다는 말이니?

– 게 아니오. 참이가 떠나주었으니 내 상철이 후오마니게모 될 뜻은

들고 보재도 없고 태산이 동무 아낙네 노릇이나 슬쩍슬쩍 하고 지내겠
다고 하였소.

정숙이 태연한 표정으로 말했다.

— 하하하~ 좋다 좋구나. 그랬더니 용희 동무가 머라 하더나?

— 태산이 동무하고 살림을 내든 배꼽을 맞추든 관심이 없다 하오.
상철이 앞길에 걸림돌만 되지 않음 머든 상관없다 하였소.

— 흐응, 되바라진 에미나이가 머? 내 자식은 내리사랑이니 원스런
맘 갖지 말라고 당부까지 하지 않았나, 응? 그래도 정숙 동무한테 그
런 말을 들으니 이 태산이 마음도 홀가분하구나~

— 흥, 아주 악감정이 하늘을 찌르더란 말이오. 내게 머 충고를 하나
하겠다는데 하는 말이 머인 줄 아오?

정숙이 잠시 호흡을 가다듬었다.

— 제깟 게 정숙 동무한테 무슨 충고를 하더란 말이야? 내 참 우습
강스러워서리~ 누가 누구한테 충고를 한다나 응~

— 아이 에구나 어찌나 랍사事스런지 머 누구 귀에 들릴까 두렵소.
머 공화국 천지에 그런 음부천녀淫婦賤女가 따로 없더란 말이오.

정숙은 태산이 동무 앞에서 용희 동무를 맘껏 비웃었다.

— 아니 음부천녀라니? 관절 용희 동무가 무슨 입에 담지 못할 말을
했단 말인가?

— 태산이 동무 만나 살림을 내도 머 석 달 열흘도 붙어먹지 못하고
도망을 칠거라나 머라나?

태산은 정숙 동무의 말을 듣고 어이가 없어 얼른 말을 잇지 못했다.
숨을 가라앉힌 다음에야 화풀이를 했다.

— 아니 이런 고얀 에미나~

- 태산이 동무 거기 기럭지_{길이} 타령을 늘어놓았소. 거게가 다른 사내 동무들 두 배는 크다면서~ 거게다가 머 괴이한 습벽이라는 게 있대나 어쩐대나 흥~

정숙은 이렇게 말해놓고 붉어진 낯바닥을 손바닥으로 진정시켰다.

- 허어 나 세상이란 게 이 머인가? 어이 나를 요사스런 수렁으로 빠뜨린단 말인가 어이? 괴이한 에미나 같으니~ 머 좀 하려고 들면 아프다고 박, 박 소리 지른 여편네가 아니 머 어드렇다구 하~ 나~ 딸꾹 딸꾹~

태산은 결국 피꺽질을 하고 말았다. 용희 동무를 만나서 정숙이 애기를 꺼낼 때 튀어나오던 피꺽질이 이제 역으로 정숙 동무를 만나서 용희 얘기를 꺼내니 튀어나오고 있었다. 세상 일이 참 하루 앞을 내다보지 못한다는 게 어김없는 말인 모양이었다. 세상 살아오면서 한 번씩 내뱉었던 말들이 결코 낯설지 않다는 말이 옳았다.

- 태산이 동무, 너무 락담落膽하지 마오. 내 태산이 동무 이미 겪은 몸이라 실토를 하였소. 사내들이 점잔빼듯 빼돌리면 재미없지 않느냐고 벌차게 되물었소. 명호 동무보다 확실히 정신 번쩍 들게 하는 그 어떤 맛이 아주 그만이라 말해 주었소. 밤에 하릴없는 가난 타령 하면서 궁상떠는 아낙네들보다야 이부자리 밑에서 거게가 아프다고 꺽, 꺽 소리 지르는 아낙네가 여 조선공화국에서 복하지 않느냐고 아주 그냥 쐐기를 박아 놓았소.

태산은 정숙 동무의 말하는 모습을 뚫어지게 바라보았다. 여태껏 상상하지 못했던 정숙 동무의 변화가 그에게는 낯설었기 때문이다. 베개밑 송사가 옥합을 뚫는다는 말이 있듯이 이러다가 정숙 동무 때문에 언젠가는 한번 코를 베일 일이 닥치지는 않을지 염려스러웠다. 그럼에도 당장 태산은 정숙이 동무의 이런 벌찬 행동이 나쁘다는 생각은 들지 않았던 것이다.

종달새처럼 지저귀리는 정숙 동무의 모습에 태산은 녹아내리고 있었다. 장차 그녀의 어떤 말과 행동도 모조리 받아줄 수 있을 것만 같았다. 그를 향해 웃어주는 정숙 동무의 눈매를 보자 태산의 몸은 다시 꿈틀거리고 있었다. 요술을 부리는 것도 아닌데 정숙은 태산이 앞에서 단 몇 마디를 하면서도 그의 마음을 사로잡아버렸다.

- 태산이 동무, 언제 업무를 마치오?
- 내 긴한 보고를 하나 기다리는 중인데~

정숙을 대하니 태산의 마음이 더욱 급해지고 있었다.

- 여기에서는 좀 난처한 일이 있어서 말이오.
- 아니 난처한 일이라니~

태산이 서류문건을 스적스적 넘겼다.

- 벽에도 귀가 있대는 말을 하지 않았소?
- 아이쿠~ 정숙 동무가 머 아주 마음먹고 왔나? 내게 무슨 더 할 말이라는 게 있나?

정숙의 몸에서 상큼한 냄새가 맡아졌다.

- 여기에선 좀 부담이 되오. 머 아무도 엿듣지 못할 데가 있음 그만일 텐데~

정숙이 잘 차려입은 치맛자락을 한번 펄럭거렸다. 태산은 정숙의 몸에서 흘러나온 향기를 맡으려는 듯 큼, 큼 크게 숨을 들이마셨다.

- 정숙 동무, 그럼 째만 기다리라. 거야 자동차를 타고 한적한 데로 산보데이트를 나가면 되지 않겠나~ 급한 보고는 손전화로 전해 받으면 되는 게고~ 휘~ 휘이잇~

태산의 입에서 휘파람 소리가 흘러나왔다.

– 그리만 해주면 나야 정말 좋지요. 호호호~ 머 압록강변 찻집에도 괜찮은데~

– 정숙 동무, 뜻이 그렇다면 그리 하자~

태산은 서류문건을 정리한 다음 자동차를 압록강변 찻집으로 몰았다. 압록강에 대한 태산의 감정은 마치 파랑새의 둥지처럼 아늑한 것이었다. 정숙 동무를 안을 수 있게 되었던 계기가 압록강에서 비롯되었기 때문이다. 압록강에 투신한 정숙 동무를 목숨을 걸고 구해낸 것이 커다란 역할을 했다고 생각하고 있었다. 그에게서 정숙 동무가 없다면 세상이란 것이 아무 의미가 없을 것이다. 정숙이라면 태산은 정말 소중한 자신의 목숨과도 바꿀 수가 있을 것 같았다.

태산은 출발한 지 채 삼십 분도 되지 않아 강변의 아주 으슥한 숲속에 자동차를 세웠다. 강변의 찻집들이 우거진 나무 틈새로 바라다보였다.

– 정숙 동무, 머 차라도 한잔 마실까?

– 아니오. 예서 그저 얘기나 나누오.

태산은 정숙 동무와 이렇게 비밀스런 공간에서 단둘이 있는 시간이 가장 좋았다. 관내에서는 그래도 손에 꼽을만한 간부가 되고 보니 자나 깨나 다른 동무들의 눈을 의식해야 했던 것이다.

– 어 그래~ 나도 머 딴 동무들 보는 눈도 있고 해서 이케 차안에 있는 것도 괜찮아~ 정숙이 예쁜 봉우리도 이케 만지면서 말이야. 하하하~ 내 그저 언제든지 정숙 동무 옹달샘에 빠져 흠뻑 몸을 적시고 싶은 사람이란 말이야~

– 아이 에구나~ 적실 데가 없어 옹달샘에 빠져 흠뻑 몸을 적신다는 말이오? 호호호~ 옹달샘이야 머 하냥 태산이 동무 위해 향긋한 물로 채워둘 테니 염려 마오. 한데 태산이 동무, 내 남의 눈치 보지 않고 론

의할 일이 생겨 이렇게 압록강으로 나오자 하였소.

– 사무실에서 하지 못할 말이라는 게 머인가? 그저 말을 하는 것도 아니고 론의 할 일이라는 게 말이야~ 이거 정숙 동무가 진지하게 덤비면 공연히 토끼심장이 된다는 말씀이야, 허허허~

태산은 정숙 동무의 입에서 어떤 론의의 말들이 쏟아져 나올지 대충 짐작하면서 거드름을 피우고 있는 중이었다.

– 개처럼 으르대지 않을 테니 염려 마오. 달식이 동무가 찾아 왔소.

달식이 동무 이름을 말할 때는 정숙의 입술이 약간 떨렸다.

– 아니 머? 달식이 놈이 정숙 동무를 찾아 왔더란 말인가?

태산은 정숙 동무 앞에서 여전히 시치미를 떼고 있었다.

– 태산이 동무가 보낸 게 아니었소?

– 아, 아니~ 한데 달식이 동무가 찾아와서 머를 어찌 했는데~

– 난데없이 봉투를 들이밀더란 말이오.

정숙은 들가방에서 세 개의 봉투를 꺼내 태산이 동무에게 건넸다.

– 아니 달식이 놈이 이런 봉투를 들이밀어? 하하하~ 오래 살고 볼 일이로구나 응? 한데 무슨 명목으로 하나도 아니고 이런 봉투를 세 개씩이나 들이밀더란 말인가?

태산이 역시 뚝 시치미를 떼면서 호기심어린 표정으로 턱을 추켜세우고 있었다.

– 내 그래서 놀랐단 말이오. 어인 봉투냐 물어도 그저 묻지 말고 받아 달라 싹, 싹 빌 정도였단 말이오.

– 아하하하~ 달식이 놈 참 얄궂다 응? 아니 도깨비방망이를 얻어 줍지는 않았을 테고~ 무슨 심정으로 정숙 동무에게 봉투를 건넸을까나 응?

태산이 장난스럽게 입을 동그랗게 홈쳐서 봉투에 후~ 바람을 불어 넣었다.

– 달식이 동무가 내게 이런 말을 하더란 말이오.

– 무슨 말을 하더나?

태산은 얼굴을 바짝 가져다 대며 정숙 동무의 숨소리를 듣고 있었다.

– 나한테 미리 저축을 한 대나 어쩐대나 호호호~

– 미리 저축을 해? 참 엉뚱한 동무일세. 그래 정숙 동무가 머라 대꾸를 했나?

정숙 동무의 눈을 뚫어지게 쳐다보는 태산의 눈에서는 또 욕정이 꿈틀거리고 있었다.

– 내가 저금소도 아닌데 나한테 어이 저축을 한다는 말이오? 이랬더니 난데없이 내를 뚫어지게 치어다보더니 엉뚱하니 귀를 좀 빌려 달라 하더란 말이지요.

– 야야, 무슨 체신소 저축증대 선전지도 하는 장면 같구나, 응 하하하~ 그래 귀를 빌려주었더니~

– 예, 아주 자기 입을 내 뺨에 찰싹 붙이더니~

정숙이 살짝 뜸을 들이면서 호흡을 가다듬고 있었다. 정숙의 시선을 피하면서 태산이 심드렁히 말했다.

– 흐흥, 괘씸한 놈 보게~

– 시 녀맹 부위원장 증 받게 된다면서요? 이러잖소. 내 그래 조선공화국에 소문이 이리 빠르다는 말이오? 하였더니 머 발 없는 말이 천 리를 가는 법이라고~

– 아하하하~ 달식이 동무 귀에까지 그런 소문이 나돌 정도는 아닌데 아주 달식이 이놈이 귀문은 딴 동무들 귀문보다 퍽이나 넓은 모양

이지 응?

태산은 달식이 동무가 자신이 바라던 일을 제대로 완수했다는 생각에 내심 흡족한 마음이었다.

─ 태산이 동무, 나 지금 진지하단 말이오.

─ 어 그래 내 말에 롱기弄氣가 어려 있나? 내 기분이 좀 풀려서 그렇게 들리는 모양이지 아마~

하고 태산이 자세를 고쳐 잡듯 상체를 길게 뻗으면서 말했다.

─ 시 녀맹 부위원장이라고 한 달식이 동무 말인즉슨 태산이 동무가 이 정숙일 위해서 이미 준비사격을 마치었다는 말이 아니오?

하는 정숙 동무의 말에 태산은 만면에 흡족한 표정을 짓고 있었다. 정숙 동무가 좋아하는 모습을 보면서 태산은 새삼 만족감에 젖고 있었다.

─ 시 녀맹에 알아보았더니 쑤시고 들어갈 부위원장 자리가 마땅치 않아~ 그래 정숙 동무 사는 로동자구 초급위원회에 알아보았더니 마침 부위원장 자리에 공석空席이 생겼어~ 그래 내 대충 거 위원장 동지하고 론의했는데 며칠 내에 답이 올 게야. 기업소 녀맹은 싫고 지역 녀맹에서 주체적 조선녀성운동의 전통을 빛내고 싶다 하지 않았나?

─ 태산이 동무, 정말 고맙소. 난 정말 초급일군이면 충분하오. 강성대국 건설대전은 물론 김정은 위원장 결사옹위에 한 몸을 바치겠소. 한데 참이 일이 문제가 되면 어이 하오?

─ 정숙 동무, 조선공화국에서 난 완벽한 사내란 말이야. 참이 일은 이미 에누리 하나 없이 행방불명으로 처리해 놓았지~

─ 오호~ 태산이 동무 정말 고맙구려~ 머 이제 남은 것은 저 본가집 식구들 문건이 가장 마음에 걸리는구려~

정숙 동무의 입에서 숫제 장탄식이 흘러나왔다.

– 거야 머 훈장, 메달을 보충해서 부족한 문건의 토대를 보충하면 될 일이 아닌가, 응? 훈장, 메달이야 이 부부장 힘으로 만들어내면 되는 일이고 말이야. 내 수일數日 내에 정숙 동무한테 좋은 소식 날라 들어갈 테니 그리 알라~

정숙은 태산의 말이 끝나기도 전에 몸통을 비스듬히 틀어 태산의 목을 감아 매달렸다. 태산은 기다렸다는 듯 정숙 동무의 젖가슴 사이에 얼굴을 묻으면서 양손으로 정숙의 치마 속을 더듬어 들어가기 시작했다. 몸이 달아오르자 태산은 더는 못 참겠다는 듯 정숙 동무를 끌어안고 뒤자리뒷자리로 넘어갔다. 입으로 할 수 있는 일이 어디 밥을 먹고 말을 하는 것뿐이랴. 손이라는 것이 어디 물건을 만들고 글가락이나 짓자고 붙어있을 뿐이랴. 문득 그에게 있어서 손과 입은 분명 지친 삶의 한 모퉁이에서 정숙 동무의 몸을 희롱하라고 존재한다는 생각이 들었다.

– 태산이 동무, 거기가 불편하니 살살 하오.

태산이가 정숙의 치마를 걷어 올려 속옷을 벗겨내고 두 발을 어깨에 걸치려 들자 약간 주눅이든 표정으로 정숙이 말했다.

– 아까 보니 걸음씨걸음걸이가 약간 어기적어기적거리더니~

– 산과産科 담당 녀성 동무가 자궁이 헐었다면서 바깥 사내 손을 탔는지 묻더란 말이오.

– 머야? 산과 녀성 동무가 그저 어지간히 심심했던 모양이지? 녀성 동무들 가랑이나 쫙 쫙 벌리고 밑구멍이나 들여다보면 그만이지 어이막되어 먹은 사람처럼 신경증히스테리을 부리고 그래~ 내 깜냥엔 사정 봐가며 하노라 하는데도~

태산은 천천히 자신의 팽팽해진 남경을 동백기름을 발라 곱게 빗어

내린 듯한 정숙의 새카만 숲속의 샘을 향해 들이밀기 시작했다.

— 낮바닥이 화끈 달아올라 허겁지겁 돌아왔다오. 인민반장도 예사로 보지 않았소. 불두덩뼈가 무너질 듯 아파 걸음씨가 어기적어기적하는 거라오. 아~앗! 태산이 동무! 아래쪽에 너무 세게 힘을 넣지 마오.

— 그럼, 지금처럼 이렇게 하는 거는 어떠한가?

태산이 좁은 자리에서 구부정히 허리를 숙여 다시 자세를 잡았다.

— 아! 아아! 너무 깊이 넣지 마오.

— 그럼, 이런 조작방식은 어떠한가?

태산이 힘껏 넣지 않고 딱 절반을 집어넣는다는 조작방식으로 자세를 취했다. 정숙 동무의 표정을 태산은 비좁은 공간에서 읽을 수가 없었다. 사람이 어떤 환경에서도 남녀 호상 붙어먹을 생각을 하는 것을 종족보존을 위한 본능 때문이라는 생각으로 합리화하고 있는 것이었다. 은밀한 공간에서 이런 둘만의 행위는 자연생태계의 본질이라고 태산은 합리화하고 있었다.

— 아~ 딱 그 정도가 좋아요. 아~ 그 정도면 아주 괜찮아요. 그래 그렇게 아아~

— 아이고 그저 좋구나~ 아 나 이런 미끌미끌 조갯살처럼~ 고뿔딱 고뿔딱 그저 요동을 치는 맛이 아주 그만이야~ 어이 어이 어이 옳지 옳지 옳지 오냐 오냐 오냐~

태산이 입가에 묘한 미소를 지었다. 눈을 지그시 감은 채 정숙의 샘 속에서 일어나는 쫄깃쫄깃한 움직임을 느끼고 있었다. 다시 태산이 엉덩이를 움직여서 근질거리는 세포들을 채근하여 온몸이 경직되고 전율하는 곳까지 도달하는 과정은 꿈길을 걷는 것만 같았다. 태산이가 녀성들과의 잘자리에서 가장 힘든 대목은 상대 녀성이 아프다고 소리치는 대목이었다. 용희 동무의 말처럼 물건의 크기가 다른 사내들의 두 배라서 그런다는 생각이 들지는 않았었다.

태산은 목욕칸에서 고개를 숙여 자신의 물건을 세심히 살펴보았었다. 그런데 아무리 살펴보아도 다른 동무들의 두 배 크다는 말은 말을 지어내기 좋아하는 엉터리 박사들이나 할법한 말이라고 생각했다. 원주필볼펜을 갖다가 맞대 보기도 하고 타래자줄자를 들이대고 재어보기도 했던 것이다. 입이 조금 벌어질 만큼 우람한 데는 있었지만 용희 동무의 말처럼 다른 사내들 것의 두 배라는 것은 인간제조에 실패한 조물주를 희롱하는 말과 다를 바가 없었다.

명호 동무가 보위부 지하 독방에서 기럭지 얘기를 꺼냈을 때 태산이는 속으로 웃음이 나왔다. 체면을 무릅쓰고 흔들리는 불알백열등 밑에서 자지自持를 꺼내 보일 수도 없는 노릇이었기 때문이었다. 세상의 일이란 참 한 치 앞도 내다볼 수가 없다는 것을 태산은 지금 정말 실감하고 있었다. 그저 한뉘 마음속에 품고 살아온 정숙 동무와 이렇게 단둘이 차안에서 선전대의 혼성방창混聲傍唱처럼 은밀한 남녀화음을 내고 들을 수가 있다니 말이다.

정숙 동무의 향기로운 샘에 자신의 남경男莖:생식기을 밀어 넣고 천천히 흔들어대면서 태산은 명호 동무를 비웃었다. 흥, 보위부의 자지自持들을 한껏 키우라느니 머라느니 아주 가관이었지? 머 자기 자지가 내 것보다 크대나 어쩐대나 흥 나쁜 자식~ 자지가 내 것 보다 더 커서 정숙 동무가 저한테서 떨어지지 못한다는 헛소리를 하던 놈이 아니던가 말이다.

저 한 몸 사라진다고 정숙이가 넙죽 내 밑에 누울 줄을 아느냐고 아주 기세 좋게 비웃었지 응? 흥, 머라더라 옳지 내 자지自持 가지곤 정숙이 절대 품을 수 없다고 아주 양양陽陽하게 조잘거렸었지~ 하하하, 명호 동무, 꿈에서라도 내가 정숙 동무 두 발을 내 어깨 위에 걸치고 노는 이런 장면을 보게 된다면 아주 그냥 꼴딱 눈이 뒤집히겠지, 응?

야, 야 명호 동무 들어보라. 정숙 동무 지금 아주 그냥 좋아 죽겠다는 지 몸을 비틀어대고 난리법석을 내누나. 아주 그냥 단내가 나도록 신음소리를 흘려대고 거기가 아프다고 어흥, 어흥~ 우는 건지 웃는 건지 아주 뜻도 모를 신음소리를 질펀하게 흘리고 있단 말이야, 응? 명호 동무 알기나 하나, 응?

자동차의 몸체가 흔들릴 정도로 태산은 정숙 동무와 거나하게 일을 치렀다. 비좁은 이런 공간에서 몸을 서로 비벼대며 정숙 동무의 은밀한 냄새에 취하여 숨 막히게 하는 신음소리를 듣는다는 것이 꿈결처럼 느껴졌다. 힘들고 지친 삶의 로정路程에서 정숙 동무와 함께 습벽처럼 이런 짓을 벌이는 것에 대해 누가 손가락질을 하겠는가. 명호 동무와도 법적으로 의절한 정숙 동무가 아닌가 말이다.

5

그들은 무슨 일이 있었냐는 듯 옷매무시를 마치고 자동차에서 내려 압록강 차집찻집으로 들어갔다. 찻집 창가에 앉아 강변을 따라 늘어선 찻집들의 불빛을 바라보며 흡족한 저녁시간을 만끽하고 있었다. 이런 시간을 생각해 보면 태산은 지금까지의 인생에서 명호 동무의 존재가 최대의 걸림돌이었음을 다시금 확인할 수가 있었다. 태산은 명호 동무에게 어떤 부담감이나 죄의식을 느끼고 싶지 않았다. 세 사람 사이의 관계가 어떤 방향으로 흘러간다고 하더라도 그것은 운명일 것이라고 태산은 생각하고 있었다.

― 태산이 동무, 몸에 열이 나고 허리가 너무 아프오. 아주 엉덩이뼈가 으스러지는 줄 알았단 말이오.

― 열병熱病이며 치골통恥骨痛에는 그저 조선공화국에서는 뭐니 머니 해도 곰열熊膽이 최고 아니겠나? 정숙 동무가 아프다는데 내 가만 두고 볼 수는 없단 말이지~

태산은 압록강 강변을 정숙 동무와 팔짱을 끼고 걷고 있었다. 그녀와 함께 구두 발자국 소리를 남기며 천천히 걷고 있는 지금 이 순간이 꿈속인 것 같은 환상에 젖어 있었다. 권세도 얻고 연분하던 녀성동무도 얻었으니 세상에 부러울 것이란 이제 없다는 생각이 들었다. 흥, 태산이 인생에 두 마리 토끼를 모두 얻게 되는 날이 오다니~

태산은 그녀가 촉원囑願하는 것은 무엇이든 들어주리라 생각하고 있었다. 정숙의 태도로 보니 말은 그렇게 하지만 결코 녀맹 초급일군으로 만족할 동무가 아니었다. 정숙의 내일날을 위해 태산은 먼저 자신의 권력이 지금보다 더 탄탄해져야 한다는 생각이 들었다. 그의 권력이 탄탄해야 정숙의 이름 앞에 쨍한센 지위를 얹혀줄 수 있을 것이다. 정숙 동무에게는 무엇이든 주어도 아깝지 않을 태산의 이런 느낌은 연분하는 녀성들을 대하는 공화국의 다른 사내 동무들도 별반 다르지 않을까?

그들은 어둠이 짙게 깔려 강변 불빛이 더욱 매혹적으로 보이는 곳에 서서 너울너울 흘러가는 강물을 바라보고 있었다. 태산은 빛을 담아 일렁이는 강물을 함께 바라보는 이 순간을 위해 살아온 것만 같았다. 청년 시절로 돌아간 듯 정숙 동무는 태산이 앞에서 깡충깡충 뛰기도 하면서 연신 벙싯벙싯 웃었다. 그리고 곧장 뒤돌아 달려와서는 태산의 몸에 찰싹 매달렸다. 이런 정숙의 모습에 태산은 세상을 다 가진 듯한 만족감에 젖어 있었다. 중년의 사내인 자신에게 이런 감성이 아직 가슴 속에 남아있다는 생각에 매우 흐뭇해하고 있었다.

－ 정숙 동무, 엉치뼈가 아프다면서 어이 그렇게 내달리고 그러나?

－ 그저 신기해서 그런다오.

－ 아니 정숙 동무에게 머가 그래 신기하단 말이야 응? 이거 몹시 궁 금하구나 정말~

－ 정숙이가 이렇게 변할 수 있다는 게 신기하단 말이오. 태산이 동 무를 마음속에 세대주로 받아들일 수 있다는 게 정말 믿기지 않아서 신기할 뿐이라오.

－ 정숙 동무, 밤하늘이라 구름이 보이지 않겠지만 저 하늘에 구름이 있다면 어디로 흘러가겠나, 응?

－ 그야 바람길을 따라 구름이 흘러가지 어디로 흘러간단 말이오?

－ 맞아~ 바람 따라 운명처럼 흘러가면 되는 게지~ 바람을 거슬러 흘러가는 구름을 보았더냐? 어느 구름에 비가 올지 모른다는 말이 어 이 생겼겠나? 운명 따라 흘러가다 보면 불피코 호시절을 만날 수 있다 는 말인 게지~

태산의 목을 끌어안고 매달리는 정숙 동무의 입술은 몹시 뜨거웠다. 태산은 정말 정숙 동무로부터 벅찬 생명력을 느끼고 있었다. 엉덩이뼈 가 으스러지도록 마지막 기운마저 쏟아내며 붙어먹었지만 떨어지자마 자 태산은 정숙 동무의 그윽한 눈동자 속으로 다시 빨려들어 갔다. 정 숙을 대할 때마다 느끼는 것이지만 정숙 동무에게는 다른 녀성 동무와 는 달리 사내의 마음을 사로잡는 독특한 매력이 있는 모양이다. 한 번 을 보아도 새롭고 두 번을 보아도 새롭고 세 번을 보아도 새롭게만 느껴졌다.

태산의 말에 정숙 동무는 알아들었다는 듯 고개를 끄덕거렸다. 정숙 동무의 노예가 된다 해도 태산은 이제 그녀를 놓치지 않기로 다짐했다. 명호 동무와 정숙 동무는 시작부터 잘못 된 만남이었다. 조선공화국에서 맺어져서는 아니 되는 연인인연이었다. 그래도 여기까지는 바람에 흐르는 구름처럼 살아온 운명적인 삶이었다. 태산은 이제 사람의 운명이라는 것도 마음먹기에 따라 만들어나갈 수 있다고 생각했다.

– 정숙 동무와 함께 나란히 이렇게 강변을 걷는다는 게 꿈만 같은데 저 찬란한 불빛들이 우리 둘을 복축해주는 것 같아~

– 맞소. 이제 나는 태산이 동무 손을 잡고 동무가 이끄는 대로 나아가면 되는 게지요?

– 거야 응당 그리해야지~ 정숙 동무, 우리 손을 뻗어 한 번 꽉 잡아보자.

태산이 크고 기다란 손을 정숙에게 내밀었다. 정숙이 입가에 수줍은 미소를 지으며 손을 뻗어 태산의 손가락 사이에 포개었다.

– 정숙아, 우리 이제 죽을 때까지는 이 손을 놓지 말자~

– 태산이 동무, 정말이오? 내게 정말 략속해 줄 수 있소?

정숙이 살갑게 말을 받았다.

– 아니 정숙인 명호 동무한테 무얼 속고만 살았나, 응? 어찌 사내대장부 략속을 믿지 못하는가 말이야~

– 고맙소. 정말 고맙소. 이왕 이케 되었으니 정숙이는 태산이 동무의 사랑을 독차지하고 싶단 말이오. 태산이 동무, 정말 략속 지킬 수 있소?

– 하하하~ 략속이 다 무어니? 아니라면 간지럽지~ 아주 정숙 동무

는 그저 예쁜 말만 골라서 해대는구나. 거야 머 김일성 할아버지를 두
고 략속할 수 있지~ 자 손가락 걸자우~

태산의 새끼손가락과 정숙 동무의 새끼손가락이 갈고리 모양을 하
여 서로 맞잡아 걸었다. 태산은 자신의 생애에 이처럼 만족스럽게 웃어
본 적이 언제였는지 기억에 조차 없었던 것 같았다. 상철이가 김종대에
합격했다는 통보를 받았을 때를 제외하면 정말 그의 기억에 이토록 활
짝 웃어본 기억이 없는 것 같았다. 태산은 자신에게 다가온 이런 복축
을 오래오래 지켜야겠다는 생각을 하고 있었다.

이때, 이런 분위기를 깨려는 듯 손전화기가 다급하게 울렸다. 홍용
희 동무에게서 걸려오는 전화였다. 하필이면 이럴 때에 용희 동무한테
전화가 걸려온단 말인가. 태산은 손전화기를 머뭇머뭇 바라보며 정숙
동무의 눈치를 힐끔힐끔 살폈다.

– 어이 전화를 하고 그러오?

– 상철이 아버지, 내 긴히 부탁할 일이 있소.

용희 동무의 목소리에는 간절함이 묻어 있었다.

– 아니 거야 도당위원장 동지한테 하면 될 일이지 어이 나한테까지
전화질을 하나 응? 직무 중이니 당장 끊어라~

태산은 부러 정숙 동무가 들으라는 듯 수화기에 대고 큰 소리로 호
통을 쳤다.

– 상철이 아버지, 어이 그래 매정하오? 아버지 힘만 가지고 힘든 일
이니 이렇게 직접 부탁하려는 게 아니오?

– 아니 관절 무슨 일이기에 도당위원장 힘만으로 아니 된다는 것이오?

태산은 이렇게 통화를 하면서도 정숙 동무의 표정을 살피면서 안절
부절못하고 있었다. 정숙 동무는 수화기 너머 상대가 용희 동무라는

것을 이미 알아챘는지 표정이 굳어 있었다.

 ― 래년 초에 남조선 강원도 평창이란 데서 동계올림픽이 열린다잖소? 해서 얘긴데 내 거기 예술단 공연에 나갈 수 있도록 힘 좀 써주오.

 ― 거야 삼지연 관현악단이 공연준비를 하고 있는 것으로 알고 있는데~ 거 현송월 동지가 중앙당 선전선동부 부부장 아니니?

 현송월이 무서운 기세로 김정은 위원장 주변에서 세력을 키우고 있다는 소문이 간부들 사이에 알음알음 퍼지고 있는 상황이었다.

 ― 그러니 이렇게 부탁을 하는 게 아니오. 현송월 동지가 평양음악무용대학 내 직계 후배 아냐요? 그런데 한참 후배한테 머를 부탁한다는 게 자존감 상해서 말예요.

 ― 어이쿠 저 철딱서니 없는 여편네, 아 아니 여편네가 아니지~ 아니 만수대예술단에서 난다난다 하는 동무들도 어렵다는 남조선 축하 공연을 그래 용희 동무가 무슨 수로 단원으로 나간다는 거요, 응? 남조선 동무들이 그저 하품이나 하지 않으면 다행이지~

 ― 상철이 아버지 모르는 소리 마오. 남조선 동무들이 조선방문 했을 적 기억나지 않소? 거 평양봉화예술극장에서 있었던 민족통일음악회에 내가 선발대로 나가 노랠 불렀잖소. 그때 그저 봉화극장이 떠나가게 박수를 받아내지 않았소?

 ― 거야 다 과거날의 얘기지 꺾어진 중년 나이에 머를 어찌하겠다는 거야? 거 조선공화국 체면 뭉개기 전에 당장 집어 치우오.

 ― 상철이 아버지, 내 얘기 더 들어 보오. 내가 공연히 이러는 게~

 태산은 정숙 동무의 눈치를 살피면서 손전화기를 귀에서 멀찍이 떼어냈다. 정숙 동무가 이런 모든 과정을 지켜보고 있다가 성큼성큼 걸어오더니 태산을 향해 퉁명스럽게 말했다.

- 태산이 동무가 용희 동무와 연락하고 지내는 거 나는 싫소.

- 정숙이 마음 알지~ 나도 용희 동무하고 자꾸 엮이는 게 이렇게 싫은데~

- 녀자들 직감이란 게 있소. 이런 일이 장차 자꾸 일어날 것 같단 말이오. 태산이 동무가 나를 아낙네로 여긴다면 용희 동무와는 단절을 해주오.

태산은 용희 동무와 연결된 통화를 끊었다.

- 내야 머 그러고 싶지~ 하지만 상철이 평계 대며 손전화를 해대고 쑥 불쑥 사무실에 들어오는데 어이 막을 수가 있어야지~

- 랭정하게 거절을 하란 말이오. 태산이 동무가 나를 지켜보지 않았소? 난 명호 동무의 아낙네로 살면서 태산이 동무 때문에 명호 동무한테 흠 잡힐 일을 단 한 번도 하지 않았소. 동무가 더 잘 알지 않소? 이제 명호 동무와 법률적으로 의절을 했기 때문에 태산이 동무를 이렇게 받아주었던 것이오.

- 정숙 동무, 미안하다. 내 정숙이 맘 다 알지 알아~

- 나도 시샘 많은 녀자란 말이오. 어서 당장 용희 동무 연락처를 내 보는 데서 삭제 하오.

정숙 동무는 소뿔도 손댔을 때 뽑아버리려는 듯 망설임 없이 태산을 다그쳤다.

- 살다 보면 상철이 때문에 급한 용무라는 것도 생길 텐데 어이 단 소뿔 뽑듯 그래 연락처까지 지우라 하나~

- 지금 걸 말이라 하오? 나는 명호 동무와 부부 의리 지키려고 태산이 동무를 지금껏 등져왔소. 용희 동무를 손전화기 속에 두는 뜻은 나를 군계집으로 밖에 취급하지 않겠다는 뜻이 아니오? 난 그리는 못하

오. 태산이 동무가 그 어깨 위에 척하니 내 두 다리 걸쳐놓고 짓궂게 입을 놀리고 손을 놀려도 내 태산이 동무 손을 남정손남편의 손이라 생각했기에 기껍게 받아들인 몸이란 말이오.

— 아, 알았으니 역정 내지 마오. 에이 나 참~ 정숙 동무, 내 정숙 동무 말이라면 머 하늘에 별이라도 따다 주겠다고 작심을 했는데 에이 이리 와서 이거 보라. 아 날래 와서니 이거 보라~

태산은 투덜투덜 하면서도 작심을 한 듯 정숙 동무를 가까이 불러 손전화기의 차림판을 펼쳐보였다. 뭉툭한 손가락으로 차림판의 메뉴를 하나씩 짚어 나갔다.

— 정숙 동무 여기 보라. 번호판, 통보문문자, 라침판, 록음기, 기록장 어 여게 있네. 이거 보라. 여 파일관리 위에 주소록 보이지 응? 어디 보자~ '불여우' 여 찾았네. 내 용희 동무 이름 석 자를 주소록에 남겨두는 게 싫어 불여우라 올려놨는데 자 어서 정숙 동무가 직접 삭제하라. 아 어서~

태산이 동무가 욱다지르는 바람에 정숙 동무는 마지못해 하는 냥 손가락 끝으로 콕 '불여우'를 눌러 삭제해버렸다.

— 잘 했어. 이제 이렇게 수신거부까지 해놓았으니 일 없을 테지~ 어이 시언하구나 그저 어험~

태산은 품에서 담배를 꺼내 불을 붙였다.

— 흥, 상철이 어머니 한테 어이 불여우라 이름을 지어 넣었소?

태산이 켠 라이터 불빛에 정숙 동무의 활짝 펴진 얼굴이 비춰졌다.

— 교활하고 간사하기 이를 데가 없으니 하는 소리지~ 용희 동무는 꾀가 많은 녀자이니 정숙 동무 그저 만만하게 보지 말라 이런 말이야~

정숙은 태산이 동무의 말에 순간 마음속에 먹구름이 덮이는 느낌이었다. 용희 동무로부터 받아 온 괄시를 되돌려 주리라 마음먹은 터라 착잡한 마음이었다. 태산은 손전화기의 주소록에 처음에는 '상철이 엄마'라고 올려놓았는데 공민증 문제로 한바탕 도당위원장과 소란을 피운 이후 '불여우'라고 주소록의 이름을 바꾸었던 것이다.

 – 초급일군은 믿어도 되는 거지요?

 – 며칠 있으면 좋은 소식 받을 거라 하지 않았니? 내 정숙 동무한테 선물해 줄게 하나 더 있는데~

 – 호호호~ 나는 아무런 도움도 주지 못하는데 내 앞으로 태산이 동무한테 무엇을 해주어야 하오?

선물이란 말에 정숙의 마음이 부풀었다.

 – 정숙이도 내게 도움이 되는 일이 있지~

 – 내 머를 잘하는 것도 없는데~

 – 아니야, 정숙 동무는 이 태산이 위해 충분히 많은 도움을 줄 수 있을 거야. 머 잘하는 게 없다고? 아주 태산이 밑에 누워서 엉덩이 하나는 제법 기술 좋게 돌리지 않았니? 하하하~

태산이 낯바닥을 붉히며 롱을 했다.

 – 아이 에구나~ 자꾸 낯바닥 달아오르게 롱을 하오? 나한테 머 녀자 구실 하지 말란 공화국 법이라도 있는 것이오?

 – 거야 머 그런 법이 있을 리는 없지~ 한데 아직도 엉치뼈가 많이 아프나?

태산은 그때의 일만 떠올리면 몸이 짜릿해지는 것을 느꼈다.

 – 가만있을 때는 괜찮은데 처음 걸음을 뗄 때가 가장 아프단 말이오. 태산이 동무 만나 관계를 시작하면서 나타난 통증이라오.

 – 머 안 올 장에 온 거라면 내 정숙이 만진 거 물려주지~ 나를 만나

이렇게 의좋은 원앙 오리가 된 것이 후회된다는 말은 아니지?

태산이 정숙 동무를 쳐다보며 활짝 웃었다.

- 어이 그럴 리가 있겠소. 난 평양 대동강의 버들가지처럼 태산이 동무 만나 뿌리를 내리고 싶은 사람이란 말이오.

- 하하하~ 아주 그냥 정숙 동무 말하는 것도 예쁘구나. 내 저 회령 보위부에 있는 부하 장졸한테 정숙일 위해 부탁이나 하나 해야겠다. 정숙 동무, 여 야외걸상벤치에 좀 앉자~

압록강 강변을 따라 야외걸상들이 군데군데 놓여 있었다. 젊은 남녀들이 산보散步:데이트를 하느라고 야외걸상은 빈자리가 없을 정도였다. 태산은 정숙 동무를 데리고 압록강 강변에서 산보를 즐길 수 있다는 사실만으로도 정말 가슴이 뿌듯하고 벅찼다. 태산은 상의上衣 패낭에서 손수건을 꺼내 야외걸상에 펴고 정숙 동무에게 앉도록 배려하고 있었다.

- 여~ 정숙 동무 여기 앉으라.

- 힘들었는데 마침 잘 되었소.

태산은 정숙 동무의 뺨에 살짝 자신의 볼을 가져다 댔다. 정숙 동무를 이렇게 아낙네처럼 곁에 둘 수 있다는 생각을 하면 할수록 가슴이 벅찼다. 정숙이 웃으며 야외걸상에 조심스럽게 엉덩이를 걸쳐 앉았다. 태산은 정숙 동무 옆에 나란히 앉으며 회령 보위부의 부하에게 전화를 걸었다.

- 부과장 동지, 나 부부장이야.

- 어이쿠 부부장 동지께서 어인 일로 전화를 주셨습니까?

그의 전화를 받고 회령 보위부에 적을 두고 있는 부하가 깜짝 놀랐다.

- 나 곰열熊膽이 좀 필요해서 말이야. 부과장 동지가 수고를 좀 해

주면 좋겠는데~

  - 예. 한데 귀한 곰열을 어데다 쓰시려구요?

  - 머 정기도 시들시들하고 허리 통증이 좀 있어서 말이야~ 비좁은 데
서 비비대니 몸에 멍들 일도 많아져서 품질 좋은 곰열이 시급하다니까~

  장난스런 말을 하는 태산의 허벅지를 정숙 동무가 살짝 꼬집었다.
태산은 정숙 동무의 이런 반응에 매우 흡족해하고 있었다.

  - 아이쿠 허리까지~ 사내 정기 돋우는 데는 조선공화국에서 회령
창태리 곰열이 둘째 가라면 서럽다 하잖소.

  - 내 그래서 부과장 동지한테 전화를 한 게 아닌가? 조두령, 창두
령, 오막봉 산골짜기에서 마침 곰들이 먹이 찾아 발광하는 시절이 아
니냔 말이야.

  곰사냥에는 숭어철이 제격이었다.

  - 예, 깊은 골짜기로 치자면 머니 해도 회령 창태천 골짜기죠. 하하
하~ 세상살이에 찌들어 멍든 데는 곰열이 최고랍니다.

  - 숭어철은 이제 끝 무렵이지?

  태산의 머릿속에는 늘 숭어하면 곰열이 생각났다. 숭어철만 되면 숭
어 냄새를 맡고 깊은 산골짜기에서 곰들이 사냥을 나오는 것이었다.

  - 어이쿠 한참 지났지요. 그래도 사람이나 짐승이나 제철 모르고 까
불어대는 놈들 있잖습니까? 간혹 철모르고 먹이 찾겠다고 몇십 리를
어기적대고 걸어 내려온 놈들이 있지요.

  - 숭어든 곰이든 인간이든 분수없이 날뛰는 종자들 많지~ 거 은밀
히 한 마리 어떻게 할 수 있음 해보란 말이야~

  - 예, 내래 말이 부과장이지 한 때 곰열 장사군이었지요. 요새 당국
이 곰 사냥 단속을 하느라 설개고_{시끌} 법석을 떨지만 부부장 동지 명령

인데 어이 가만있을 수가 있나요?

부과장의 굽실거리는 모습이 떠오르는 듯했다.

— 하하하~ 부과장 동지 은혜는 내 잊지 않겠으니 품질이 좋은 곰열로 부탁하자~

— 예, 부부장 동지~ 곰열 품질향상 시키는 방법은 들어서 알지요?

— 내야 머 듣긴 들었는데 너무 잔인해서 말이야. 보위부에서 예심을 볼 때 말이지, 머인가 하면 곰 같은 놈들 다룰 때 우리가 잔인한 사냥군사냥꾼이 되어야 하는데 그때 그저 인간적으로 마음이 아프지 않아?

태산은 이런 말을 하면서 속으로 뜨끔했다. 전혀 마음에도 없는 말을 불쑥 내뱉고 나니 낯바닥이 간지러워 죽을 노릇이었다. 태산은 보위부에 붙잡혀 들어온 범법자들을 심문할 때 그들에게 아무리 독한 고문을 가할 때에도 양심의 가책을 느껴보지 못했던 사람이다. 조선인민공화국의 번영과 광영을 위해 당연히 수반되는 애국활동이라 여겼기 때문이다.

— 머니 해도 곰열은 부품한큰 게 최고 아니오?

— 그래 곰열 키우는 방법이란 것도 있다 하지 않니?

태산이 동료들에게 얻어들은 기억을 되살려 부과장 동지에게 대꾸했다.

— 있지요. 기름 도람통에 류인해서 잡은 곰은 그저 곰열이 두 배는 커진단 말입니다.

— 옳지. 미련한 곰이 머리 들이밀기 쉽도록 도람통을 톱날처럼 오려서 생선토막으로 유인을 한다 하지?

— 그렇지요. 생선토막을 퍼먹으려고 머리를 한번 들이밀면 톱날이 낚싯바늘의 미늘처럼 만들어져 있어서 절대 밖으로는 빠져나올 수가 없단 말입니다. 이때 그저 장작불을 붙여서 기름 도람통을 뜨겁게 달

구면 곰이 빠져나오려고 발광을 하겠지요?

― 옳지~ 아주 그냥 무슨 곰 사냥 대회 작전예술 보다 치밀한 작전술이로구나~ 곰열이 열을 받아 잔뜩 부풀어 오르겠지 응? 아 고것 참 미련한 곰이 열 받아 빨두룩꽃꽃 귀를 세우고 발광하는 모습을 지켜보아야 약효가 제 맛일 텐데~

― 곰열은 갑자기 잡아대면 값이 눅지요. 도람통에 자극시켜 잡아대면 곰열이 그저 무게가 백 그람을 넘는다 말입니다. 값이 제법 된다는 말이지요. 미련한 곰이 펄쩍펄쩍 뛰면서 발악을 해대고 그저 살겠다고 막판에는 제 머리로 기름 도람통을 거꾸로 뒤집어쓰고 마구 뛰는 게지요. 이리 뛰고 저리 뛰다가니 앞이 보이지 않으니까는 이 나무에 통 부딪히고 저 나무에 통 부딪히고 말입니다. 머 이렇게 살겠다고 발악을 해대는 미련한 곰을 십 리 아니 이십 리를 넘도록 바람처럼 뒤를 따라가다가 미련한 곰이 지쳐 쓰러지면 그저 창으로 찔러서 숨통을 끊는 게지요. 하하하~ 곰열은 부풀대로 부풀어 있지 않겠느냐 말입니다. 이케 잡은 곰열이 최상가라는 말이지요.

― 그래, 부과장 동지 무슨 말을 하려는지 내 알겠는데 나한테 곰열 장사를 하겠다는 말이냐 응?

태산은 부과장의 긴 사설이 못마땅한 듯 갑자기 이마에 두꺼운 주름살이 일그러지는 듯했다.

― 부부장 동지, 오해하지 마십쇼. 내 모처럼 곰열 얘기를 하니 옛날 생각이 동해서 흥분을 했단 말입니다. 잡은 곰의 곰열을 꺼낼 때는 미리 모닥불부터 피워야 전문 곰사냥군이지요. 배를 가르고 직바로 곰열을 꺼내면 아니 된단 말이오. 곰열을 꺼내 모닥불에 살짝 돌리면서 불을 쪼여줘야 곰열이 터지지 않게 되지요. 익으면서 쪼라들 거인데 그래

터지지 않은 것을 집에 가져와서 몇 달을 그늘에 말려야 제대로 된 곰열이라 말입니다.

— 그래, 나도 곰열 품질 시험한다는 방법도 들어서 대충 알고 있지~ 바늘을 거꾸로 세워가지고서니 바늘귀부터 집어넣는 게지 응? 쓸개즙을 거게 묻혀서 깨끗한 도자기 사발에다가 일정하게 한 방울을 떨치면 그저 나선형으로 천천히 떨어져야 제대로 된 곰열이란 이런 말이지 응?

— 아이쿠 그저 부부장 동지도 곰열 장사군이 다 되게 생겼습니다. 내 따분한 일들이 많아 심심했는데 그럼 이참에 곰 사냥이나 제대로 한번 해봐야겠어요. 당국에서 보호하는 짐승이니 혹여 나중에 무슨 일이 생기더라도 탈이 없도록 해주오. 한데 부부장 동지, 12호 전거리 교화소 남호식 동지 살해범이 위생초소 앞 백살구나무에 목을 매달았던 개체위생담당 녀성 동지란 소문이 있는데 맞아요?

— 아니 난데없이 곰열 얘길 하다가 어찌 죽은 남 동지 얘기를 꺼내나 응? 대학 들어갈 기회를 포착해서 별을 달아 지도원이 되겠다고 벼르고 벼르던 동지가 처참하게 살해당했는데 그저 불쌍하지도 않느냐 말이야~

태산은 비록 손전화기 너머에서 들리는 소리지만 적잖이 당황하고 있었다. 남 동지의 죽음이 태산에게 까닭모를 불길한 예감을 주고 있었기 때문이었다. 더군다나 남 동지는 12호 교화소 간부초대소에서 벌인 리명호 동무와 리춘희 녀성 동무의 동침사건을 진행시킨 인물이었다.

— 그 머인가 하면 부부장 동지, 말이 나온 김에 말입니다. 거 력사교원과 붙어먹은 리춘희란 녀성 동무 탈옥사건은 아직 해결이 나지 않았대지요? 허 참 생각하자니 우스워서~

태산은 이마의 주름살을 더 깊게 만들었다. 그는 손전화기를 귓가에서 멀찍이 떼어놓으면서 정숙 동무의 눈치를 살피며 나무걸상에서 일어나 저만치 몇 걸음 떼어 거리를 벌리고 있었다.

— 에이 새끼 그저 아니 머가 그렇게 웃기는 애기가 있는데 그래 응? 내 이런 거는 궁거워서 미치겠다 말이야. 짜식 무슨 평양 아백_{아동백화}점에 놀러 나온 아새끼들이 흔들이차 타는 것도 아닌데 어데가 간지러워서 호들갑을 떠니 응?

태산은 하필 정숙 동무가 곁에 있는데 명호 동무와 그의 녀제자를 들먹이는 바람에 속이 뜨끔했던 것이다. 평양 창전거리에 있는 아동백화점은 북한판 키즈까페로 불릴 정도로 잘 갖춰진 실내놀이터인데 애들이 주로 타는 아동차나 미끄럼다리, 기차굴간놀이, 야자섬놀이, 동물모형흔들이차 등 다양한 놀이기구를 갖추고 있었다.

— 후훗 아 나 배꼽이 아파서 죽겠습니다. 죽은 남호식 동지가 말이에요. 거 리명호란 력사 교원이 따먹었다는 제자 리춘희 녀성 동무를 강제로 먹어버렸다 말입니다. 그저 우리 사내들끼리 애긴데 그 력사교원하고 쌍 붙어먹은 동서지간이 되었다는 말이지요.

— 너 이 새끼 당장 쓸데없는 소리 그만두지 못하니 응? 누가 누굴 해먹었다고? 머 쌍 붙어먹은 동서지간이 어쩌고 어쨌다고, 응?

태산은 정숙 동무의 눈치를 살피느라 소리를 낮추면서도 손전화기를 통해 전하는 소리에 날카로움이 실려 있었다. 달밤이었던 탓에 태산이 동무의 당황하는 모습을 정숙은 보지 못했다.

— 아이고 내 배꼽이야~ 그날 밤에 남 동지 칼침 맞아 죽은 것도 듣자니까 머 개체위생담당 녀성 동무하고 변태 짓을 하다 그저 변을 당했다는 소문이 떠돌더란 말입니다. 거 개체위생담당 장옥분 동지가 호모장이라 하더란 말이지요. 호모장이가 어떤 행태로다 살아가는 녀성

동무들인지 아시지요? 부부장 동지~

– 안다 자식아~ 야 임마, 잘 나가다가 어이 망치 잘못 맞은 못대가리처럼 엉뚱한 데로 덧나가느냐 말이야, 부과장 동지 너 잘 들으라. 기깟 회령 창태리 곰열 필료 없으니 당장 12교화소 탈옥한 리춘희나 잡아들이란 말이야~ 부과장 동지, 알았나 응?

– 부부장 동지, 어이 화를 내고 그러십니까? 내 미련한 곰을 직접 잡지 못하면 회령 일대를 수소문해서 곰열 만들어내겠단 말이오. 12교화소 탈옥 사건을 어이 내 등에 짐을 지우고 그럽니까? 저 부부장 동지, 부부장 동지~

태산은 부과장 동지의 말이 끝나기도 전에 화가 치밀어서 전화를 끊어버렸다. 어둠이 짙어서 망정이지 자칫 새빨갛게 붉어 오른 낯바닥을 정숙 동무에게 들킬 뻔했다. 태산의 붉어진 낯바닥은 드러내고 싶지 않은 수치심 때문이었다. 짜식, 어쩌자고 불쑥 망측한 얘기를 꺼내놓는가 말이야. 태산은 커다란 몸을 한번 쭉 펴서 기지개를 켠 다음 정숙 동무가 다소곳이 앉아있는 야외걸상으로 터벅터벅 걸어갔다.

– 정숙 동무, 어서 들어가자. 에이 튀~

태산이가 정숙 동무의 들가방을 낚아채듯 해서 앞장서서 급한 걸음으로 걸어 나갔다.

– 어이 튀를 하고 그러오? 부하한테 곰열 부탁한다 하지 않았소?

정숙이 퉁명스럽게 물었다. 그녀는 성미 급한 태산이 동무가 전화를 하다가 단단히 뿔이 난 모양이라 여기고는 아래가 불편한 탓에 뒤뚱뒤뚱 오리처럼 엉덩이를 흔들면서 걸었다. 그러면서 공화국 사내들이 죽기보다 싫어한다는 녀성 동무의 들가방 들어주는 것을 태산이 동무가 지금 대신하고 있다니 정숙은 내심 몹시 감동하고 있었다.

– 에이 퉤, 퉤~

– 아니 어이 무장 그러오?

– 기깟 곰열 필료 없다. 머 멍청한 곰의 쓸개 두 번 얻어대다가는 귓구멍이 그저 경을 치는 소리를 듣겠구나, 에이 퉤~

– 어이 귀한 곰열 부탁해놓고 제풀에 포기를 하느냔 말이오?

정숙은 대체 태산이 동무의 심보를 리해할 수가 없었다. 그녀는 무엇인지 모를 화를 돌아 투덜대며 자동차를 향해 걸어가는 태산이 동무를 뒤뚱뒤뚱 따라가고 있었다.

– 총소리 북소리 구분도 못하는 멍청한 동무 말이야~

태산은 정말 회령 보위부의 부하인 부과장 동지에게 단단히 화가 났다. 곰열이나 하나 부탁하자고 했던 전화질이 엉뚱한 데로 방향을 틀고 말았다. 태산은 투덜거리며 자동차의 시동을 걸었다. 화가 이렇게 치밀어오를 때는 자신의 감정을 통제하기 힘들었다. 정숙 동무를 생각하며 욱한 성격을 내내 억누르고 있는데도 화가 치밀었던 것이다.

– 군사를 쓸 줄 알아야 장수 소리를 듣는다오. 총소리보다 북소리를 먼저 듣는 사람이 싸움과 경쟁에서 이긴다는 말이지요. 속을 좀 푸오, 태산이 동무~

태산은 정숙 동무의 말이 귀에 들어올 리가 없었다. 복잡한 생각들이 머릿속에 얽혀 흥분된 기분이 가라앉지를 않고 있었다. 태산은 창문을 활짝 열고 있는 힘껏 가속기를 밟아대고 있었다. 태산의 이런 모습을 지켜보던 정숙 동무의 낯바닥은 잔뜩 굳어 있었다. 태산이가 치솟는 화를 조절하지 못하는 모습을 보이고 있기 때문이었다. 어둔 하늘에 걸린 달빛이 쏜살같이 달리는 자동차를 눈치 없이 따라붙고 있었다.

제55장 만월(滿月)

1

주명성 기자는 몹시 들떠 있었다. 한국이란 나라에 첫발을 내딛던 순간보다 더욱 흥분되고 있었다. 탈북자 신분으로 정당하게 경쟁해서 영향력 있는 일간지 기자가 되었다는 사실만으로도 가슴 벅찰 일인데 남북 고위급 회담의 취재단에 뽑혔던 것이다. 북한취재 전문기자로서 이런 기회를 얻은 것도 벅찬 일이었고, 탈북자 출신 기자로서 판문점에서 열리는 남북 고위급 회담의 취재단에 합류하게 되었다는 것은 자신의 생애에 가장 의미 있는 일이라고 생각했다.

통일부가 발표한 남북 고위급 회담 기자단 명단에 분명 그의 이름이 뚜렷이 박혀 있었다. 주 기자는 하루하루 날짜가 다가올수록 가슴이 벅차올랐다. 지인들이 축하 전화까지 했을 정도였고, 동료 기자들은 부러운 마음을 담아 축하한다고 이구동성으로 말했다. 축하 전화를 해준 사람들 중에는 이명진 사장과 찬열이도 있었다. 특히 이명진 사장은 북한에서 내려온 동생의 의붓아들 문제로 며칠 전에 직접 만나 상의하면서 진심으로 축하해주었다.

회담 당일 새벽, 명성은 아침 일찍 집을 나섰다. 아침 식사도 거르고 부푼 기대감에 떨리는 마음으로 신문사에 도착했다. 정확히 새벽 5시, 취재 기자로서 그간 남북 회담 취재를 위해 준비해둔 자료들을 하나하나 점검하며 챙기기 시작했다. 그런데 뜻밖에 소식이 명성에게 날아들었다.

– 주 기자, 이거 어떡하면 좋지? 통일부에서 주 기자를 일방적으로 취재단에서 배제해 버렸는데~

― 아니 부장님, 그게 말이 되는 소립니까?

명성은 직속 상관에게 항의했지만 소용없는 일이었다. 기자단에서는 공식 채널을 통해 통일부에 항의했다. 그러나 어떤 해명도 없이 오직 C일보 측에서 취재기자를 주 명성 기자에서 다른 기자로 변경해 달라고 통보할 뿐이었다. 남북 고위급 회담 대표단이 출발하는 당일에서야 기자단에 통보한 것을 두고 야당조차 북한의 눈치를 살피는 정부의 무책임한 처사라고 비난할 정도였다.

통일부의 일방적 배제에 대한 기자단의 항의에 나중에야 통일부 관계자는 주 기자가 탈북자로서 북한당국을 비난하는 기사를 주로 작성하는 기자로 북측에 널리 알려진 까닭에 판문점이라는 장소적 상황이나 남북 고위급 회담이라는 정치적 상황 등 여러 정황을 감안한 결정이라고 해명을 해왔다. 정부가 북한의 눈치를 보지 않을 수가 없었음을 스스로 시인하는 말이었다. C일보 취재부에서도 당일 아침이 되어서야 통일부가 주 기자를 배제하라고 통보한 사실을 받아들일 수 없다고 적극 항의하였으나 주 기자는 끝내 취재단에 합류하지 못했던 것이다.

명성은 이런 통일부의 결정에 실망한 나머지 일이 손에 잡히지 않았다. 의욕을 잃은 채 실의에 빠져있는 자신을 위로해준 사람은 다름 아닌 이명진 사장이었다. 보도를 접하고 곧장 사무실로 찾아온 그는 주 명성 기자를 위로하며 새로운 제안을 했다.

― 주 기자, 이럴수록 마음을 단단히 먹어야 하네.

― 선생님, 탈북 기자가 취재단에 포함되어있는 사실에 대해서 북측이 정말 문제를 삼았을까요?

― 그야 모르는 일일세. 하지만 내 사견으로는 북측이 문제 삼지 않았을 것으로 보네. 문제를 삼으려 했다면 진즉 이런 사실을 남측에 통

보했을 테지~ 남북 고위급 회담이 열리는 장소가 엄연히 남측 평화의 집으로 결정되지 않았는가 말이야~

– 예, 저희들도 그래서 기자단 입장문을 냈습니다. 탈북민도 엄연한 대한민국 국민이 아닙니까? 북측에서 탈북자 출신을 문제 삼는 자체가 지나친 간섭이란 말입니다.

– 바로 그런 점이 문제야~ 하지만 통일부의 입장에서는 모처럼 남북 간에 화해무드가 조성되고 있는 마당에 자그만 것이라도 북측을 자극하는 일을 하지 않으려 했던 것 같네~

– 예, 탈북민의 보호에 앞장서야 할 통일부가 오히려 탈북민이란 이유로 차별을 해대는데 앞장서는 모습을 보고 실망이 컸습니다. 탈북민은 뭐 기본권이란 것도 누릴 자격이 없답니까? 저는 엄연한 대한민국 기자인데 기자한테 주어진 취재의 자유를 빼앗아버리는 이런 행위는 중대한 헌법 위반이 아니냔 말입니다.

– 주 기자, 너무 흥분하지 말게~ 내 이렇게 자네 사무실에 들른 까닭은 취재단에서 배제 되었다는 보도를 접한 때문만은 아닐세.

– 예? 하면 뭐 다른 이유 때문에 제 사무실에 들렀다는 말씀입니까? 혹시 다른 이유에서라면 어떤~

– 자네가 정말 이번 남북회담 문제로 혼이 달아난 사람이 분명한 모양일세. 기자단에 합류하지 못해 어이가 없을 테고 마음도 허전할 텐데 우리 밖으로 나가 청계천변淸溪川邊에서 산책이나 하세.

주명성은 이명진 사장의 제의에 흔쾌히 응했다. 화도 나고 마음 또한 쉽게 안정이 되지 않은 탓에 다른 업무를 하려해도 일손이 잡히지 않을 것만 같았다. 이명진 사장은 천변을 따라 천천히 걸음을 옮기면서 한참동안 아무런 말도 꺼내지 않았다. 주 기자는 이명진 사장이 대체 무슨 일로 신문사로 직접 자신을 찾아온 것인지 궁금했지만 역시 서둘러 묻지는 않았다. 취재단에서 배제된 일로 그가 받았던 충격이 컸던 만큼 산책을 하며 마음을 진정시킬 시간이 필요했던 것이다.

천변 벤치에 옹기종기 앉아있는 사람들은 남북회담에 대한 얘기들을 나누고 있었다. 그들의 얘기 중에 탈북출신 기자를 통일부가 일방적으로 취재단에서 배제했다는 말도 섞여 있었다. 세상이 바뀌니 지난 십여 년이란 세월 동안 등을 지고 살았던 남북관계가 이제 막힌 물꼬를 트게 되었다며 대체로 흥분된 분위기를 보여주고 있었다. 사람들의 발길이 뜸한 곳의 벤치에 앉으며 주 기자는 이명진 사장을 바라보았다. 주 기자의 이런 행동은 이제 충분히 흥분된 마음을 가라앉혔으니 기다릴 것 없이 어서 찾아온 이유가 무엇인지 말을 하라는 무언의 다그침과 같았다.

 ─ 우리 속담에 귀천궁달貴賤窮達이 수레바퀴다, 라는 말이 있는데 이제보니 틀림없는 말일세 그려~

하고 이명진 사장이 주 기자의 표정을 살피며 말을 꺼냈다.

 ─ 아니 선생님, 게 무슨 말씀입니까? 처음 들어보는 말인데요.

 ─ 머 양지陽地가 음지陰地되고 음지가 양지 된다는 말이지~ 세상일이란 게 번복이 많다는 말이야~

음지가 양지 된다는 말이야 세상의 누구라도 알아들을 수 있는 말이었다. 그러나 주명성은 이명진 사장이 말한 의미를 제대로 짚어내지 못한 모양이었다.

 ─ 예~ 찰떡같이 믿었는데 하루아침에 낙동강 오리알 처지가 되었으니 그런 말이 나올 법도 하겠습니다. 하하하~

하고 주명성이 말하자 이명진 사장이 고개를 살랑살랑 흔들며 아주

쾌청한 날씨 같은 목소리로 대꾸했다.

　- 주 기자, 내가 말한 의미는 그런 뜻이 아닐세. 내 실은 남북회담이 끝나고 주 기자가 취재를 마무리하면 얘기할까 했었는데 취재단에서 배제되었다는 소식을 듣고 그저 앞뒤 가리지 않고 달려온 것이라네. 내 말 무슨 말인지 알겠는가?

　주명성은 이명진 사장의 말이 무엇을 의미하는지 아직까지 짐작할 수 없었다. 남북회담에 그가 얼마나 심취해 있었는지 알 수 있는 대목이었다. 시간이 좀 흘렀지만 이명진 사장에게 얼마 전에 도움을 청한 사실조차 까맣게 잊어버리고 있는 듯했다. 이명진 사장의 말에 주 기자는 대답 대신에 물끄러미 바라볼 뿐이었다.

　- 자네 외할아버지에 관한 정보를 알아냈다네.

　- 예?

　외할아버지라는 말을 듣자 명성은 온몸에 전류가 찌르르 흐르면서 감전되는 듯했다. 아, 그랬었지~ 명성은 흥분한 탓에 호흡이 가빠질 정도였다. 탈북해서 일간지 기자라는 직업을 가졌지만 외할아버지의 존재에 대해 섣불리 알아보려 하지 않았다. 전쟁 중에 포로군인이 되어 북쪽에 잔류하게 된 아버지 탓에 평생 고난을 당했다는 이명진 사장처럼 주 기자 역시 전쟁 중에 인민군 포로가 되어 남쪽에 잔류한 외할아버지의 행방을 찾아 나선다는 것은 아직은 때가 이르다는 생각 때문이었다.

　- 자네가 하나 모르는 것이 있네. 자네 외할아버지는 원래 남쪽 출신이었다네. 그런데 전쟁이 끝났지만 공산주의에 대한 신념을 버리지 못해 남쪽에서 비전향장기수라는 이름을 훈장처럼 두르고 살아오신 분일세.

－ 예? 선생님, 전혀 뜻밖인데요?

명성은 비전향장기수들에 관한 얘기는 많이 들어왔다.

－ 나 또한 정보원들의 눈을 피해 조심스럽게 수소문하면서 얻은, 자네 외할아버지가 남쪽 출신이라는 의외의 사실에 놀랐을 뿐이라네. 최후까지 남은 비전향장기수라는 말에 더욱 놀랐고 말이야~

－ 이해할 수가 없습니다. 비록 전쟁 중이지만 북쪽에서 외할머니를 만나 어머니까지 낳지 않으셨습니까? 나도 북쪽에서 살면서 월남자 가족이라는 출신성분 때문에 내내 괄시받고 살아왔다고 생각을 했는데 말입니다. 외할머니는 어머니를 낳고 얼마 안 되어 돌아가셨고 마을 사람들이 젖동냥하여 업어 키운 어머닌들 마을 사람들이 없었다면 외할아버지의 존재에 대해 어떻게 알 수 있었겠습니까?

－ 게 다 까닭이 있었던 거라네. 자네 외할아버지 안동섭 어르신은 원래 강화에서 태어나서 소년 시절을 그곳에서 보냈다 하네. 의협심이 강했던 탓인지 해방 이후 미군정이 들어서면서 친일파들이 득세하는 것을 못 마땅히 여겨 전쟁이 일어나자 자발적으로 북쪽으로 넘어갔다는 게야~

－ 한데 어떻게 북쪽에서 인민군이 되어 남쪽 전선으로 내려왔을까요?

외할아버지에 대한 얘기를 이렇게 듣고 있는 게 명성으로서는 신기하게 느껴졌다.

－ 북한은 전쟁 당시 병력을 확보하기 위해 각 도마다 민청훈련소라는 것을 설치하였다네. 그래 그 민청훈련소에서 청년들과 장년들을 훈련시켜서 전쟁터에 보냈다고 하네. 안동섭 어르신은 바로 전쟁 중에 북쪽에서 잠시 생활하면서 자네 외할머니와 혼인을 하고 곧장 민청훈련소에 입소하여 훈련을 마친 다음에 비밀스런 임무를 받아서 전선을

넘어 남쪽으로 내려온 모양이야~

　- 전선에서 대체 어떤 임무를 받았다는 말씀입니까?

　역사는 그림자처럼 세월이 흘러도 잊을 수 없다는 것을 새삼스레 느꼈다.

　- 강원도당에 내려가서 은밀히 지시를 받으라는 임무를 받은 건데 도당에 당도하기도 전에 국군 수색대에 포로가 되었고, 얼마 후 휴전이 되어버렸다는 게야~

　- 인민군 신분이었다 해도 포로규정에 따라 휴전이 되었으면 북송되었어야 옳지 않습니까?

　- 북쪽에 가족까지 두었으니 원칙은 북송되는 게 맞겠다고 보네. 한데 안동섭 어르신은 고향이 남쪽이었잖느냐 말이야~ 그리고 무엇보다 검열에 걸려 국방경비법 위반으로 재판을 받게 되었다는 게 불행의 시작이었다고 생각하네. 그 재판에서 무기징역을 선고받았다고 하니 가족의 품에 돌아가고 싶어도 돌아갈 수가 없는 몸이었단 말이네. 에이 참 내 아버지나 자네 외할아버지나 전쟁이 만들어놓은 기구한 운명이 아니었겠는지~

　외할아버지가 겪었을 고통을 생각하니 명성은 가슴이 먹먹했다. 외할아버지라는 말이 그에게는 항상 맞닿을 수 없는 신비한 세계의 이야기처럼 여겨졌었는데 이명진 사장으로부터 듣게 된 외조부에 관한 얘기는 더이상 신비한 얘기가 아니라 눈 앞에 펼쳐지고 있는 살아있는 역사의 모습처럼 이제 생생하게 느껴지는 것이었다.

　- 선생님, 지금 제 외할아버지는 살아 계십니까?

　- 다행히도 살아 계신다네.

　이명진 사장의 대답에 명성은 놀란 나머지 온몸이 마비가 되는 느낌이었다.

– 혹시 여태 감옥에 계십니까?

– 아닐세. 광복 70주년 기념 특별사면을 받아 몇 년 전에 형 집행 정지가 되었다더군. 지금 고향 강화에 계신다고 하네. 자네, 외조부를 한번 만날 마음의 준비는 되었는가?

마음속에서는 진즉 외할아버지의 존재를 알아보고도 싶었지만 용기가 나지 않았었다. 어머니조차 기억하지 못한 외할아버지가 아닌가 말이다.

– 외할아버지를 찾으려고 애쓰지도 않고 여태 등한시해 왔는데 무슨 염치로 외할아버지 앞에 나타난다는 말입니까? 게다가 여태 공산주의에 대한 신념을 꺾지 않으셨다고 하니 조국을 배반하고 남쪽으로 내려온 제가 더욱 외조부를 만나 뵙기가 망설여지는군요.

오랜 세월에 외할아버지에 대한 느낌이 무뎌진 탓보다 조국을 등지고 내려온 자신의 일이 무엇보다 마음에 걸려 선뜻 대답하지 못했다.

– 그래도 어머니한테 핏줄을 물려주신 외할아버지 아니신가? 가뜩이나 구순九旬:90을 바라보는 연치이니 하루라도 빨리 찾아보는 게 좋을 걸세.

마음이 급한 사람은 명성이 아니라 이명진 사장이었다. 찾아봐야 한다는 말이 나오고 이틀 만에 이명진 사장과 함께 외할아버지를 만날 수 있었다. 명성은 외가가 강화의 한 조용한 어촌 마을에 있다는 사실에 가슴이 뭉클했다. 외할아버지는 한 걸음 앞에 출렁이는 바다가 바라다 보이는 포구에서 일상인 듯 해바라기를 하고 있었다.

– 네가 금옥이 아들이란 말이냐?

얼굴 여기저기에 검버섯이 앉아있고 목의 심줄이 아주 가늘게 달라붙은 모습이었지만 목소리는 비교적 또렷했다.

— 예, 할아버지~ 제 어머니가 안금옥입니다.

명성은 세월의 깊이가 가늠이 되지 않았다. 딸의 존재에 대한 기억도 흐릿한 고비늙은 외할아버지를 자신이 만나고 있다는 게 실감나지 않았던 것이다.

— 기억이 가물가물하지만 딸애를 낳았다는 말을 듣고 내 한번 진남포에 들렀지~

— 남포가 아니고 진남포라구요?

— 전쟁 중에 왜색倭色:일본풍을 청산하자 해서 진남포를 남포로 바꿔 불렀는데~ 진남포에 들러 내 손수 금지옥엽이란 뜻에서 금옥이란 이름을 지어 불렀지~ 아 세월이 유수라더니 감옥에서 힘껏 기지개 한번 켜고 나오니 한세월이 이렇게 가버렸구나~

— 예~ 할아버지, 저는 함북 무산에서 태어났는데요.

— 언간, 금옥이가 많이 떠돌았던 모양이구나. 내가 청년 시절 여 강화에서 곧장 해안선을 따라 해주 진남포까지 올라가서 인민군에 입대를 했지. 머 전쟁 중이라 다들 경황이 없던 시절이지 머~

외할아버지는 선명한 기억을 떠올리듯 말씀하셨다.

— 왜 강화에서 남포까지 올라가셨어요, 할아버지?

— 거야 뭐 해방이 되었는데 미군정이 들어서는 게여. 미군정이 들어서고 친일파들이 득세를 하는 바람에 내 깔깔한 성미에 견디지 못했는데 전쟁이 나는 바람에 단걸음에 해주로 올라갔지~ 꼭 한번 해주에 들러보고 싶었거든~

갑자기 외할아버지의 눈빛이 반짝이는 느낌이었다.

— 해주에는 왜 가시고 싶었는데요?

― 거 다들 아는 얘기지만 해주하면 애국자의 땅이란 말이지~ 안중근 의사, 백범 김구 선생이 해주에서 태어나지 않아서?

― 예~ 그러셨군요.

명성이 고개를 끄덕이며 대꾸했다.

― 해주, 진남포를 헤매다가 입대 전에 금옥이 모를 만나 혼인을 하게 된 게여~ 금옥이 한테는 아비로서 부끄럽지만 나도 애국자가 되고 싶었거든~ 그래 민청훈련소에 입소를 하게 된 게고 훈련을 마치고 지금으로 치자면 저 울진인데 강원도당의 지시를 받들라는 임무를 받아 하행 길에 그저 저 어디메인가 강원도 정선에서 남조선 국군 수색대에 붙잡힌 게지~

명성은 외조부와의 인연이 어떻게 비롯되어 오늘에 이르게 되었는지 모든 그림이 명확하게 머릿속에 그려졌다. 애국자의 땅을 밟아보고 싶었다던 외할아버지의 눈매는 강인한 신념을 지닌 비전향장기수답게 곧아 보였다. 대구형무소에 수감 된 이후 전국의 교도소를 옮겨 다녔다고 했다. 전향하라는 어떤 회유에도 공산주의에 대한 신념이 흔들리지 않았으며 고문을 견디지 못해 전향하는 동료들이 하나씩 늘어났지만 외할아버지는 끝내 전향하지 않았다고 했다. 거짓으로 전향을 하고 감옥에서 풀려난 동지들도 있었지만 외할아버지는 어떤 고문과 압력에도 양심을 속이지 않았다는 것이다.

― 그래 이제 감옥에서 나오니 할아버지 어떠십니까?

주명성 기자 옆에서 구순 노인의 말을 듣고 있던 이명진 사장이 불쑥 끼어들었다. 명성의 눈가에 눈물이 흘러내리는 것을 보고 분위기를 전환하기 위한 질문이었다. 이명진 사장 역시 북한에서 임종을 하신 아버지 생각 탓에 개운한 마음이 아니었다.

- 육신이 자유로워진 것이 무슨 의미가 있나~ 평생을 한 평 좁은 감옥에 갇혀 살았는데 늘그막에 바깥에 나온들 무슨 의미가 있겠느냐 말이야. 내가 지금 자유롭게 보이는가? 나는 여전히 감옥에서 풀려나지 못하고 있단 말이지, 마음의 감옥이라는 게 이런 것인가~ 그리고 저기 저 등대 있는 데를 한번 보게~

외할아버지는 뼈가 도드라져 보이는 팔을 뻗어 바닷가 등대 쪽을 가리켰다. 그들은 일제히 외할아버지가 가리킨 등대 쪽을 바라보았다.

- 저기 점퍼 입은 사내들 보이지 않나?

- 예, 그런데 저들이 왜요?

명성은 손차양을 만들어 등대 쪽을 뚫어지게 살펴보았다.

- 바로 나를 감시하고 있는 게야~

- 게 정말입니까? 아니 뭐 이런 개 같은~

명성은 외할아버지의 말을 듣자마자 놀라 입이 벌어졌고, 이명진 사장의 입에서도 흉한 욕설이 튀어나올 지경이었다.

- 저게 다가 아니야. 내가 만난 사람, 통화 내용, 여행 장소, 석 달에 한 번씩 의무적으로 보고를 해야 한단 말이지~ 다 늙어빠진 노인이 뭐가 무섭다고 당국에서 이런 짓을 벌이는지 도통 모를 노릇이야. 난 그저 조금 더 크고 넓은 감옥으로 이감이 되었을 뿐이란 말이야~

- 예, 어르신 맞습니다. 마음의 감옥이 따로 없습니다. 한데 어르신, 정작 묻고 싶은 말씀이 있을 텐데 왜 묻지 않으십니까?

이명진 사장의 말에 외할아버지는 아무 말을 하지 않고 마른 눈물을 흘리고 있었다. 명성은 이명진 사장의 말이 무슨 말인지 얼른 이해하지 못했다. 외할아버지의 말을 듣고 가슴에 박힌 한이라는 응어리가 사람에 따라서 크게 다르다는 것을 알았다. 명성의 가슴에 박힌 한과 외할아버지의 가슴에 박힌 한이란 것도 그 무게와 깊이에서 확연히 달랐던 것이다.

— 내 딸애 금옥이는 살아있겠지? 90이 다 된 늙은이가 살아있는데~ 딸애를 떳떳이 보고 싶고 딸애한테 당당해지고 싶어 내 전향을 하지 않았다면 누가 알아들을까?

명성은 외조부의 말씀이 정말 믿어지지 않았다.

— 아니 따님을 만나보고 싶었다면 전향을 했어야 하지 않습니까?

— 아닐세. 모르는 소리~ 내가 무엇을 지키고자 한세월을 감옥에 갇혀 지냈을까? 이데올로기를 지키려는 게 아니었어. 한 인간으로서의 존엄성, 한 아비로서의 자긍심, 한 인민으로서의 신념, 바로 이런 걸 지켜내기 위해 무시무시한 어둠 속에서 긴 세월과 싸워 내 결국 이겨냈던 거지~ 저 사람들이 아무리 나를 감시하고 옥죈다 한들 내 신념은 결코 굴복하지 않을 걸세. 한데 내 딸애 금옥이를 내가 한번 만나볼 수 있다면 정말 말도 못하게 좋겠어. 그래, 내 입술 끝에 매달고 차마 떨려서 묻지를 못했는데 우리 금옥이는 지금 어디 있는가? 살아는 있는가?

명성은 외할아버지의 말을 듣고 자손의 도리를 다하지 못한 자신이 한없이 부끄럽게 여겨졌다. 목소리는 또렷하지만 자세히 살펴보니 기력이 몹시 떨어져 보였다. 말을 하는 중에도 한쪽 팔은 주체할 수 없을 정도로 떨리는 모습이 보였다.

— 어머니와 중국 연변에서 헤어져 오랜 세월이 흘렀는데 외할아버지께서 이렇게 살아계신 것을 보고 새삼 용기를 얻었습니다. 내 무슨 수를 써서라도 어머니를 수소문해서 속히 서울에 모시겠습니다. 외조부님, 우리 어머니 기다리면서 오래오래 사세요.

— 외손자를 만나볼 수 있는 것만으로도 나는 여한이 없어~ 하루가

다르게 기력이 빠져나가는데 요즘에는 자꾸 돌아가신 형님들도 보이고 부모님도 보이고 그래~

명성은 외할아버지를 품에 안고서 체온을 느껴보려 애를 썼다. 혼자 외롭게 견뎌왔을 세월을 생각하니 가슴이 아려왔다. 외할아버지의 형님들은 죽었지만 나이든 조카들도 있고 질손姪孫들도 있다고 하였는데 한사코 다른 가족과 명성이가 만나게 되는 것을 경계하는 느낌이었다. 외할아버지의 조카들이나 질손들이 정보원들을 끔찍이 싫어한다고 했다. 이유인즉 다른 가족들 역시 당국의 감시를 받고 있었던 까닭이었다.

- 주 기자, 하루빨리 어머니를 찾아 남쪽으로 모셔 와야지~ 어르신의 눈빛이 무엇을 갈망하는지 묻지 않아도 알 수 있지 않아?

- 예, 그래야지요. 외조부가 어머니를 잊고 등진 것이 아니듯 저 역시 어머니를 잊고 등진 것이 아닙니다. 내 머리맡에 지폐 몇 장을 두고 떠나셨던 어머니의 마음이 오죽했겠습니까?

- 으음, 어머니를 너무 원망하지 말게. 원망만 하기에는 시간이 너무 촉박하지 않은가. 어서 어머니 행방을 수소문해서 어르신 돌아가시기 전에 상봉하도록 해야 하지 않겠는가 말이야~ 에이 쯧, 쯧~

서울로 돌아오는 내내 명성의 귓가에 피울음 소리가 들리는 듯했다. 저녁놀이 핏빛처럼 물들어 시린 가슴을 적셔왔다. 승용차의 스피커에서 어느 여가수의 구슬픈 노래가 들려오고 있었다. 연변에서 어머니로부터 들었던 그 노래, 진한 화장 냄새와 술 냄새에 섞여 들렸던 썩은 자본주의 노래, 어머니를 원망하도록 만들었던 썩은 노래가 스피커에서 은은하게 흘러나오고 있었다.

때로는 쓰라린 이별도 쓸쓸히 맞이하면서

그리움만 태우는 것이 사랑의 진실인가요~

새삼 이런 노래를 들으니 눈앞에 인민폐 몇 장이 어지럽게 흩날리는 느낌이었다. 연변에서 똥보에게 쫓겨났던 기억이 순간 되살아나고 있었다. 칙칙한 골방에서 느꼈던 진한 화장품 냄새, 술 냄새, 구운 돼지고기 냄새가 풀풀 되살아나는 느낌이었다. 칙칙한 골방 밖으로 사라진 어머니, 자취를 감춘 밀수꾼 백곰의 모습을 떠올려 보았다. 이제 모든 것을 용서할 수 있을 것이다. 명성은 마음속에 품어왔던 원망의 생각들을 하나씩 지워내고 있었다.

2

금옥은 중국 연길의 조양천 국제공항에서 한국행 비행기에 탑승하면서 눈물을 펑, 펑 쏟고 있었다. 자신을 낳아놓고 훌쩍 전쟁터에 나간 기억에도 없는 아버지를 원망하지는 않았다. 여태 살아오면서 얼굴도 모르는 아버지와 어머니를 정말 원망했던 적은 없었다. 마을 사람들의 도움으로 동냥젖으로 자랐고, 외가 쪽 사람들은 금옥의 모(母)가 죽자 한번 다녀갔을 뿐이었다. 전쟁 중이라 모든 사람들이 경황이 없던 시절이었다.

금옥은 전쟁 중에 태어난 다른 동무들처럼 사람대접 한번 제대로 받지 못하고 자랐다. 배움도 짧았고, 목숨을 부지하기 위해 어려서부터 일을 해야 했다. 마을 사람들을 통해 아버지가 남쪽출신이라는 얘기를 전해 들었다. 부모 얼굴도 한번 보지 못했으니 금옥은 항상 천애天涯

의 고아로 살아왔다. 안금옥이란 이름도 자라면서 마을 사람들에게 전해 받은 셈이었다. 배움도 짧았으니 겨우 조선글한글이나 깨우치고 셈이나 치를 수 있을 정도였다. 남쪽 출신의 아버지인 데다가 전쟁 중에 남하해서 북으로 돌아오지 않았으니 조선공화국에서는 최하층 신분으로 사는 것은 당연한 것이었다.

금옥은 아들애 명성에게 외할아버지의 존재에 대해 전쟁 중에 월남했다는 사실은 얘기했으나 남쪽 출신이란 말은 차마 하지 못했다. 전쟁이 끝나고 십여 년이 흘렀을 때에도 비록 어렸지만 전쟁이 끝난 이후 아버지가 북으로 돌아오지 않은 것을 당연하게 생각했다. 남쪽이 고향인 아버지가 안해도 죽고 없는데 핏덩이 때 딱 한 번 보았을 뿐인 딸애 하나를 보려고 남쪽 가족들을 버리고 북으로 돌아온다는 게 어려운 일이었을 것이라고 생각했다. 아들애에게 이런 사실을 말하지 않은 것은 혼자 겪고 말자는 생각을 했기 때문이었다.

세상에 혈혈단신, 부모뿐만 아니라 가족 하나 없는 삶은 배고픔보다 외로움의 고통이 컸다. 남의 집에 얹혀살며 억센 일을 하면서 학교도 다니는 둥 마는 둥 겨우 글눈이나 뜨고 나서는 간장공장에서 일을 하며 연명했다. 전쟁 중에 남쪽으로 내려갔다는 아버지가 살아 있는지의 여부는 누구에게도 전해 듣지 못했다. 그러던 어느 날인가, 인민반장을 대동하고 보안원들이 들이닥쳐 무작정 끌고 갔다. 그들은 금옥이가 무엇을 하며 어떻게 사는지 조사했고, 그녀가 어떤 사람을 만났는지 물었으며, 그녀의 집이나 공장으로 찾아온 사람은 없었는지 물었었다. 금옥은 이때부터 아버지라는 존재가 어쩌면 남쪽에 살아계실지도 모른다는 기대 섞인 생각이 들었다.

그러던 중에 어느 날 보위부 지도원이란 사람이 공장으로 찾아왔다. 지도원은 아버지의 존재에 대해 조심스럽게 얘기를 꺼냈다. 지도원은 아버지를 영웅이라 불렀다. 아버지가 남조선에 저항하고 공산주의를 찬양하면서 남쪽의 감옥에 갇혀 있다고 말해주었다. 금옥은 아버지가 공산주의에 대한 신념을 지키며 자본주의에 굴복하지 않고 남쪽의 감옥에서 투쟁하고 있다는 말을 들었을 때 눈에서는 뜨거운 눈물이 흘러내렸다. 부모에 대해 크게 원망한 적은 없었지만 마음속에 응어리진 것이야 어찌 없었을까. 그런데 아버지가 어디에 계시든 살아있다는 소식에 그런 마음의 찌꺼기들이 한순간에 모두 씻겨나가는 느낌이었다.

그때부터 아버지란 존재가 자랑스럽게 여겨졌다. 생활력가족력 때문에 짐처럼 달고 살아야 했던 불량신분이란 부담감이 줄어들자 생활공간이 달라져 보였다. 하지만 그녀에게 좋은 일은 일어나지 않았다. 영웅의 자식이란 말은 귓전을 훑고 가는 무정한 바람밖에 되지 않았다. 아버지의 존재가 남쪽출신이며 남쪽에 있다는 사실은 그녀에게 극복하기 힘든 현실이었던 것이다. 문득문득 그녀를 감시하는 눈-알들이 느껴졌고, 그녀를 뒤쫓는 발자국 소리가 들렸다. 금옥은 무서워서 좌우도 살피지 않고 뒤도 한번 돌아보지 못하고 집으로 내달렸던 적이 수두룩했다.

이와 같이 신분이 좋지 못한 금옥에게는 혼인자리도 들어오지 않았다. 연분하는 사내를 가슴속에 품어보지 못하고 살았다. 짝 씨를 생각하는 것은 가당찮은 일이라고 생각했다. 그런 탓에 나이가 꽉 차서 신분이 낮은 한 사내를 만나 혼인을 했다. 말이 혼인이지 마을 인민반장이 유일한 우유상객이 되어 금옥을 신랑의 집에 데려다주었다. 금옥에게 혼례라는 것은, 태어나서 마을 사람들의 도움으로 자라며 살았던 정든 고향을 떠나 낯설고 두려운 세계로 들어가는 하나의 암울한 의식이었다.

　신분이 낮은 금옥이고 보니 강요받다시피 하여 나그네로 맞이한 사내는 성격이 거친 사람이었다. 군대에서도 부화사건에 연루되어 생활제대를 했던 사람이니 품성이 좋을 리가 없었다. 하루가 멀다하고 폭행을 당하고 욕을 얻어먹었다. 그래도 금옥은 아이 둘을 낳고 가정을 참다랗게 지켜내려고 애를 쓰면서 살았다. 급기야 적대계층으로 분류되어 산간지방으로 이주를 당했다. 식량 배급도 어느 순간 중단되었다.

　식량난에 빠져있던 당국은 적대계층부터 식량 배급을 중단했던 것이었다. 고난의 행군 시기에는 금옥이 살던 동리에서 죽어 나간 인민들이 수를 헤아리지 못할 정도였다. 딸애는 굶주림에 뼈만 앙상했고, 나그네는 먹을 것을 구하러 나가서는 돌아오지 않는 날이 더 많았다.

　그러다가 청천벽력 같은 소식이 들려왔다. 애들 아버지가 전선줄 훔친범이 되어 공개총살을 당한다는 것이었다. 애들 아버지는 그래도 세대주란 멍에를 짊어진 탓인지 딸애를 살려보려고 양식을 구하러 나갔던 모양이다. 금옥은 아직 철이 들지 않은 아이들을 데리고 강가 총살현장에 불려나가야 했다. 관중들로 둘러싸여 애들 아버지는 형식적인 약식재판을 받았다. 약식재판이 끝나고 애들 아버지가 공개총살을 당해 죽는 모습을 애들과 함께 똑바로 지켜보아야 했다. 금옥의 나그네는 변호인도 없이 혐의가 공포되고 판결문이 낭독되자 곧달음^{달음질치}듯 공개총살 되었던 것이다.

　뱃가죽이 달라붙은 딸애는 충격을 받았는지 총살이 행해진 데서 아버지를 따라 스르르 눈을 감았다. 나그네의 시체를 넘겨받은 금옥은 아들애와 함께 손수레에 두 구의 시체를 싣고 마을로 돌아왔다. 눈물도 메말라 나오지 않았고, 울음소리도 입 밖으로 내어보지 못했다. 조선공화국에서 반동의 가족이란 감히 눈물을 흘리고 소리 내어 울부짖을 수도 없었다. 마을주민들의 도움으로 두 구의 시체를 관에 넣지도 못하고 거적으로 둘둘 말아 공동묘지에 묻었다. 가족의 절반을 땅속에 묻고 공동묘지를 떠나올 때 머리 위에서 까마귀들이 어지럽게 날고 있었다.

금옥은 아들애만을 위해서 나름대로 열심히 살아온 몸이었다. 부모형제 없는 몸이 나그네도 떠나고 세상천지에 홀몸이 되었으니 세상살이란 여간 팍팍한 것이 아니었다. 홀몸 같으면 그럭저럭 목숨부지하면 그만일 텐데 아들애가 딸려 있는 탓에 그마저 쉽지 않았다. 사내놀음들을 하느라 그러는지 주변의 남정네들은 혼자 사는 금옥에게 온갖 방법으로 덤벼들었다. 목숨을 부지하기 위해 몇 번 외간사내한테 치마고름을 풀었어도 치마기슭치맛자락을 밥 먹듯 들추고 다니는 화냥데기화냥년는 아니었던 것이다.

그녀는 조선공화국에서는 희망이 없다고 생각했다. 자신의 인생만 생각했다면 그럭저럭 견디며 살았을 수도 있었다. 그러나 아들애의 인생을 생각하면 도저히 조선 땅에 있어서는 안 되겠다는 생각이 굳어졌다. 아들애라도 이곳보다 나은 환경에서 사람답게 살게 해야 한다고 생각하고는 비법월경을 하리라 마음먹었다. 그런데 정말 죽음을 무릅쓰자 하늘이 도와주는 모양이었다. 초소장 동무를 만나 운 좋게 도강을 하였고, 연길까지 가는 여정은 험난했지만 백곰이라는 교포를 만나 안착할 수가 있었다.

하지만 백곰의 친척이란 사내는 처음부터 느낌이 좋지 않았다. 뚱보라고 불렸던 백곰의 친척은 처음에는 근처 시장에서 먹을거리도 사다주고 붙임성 있게 대해주었지만, 금옥은 그들의 은밀한 계획을 미처 알아차리지 못했다. 꼬불꼬불 파마를 하도록 했고, 진한 화장을 하도록 했다. 연한 풀색의 달린옷을 사주어 입었고 검정 비닐 구두도 얻어 신었다. 새벽 일찍 아들애가 잠들어 있는 골방을 빠져나가 낯선 식당에서 밤늦도록 일을 했다.

신역身役은 힘들었어도 자본주의 냄새가 싫지 않았다. 돼지고기 굽는 냄새를 옷섶에 묻혀 숙소까지 들여왔다. 자본주의의 살점이 검정 비닐 속에 묻어 들어와 아들애의 배를 채웠다. 일주일 이후부터는 금옥의 창자를 찐한 백주가 핥았고 자본주의의 썩은 노래들이 입 밖으로 튀어나왔다. 썩은 자본주의 노래들은 숙소의 방바닥에서 흐느낌으로 변했다. 그러다가 그녀는 정신을 잃은 채 죽은 짐승처럼 쓰러졌다.

때로는 쓰라린 이별도 쓸쓸히 맞이하면서
그리움만 태우는 것이 사랑의 진실인가요~

자본주의의 노래들이 어지럽게 허공에 흩어져서 길 잃은 영혼처럼 떠돌았다. 그래 목이 타서 깨었는지 모른다. 혀가 쩍, 쩍 갈라져서 목소리도 나오지 않았다. 도회지인데도 새벽 일찍부터 닭이 울었다. 여명黎明보다 닭의 울음소리가 먼저였을 것이다. 낮바닥의 진한 화장을 닦아낸 울긋불긋 얼룩진 수건조각이 골방에 널려 있었다. 아들애는 어미를 기다리다 지친 짐승 새끼처럼 한쪽 구석에 웅크리고 잠들어 있었다.

인민폐 몇 장을 머리맡에 놓아두고 금옥은 골방을 빠져나왔다. 새벽 여명이 찾아오기 한참 전이었다. 숙소를 나설 때는 그날 밤에 다시 돌아오지 못한다는 것을 전혀 예상하지 못했다. 백곰과 뚱보가 금옥을 꼬여 팔아넘기기까지 열흘이 채 걸리지 않았다.

금옥은 노예처럼 중국 사내들에게 팔려 다녔다. 욕을 먹고 매를 맞아도 팔자려니 했다. 아들애의 소식을 어디에서도 들어볼 수 없었다. 부모 복도 없고 남편 복도 없는 팔자였다. 그녀는 자식 복까지 없다는 절망감에 빠지지 않을 수가 없었다. 죽으려고 해도 억울해서 죽을 수도 없는 노릇이었다. 어떤 위험한 순간이 닥쳐도 살아 헤쳐나가야 한다고 그저 각오를 다졌을 뿐이었다.

중국 사내들이라고 모두 나쁜 사람만 있는 것은 아니었다. 다섯 번째 팔려가 만난 중국 사내 우 씨氏는 성품이 착한 농촌사람이었다. 금옥은 외진 농촌에서 채소 농사를 짓던 소처럼 순한 우 씨를 위해 진심을 다해 살았다. 그녀의 간절한 마음이 닿았는지 우 씨는 그녀를 정식 아내로 맞아주었다. 그의 성품으로 보아 그가 죽을병이 들지 않았어도 금옥의 소원을 들어주었을 것이다.

금옥은 중국 남편 우 씨가 불치병을 얻어 죽기 직전에 그 남편의 도움으로 다행스럽게도 한국행 비행기에 오를 수 있었다. 중국인 남편을 극진히 보살펴 준데 대한 우 씨의 보답이었던 것이다. 한국행 비행기에 오르는 데는 크게 어려움이 없었다. 우 씨의 배려로 그녀는 정식 중국인 아내가 되어 중국인 여권을 소지할 수가 있었던 것이다. 한국 땅을 밟기까지 아마 이십여 년이란 세월이 흘렀을 것이다.

기억을 더듬어 세월을 짚어보았다. 아버지가 살아 계신다면 구십을 바라보는 나이일 것이다. 안동섭, 강화도 출신, 어린 시절 인민반장이 들려주던 얘기는 비록 세월이 많이 흘렀어도 생생히 기억 속에 남아 있었다. 자본주의의 회유에도 굴복하지 않고 공산주의에 대한 신념으로 감옥을 선택한 영웅이라고 칭찬하던 기억이 아직까지도 생생히 떠올랐다. 오래된 기억을 지울 수 없었던 까닭은 그리움에 목이 말라서 사는 동안에 단 하루도 가족 생각을 멈추지 않았기 때문이었다. 조선공화국에 살면서 염치없는 일이라 생각하면서도 아버지 생각에 흩어진 가족 상봉을 한번 신청해 보았던 적도 있었다.

30대의 청청한 시절이었는데 정확히 그때부터 금옥은 공화국이란 나라를 마음에서 멀리했던 것 같다. 남쪽의 이산가족들을 만나는데 공화국 당국에서는 젊고 정신이 멀쩡한 사람은 배제했던 것이다. 남쪽 사람들의 모습과 남쪽 사람들의 말을 오래오래 기억에 담아놓을 수 있는 비교적 젊은 사람들은 이산가족 상봉 대상에서 배제한 공화국의 파렴치한 행동에 대해 듣고서 그녀는 공화국에 대한 충성심을 버렸던 것이다. 기억력이 창창한 사람보다 기억력이 흐릿한 노인을 흩어진 가족 상봉장에 내보냈던 공화국의 비겁함에 그녀는 절망했었다. 사람들이 그래서 몰래 공산당을 콩산당이라고 조롱을 하는 모양이라고 생각했다.

아들애에 대한 그리움으로 알음알음 명성이를 찾아보았지만 어떠한 소식도 듣지 못했다. 백곰이나 뚱보라는 사내들을 아예 만날 수가 없었으니 아들애에 대한 소식을 누구에게 물어볼 수도 없었던 것이다. 죽지 않았다면 연길에 있을 테고 연길에 없다면 북송을 당했거나 그도 아니라면 운이 좋게도 한국에 들어갔을 수도 있을 것이라고 생각할 뿐이었다.

연길을 떠나 한국행 비행기를 타면서 금옥은 초행길을 떠나는 불안함보다 한국에 대한 설렘으로 벅찼다. 아버지는 정말 살아계실까? 아들애 명성이는 한국이란 나라에 혹시 들어갔을까? 연길에서 한국까지 비행기가 날아가는 짧은 시간에도 그녀의 머릿속에는 수많은 생각들이 끊임없이 부침浮沈하고 있었다.

그녀를 태운 비행기는 잠깐 사이에 한국의 공항에 착륙했다. 아버지의 나라에 도착했고, 꿈에 그리던 한국의 땅을 밟게 된 것이었다. 비행기의 트랙을 내려와 입국수속을 밟으면서 금옥은 공항직원에게 당당히 말했다.

– 나는 북한 사람이라오.

– 아니 차이나 여권이 아니오?

공항 직원이 금옥이 제시한 여권을 뚫어지게 살폈다.

– 탈북하기 위해 임시로 만든 것이라오. 아버지의 나라에 살고 싶어 남쪽으로 내려온 사람이라오.

금옥의 말에 검색대의 직원들이 분주히 움직였다.

– 대한민국에 오신 걸 우선 환영합니다. 잠시 기다리십시오.

공항 직원의 따뜻한 환대에 금옥은 눈물이 날 지경이었다.

삼십 분쯤 뒤에 그녀는 한국 경찰의 안내에 따라 이동했다. 이동하면서 신천지 같은 한국의 거리를 보고 벌어진 입이 다물어지지 않았다. 한국이라는 나라가 이렇게 발전하다니 중국에서 들어서 짐작은 하고 있었지만 막상 한국 땅을 밟는 순간 그 거대하고 눈부신 화려함에 절로 감탄사가 흘러나왔다. 아, 꿈에 그리던 대한민국, 금옥은 벅찬 감동보다 앞서 이런 꿈같은 나라에서 아들애가 살고 있다면 얼마나 좋을까 하고 생각했다. 아버지의 나라에서 가족을 만나 하루라도 살 수 있다면 정말 얼마나 좋을까라는 생각을 하는데 자꾸만 감격의 눈물이 흘러내렸다. 금옥은 창밖을 스치는 휘황찬란한 대한민국의 모습에 나비가 꽃 계절 만난 듯 설렘으로 가슴이 벅찰 뿐이었다.

3

- 아버지의 나라라니 대체 무슨 말이오?

아들애 같은 조사관의 물음에 금옥은 하나도 숨김없이 자신의 과거에 대해 털어놓았다. 조사관은 상냥한 표정으로 그저 고개를 열심히 끄덕이면서 그녀의 얘기를 들어주었다.

- 아버지의 존함이 뭐라 하였소?

- 안동섭입니다.

아버지의 이름을 불러보는 금옥의 입술이 가늘게 떨렸다.

- 안자 동자 섭 자라~ 아버지의 고향이 경기도 강화라는 말이죠?

- 예, 예~

금옥은 사뭇 긴장한 나머지 입이 덜덜 떨렸다.

- 남쪽 출신이 어떻게 북한 인민군이 되어 남쪽으로 내려왔다는 말이오?

- 마을 주민들한테 그렇게 들었소.

그녀의 대답에는 하나도 거짓이 없었다.

- 거 참 번지수가 이상하네.

- 공화국 지도원이 아버지를 영웅이라 불렀소.

금옥이 불쑥 이렇게 말을 해버렸다. 조사관의 표정이 순간 굳어지며 금옥을 뚫어지게 한번 쳐다보았다. 순간, 쳐다보는 눈빛이 얼마나 무서워 보이던지 아들 같이 느껴지던 친근감이 저만치 달아나버렸다.

- 아니 뭐 영웅? 하하하~

- 내 아버지는 공산주의에 대한 신념을 지키려고 자본주의에 굴복

하지 않고 감옥에서 오직 목숨을 다해 투쟁하고 있다 들었소.

– 그래, 그런 아버지가 당신도 자랑스럽다는 말이오?

조사관의 빈정대는 듯한 말에 금옥은 순간 뭔가 잘못 돌아가고 있다고 느꼈다. 아버지에 대한 깊은 원망도 자본주의에 대항하는 아버지의 딸이라는 자부심으로 남모르게 버텨온 세월이었다.

– 아, 아니오. 자랑찬 아버지라니 가당찮소. 정말 그런 말이 아니오. 내 아버지가 살아 계신다면 감옥에 있을지도 모른다는 말을 하려다가 그만 엉겁결에 그렇게 말이 튀어나온 것이오.

그녀는 조사관을 똑바로 쳐다보지도 못하고 고개를 숙인 채 대꾸했다.

– 자랑스러운 아버지가 맞소. 지금껏 그런 신념을 굽히지 않고 감옥에 계신다면 정말 한 인간으로서 뼈대 있는 삶을 살아온 것은 맞겠소.

하는 조사관의 말에 금옥은 그제야 고개를 천천히 쳐들어 바라보며 말했다.

– 예, 그렇게 높이 받들어주시니 고맙습니다.

– 거야 뭐 뼈대 있는 삶을 산다고 모두가 다 자랑스럽지는 않겠지~ 그깟 사상적 신념이 뭐라고 한평생을 감옥에 처박혀 지낸다는 말이오! 가장 미련 맞고 어리석은 노병(老兵)들이지~ 노병은 죽지 않고 사라진다는 게 다 제들 입맛 따라 지껄이는 말들이라는 걸 모르오?

변덕스런 조사관이라는 생각이 들었지만 더는 대꾸하지 않았다. 아버지의 존재가 남쪽에서 어떤 존재로 받아들여지는지 가늠할 수가 없었다. 그래서 묻는 말에 대답이나 하면 되리라 생각하고 있었다.

– 중국인의 아내로 살아갈 수 있는데 왜 탈북자가 되려는 것이오?

– 인신매매를 수없이 당하면서 살기 위해 어쩔 수 없이 중국 사내를 만나 살게 된 것 뿐이라오. 아들애 하나 있는 것도 아마 남쪽에 내려왔

는지 모르는 일이라오.

— 아들 이름이 어떻게 되오?

— 주명성이오. 아마 올해 나나이가 서른 예닐곱 되었을 겝다.

금옥은 습관적으로 조사관 앞에서 손가락을 헤아려 보았다. 손가락을 펴서 셈을 할 정도로 오랜 세월이 한순간에 흘러간 느낌이었다. 하루하루 죽음이 아니었던 날들이 없었을 정도로 고단한 날들이었는데 남쪽에 내려와 조사관 앞에서 이렇게 세월을 헤아리고 있다니 정말 믿어지지 않았다.

— 주명성이라~ 탈북자 주명성, 아 어디서 많이 들어본 이름 같은데~

조사관이 고개를 갸웃거리면서 혼잣소리로 말했다.

— 예, 조사관님~ 정말 우리 아들애 이름을 어데서 들어 보았댔소?

그녀는 조사관의 말에 눈이 번쩍 뜨였다. 아랫동네로 내려갔다는 말을 중국에서는 어느 누구에게도 들을 수가 없었던 것이다.

— 아직 모릅니다. 이름이 같은 사람들도 많이 있으니까 탈북자 명단을 꼼꼼히 살펴봐야 할 것 같소.

— 예, 예~

아들애 명성에 대한 소식은 금옥에게 하루 만에 날아들었다. 국정원 조사관의 배려 탓인지는 몰라도 금옥은 다음날 은밀히 마련해준 공간에서 아들애 명성을 만났다. 십대 후반의 앳된 아들은 이제 어엿한 어른으로 성장해 있었다. 신사복을 입은 탓인지 입성도 좋고 때깔도 번들번들 보기 좋았다. 세월이 너무나 많이 흘렀음에도 금옥은 첫눈에 아들애 명성이를 알아볼 수 있었다. 모자간의 이런 만남은 처음에는 세월의 간격 때문인지 어색했지만 이내 낯바닥을 어루만지며 얼싸안았다.

— 어머니, 왜 이제 오셨어요?

– 오냐, 명성아~ 이렇게 만났으니 이제 되었구나. 오마니 원망 많이 했지?

금옥은 생각할수록 모든 것이 꿈결처럼 느껴졌다.

– 나를 왜 놔두고 떠나셨나요?

– 새벽에 숙소에서 나올 때 마지막이 되리라곤 꿈에도 생각해 보지 못했다. 백곰, 뚱보 동무들이 어미를 팔아넘긴 게지~ 에구, 자식 버린 어미 어디 있다고 네가 이제껏 원망을 하며 살아왔더란 말이냐?

금옥의 얼굴에서는 아들애를 일부러 두고 떠난 것이 아니지만 자신을 억누르고 있는 죄책감에 굵고 뜨거운 눈물이 흘러내리고 있었다.

– 고기 냄새에 백주 냄새를 풍기며 썩은 노래에 빠진 어머니를 그땐 이해할 수 없었어요. 자식을 버리고 갔다면 어느 자식이 어미를 찾으려 들겠어요. 어머니, 하지만 어머니 얘기 듣고 보니 제가 오해를 했습니다. 어머니 이젠 눈물을 거두세요. 그리고 저를 용서해 주세요.

– 명성아, 그럼 됐다. 용서는 무슨 용서~ 이제라도 오해가 풀렸으면 된 게야. 그래, 남조선에선 무슨 일을 하고 있느냐?

금옥의 눈물 젖은 목소리가 가늘게 떨리고 있었다.

– 기자생활을 하고 있습니다.

– 기자라면 높은 직업을 가진 게지? 밥은 먹고 사느냐?

아들애를 만난다면 가장 먼저 묻고 싶은 말이었다.

– 예, 잘 살고 있어요.

– 그래 혼인은 하였느냐?

– 아니에요. 나 같은 자식을 만들고 싶지 않아 혼인 같은 건 생각하지도 않고 살았죠. 것 보다 어머니한테 물어보고 싶은 말이 있어요.

금옥은 아들애의 물음에 공연히 가슴이 떨렸다.

─ 그래, 이제 머 너한테 어미가 숨길 게 뭐가 있겠느냐. 내 짚이는 데가 있다마는 네가 묻는다니 머든 물어라~

─ 예, 어머니~ 왜 외할아버지의 고향이 남쪽이라는 말을 제게 해주지 않으셨습니까?

중국에 은신해 살면서도 가장 마음에 걸리는 대목이었다.

─ 너한테 외할아버지의 성분을 말해서 좋을 게 머가 있다고 사실대로 말해줬겠니? 네 아버지 신분도 불량한 데다 외할아버지까지 남쪽 출신이라고 하면 네가 어떻게 감당을 해냈겠느냐 말이야. 내 그래 외할아버지 고향이 남쪽이란 사실을 네 앞에서만은 벙어리손님처럼 입 꼭 다물고 살아왔던 것이다~

이렇게 말을 하고나니 한결 마음이 편안해지는 느낌이었다.

─ 어머니, 알았습니다. 이제 됐습니다. 내가 자식 된 도리로 어머니를 잊지 못했듯이 어머니 또한 자식의 도리로 외할아버지를 잊지 못하셨을 텐데 맞지요?

─ 오냐~ 핏줄이 같은 형제보다도 핏줄 이어 태어나는 후대가 더 중하다는 말도 있지 않느냐. 머 피를 이어받아야 겨레붙이가 되는 게 아니냐 응? 내 어이 부모님을 잊을 수가 있겠느냐? 하지만 이제 세월도 오래 흘렀는데 생각하면 무어 하겠니~

금옥은 아들애를 끌어안고 다시 하염없이 눈물을 흘렸다. 울음을 참아보려 했지만 아들애를 보니 절로 눈물이 흘렀고, 이미 생을 마감했을 아버지를 생각하니 또 눈물이 흘렀던 것이다.

─ 어머니, 놀라지 마세요. 외할아버지는 지금 살아 계십니다.

─ 아니 명성아, 게 정말이냐? 도대체 믿을 수가 없구나. 네 외할아버지 나이가 지금 아마 구십을 바라볼 텐데~

금옥은 아버지가 돌아가셨다는 말보다 더 놀란 표정이었다.

— 예 어머니~ 기력은 쇠하고 손발은 조금 떨어도 아직 의식은 또렷해 보였어요. 내 직접 얼마 전에 강화에 찾아뵈었답니다. 외할아버지께서 아마 어머니를 만나보려고 악착같이 목숨 끈을 붙잡고 있었던 모양이에요.

— 오냐, 오냐, 그저 고맙다~

— 어머니, 이제 더 이상 외할아버지와의 만남을 지체할 수는 없습니다. 살아서 한번은 뵈어야지요, 예?

금옥은 아들애의 말에 목이 메어 대답을 할 수가 없었다. 그저 묵묵히 고개를 끄덕거려줄 따름이었다. 태어나서 아버지 얼굴 한번 뵙지 못했는데 나이 육십이 넘어 꿈에도 그려보지 못한 아버지를 만날 수가 있다니 말이다. 사람의 목숨이란 나이보다 의지가 좌우하는 모양이라고 생각했다. 딸애를 만나겠다는 강인한 의지가 아니었다면 그 오랜 세월 고달픈 날들을 어떻게 늙은 몸으로 버텨낼 수 있었겠는가 말이다.

그러나 금옥은 아버지를 생각처럼 쉽게 만날 수가 없었다. 비록 남쪽에 내려와 있어도 아직 자유로운 몸이 아니기 때문이었다. 당국의 배려로 탈북한 아들애는 자주 만날 수 있었지만 조사관은 공산주의에 대한 신념을 버리지 못해 여전히 자본주의를 거부하고 있는 아버지를 만나도록 허락해주지는 않았다. 그녀는 아들애를 만날 수 있도록 베풀어준 당국에 대해 그저 고맙게 여길 따름이었다.

— 어머니, 외할아버지께 묻고 싶은 말이 있지요?

— 이때껏 세상에 없는 어머니를 맘속에 그리워하면서 살아왔는데 어찌 묻고 싶은 말이 없겠느냐~ 무엇보다 이름 석 자만 마을 사람들이 가르쳐줘서 알고 얼굴도 모르는 내 어머니는 어떤 분이었는지 네 외할

아버지한테 직접 듣고 싶은데 당장 만날 수가 없으니 말이다.

— 예, 내가 외할아버지 만나 뵙고 직접 외할머니는 어떤 분이셨는지 대신 물어드리지요.

금옥이가 아버지에게 듣고 싶은 얘기를 명성이 직접 강화에 찾아가서 그 대답을 가지고 왔다. 당국은 이후에도 모자母子간의 만남까지는 통제하지 않았다. 외조부로부터 듣고 싶은 외할머니에 대한 대답을 명성은 자신의 전화기에 녹취해서 어머니에게 들려주었다.

— 네 어머니는 맘씨가 참 고운 처자였지~ 내가 전쟁 중에 진남포에서 헤맬 때 그저 배가 어찌나 고픈지 정신이 가물가물한 게여~ 살려면 동냥이라도 해야겠다는 맘을 먹고 골목을 휘청휘청 누비고 다니는데 골목 끝 초가집으로 물동이를 이고 들어가는 처자를 본 게여~ 그래, 무작정 따라 들어가서니 부엌 밥솥에 익어가는 감자를 훔쳐 뜨거운 줄도 모를 정도로 정신없이 먹었지~

한데 금옥이 네 어머니하고 연분緣分이 되려고 그랬던지 도둑놈을 나무라기는커녕 양은 대접에 물까지 한 바가지 떠서 마시라고 쑥 내밀더구나. 목이 맺혔던 터라 정신없이 마셔댔지 않았니? 그래, 부엌에서 허리를 굽실거리면서 마당으로 나오는데 웬 나이 지긋한 아주머니가 퇴마루에 앉아 내게 손짓을 하더구나. 아뿔싸, 치도곤을 맞겠구나 싶었는데 하 이거 보라~ 그저 훔침질한 죄로 머리를 조아리며 쭈뼛쭈뼛 걸어가면서니 슬쩍 내게 물을 떠준 처자를 쳐다보았는데 체수가 아담하고 머릿결이 햇볕에 눈이 시리도록 찰랑찰랑 곱더란 말이지~ 도망을 치려다가 그만 그 처자한테 홀려가지고서 아주머니 앞에서 넙죽 무릎을 꿇어버렸지 않가서? 그저 잘못했으니 한 번만 용서해 달라고 했지~

아주머니가 내게 고향을 묻고 나이를 묻고 이름을 묻지 않가서? 그래 사실대로 얘길 했지~ 어이 남조선 강화에서 진남포에 왔느냐 물어서 내 해주가 애국자의 땅이란 말을 듣고 나도 애국자가 되고 싶어 해주에 올라왔다 하였지~ 한데 대뜸 부엌에 있는 그 처자를 부르더니 내게 그 아주머니가 묻는 게여~ 이보, 청년~ 내 딸애를 건사해 주겠나? 아이쿠, 그 말을 듣고 내래 혼구멍이 빠졌지~

그래 처자와 통성명을 하는데 얼굴처럼 곱고 고운 이름이더마~ 처자가 떨리는 소리로 예, 나는 이윤숙이라고 하오, 하더란 말이야. 네 외할머니 이름이 얼굴처럼 곱다나 고운 이윤숙이라는 처자였단 말이지~ 내 그날부로 그 집에서 데릴사위가 되어버렸어~ 머 한데 몸 붙이고 팔자에 없는 장모님 모시고 살게 된 게지~ 도깨비 살림 내듯 마을 사람들 앞에서 찬물 떠놓고 혼례까지 치러냈으니 명색 머리 올린 부부란 말이야~

한데 어느 날, 군인들하고 미군들이 들이닥쳤는데 장모님을 잡아다 야전부대에서 심문을 했다는 게여~ 나는 나중에 그 내막을 들어서 알게 되었더니라. 장모님이 서울에서 반미활동을 벌이다 북쪽으로 도망쳐 나와서 살았던 게여~ 참, 운명이란 게 이런 거로구나 하고 생각 했댔지~ 아내 배는 불러오는데 장모님이 미군에 붙잡혔으니 어떻게 찾아올까 궁리를 하던 중 하루는 그저 도에서 나와 민청훈련소에 입소할 병사들을 모집한다는 게여~ 내 그래 애국자도 되고 장모님 붙잡아 간 미군들 때려잡겠다고 설치다가 그냥저냥 민청훈련소에 입소를 한 게여~

금옥의 눈가에 눈물이 흘렀다. 이름 석 자는 알고 있었지만 어머니가 어떤 분인지 몰랐는데 아버지를 통해 평생 그리던 어머니가 곱고 고운 얼굴에 체수가 아담하고 햇볕에 눈이 시린 머릿결을 가졌었다는 말을 들었을 때 자연스럽게 금옥의 뇌리에 어머니의 모습이 깊이 새겨지고 있었다. 금옥의 외할머니가 반미활동을 했다는 소식은 아버지를 통해 처음 듣는 얘기였다. 마을 사람들은 전쟁 중에 어머니가 산후 후유증으로 죽자 장례를 치러주고 금옥을 거둬주었다고 하였다.

명성은 이렇게 외조부의 음성을 녹취해서 어머니께 들려주었다. 외조부 역시 어머니에게 묻고 싶은 것들이 있었다. 기력은 소진해 가는데 당장 대면해서 만날 수가 없으니 명성이는 역시 어머니에 대하여 외조부가 알고 싶은 것들을 물어 와서 어머니의 대답을 녹취해서 다시 외조부께 들려주었다. 외조부가 가장 궁금해한 것은 미군에 붙들려간 장모의 행방이었고, 어머니의 기제사는 어느 날에 지내는지, 힘든 전쟁 중에 일찍 어미를 잃고 어떻게 살아남았으며, 어떤 사내를 만나 살게 되었느냐는 점이었다.

– 예, 아버지~ 나를 낳자마자 어머니가 돌아가셨는데 외할머니 소식을 누구에게 들을 수 있었겠습니까? 나를 길러주신 마을 분들에게도 내 외할머니 얘기는 한마디도 듣지 못했지요. 외할머니가 반미활동을 했다면 우리가 남쪽으로 내려온 것이 결코 떳떳한 일이 되지 못하겠네요.

어머니의 기제사는 내가 자라면서 마을 분들이 얘길 해줬지요. 전쟁통에 나를 낳고 돌아가셨다는데 딱히 날짜를 기억하는 이가 없었고 조선공화국에선 기제사를 올리는 것도 쉬운 일이 아닌 터라 그저 유월이 되면 마음속으로 날 낳아주신 어머니 제사 때로구나 생각만 하고 말았지요.

아버지, 어떻게 내가 살아남았느냐 물었습네까? 혈혈단신으로 그저 외롭게 살아왔지요. 죽고 싶을 때도 많았지만 어린 시절 인민반장한테 들은 그 말 한마디 덕분에 그래도 희망이란 거를 품고 악착같이 살았습니다. 한때는 공산주의에 대한 신념으로 감옥을 선택한 조선의 영웅이라며 인민들의 칭찬이 자자했지요. 아버지라는 말이 그때처럼 자랑스러운 적은 없었답니다. 인민들이 아버지를 영웅이라고들 하기에 아버지에 대한 그리움이 더 커졌었지요.

아버지 보고 싶은 생각에 젊은 나이 때는 이산가족 상봉이란 것도 신청해 보았지만 공화국에서는 어이된 노릇인지 젊고 정신이 맑은 인민들은 철저히 배제했다 하지요. 남조선 사람들의 모습을 오래 기억하고 남조선 사람들의 말을 오래 기억할 만한 인민들을 상봉자 명단에서 뺐다는 소문 듣고 공화국에 대한 열혈충성심을 버렸답니다. 아버지, 아시지요? 조선공화국 인민들이 공산당을 콩산당이라 조롱한답네다. 콩 볶아대듯 뜨겁다가도 한 순간에 돌변하여 손가락질 하는 세상, 작업반 세포회나 인민반 총화시간에도 아버지에 대한 칭찬은 온데 간 데 없고 오직에 총살당한 애들 아비에 대한 흉이 전부였습니다.

아버지, 어떤 사내를 만나 살게 되었느냐 물었지요? 예~ 내래 어릴 적 소원이 머인지 아십네까? 평생소원이 보리 개떡인데도 개떡 조각 하나 속 편히 먹고살지 못했습니다. 월남자의 자식이라는 반동낙인이 찍혀 죄인이 되었는데 어이 가정성분 빤한 내가 잘난 남편 만나 살 수가 있었겠소? 성깔머리 사나운 사내 하나를 억지로 만나 가정이란 것을 꾸렸댔지요. 부화사건 저지르고 생활제대 해서 나온 하층 군인출신을 만났는데 공화국 사회에서 어찌 사람구실 하고 살 수가 있었겠어요. 예, 예~ 산간지방으로 이주를 당하면서 저 함북 무산에서 애들 둘을 낳고 기르면서도 머 시시때때로 산짐승처럼 쫓겨 다녔지요. 식량배급까지 중단 되었으니 사는 꼴이 머가 되었겠습네까?

아버지, 무산이란 데는 산세 험하고 광석이 많은 뎁죠. 황철 참나무에 기깟 담배 때깔 하나 좋다 하는데 요새要塞니 봉화대烽火臺니 머 또 손 뻗으면 두만강이지요. 그곳은 사방이 산으로 둘러싸여 있고 밭뙈기 하나 없는 곳이었는데 어이 먹고 살기 팍팍하지 않았겠어요. 애들 아비도 세대주 구실하느라 그랬던지 머 처자식 먹여 살리자고 도둑질을 했던 모양이지요. 하~ 아주 세상이 얄미워 헛웃음이 나오누만요. 훔친범이라고 그저 된오라를 씌워 내리 조지는데 당해낼 재간 있었겠소? 그저 인민들 앞에서 꼼짝없이 공개총살을 당하고 말았답니다. 예~ 부모 복 없는 년은 서방 복도 없다는 말이 하나도 틀리지 않더란 말이지요. 예, 예~

명성이 강화와 서울을 번갈아 다니며 사연 배달을 하였는데도 금옥의 알고 싶은 것들은 쌓여만 갔다. 세월의 깊이가 너무 깊었던 탓이었는지 금옥의 가슴에 드리워진 장막은 쉬이 걷히지 않았다. 사연 배달을 하는 아들애나 강화의 작은 섬마을에서 맘대로 딸애를 보러 올 수도 없는 아버지나 자유롭지 못한 것은 마찬가지라고 금옥은 생각하고 있었다. 아버지나 자신이나 하나의 사슬에 엮여 감시의 눈을 벗어날 수 없는 슬픈 운명인 것이었다.

그리고 이렇듯 슬픈 운명은 금옥의 가슴을 마지막까지 후벼 팠다. 강화의 먹먹한 소식을 아들애 명성이 가져온 것은 그녀가 명성으로부터 마지막 사연 배달을 받고 사흘이 지나서였다. 기력은 쇠하더라도 의식은 놀랄 정도로 총총하더라는 말은 나이 구순을 바라보는 노인에게 기대할 수 없는 말이었다. 그래서 인생 나이 아흔을 졸수卒壽라고 하는지도 모른다.

금옥의 아버지, 명성의 외조부 안동섭 옹翁은 딸애의 목소리를 듣고 기력이 되살아나는 듯하더니 한순간 어떤 감회의 회오리바람 속에 휩

쓸렸던지 콜록콜록 밭은기침을 토해내다가 그만 숨이 멎었다는 것이다. 아버지의 부음을 전해 들었으나 금옥은 이상하게도 한 방울의 눈물도 흘리지 않았다. 아버지를 생각하며 지금껏 흘렸던 눈물 중에서 아버지 목소리를 들으며 흘렸던 눈물이 그녀가 흘릴 수 있는 마지막 눈물이었던 것인지도 모를 일이다.

4

— 조사관 님, 이 건 인륜지대사입니다.

— 글쎄, 내 몇 번을 말해야 알아듣겠소? 인간적으로야 참 나도 안됐다 싶지만 나라에는 나라 법이라는 게 있으니 내 마음대로 할 수 없단 말이오.

— 조사관님이 마음만 먹으면 그 정도는 얼마든지 가능한 일이란 것을 내 모르는 바가 아니오. 그저 좋은 일 한번 해주십시오.

명진은 목에 힘을 주고 법을 운운하며 금옥의 외출을 허락하지 않는 조사관한테 허리를 굽실거리며 매달리고 있었다. 조사관은 어디론가 전화를 넣더니 고개를 끄덕이며 전화를 끊었다. 잠시 후, 조사관이 회심의 미소를 띠며 명진에게 뜻밖의 제안을 했다.

— 그럼 이번에 한번 편의를 제공해 주면 이명진 사장님도 우리에게 도움을 줄 수 있겠소?

— 아니 게 무슨 말씀입니까?

명진의 표정이 굳어졌다.

— 세상일이란 게 머 가는 정이 있으면 오는 정도 있어야 하는 게 아

니오? 앞으로 이 사장님 일에 우리도 최대한 도움을 드릴 테니~

명진은 자꾸 거래를 하려고 드는 조사관의 태도에 입장이 난처해지고 있었다. 그에게 은밀히 접근해 오는 정보원들의 끈질긴 시도를 명진은 모르지 않았다. 장차 찬열의 취직자리까지 보장하겠다면서 노골적으로 접근해 오는 저들을 부담스럽게 생각하고 있던 참이었다. 얼마 전에는 북한에서 탈북한 아우의 의붓아들이 가져온 백색 호리병과 아버지의 유골 상자를 정보원의 도움으로 안전하게 전해 받았었다. 이렇게 얽혀서 부담스러운 마음으로 경계를 하고 있었던 참이었다.

그런데도 주명성 기자의 어머니를 생각하면 매우 촉급한 사안이었다. 한평생 마음속에 아버지를 간직하고 살아왔을 텐데 마지막 장례라도 치를 수 있도록 해주는 것이 사람의 도리라는 생각이 들었다. 체면을 떨어뜨리지 않으려고 애쓰면서 나지막이 말했다.

— 내가 무슨 힘이 있어서 나라에 도움을 줄 수 있단 말이오?

— 우리가 이 사장님한테 뭐를 원하는지 정말 모른단 말이오?

명진이 저들의 목적이 무엇인지 사실 모를 리가 없었다. 예전에도 그를 은밀히 불러다가 탈북자들의 동향을 캐물었던 적이 있었다.

— 예~ 나야 뭐 당신들 말처럼 포로군인이 된 아버지를 두었고, 북쪽에 이복 아우까지 둔 데다 마냥 사상을 의심받고 살아온 문제 있는 출판업자가 아닌가 말이오.

— 우리와 부대끼며 살아온 것도 다 인연이라면 인연이 아니오? 우리라고 머 항상 위압적인 집단은 아니지요. 국가를 위해 일하다 보니 다소 그런 분위기가 있었던 것은 이해해주시기 바라오. 이렇게 사장님께 도움을 요청한 것도 국가의 안보를 위해 필요한 때문이지 국민을 탄압하고자 하는 것이 아니잖습니까?

조사관의 말이 결코 틀리다고 할 수는 없었다. 하지만 국민들에게는 정보 당국에 대한 인식이 좋은 사람은 드물다는 게 우리가 처한 현실이었다. 그간 오랜 세월 동안 정보 당국이 국가안보를 앞세우면서 국민의 인권을 탄압한 것이 문제라고 명진은 생각하고 있었다.

　— 예~ 그야 뜻은 정의롭고 의미 있는 일이라는 것을 알겠는데 내 솔직히 정보 당국에 대해서는 워낙 좋지 못한 기억이 많아서 말이오. 하지만 내 한번 진지하게 고민을 해보겠소. 조사관 님 말처럼 국가의 안보에 내가 정말 도움이 될지 어떨지 말입니다.

　— 하하하~ 이 사장님, 그렇게 마음을 열어주시니 얼마나 좋습니까. 이제 세상은 달라졌지 않습니까? 국정원이 옛날 정보부처럼 그런 사찰 당국은 아니잖소. 아니 그렇소, 이 사장님? 자 사내들끼리 화해의 악수나 한번 하시지요.

　조사관의 말에 명진은 얼른 대답하지 못했다. 명진이 머뭇거리는 사이에 조사관이 불쑥 손을 내밀었다. 화해의 악수라는 말이 그의 귓가에 꽂혔다. 정보 당국 하면 치를 떨며 살아왔는데 화해의 악수를 하다니 믿어지지 않았다.

　이처럼 우여곡절 끝에 금옥은 태어나서 두 번째로 부녀 상봉을 하게 되었다. 첫 번째 상봉은 그녀가 갓난아기였기 때문에 아버지와의 만남을 기억할 수 없었는데 두 번째 부녀 상봉은 아버지와의 마지막 상봉으로 아버지의 주검과의 상봉이었다. 국정원의 배려 덕에 금옥은 강화의 아버지 댁에서 한 많은 삶을 살다간 아버지와 마지막 상봉을 하게 되었다. 수의에 둘러싸인 싸늘한 아버지의 몸을 금옥은 덥석 끌어안았다.

　— 아버지~ 아버지~ 어이 대답이 없소? 흑~ 흑~ 흑~

　조문객이라고는 가족이 전부인 모양이었다. 입관入棺을 마치고 나서 금옥은 영정사진을 어루만지며 한참동안 통곡하고 있었다. 한창 전쟁 중의 아버지와 첫 번째 상봉 때에는 본능적으로 울었을 그 한 살배기 딸애가 두 번째 상봉에는 이제 육십 대 중반이란 초로의 노인이 되어 돌아가신 아버지의 시신 앞에서 영정사진을 붙들고 가슴이 찢어지도록 울고 있었다.

— 어찌 이런 세상이 있단 말이오?

— 어머니, 실컷 우세요.

주 기자의 위로에 금옥은 한 차례 더 울더니 이내 더는 소리 내어 울지 않았다. 몸이 지친대다가 정보원이 따라와서 은근히 감시를 하고 있었기 때문에 부담이 되는 모양이었다. 밤이 늦어 한때 망인亡人의 감옥 동료들이었던 노인들 서너 명이 문상問喪을 왔다. 그들은 무덤덤한 표정으로 영정사진을 한참동안 쳐다보았다. 그들의 꼭 다문 입술과 굳은 표정을 보는 명진의 마음은 쓸쓸하기 그지없었다.

향로香爐위로 그윽이 피어오르는 마른 향내가 고즈넉한 분위기를 더욱 쓸쓸하게 감싸 안고 있는 듯했다. 자정이 거의 되었을 무렵 어른의 질손姪孫과 회사 사람들 몇 명이 조문弔問을 다녀간 것이 마지막이었다. 지루하고 길었을 노인의 생애는 뜻밖에 주저함도 망설임도 없을 정도로 빠르게 마무리되고 있었다.

노인의 낡고 파리하던 몸은 한 줌 재로 남았을 뿐이다. 아주 멀리 굴곡진 역사의 뒤안길을 돌아 나온 장구한 세월답지 않게 한 인간의 삶이란 뜻밖에도 가볍게 느껴졌다. 지루하고 고되며 아주 멀리에서 힘겹게 달려왔을 노인의 심신은 이제 비로소 편안히 잠이 들었을 것이다.

장례를 모두 마치고 강화에서 서울로 돌아오는 길에 명진은 부모님 생각에 빠져 있었다. 죽어 유골이라도 한데 묻히고 싶은 게 부부의 심정이었을 텐데 안동섭 어른의 유골함을 보니 더욱 쓸쓸하게 느껴졌다.

명진의 머릿속이 이상하게 이런저런 생각으로 가득차 있었다. 자신의 부모님은 죽어서라도 함께 만나게 되었으니 불행 중 다행인 것인가. 누가 그리고 무엇이 자신과 명성이네 가족에게 이런 쓰라린 한을 심었는가. 이념이 뭐라고 가족을 생이별시키고 죽어서도 씻지 못할 한을 심었는지 말이다.

－ 그렇게라도 부녀상봉을 하였으니 다행이네요.

집에 돌아오니 가장 먼저 아내가 이렇게 말했다.

－ 대신에 부담을 안고 왔소.

정보원들을 어떤 형태로든 도와야 한다는 생각을 하니 마음이 불편했다.

－ 그게 무슨 말이에요?

－ 내가 자초한 일이니 당신은 신경 쓰지 말아요.

명진은 검정색 상복喪服을 벗어 아내에게 건네주고 서재로 들어왔다. 부모님의 영정사진을 꺼내 나란히 세워두고 그윽이 바라보았다. 아내도 어느새 서재로 들어와 부모님 영정사진을 바라보고 있었다. 주름진 이마 탓인지 영정사진 속의 두 분의 모습이 오늘따라 쓸쓸하게 느껴졌다. 명진은 손수건으로 영정사진을 곱게 닦았다. 하루에도 몇 번씩 꺼내어 닦고 어루만진 탓에 먼지 하나 묻어있지 않아도 틈만 나면 하는 행동이었다.

－ 여보, 내일이 부모님 기일忌日인 거는 알아요?

부모님 기일은 명진보다 아내가 더 챙기고 있었던 모양이다. 아내는 어머니를 처음 만났을 때부터 어머니를 유독 친엄마처럼 따랐었다.

－ 당연히 알고 있지~

아버지의 유골함을 가져온 이후 하루가 멀다 하고 기다려온 날이었다.

– 참 이상한 일이네요. 전쟁 중에 헤어진 어르신들은 왜 유월에 많이들 돌아가시지요?

– 글쎄~ 총성 속에서 헤어진 가족들이 그리워 한이 되어서가 아닐까~ 한 해 한 해 손꼽아 기다리면서 말이야. 그러면서 마지막 안간힘으로 버텨내다가는 다들 총성이 시작된 그날의 문턱에서 지쳐 쓰러지는 게 아닐까~

명진의 가슴에서 한숨이 흘러나왔다.

– 예, 맞아요. 두 번 다시 그런 비극은 우리 역사에 없어야 할 텐데~ 에구, 세상 돌아가는 걸 보면 곧 통일이 될 것 같기도 하고 말에요. 문재인 변호사가 대통령이 되니 북쪽하고 회담도 하고 트럼프도 그저 싱가포르에서 김정은이 만나 협상을 하고 말이에요.

– 거야 길게 가봐야 아는 일이지~ 우리 살아서 통일은 고사하고 서로 왕래나 하고 살았으면 원이 없겠는데~ 가만 보면 김정은이는 말이야, 음흉한 데가 있다는 말이야~

– 아니 음흉한 데가 있다니요? 김일성 할아버지를 닮았는지 이마도 훤하고 볼도 통통한 게 젊은 사람이 진실해 보이지 않아요?

명진은 아내를 한참이나 멀뚱히 바라보았다.

– 진실하기는~ 말은 핵을 포기하니 어쩌느니 하는데 어림없는 소리야. 예전에 아니 그랬나? 핵 시설 파괴한다고 펑, 펑 폭탄을 터뜨렸는데 나중에 보니 다 쇼였다지 않나 말이야. 이번에도 보니까 그저 평창 동계 올림픽인지 뭔지 김여정이란 여동생까지 내려보내 가지고 혼을 빼는데 제깟 놈들이 핵덩이 하나 믿고 위세 떨지 뭘 믿고 저러겠느냐 말이야~

– 그래도 자꾸 부정적으로 생각하지 마세요. 베를린 장벽이 휴전선보다 더 단단했다는데도 힘없이 무너지지 않았소? 다 내 할 탓이지 남에 탓할 필요 없단 말이지요. 우리 같은 이산가족 당사자들이 통일하자고 노력하지 않음 각박한 세상에 누가 노력을 하겠어요? 그저 땅덩이야 나뉘든 말든 나만 잘 먹고 잘살면 된다는 세상 아네요?

아내의 말에도 한이 묻어 있는 듯했다.

– 우리가 입이 닳도록 말을 한들 뭘를 하겠소. 아 참, 내 정신 좀 보오. 대청 벽장 안에 놓아둔 어머니 아버지 유골함 좀 가져다주오. 내일 밤 제사를 모시기 전에 광화문에 나가 부모님 상봉을 시켜드려야 해서 말이요.

– 벽장 안에 나란히 놓였으니 상봉하신 게 아니에요?

– 쯧 쯧 걸 말이라고~ 수천수만 리를 돌아 아버지 유골이 기적처럼 당도하였으니 응당 광화문에서 만나자고 했던 두 분의 약속을 지켜드리는 것이 자식 된 도리 아니겠소?

명진의 가슴에 오랫동안 박혀 있는 부모님과의 약속이었다.

– 예, 구구절절 옳은 말이에요. 같은 날 돌아가셨다더니 또 이렇게 기일에 맞춰 북쪽에서 아버님 유골이 당도하고 정말 놀라운 일이네요.

– 그래, 아주 와자자 할 만큼 놀라운 일이지~ 한데 여보, 내 당신한테 어려운 부탁을 하나 하려고 하는데~

명진은 마음속에 품어온 생각을 가다듬고 있었다.

– 예? 나한테 어려운 부탁이라니 대체 무슨 말이에요?

– 거 이번에 아버지 유골하고 백색 호리병 가져온 북쪽 아우 의붓아들 말이야~ 명색 북쪽 아우가 키우고 가르친 자식이라는데 괜찮다면 내일 기일에 집에 한 번 초대를 하는 게 어떨는지 해서 말이야~

명진의 말에 아내의 표정이 싹 달라지면서 못마땅한 모습이 역력했다. 명진은 아내의 속내를 이미 알고 있었지만 정말 북쪽에서 내려온 아이를 집에 한 번 초대하고 싶었던 것이다.

– 당신이 그 애를 초대하고 싶다한들 때맞춰 나올 수도 없을 것이고요. 괜한 일 벌여서 국정원 눈 밖에 나려고 하지 마세요. 난 사복들 생각만 하면 이제 지긋지긋 하단 말이에요. 아버님 유골하고 유품 가져온 거는 고맙지만 내 집안에 북쪽 사람들 들이기 정말 싫어요.

– 여보, 부탁하오. 내 국정원 담당자한테 부탁해서 그저 달랑 내일 하루만 데리고 나와 아버지 영정 앞에 절이나 한번 올려드리게 하고 싶다니까~ 생각해 보오. 어머니 아버지 유골이라도 광화문에서 만나게 하고 아버지 무릎에서 자란 아이가 서울에 내려왔다 하니 아버지도 얼마나 기뻐하시겠냐 말이오.

아내는 입으로는 통일을 말하면서 막상 북쪽 얘기를 하니 정색을 하고 나섰다.

– 난 싫소. 정히 그러고 싶으면 집안에 들이지 말고 밖에서 상봉하오. 당신이 만나겠다고 하는데 내 밖에서 만나는 것까지 막을 수야 없지 않겠소?

– 할 수 없지. 내 그럼, 집안에 들이지는 않을 테니 내일 낮에 그 애 데리고 나와서 부모님 유골 품에 안고 광화문이나 한 바퀴 돌아볼 생각이오.

이런 상상을 하는 것만으로도 명진의 가슴은 벅차올랐다.

– 참, 당신 머릿속에는 이미 계획이 다 있었으면서~ 어이 되었든지 찬열이는 북쪽 애하고 만나지 않도록 해주어요. 애들까지 복잡하게 얽혀드는 거는 정말 싫단 말이에요. 나는 광화문에 나가지 않고 집에서

제사상 차려놓고 부모님 맞이하겠어요.

　- 아, 알았소. 우리 같은 사람 마음속에서도 남북이 하나 되는 것을 반기지 않는데 어느 세월에 통일이 되겠는가. 갈수록 남북 간의 동질감이 멀어질 텐데 에이 우린 정말 비참한 민족이란 말이야. 개개인이 잘 먹고 잘 입고 잘 살기만 하면 뭐 대수인가? 같은 민족끼리 서로 한 맺히는 일 하지 않고 평화롭게 살아야 잘 사는 게지, 아이쿠 답답한 세상~

　- 너무 역성 내지 마세요. 통일이 싫어서 내가 이러는 게 아니에요. 우리 민족 치고 통일을 싫어할 사람이 세상천지에 어디 있겠어요. 하도 각박하게 살아서 그저 지금은 때가 아니라는 게지요. 통일이 된다면 우리네야 그저 덩실덩실 춤이라도 추지 않겠어요? 난 그저 우리 찬열이가 북쪽 가족하고 얽히는 게 싫단 말이지요. 이제 보세요. 이건 만약이지만 말에요. 당신도 북쪽에서 이복동생이 내려온다고 하면 맘 편히 두 손 들고 환영할 수 있겠어요? 글쎄, 왜 자꾸 복잡한 실마리를 만들려고 그래요? 아이참~

　- 내 당신 마음을 이해하지 못한 거는 아니오. 세상을 나이들만치 살아보니 뭔가 세상에 대한 책임감 같은 것이 느껴지더란 말이오. 남북분단 어언 칠십 년이에요. 이제 한 세기를 향해 나아가는데 분단 백 년이 되면 우리 민족에게 어떤 일이 벌어질지 한번 생각해 보오. 난 그저 이 생각만 하면 까마득해진단 말이에요. 우린 선천적으로 분열의 유전자가 있는 민족이 아닌가 하는 자조적인 생각이 들어요. 그저 우리 민족의 역사를 들여다보면 하나같이 분열로 점철된 것을 알 수 있잖소. 우리 역사에 있었던 임진왜란, 병자호란 그리고 일제 강점 36년 등 외세의 침탈은 당시의 위정자들이 나라의 미래에 대한 고민과 준비는 접어두고 오직 권력욕이 앞서서 정파적으로 사분오열 되어가지고

이전투구 하는 바람에 초래된 것 아니냔 말이지~ 난 기성세대로서 아주 부끄러워 죽겠어요. 언제까지 우리가 분단된 조국을 후손들에게 물려주어야 하는지 생각하면 아득하다오. 분단의 역사는 갈수록 골이 단단하고 깊어지는데 어찌 통일을 위한 진지한 노력을 안 하느냐 말이오. 우리 민족끼리 분열과 대립이 깊어져서 이제 하나로 이어지려는 통로마저 주변 강대국이나 외세의 힘에 막혀버리게 될 지경이니 기가 막힐 노릇이오. 남북이 하나가 되고 싶다 하더라도 이렇게 주변국의 눈치를 보고 강대국의 허락을 받아야 하니 답답할 노릇 아닌가 말이오.

명진은 아내가 유골함을 가지러 서재에서 나간 것도 모른 채 티끌 하나 남아 있지 않은 부모님의 영정을 무심코 닦고 닦으면서 속에 있는 혼잣말을 모조리 쏟아내고 있었다.

– 자신들의 이해관계에 따라 국민들을 편 갈라놓고 죽기 살기로 싸우고 있는 반민족적인 위정자들과 편협한 지식층 그리고 정론을 펼치지 못하고 있는 일부 언론이 국가적 미래를 위해 하루속히 제자리를 찾는 것이 중요해요. 우리 국민들도 이런 분열집단들의 무분별한 행태에 부화뇌동附和雷同하지 않고 대승적大乘的 차원에서 판단할 수 있는 의식을 키워야 할 것이야~ 우린 이 분열 유전자를 근본부터 바꾸지 않으면 몇백 년 후에도 분단국이라는 수치스런 꼬리표를 달고 살아가야 할 거란 말이지~ 부디 뭉치고 단합하여 영광스런 통일 대한민국을 이룩해야 할 텐데 말이오~

명진은 공연히 마음속에 오래 품어온 생각을 투정하듯 쏟아 놓았다.

이튿날, 국정원 담당자에게 요청을 해서 북쪽 아우의 의붓아들을 만날 수가 있었다. 담당 정보원 두 명이 하나원에서 참이란 애를 데리고 나왔다. 처음 그 애와 대면을 하는 순간에 명진은 순간 울컥했지만 정보원들의 눈을 의식한 탓에 감정을 절제했다. 그래도 아버지의 무릎 위에서 놀던 아이이며 이복 아우의 품에서 크고 자랐다는 생각을 하니 명진에게는 한 가족처럼 여겨졌다. 그래 꼭 끌어안고 한참 동안 의붓 조카 참이의 체온을 느끼고 있었다.

– 내려오느라 고생이 많았다.

– 안녕하세요. 큰아버지~

뜻밖에 큰아버지란 호칭을 듣는데 뭉클하며 명진의 몸에서는 따뜻한 기운이 올라오는 느낌이었다.

– 그래, 내 네 큰 아버지다~

껴안았던 몸을 가만히 풀어내면서 명진이 작은 소리로 말했다. 북쪽 아우의 의붓아들에게서 큰아버지라는 호칭을 들으니 정말 가슴이 뭉클했지만 심호흡을 하며 감정을 조절하고 있었다.

– 유골함하고 호리병을 받으셨다지요?

– 오냐. 네 덕분에 이렇게 광화문에서 할머니, 할아버지 약속을 지켜드리게 되었다. 그래, 북쪽에 아버지 어머니는 잘 있느냐?

– 아닙니다. 실은 아버지를 만나러 남쪽에 내려오게 된 겁니다.

의붓 조카의 말에 명진은 깜짝 놀랐다.

– 아니 거는 무슨 말이냐?

– 아버지가 비법월경을 해서 남쪽으로 내려온 줄 알았습니다. 그래, 아버지를 만나려고 아랫동네에 내려온 건데 아버지가 아직 남쪽에 내려오지 않은 모양입니다.

명진은 참이라는 의붓 조카의 말을 듣고 정말 깜짝 놀랐다. 정보원들이 둘의 대화를 들을 수 없을 정도로 저만치 떨어져 있어서 다행이었다.

– 아버지는 감옥에 갇혀 있었습니다.

– 뭐라고? 내 아우 명호가 감옥에 갇혀 있었단 말이냐? 하면 감옥에 갇혀 있는 아우가 어떻게 남쪽에 내려온 줄을 알고 네가 내려왔다는 말이냐?

아우의 인생도 순탄치가 않다는 사실에 명진은 매우 안타깝게 생각하고 있었다.

– 예, 큰아버지~ 아버지는 반쪽 핏줄인 탓에 정치범으로 몰려 지하실 독방에 갇혀 지냈는데 아버지 친구의 도움으로 기회를 잡아~

– 알았으니 그만하여라. 그런 얘기는 남쪽에서 다시는 꺼내지 말거라. 북쪽의 네 할머니와 어머니, 동생 봄이라는 아이는 잘 있느냐?

– 예, 큰아버지~ 할머니는 지난겨울에 노망이 나셨습니다.

– 아니 저런~

이때, 저쪽에서 정보원들이 이쪽으로 걸어오고 있었다. 그래, 명진은 얼른 민감한 말을 중단시켰다. 의붓 조카의 말을 급히 막아서고 보니 명진의 마음도 편치 않았다. 정보원들이 아니라면 아마 더 살갑게 대해주고 더한 위로의 말을 해주었을 것이다. 하지만 저들의 습성을 알기에 항상 조심할 수밖에 없는 노릇이었다. 명진은 얼른 얘기의 주제를 다른 데로 돌렸다.

– 오늘이 할머니 할아버지 기일이란다. 헤아려 보니 음력 열사흘이면 거의 보름이나 한가지인데 아마 날이 어둑해지면 저쪽에서 둥근 보름달이 떠오를 거다~

명진이 손가락으로 동대문 쪽을 가리키며 말했다. 광화문에서 동쪽이면 동대문 쪽이라 생각되어 그렇게 말했다. 보름달은 동쪽 하늘에서 저녁 어둠과 함께 솟아오르기 때문이다.

– 예~ 어제 밤하늘에 떠오른 환한 달을 보고 조선인민공화국의 가

족을 생각했습니다.

- 으흠, 이제 네게도 그런 날들이 늘어나겠지~

명진은 의붓 조카의 손을 꼭 잡아주었다. 어린 의붓 조카와 함께 광화문의 이곳저곳을 돌아보며 부모님의 추억을 얘기했다. 자신 앞에 있는 아이가 이복 아우는 아니지만 마음은 마치 이복 아우인 명호를 만난 것처럼 기쁘고 반갑고 감동적인 순간이었다.

- 저 너머가 대통령이 일을 하시는 청와대란다.

- 예~

의붓 조카에게 말을 하는 내내 명진의 목소리에는 미세한 떨림이 묻어 있었다.

- 저쪽으로 조금만 가면 독립문이라는 데고~

- 예~

의붓 조카의 목소리 역시 가늘게 떨리고 있었다.

- 너 큰아버지 집이 어느 마을인줄은 아느냐?

- 잘은 모르지만 어릴 때 할아버지한테 서울 종로 효자골이란 말을 들었습니다.

의붓 조카의 말을 듣고 명진의 입에서는 탄식처럼 한숨이 흘러나왔다.

- 오냐~ 맞다. 저쪽이 네 큰집이 있는 효자골이란다. 요즘 세상 사람들은 효자골을 통인동이라고 하지~

- 예~

명진은 의붓 조카에게서 효자골이란 말을 들으니 마치 아버지가 살아 돌아온 느낌이 들었다. 효자골이라는 동네 이름은 아버지의 기억에 오래오래 남아 있었을 것이다. 광화문 네거리 주변을 돌면서 의붓 조카에게 이곳저곳을 설명해주었다.

― 네 할아버지가 남쪽 네 할머니와 전쟁 중에 헤어지면서 여기 광화문에서 만나자고 약속하였는데 살아서는 남북으로 갈려 살았으니 만날 수가 없었기에 죽어서라도 여기 광화문에서 만나게 해달라고 당부를 하셨단다.

― 예, 아버지한테 들어서 알고 있습니다. 할아버지가 이산가족 작별 상봉 때에 형제들끼리 광화문에서 장대히 만나라고 하셨다는 말을 아버지한테 수세미 방죽에서 들었어요.

― 오냐~ 피를 나눈 형제들이 광화문에서 만나면 좋으련만~ 뭐 그래도 네가 이렇게 남쪽에 내려왔으니 아쉬운 대로 되었다. 네가 장한 삶을 선택한 거다. 아주 잘했다~

의붓 조카라는 마음의 괴리가 명진의 가슴속에는 조금도 남아 있지 않았다. 아니 남기지 않으려고 애를 쓰고 있었다. 자신의 아버지와 함께 생활하고 아버지의 모습을 기억한 자체만으로도 참이는 명진에게 소중한 가족이라는 생각이 들었다.

― 예, 하지만 남쪽이 얼마나 좋을지는 아직 모르겠습니다. 남쪽 사람들과 어떻게 함께 어울려 살아갈 수 있을지 생각하면 불안하기도 하고요.

― 아직 나이 어린데 어찌 새로운 세상인 남쪽이 두렵지 않겠느냐? 하지만 여기 큰아버지도 있으니 걱정하지 말고 차차 집에도 오도록 해라.

― 예~ 큰아버지, 감사합니다.

명진은 의붓 조카와 함께 광화문 주위가 어둑해지고 빌딩 사이에서 동그란 보름달이 떠오를 때를 기다려 유골함에서 부모님의 **뼈가루**를 꺼내 광화문 거리에 뿌리기 시작했다. 보름달이 환하게 비추고 있는 광화문 앞에서 평생의 한이 서려 있는 부모님의 유골을 한데 섞어 뿌리면서 명진은 이제야 자식으로서 어깨에 짊어진 짐을 조금 덜어내는 느낌이었다.

의붓 조카를 정보원들에게 돌려보내면서 명진은 벅찬 감회와 함께 눈물을 흘렸다. 집으로 돌아오는데 대문 앞에서 활짝 웃으시며 자신을 반기고 있는 부모님의 환영을 보았다. 아내가 찬열과 함께 제사상을 차려놓고 그를 기다리고 있었다. 두 분의 영정사진 역시 두 분을 만나게 해주고 들어오는 그를 향해 활짝 웃고 있는 느낌이었다.

다음권에 계속